U0506653

诗韵新编

本社 编

上海古籍出版社

图书在版编目(CIP)数据

诗韵新编/上海古籍出版社编.—2版.—上海:
上海古籍出版社,1989.10(2018.11重印)
ISBN 978-7-5325-0414-5

Ⅰ.诗… Ⅱ.上… Ⅲ.诗律-韵书-中国
Ⅳ.I207.21

中国版本图书馆 CIP 数据核字(2007)第 124336 号

诗 韵 新 编

本 社 编

上海世纪出版股份有限公司 出版、发行
上 海 古 籍 出 版 社
(上海瑞金二路 272 号 邮政编码 200020)
(1)网址:www.guji.com.cn
(2)E-mail:gujil@guji.com.cn
(3)易文网网址:www.ewen.co

新华书店上海发行所发行经销 上海市印刷四厂印刷
开本 850×1168 1/48 插页 2 印张 8.5 字数 310,000
1989 年 10 月第 2 版 2018 年 11 月第 32 次印刷
(1978、81、84 年新 1 版 累计印数 222 千册)
印数:231,801-246,800
ISBN 978-7-5325-0414-5
Z·57 定价:18.00 元
如发生质量问题,读者可向工厂调换

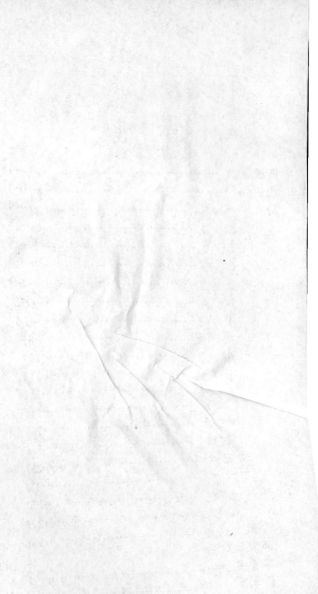

目　次

出 版 说 明

诗歌之所以被称为韵文,是因为其中的某些句尾必须押韵。诗人写作诗歌,不但要善于表情达意、模写光景,还要求自己的作品尽可能有精美完善的艺术形式。这种艺术形式,包括格律和声韵。押韵就是有关格律声韵的方式之一。

我们今天写诗,虽说一般以新体诗为主,其中有的可以不必押韵,但"新诗先要有节调,押大致相近的韵"(鲁迅语)还是必要的。至于写以五七言为主的旧体诗,对句子当中的平仄和句尾的韵脚,都有一定的规范应该遵守,不能随便。《诗韵新编》这本小册子,就是为旧体诗作者按照汉语规范化读音用韵而编写的。当前,写作旧体诗的人还并不少。这些作者,大都能体会到现代人写旧体诗应该按照现代韵。如湖南省岳麓诗社,就明确主张"写作旧体诗词,自不能不注意声韵,但不须拘守旧韵书,尽可灵活如《诗韵新编》等新韵书,皆可采用"。我们乘这次重排的机会,作了一些修订和补充,力求使它帮助作者在用韵方面从继承创新的实践中有所依据、得到参考。

诗韵不可能是一成不变的东西。它应该随着语言的发展而不断改进,不断增添新的血液,否则诗歌就跟不上时代。我国自有文字记载以来，唐、虞、殷、周时代的民歌已经见到有韵，《三百篇》是周代诗歌的总汇，也就是因为有韵，才能入乐。以后的楚辞、汉赋，唐诗、宋词，元、明戏曲等作品的韵字，都是一面步武着前人遗迹，一面又有演变和发展。我们今天见到的"平水韵"，就是南宋时代平水人刘渊根据前人韵书修订而成。所以"平水韵"的面貌跟唐人用韵情况既大致相似，又有所不同。他把前人的 206 个韵部归并为 107 个韵部，已足够说明问题。"平水韵"沿用至今，已七百年，远远脱离语言实际，早不适宜再作为诗歌用韵的依据了。

"五四"运动以后，国内不少音韵学家在谋求语音统一方面，作了很多工作，取得很大成绩。《中华新韵》就是在这基础上孕育出来的；《诗韵新编》则是依照《中华新韵》归纳现代汉语为十八个韵部编写的。我们鉴于作旧体诗必先辨平仄，所以首先在每一韵部中分平仄两大类，俾初学者具有平仄的初步概念。

本书于 1965 年由中华书局上海编辑所出版，带有较大的试验性质，出版后，尚能得到好评。我社于 1978 年在原有基础上修订重印，增添了《通押后的十八韵与十三辙对照表》，指出某几个韵部可以通押，不啻从十八个韵部中减去五个，跟十三辙相差不大。这也是根据现代人的科研成果采取的一种措施。

编写现代韵书，最难处理的是怎样对待入

声字。往日的入声，在今日旧体诗中还照样是入声，读法并无变动，也全作仄声使用。按照它们的规范化读音，分别依次列入它们应该归属的"麻、波、歌、皆、支、齐、姑、鱼"八个单韵韵部里并不难，难在要不要使它们通押，以及怎样使它们通押。本书既承认旧体诗中有入声读法的存在，对这问题是不能含糊的。可是，"平水韵"中的入声字有十七部，新韵只有八部，旧的通押办法，无论如何，无法照搬。我们认为它们的通押办法不妨同时采取下列两种形式：

1. 分类通押：麻、波、歌、皆四韵，是开口呼音素收音，所属入声通押，是第一类；支、齐二韵，是齐齿呼音素收音，所属入声通押，是第二类；姑、鱼二韵，是合口呼和撮口呼音素收音，所属入声通押，是第三类。

2. 全部通押：唐代大诗人杜甫《自京赴奉先县咏怀五百字》和《北征》两首古诗的入声韵脚，都跨遍了我们今天的八个入声韵部，为我们今天入声全部通押开了先河。

在新韵"微(ei)、开(ɑi)、侯(ou)、豪(ɑo)四个复韵韵部中，也都包涵着一部分从单韵韵部转来的入声字。如：北(běi)、白(bái)、肉(ròu)、薄(báo)等。其实，这都是北方音系的读法，不能算作入声。这是应该在这里附带说明的。

阴、阳、上、去四声中的"波"通"歌"，"庚"通"冬"，在本书对照表中已有注明，至于仅在两韵之间还是全部通押还是部分通押，作者可以自便；痕（前鼻音-n）、庚（后鼻音-ng）两韵历来泾渭分明，各不相扰。本书跟十三辙一样，也都是严格分开的。但古今作品中，随意通押的人也不少。对这两韵，亦可依用词需要，灵活掌握，庶可体现本书有"正音从严"和"押韵从宽"的伸缩余地。

本书的这次修订，是由原参加编写的金云峰、于在春同志负责，在韵字通押方面，是根据金云峰同志在 1983 年所写的《关于稳定旧体诗歌押韵标准的刍议》一文（见上海市语文学会《语文论丛》第三辑）的内容处理的。因属草创，不妥之处，深望诗歌作者和有关专家们提出宝贵意见，以便不断完善。

上海古籍出版社

1984 年 3 月

凡　例

（1）以普通话字音为标准，参照《中华新韵》、《汉语诗韵》等现代韵书，分为十八部。分部韵目及韵部次序，也依照《中华新韵》排列。凡属同一韵部的，用一个韵目字统贯到底，不按四声另分韵目。

（2）每一部中先分平、仄两大类。平声类阴平、阳平分列；仄声类上声、去声及旧读入声字分列，使平、仄的区分一目了然。

（3）凡现代书面语中用处不多的字，或一字的某种少用的读音，一律不收。至于旧诗中不多见而现代口语中常用的字，及某些旧诗中常用的旧读音在今日仍为人们习用者，则酌量采入。

（4）各部中的同韵字，依照汉语拼音字母的次序排列，并按常用、少用分前后次序。

（5）所收异体字，以较常见的为限，都加〔　〕号附列在本字之后，如异体只适用于本字的部分含义，则仅附列在有关的释义和举例词语之前。异体字一律不在正文中占专条。

（6）有异读的字，按照普通话审音委员会的处理原则，兼顾到旧诗的需要，参照一般新版字书的注音做法，尽可能求其精简。

（7） 一般单字，下面略举可作韵脚用的语词，
间或略加注释，以助理解。有些只作词头
的字，为了起定音作用，虽非韵脚，还是照
收。

（8） 在举例词语中，以"～"代替作韵脚用的本
字。

（9） 为了帮助正音，全部韵字用拼音字母注
音。

（10） 同形异读而又异义的字，分别作专条处
理。在这些地方，凡跨韵的字，都注"另
见某韵某声"。凡本韵不同声调的字，都
注"另见某声"。其在本韵同一声调中的
另见，只能用注音字母标出。至于义同音
异的字，则注"参看某韵某声"。

（11） 旧读入声字，分列在麻、波、歌、皆、支、齐、
姑、鱼等八个韵部的后面，并按照阴、阳、
上、去四声各自分列。在每一声调之末，
分别注明"还有旧读入声各字见'仄声、入
声'"，以便全面检用各声调韵字。

（12） 旧读入声字，在它们所属八个韵部的入声
栏里，仍按照普通话读音注音。

（13） 为帮助检用者了解如何通押，以及本书
韵部和十三辙韵部的异同，附列一表如
下：

十八韵	通 押 情 况		十三辙
	阴阳上去	入 声	
一 麻		第一类通押	发花
二 波	通歌	第一类通押	梭波
三 歌	通波	第一类通押	
四 皆		第一类通押	乜斜
五 支	通儿、通齐	第二类通押	衣欺
六 儿	通支、通齐		
七 齐	通支、通儿	第二类通押	
八 微			灰堆
九 开			怀来
十 姑	通鱼	第三类通押	姑苏
十一鱼	通姑	第三类通押	衣欺
十二侯			由求
十三豪			遥条
十四寒			言前
十五痕			人臣
十六唐			江洋
十七庚	通东		中东
十八东	通庚		

（入声列中部分合并标注："全部通押"贯穿）

通押补充说明：

1. 各韵部各声调如不必通押者，自以各韵独押为宜。

2. 痕、庚二韵，历来绝大多数是泾渭分明，互不相通。但宋代名家诗词中实行通押的已有前例，今人更少拘检。故通押与否，悉由作者自便。

3. 入声韵字，则采取：A、分类通押：即麻、波、歌、皆等四个以开口呼音素收音的为第一类通押。支、齐两个以齐齿呼音素收音的为第二类通押。姑、苏两个以合口呼和撮口呼收音的为第三类通押。B、凡属入声字，本书中的八个入声韵部一律通押。

一　麻

平声·阴平

啊〔ā〕助词。叹词。

腌〔ā〕又读。(见唐韵阴平。另见寒韵阴平)

巴〔bā〕三～尾～结～锅泥～眼巴～干巴～

吧〔bā〕去～好～哑～吧～

疤〔bā〕血～痘～伤～疮结～揭～

笆〔bā〕竹～篱～车～

粑〔bā〕糌～糕～

叭〔bā〕喇～哈喇～(肩骨)

芭〔bā〕芭蕉的芭。

扒〔bā〕攀援。挖掘。剥下。(另见阳平)

豝〔bā〕母猪。小猪。

嚓〔cā〕象声字。

差〔chā〕相～不～岁～时～数～一念～(另见去声,支韵阴平,开韵阴平)

叉〔chā〕手～丫～夜～画～八～鱼～粪～钢～刀～交～路三～斗尖～温八～(另见上声)

杈〔chā〕桠～(丫叉)

扱〔chā〕刺取。(另见上声)

喳〔chā〕喊～(另见zhā)

欻〔chuā〕象声字。(另见姑韵入声阴平)

咖〔gā〕咖喱的咖。

嘎〔gā〕嘎～(水禽叫声,另见阳平)

旮〔gā〕旮旯的旮。

瓜〔guā〕西～木～种～浮～剖～冬～苦～甜～香～地～黄～及～傻～匏～卖～枣如～乞巧～哈密～

呱〔guā〕呱～(蛙鸣声)(另见姑韵阴平)

騧〔guā〕黑嘴黄马。骝～拳毛

哈〔hā〕呵～哼～口～哈～(另见上声)

呵〔hā〕呵腰的呵。(另见波韵阴平,歌韵阴平)

花〔huā〕稻～藕～莲～杨～梨～菱～梅～樱～香～鲜～春～秋～钢～火～红～黄～血～铁～水～浪～枪～灯～烛～银～礼～邮～窗～茑～棉～琼～雪～烟～名～昙～风～天～霜～奇～心～泪～鱼～刨

~如~献~喷~飞~堆
催~簧~看~着~栽~开
~落~描~绣~百~万~
眼~昏~唐～（烘焙早开
的花）山~大红~迎春~
遍地~石油~自由~二月
~笔生~光荣~

哗〔huā〕哗～（另见阳平）

家〔jiā〕国~田~农~渔
~画~邻~大~山~邦
~公~自~人~身~亲~
娘~老~东~冤~船~书
~行~通~方~酒~杂~
专~名~诗~世~管~当
~归~看~住~传~成
室~倾~毁~安~居~全
~移~去~作~谁~出~
忘~轻~离~持~三~百
~万~还~克~发~起~
仙~无~八口~到处~
〔傢〕家具的家。（另见
姑韵阴平）

佳〔jiā〕大~亦~倍~绝
~转~渐~更~清~偏
~殊~此中~四时~日夕
~雨后~分外~景色~

加〔jiā〕交~参~增~相
~强~倍~横~更~追
~外~递~产量~豪气~

嘉〔jiā〕可~永~孔~拜
~岁~春事~山水~

笳〔jiā〕乐器名。胡一暮
~悲~边~芦~寒~鸣
~听~塞上~

痂〔jiā〕疮~结~脱~嗜
~

茄〔jiā〕荷~雪～（另见皆
韵阳平）

枷〔jiā〕披~长~

葭〔jiā〕芦苇。蒹~吹~
苍~寒~

珈〔jiā〕首饰。六~珞~
琼~宝~

耞〔jiā〕脱粒具。连~

跏〔jiā〕结～（盘膝坐）

迦〔jiā〕释~

袈〔jiā〕袈裟的袈。

猳〔jiā〕公猪。艾~豚~

咖〔kā〕咖啡的咖。

夸〔kuā〕夸张的夸。矜~
自~争~堪~漫~浮~
滩~浪~夸~海内~

姱〔kuā〕美好。形~信~
修~妍~

拉〔lā〕手~拖~牵一踏~
耷~克~用力~

垃〔lā〕垃圾的垃。（歌韵
入声去同）

蓝〔lā〕茎～（另见寒韵阳
平）

啦〔lā〕助词。象声字。好
~哗~

吗〔mā〕〔么（另见波韵
阳平，歌韵阴平）〕是
~对~好～（另见上声）

妈 〔mā〕 爹~大~姨~妈~

蚂 〔mā〕 蚂螂的蚂。（另见上声、去声）

嘛 〔mā〕 助词。（另见阳平）

葩 〔pā〕花。仙~奇~含~春~霜~残~寒~雨后~

趴 〔pā〕 伏。矮趴~

啪 〔pā〕瓣~

仨 〔sā〕 三人。

沙 〔shā〕 泥~平~虫~铁~风~长~寒~飞~扬~金~囊~澄~横~含流~散~沉~量~豆~夹~恒河~浪淘~月笼~映浅~万里~博浪~

纱 〔shā〕 纺~摇~浣~轻~麻~棉~绉~碧~青~绛~臂~面~窗~蝉翼~越溪~

砂 〔shā〕 丹~砾~铁~矿~炼~翻~

痧 〔shā〕 发~刮~风~

杉 〔shā〕 杉木，杉篙的杉。（参看寒韵阴平）

莎 〔shā〕 莎鸡的莎。（另见波韵阴平）

鲨 〔shā〕 海~虎头~

裟 〔shā〕 袈~

吵 〔shā〕 助词。

他 〔tā〕 由~任~无~其~利~随~念~怨~靡~怪~

她 〔tā〕 女性第三称代词。

它 〔tā〕 〔牠〕指事物第三称代词。（波韵阴平同）

跶 〔tā〕 又读。（见入声去）

蛙 〔wā〕 青~跳~栖~井~鸣~怒~群~牛~闻~处处~

洼 〔wā〕 水~低~泥~深~

哇 〔wā〕 呕~哇~

娲 〔wā〕 女~

虾 〔xiā〕 〔蝦〕鱼~对~龙~米~青~白~（另见阳平）

鸦 〔yā〕 老~飞~昏~归~林~暮~乱~啼~寒~栖~藏~舌~慈~群~涂~髻~数点~反哺~凤随~

桠 〔yā〕 杈~枝~树~

呀 〔yā〕 啊~哎~咿~呀~

哑 〔yā〕 象声字。呕~咿~哑~（另见上声、去声，歌韵入声去）

丫 〔yā〕 髻~叉~手~

臜 〔zā〕 又读。（见唐韵阴平）

查〔zhā〕姓。

楂〔zhā〕山～梨～秋～酸～（另见阳平）

渣〔zhā〕煤～油～铁～泥～豆。

喳〔zhā〕应诺声。唧～喳～（另见chā）

齇〔zhā〕面鼻红赤。鼻～

抓〔zhuā〕力～狠～紧～重点～及时～全面～亲自～（另见豪韵阴平）

挝〔zhuā〕击。初～三～频～急～渔阳～（另见波韵阴平）

在阴平中，还有旧读入声各字见"仄声·入声"。

平声·阳平

嗄〔á〕惊讶、疑问叹词。（另见去声）

茶〔chá〕山～野～花～清～采～浓～粗～香～苦～拣～种～煎～煮～烹点～沏～饮～品～试～早～新～红～绿～岩～酽～泡～卖～一杯～分～武夷～绿芽～雨前～龙井～菊花～云雾～

查〔chá〕调～审～搜～清～稽～巡～访～检～核～彻～勤～考～（另见阴平）

槎〔chá〕木筏。浮～泛～汉～云～星～月～飞～仙～灵～乘～钓～八月～银汉～

搽〔chá〕涂～敷～匀～

苴〔chá〕麦～豆～胡～换～前～二～

碴〔chá〕冰～瓦～碎～找～（寻事）玻璃～（另见上声"碴"）

苴〔chá〕枯草。浮～栖～（另见上声，鱼韵阴平）

垞〔chá〕小丘。竹～春～南北～

打〔dá〕十二个。（另见上声）

奓〔gá〕奓儿的奓。

虾〔há〕〔蝦〕虾蟆的虾。（另见阴平）

华〔huá〕中～才～物～精～春～铅～光～清～文～年～韶～芳～岁～日～月～风～霜～翠～纷～荣～英～豪～奢～浮～虚～作～菁～梦～繁～南～京～升～咀～桃李～两鬓～荤绿～（另见去声）

划〔huá〕轻～荡～飞～双桨～（另见入声阳平、入声去）

哗〔huá〕〔譁〕不～无～喧～避～众～争～欢～笑语～儿女～世所～（另见阴平）

铧〔huá〕犁～双～

骅〔huá〕骅骝的骅。

撶〔huá〕撶拳的撶。

旯〔lá〕旮～（角落）

拉〔lá〕〔剌（另见入声去〕〕割开。

麻〔má〕〔蔴〕芝～胡～禾～桑～丝～苧～大～乱～如～披～亚～泹～绩～蓖～半顷～
〔痲〕痲疯的痲。

蟆〔má〕虾～

嘛〔má〕喇～（另见阴平）

拿〔ná〕〔拏〕捉～擒～推～兜～龙～盘～纷～腾～交～紧紧

南〔ná〕南无的南。（另见寒韵阳平）

耙〔pá〕犁～钉～竹～五齿～九齿～

扒〔pá〕翻～拖～猪～牛～（另见阴平）

爬〔pá〕伏～搔～攀～向上～

琶〔pá〕琵～铜～筝～凤～

杷〔pá〕木～枇～

啥〔shá〕有～为～做～

娃〔wá〕女～小～娇～胖～泥～吴～邻～娃～

霞〔xiá〕云～烟～翠～彩～红～紫～朝～晚～余～残～流～落～绮～烧～堆～飞～餐～丹～栖～脸～万缕～赤城～雨后～

瑕〔xiá〕玉有斑疵。无点～疵～攻～微～玉有不掩～

遐〔xiá〕远。迩～荒～幽～人～岁月～

暇〔xiá〕又读。（见去声）

斜〔xiá〕旧读。七～横～夕阳～雁行～玉钩～（皆韵阳平同。另见皆韵阳平yé）

牙〔yá〕伯～齿～爪～月～虎～鼠～狼～犬～象～咬～磨～獠～橛～鏨～红～牙～

芽〔yá〕吐～发～萌～抽～露～嫩～新～寒～紫～幼～芦～韭～姜～黄～麦～桑—椿～护～茁～绿豆～谷雨～

崖〔yá〕〔厓〕山～冰～雪～丹～红～层～危～悬～断～峭～摩～百丈～

涯〔yá〕有～无～生～天～水～海～

衙〔yá〕槐～退～蜂～闹～官～早～冷～古押～

蚜〔yá〕红～棉～菜～灭～

睚〔yá〕睚眦的睚。

枒〔yá〕杈～

崖〔yá〕 崆～（山深貌）

咱〔zá〕 咱家的咱。（另见寒韵阳平）

在阳平中，还有旧读入声各字见"仄声·入声"。

仄声·上声

把〔bǎ〕 一～盈～拱～手～火～个～（另见去声）

靶〔bǎ〕 打～红～箭～枪～中～

叉〔chǎ〕 分张。（另见阴平）

蹉〔chǎ〕 踩。乱～

镲〔chǎ〕 钹。铜～镲～

打〔dǎ〕 相～斯～扑～短～乱～颤～雨～潮～铁～痛～浪～开～棒～吹～敲～揍～人人～（另见阳平）

寡〔guǎ〕 多～孤～鳏～情～识～和～道～

剐〔guǎ〕 万～刀～剔～

哈〔hǎ〕 姓。（另见阴平）

假〔jiǎ〕 真～虚～久～作～宽～狐～（另见去声）

贾〔jiǎ〕 姓。屈～（另见姑韵上声）

瘕〔jiǎ〕 腹中积块。症～结～攻～

槚〔jiǎ〕 楸树。茶。松～

夏〔jiǎ〕 夏楚的夏。（另见去声）

斝〔jiǎ〕 玉爵。酒～奉～

卡〔kǎ〕 名～书～软～编～三轮～（另见qiǎ）

咯〔kǎ〕 咯血的咯。（另见歌韵入声阴平）

垮〔kuǎ〕 打～搞～

侉〔kuǎ〕 侉子的侉。

喇〔lǎ〕 喇叭、喇嘛的喇。

俩〔liǎ〕 我～你～父子～（另见唐韵上声）

马〔mǎ〕 名～良～骏～肥～驾～劣～老～瘦～羸～野～战～怒～健～快～凡～汗～军～人～兵～戎～鞍～竹～木～铁～车～弓～班～意～秧～天～牧～策～相～走～立～秣～跃～驻～勒～出～驰～纵～赛～倚～画～石～叩～匹～驶～饮～跨～斑～龙～奔～犬～牛～千里～千金～五花～款段～追风～识途～塞翁～

码〔mǎ〕 砝～号～尺～筹～起～电～戏～密～

吗〔mǎ〕 吗啡的吗。（另见阴平）

玛〔mǎ〕 玛瑙的玛。

蚂〔mǎ〕 蚂蚁、蚂蟥的蚂。（另见阴平、去声）

哪〔nǎ〕询问词。(另见歌韵阳平)

卡〔qiǎ〕关～当中～(另见kǎ)

洒〔sǎ〕〔灑〕挥～萧～泼～飞～喷～飘～雨～泪～浇～

傻〔shǎ〕装～真～痴～太～

耍〔shuǎ〕玩～戏～作～杂～

瓦〔wǎ〕弄～砖～片～破～碧～缸～霜～竹～砚～鸳鸯～琉璃～(另见去声)

雅〔yǎ〕博～大～文～淡～端～风～高～幽～娴～清～温～典～素～儒～

哑〔yǎ〕沙～喑～声～喉～嘶～聋～(另见阴平、去声,歌韵入声去)

苴〔zǎ〕土～(粪土)(另见阳平,鱼韵阴平)

诈〔zhǎ〕以言语试探。(另见去声)

鲊〔zhǎ〕皮～鱼～

砟〔zhǎ〕〔碴(另见阳平)〕块状物。煤～碎～

拃〔zhǎ〕伸张拇指食指,以表长度。(另见阴平)

爪〔zhuǎ〕爪子的爪。(另见豪韵上声)

在上声中,还有旧读入声各字见"仄声·入声"。

仄声·去声

罢〔bà〕作～读～舞～浴～报～雨初～不能～

霸〔bà〕争～称～独～土～恶～五～图～王～

坝〔bà〕堤～土～开～筑～塘～拦河～

把〔bà〕刀～剑～壶～话～(另见上声)

爸〔bà〕爸～

伯〔bà〕五～(五霸)(另见波韵入声阳平)

灞〔bà〕水名。

差〔chà〕偏～不～太～一～念～毫厘～(另见阴平,支韵阳平,开韵阴平)

岔〔chà〕路歧。三～抓～分～路～出～打～

诧〔chà〕大～惊～疑～失～

汊〔chà〕水～港～三～

衩〔chà〕衣～开～

侘〔chà〕侘傺的侘。

姹〔chà〕艳冶。花争～

大〔dà〕伟～重～壮～巨～正～高～硕～自～才～胆～宏～广～远～盛～宽～夸～强～扩～张～光～老～措～斗～庞～浩～倍～河山～乾坤～(另见开韵去声)

尬〔gà〕尴~

卦〔guà〕八~占~起~布~卜~变~

挂〔guà〕〔掛〕记~牵~悬~高~斜~帆~披~倒~帘~蛛网~新月~

褂〔guà〕外~长~短~大小~袍碍

罣〔guà〕挂碍。罥~滞~

化〔huà〕变~理~进~风~教~物~转~羽~开~感~政~造~蜕~僵~美~简~腐~欧~同~分~火~消~溶~醇~文~绿~募~多样~合理~自动~机械~

画〔huà〕图~策~彩~绘~描~字~油~古~读~年~漫~板~插~如~入~壁~组~品~学难~名~依样~有声~水彩~诗书

话〔huà〕神~笑~情~评~板~电~怪~鬼~佳~诗~梦~童~白~对~插~土~老~听~共~谈~好~陪~写~象~行~废~空~闲~讲~直~真~传~喊~答~反~谎~假~大~回~会~知心~听党~一席~

华〔huà〕山名。太~少~嵩~（另见阳平）

桦〔huà〕白~

踝〔huà〕又读。（见开韵阳平）

价〔jià〕高~时~代~加~市~物~估~讨~还~定~工~涨~贬~评论~无~差~廉~身~声~善~议~米~平~连城~本无~不二~（另见皆韵去声）

架〔jià〕花~书~笔~衣~招~横~落~间~吵~满~绞~打~担~秋千~葡萄~

稼〔jià〕禾~庄~耕~桑~学~力~

假〔jià〕休~请~续~例~放~春~暑~长~给~在~销~（另见上声）

嫁〔jià〕出~未~转~陪~远~新~作~

驾〔jià〕大~尊~劳~车~保~凌~命~方~枉~泛~

髂〔kà〕腰骨。

跨〔kuà〕虹~飞~桥~凌~雄~横~征鞍~

胯〔kuà〕两股间。开~

落〔là〕遗漏。（另见波韵入声去，豪韵去声）

骂〔mà〕辱~毒~漫~唾~咒~打~笑~怒~

蚂〔mà〕　蚂蚱的蚂。（另见阴平、上声）

那〔nà〕　远指。（另见波韵阳平、去声）

怕〔pà〕　不～恐～生～害～只～该～深～可～休～哪～惧～

帕〔pà〕　手～巾～锦～绣～罗～香～红绡～

厦〔shà〕〔廈〕大～广～成～千间～（另见 xià）

嗄〔shà〕　嘶哑。（另见阳平）

瓦〔wà〕　敷瓦于屋。（另见上声）

下〔xià〕　天～四～落～手～眼～目～脚～低～意～足～阁～月～当～撇乡～高～剩～麾～部～谦～日～汗～南～上～膝臁～润～白～灯～笔～林～花～水走～盛名～寄篱～牛羊～不相～

夏〔xià〕　诸～大～华～长～炎～盛～孟～仲～麦～蝉报～（另见上声）

暇〔xià〕　有～余～多～闲～抽～农～整～偷～未～（阳平同）

鰕〔xià〕　孔～补～裂～石～林～

廈〔xià〕〔廈〕廈门的廈。（另见 shà）

亚〔yà〕〔亞〕东～相～流～偓～阑干～花枝～

迓〔yà〕　迎～远～百辆～倒屣～

讶〔yà〕　疑～惊～嗟～不足～

研〔yà〕　碾～光～磨～

哑〔yà〕〔啞〕惊叹词。（另见阴平、上声，歌韵入声去）

揠〔yà〕　强人受物。硬～

娅〔yà〕〔婭〕姻～亲～

氩〔yà〕〔氬〕化学元素。

诈〔zhà〕　行～奸～敲～欺～诡～虚～机～讹～变～（另见上声）

炸〔zhà〕　爆～轰～（另见入声阳平）

榨〔zhà〕　压～油～

咤〔zhà〕　叱～悲～恨～

乍〔zhà〕　忽然。初。

蚱〔zhà〕　蚂～

痄〔zhà〕　痄腮，腮肿。

吒〔zhà〕　哪～

在去声中，还有旧读入声各字见"仄声·入声"。

仄声·入声

阿〔ā〕　前缀词。（另见歌韵阴平）

八〔bā〕 二~ 三~ 百~ 尺~ 丈~ 腊~ 忘~

捌〔bā〕 "八"的大写。

擦〔cā〕 摩~ 洗~ 搓~

插〔chā〕 斜~ 安~ 高~ 栽~ 穿~ 瓶~ 信~ 簪~

锸〔chā〕 花~ 畚~ 耒~ 荷~ 携~

答〔dā〕 羞答~（另见入声阳平）

搭〔dā〕 配~ 凑~ 架~ 百~ 拼~ 兜~ 勾~ 白~

铊〔dā〕 铁~（衣具）

嗒〔dā〕 滴~（另见入声去）

褡〔dā〕 挂~ 肩~ 腰~ 布~

耷〔dā〕 大耳朵。耷拉的耷。朱~（人名）

瘩〔dā〕 疙~（别见入声阳平）

发〔fā〕 挥~ 虚~ 兴~ 风~ 自~ 英~ 秀~ 奋~ 分~ 激~ 蒸~ 进~ 开~ 出~ 启~ 焕~ 揭~ 偶~ 暴~ 竞~ 先~ 越~ 花~ 沙~（另见入声去）

刮〔guā〕 刀~ 削~ 搜~ 磨~ 洗~

〔颳〕吹~ 风~

聒〔guā〕 喧~ 絮~ 鸟~ 强~ 嘈~ 聒~

鸹〔guā〕 老~ 鸹~

栝〔guā〕 檃~

夹〔jiā〕 紧~ 书~ 发~ 双峰~（另见入声阳平）

浃〔jiā〕 湿透。汗~濡 ~ 洽~ 款~ 沦~（另见入声阳平）

掐〔qiā〕 指~ 爪~ 嫩~

撒〔sā〕 撒手、撒野的撒。（另见入声上声）

杀〔shā〕 格~ 宰~ 抹~ 逼~ 厮~ 肃~ 生~ 羡~ 笑~（另见开韵去声）

煞〔shā〕 煞尾、煞车的煞。（另见入声去）

铩〔shā〕 铩羽的铩。 长~

刷〔shuā〕 衣~ 洗~ 粉~ 印~ 涂~ 振~ 浪~

塌〔tā〕 下~ 坍~ 倒~ 地~ 疲~

褟〔tā〕 衣上缀边。

挖〔wā〕 刀~ 雕~ 深~

瞎〔xiā〕 摸~ 睁眼~

鸭〔yā〕 鹅~ 鸡~ 放~ 养~ 斗~ 野~ 睡~ 驯~ 绿~ 填~ 春江~ 北京~

压〔yā〕 制~ 镇~ 积~ 高~ 覆~ 弹~ 气~ 欺~ 雪~ 楼~

押〔yā〕 花~ 签~ 画~ 抵~ 典~ 管~ 拘~ 帘~

匝〔zā〕 周~ 三~ 匝~ 青山~

咂〔zā〕吮～咂～

扎〔zā〕〔紮、繁〕缠～包～捆～（另见入声阴平zhā、入声阳平zhá）

〔zhā〕刺。针～枪～猛～（另见zā，入声阴平）

拔〔bá〕攻～力～选～提～奖～海～剑～擢～挺～自～识～不～连根～

跋〔bá〕跋涉的跋。序～题～烛～狼～

茇〔bá〕草根。草间住。棠～丛～

魃〔bá〕旱～（旧谓旱魔）

察〔chá〕〔詧〕监～检～纠～观～视～督～考～详～觉～审～明～侦～警～鉴～失～苛～廉～省～

达〔bá〕通～畅～辞～豁～旷～练～传～发～到～下～溜～马～腾～显～闻～表～直～贤～洞～哈～雷～四～早～（另见入声去）

答〔dá〕问～应～酬～报～回～对～裁～批～响～滴～（另见入声阴平）

怛〔dá〕忉～怆～震～惊～惨～

瘩〔dá〕瘩背的瘩。（另见入声阴平）

绐〔dá〕纥～（绳结）

鞑〔dá〕鞑靼的鞑。

靼〔dá〕鞑～

笪〔dá〕粗竹席。姓。

乏〔fá〕困～匮～劳～疲～饥～力～缺～贫～

伐〔fá〕砍～征～讨～北～挞～步～作～杀～笔～诛～剪～功～不～斧斤～

罚〔fá〕科～刑～责～惩～处～赏～

筏〔fá〕木～竹～放～乘～宝～浮～

阀〔fá〕门～世～军～财～

垡〔fá〕泥块。起～耕～草～

砝〔fá〕砝码的砝。

莐〔fá〕草叶茂盛。茅～

轧〔gá〕轧账、轧朋友的轧。（另见zhá，入声去）

滑〔huá〕光～油～浮～润～圆～稽～苔～路～香粳～莺语～泥滑～（另见姑韵入声上）

猾〔huá〕刁～狡～巨～老～奸～

划〔huá〕〔劃〕割开。擦过。（另见阳平，入声去）

夹〔jiá〕〔袷〕双层。穿～白～单～（另见入声阴平）

浃〔jiá〕浃日、浃辰的浃。（另见入声阴平）

铗 [jiá] 剑把。弹～歌～长～

荚 [jiá] 豆～皂～榆～蒌～

颊 [jiá] 双～辅～玉～缓～毫添～

戛 [jiá][憂] 长矛。击。玉～交～敲～摩～戛～

蛱 [jiá] 蛱蝶的蛱。

鹞 [jiá] 鹩～(催明鸟)

恝 [jiá] 忽略。

遽 [já] 遽遍的遽。

侠 [xiá] 大～行～义～豪～轻～剑～游～任～五陵～布衣～

狭 [xiá] 窄～量～褊～路～浅～狷～峭～广～促～

峡 [xiá] 三～巴～巫～江海～三门～猿啼～

匣 [xiá] 玉～宝～粉～砚～剑～镜～琴～话～尘～生～

辖 [xiá] 车～投～管～直～统～

狎 [xiá] 亲～情～近～相～素～玩～鸥～

挟 [xiá] 又读。(见皆韵入声阳平)

硖 [xiá] 地名。

柙 [xiá] 虎～兽～槛～出～

黠 [xiá] 狡～慧～巧～奸～言语～

洽 [xiá] 畅～情～款～和～洽～欢～博～接～溥～周～融～商～中外～(入声去同)

呷 [xiá] 吸。口～喋～喋

杂 [zá] 夹～嚣～尘～渗～复～芜～拉～错～喧～驳～冗～庞～丛～嘈烦～混～笑啼～车马～

砸 [zá] 撞破。捣烂。

闸 [zhá][牐] 水～车～电～铁～下～三河～

札 [zhá][剳、劄] 手～信～书～笔～简～瑶～缄片～寸～素～投～

扎 [zhá] 挣～[紥、紮] 驻～屯～(另见入声阴平 zā、zhā)

炸 [zhā] 油～煎～(另见去声)

轧 [zhá] 轧钢的轧。轧～(象声词)(另见gá、入声去)

铡 [zhá] 刀～

喋 [zhá] 嗫～喋～(另见皆韵入声阴平)

霅 [zhá] 溪名。清～苔～

哳 [zhá] 喇～嘲～

礤 [cǎ] 礤床的礤。

法〔fǎ〕　方～办～书～兵～笔～宪～约～语～文～成～师～立～司～作～设～效～取～守～变～枉～佛～程～违～伏～合～犯～执～非～看～戏～说～新～手～不～婚姻～天下～辩证～上乘～十八～

甲〔jiǎ〕　兵～菜～解～鳞～坼～花～周～爪～铁～铠～盔～龟～坚～鼎～弃～卸～

胛〔jiǎ〕　肩～背～牛～

岬〔jiǎ〕　海～山～

钾〔jiǎ〕　金属元素。

撒〔sǎ〕　散布。广～遍～（另见入声阴平）

靸〔sǎ〕　拖鞋。

塔〔tǎ〕　登～灯～高～石～宝～古～雁～白～铁～祭～双～孤～金字～多宝～琉璃～珍珠

眨〔zhǎ〕　眼～

刹〔chà〕　刹那的刹。古～宝～梵～罗～

发〔fà〕〔髮〕白～华～结～束～怒～毫～理～长～削～披～擢～乱～散～不容～镜中～（另见入声阴平）

珐〔fà〕　〔珐〕珐琅的珐。

划〔huà〕　策～区～计～刻～筹～擘～谋～规～（另见阳平，入声阳平）

婳〔huà〕　媕～（静美）

辣〔là〕　辛～味～手～酸～毒～老～泼～

腊〔là〕〔臘〕入～腌～破～送～迎～残～旧～伏～夏～（僧年）（另见齐韵入声阳平）

蜡〔là〕〔蠟〕白～蜜～蜂～绛～红～石～嚼～打～

剌〔là〕　拨～乖～跋～泼～～剌～（另见阳平）

瘌〔là〕　瘌痢，头癣。疤～

镴〔là〕　焊～锡～白～

纳〔nà〕　采～缴～收～容～延～结～招～归～献～吐～笑～出～细～虚怀～

衲〔nà〕　百～破～老～野～

捺〔nà〕　按～重～撇～斜～

呐〔nà〕　喊～呐～（难言貌）

讷〔nà〕　又读。（见歌韵入声去）

钠〔nà〕　金属元素。

洽〔qià〕　又读。（见入声阳平）

恰〔qià〕　恰～

飒〔sà〕　萧～衰～飒～

卅〔sà〕　五～

萨〔sà〕 拉～菩～

跺〔sà〕拖着鞋。(阴平同)

箑〔shà〕 画～宝～素～翠～轻～白羽～(皆韵入声阳平同)

煞〔shà〕 抹～恶～收～笑～急～闷～象～ (另见入声阴平)

翣〔shà〕 一～翣～

嗄〔shà〕 嗄喋的嗄。

歃〔shà〕 歃血,古盟会仪式。

踏〔tà〕 〔蹋〕足～践～腾～蹴～乱～槽～

榻〔tà〕 卧～藤～登～石～扫～对～同～禅～悬～下～凉～

挞〔tà〕 鞭～笞～怒～市朝～

闼〔tà〕 排～闼～

拓〔tà〕 〔搨〕摹～临～手～宋～新～旧～ (另见波韵入声去)

獭〔tà〕 水～海～

跶〔tà〕 踢～溜～

达〔tà〕 挑～(轻巧貌)(另见入声阳平

阘〔tà〕楼上户。鼓声。阘茸的阘。

鞳〔tà〕 鞺～(钟鼓声)

沓〔tà〕 〔遝〕杂～纷～稠～重～拖～沓～

遢〔tà〕 邋～

嗒〔tà〕 嗒然,失意貌。

漯〔tà〕 水名。

鳎〔tà〕 鱼名。

袜〔wà〕 鞋～线～罗～丝～凌波～尼龙～ (另见波韵入声去)

喴〔wà〕 喴嗦的喴。

吓〔xià〕 〔嚇〕使害怕。(另见歌韵入声去)

轧〔yà〕 辗～倾～轧～(另见入声阳平 gá、zhá)

揠〔yà〕拔～

栅〔zhà〕 木～鸡～营～篱～立～豚～筑～

二 波

平声·阴平

波〔bō〕风～电～音～光～烟～眼～锦～秋～长～短～微～横～回～绿～清～层～惊～逝～余～扬～伏～澄～沧～凌～奔～千顷～潋滟～洞庭～

播〔bō〕风～迁～春～扬～远～撒～点～广～传～转～(去声同)

菠〔bō〕霜～春～寒～赤根～

饽〔bō〕饽～蒸～麦～

玻〔bō〕玻璃的玻。

啵〔bō〕商榷助词。

嶓〔bō〕山名。

搓〔cuō〕手～揉～挼～

磋〔cuō〕切～如～

蹉〔cuō〕蹉跎的蹉。

瑳〔cuō〕玉润。瑳～巧笑～

多〔duō〕才～情～粮～肥～言～大～增～居～三～众～贪～几～无～许～至～不～多～夕阳～历年～有足～不在～月明～暮云～一芍～读书～绿阴～

哆〔duō〕哆嗦的哆。(另见支韵上声)

过〔guō〕经～重～频～风～帆～岁月～故人～夕阳～塞鸿～宾客～(另见去声)

锅〔guō〕沙～铁～火～汤～瓦～砸～烧～

埚〔guō〕坩～

涡〔guō〕水名。(另见wō)

豁〔huō〕残缺。裂开。齿～口～(另见入声去)

捋〔luō〕脱取。采～轻～一把～(另见歌韵入声去)

罗〔luō〕〔啰〕罗嗦的罗。(另见阳平)

喔〔ō〕解悟叹词。(另见入声去)

呵〔ō〕惊异叹词。(另见麻韵阴平,歌韵阴平)

坡〔pō〕断～层～山～土～半～下～东～陡～平～斜～马嵬～杨柳～

颇〔pō〕偏～不～平～(另见上声)

陂〔pō〕陂陀的陂。(另见齐韵阳平)

梭〔suō〕穿～跳～莺～掷～抛～停～鸣～玉～如

~疾似~

蓑[suō] 披~雨~笠~烟~渔~短~钓~绿~

莎[suō] 烟~平~绿~寒~晴~浅~一径~（另见麻韵阴平）

唆[suō] 教~调~

嗦[suō] 哆~罗~

娑[suō] 婆~娑~（松散貌）

挲[suō] 〔挲〕摩~挼~

拖[tuō] 烟~裙~硬~尽~斜~横~倒~

它[tuō] 〔牠〕又读。（见麻韵阴平）

窝[wō] 心~行~吟~蜂~鸟~燕~被~安乐~雪成~

涡[wō] 水~漩~盘~酒~梨~笑~云~（另见ɡuō）

挝[wō] 老挝的挝。（另见麻韵阴平）

蜗[wō] 蜗牛的蜗。

莴[wō] 莴苣的莴。春~霜

猧[wō] 小狗。玉~雪~花~

倭[wō] 古人种名。（另见上声）

唷[yō] 喔~哎~夯~嗳~

在阴平中，还有旧读入

声各字 见"仄声·入声"。

平声·阳平

脖[bó] 脖子的脖。

瘥[cuó] 病。札~荐~天~（另见开韵去声）

嵯[cuó] 盐。咸~贩~转~行~

嵯[cuó] 嵯峨的嵯。

矬[cuó] 短小。侏儒~。

螺[luó] 田~钉~海~黛~髻~法~烟~青~钿~陀~几点~

罗[luó] 网~包~张~星~绫~绮~红~香~搜~森~阗~波~汩~轻~胸~巨~罗~
〔啰〕喽~又罗唣（吵闹）的罗。（另见阴平）

萝[luó] 女~茑~烟~薛~藤~松~青~碧~牵~扪~披~

箩[luó] 竹~淘~筐~筛~饭~

骡[luó] 跨~青~骞~马~健~疲~

锣[luó] 金~铜~鸣~筛~云~小~

逻[luó] 巡~侦~遮~

脶[luó] 手指圆纹。旋~箕~

猡〔luó〕猪～

椤〔luó〕杪～(木名)

䋌〔luó〕䋌缕的䋌。

磨〔mó〕研～折～消～琢～缠～墨～水～砻～洗～刮～风雨～剑横～铁砚～(另见去声)

模〔mó〕规～楷～劳～砂～常～宏～远～铜～印～铸～字～师～万世～达士～(另见姑韵阳平)

摩〔mó〕按～手～揣～观～肩～研～抚～维～达～

魔〔mó〕狂～入～妖～酒～睡～愁～梦～恶～诗～邪～风～着～伏～降～天～棋～

摹〔mó〕〔模、橅〕描～临～心～手～追～

谟〔mó〕良～典～嘉～远～宏～

膜〔mó〕膜拜的膜。(另见入声阳平)

么〔mó〕幺～(小)(另见麻韵阴平"吗"，歌韵阳平)

馍〔mó〕馍～

蘑〔mó〕蘑菇的蘑。口～香～

无〔mó〕南～(另见姑韵阳平)

嫫〔mó〕嫫母的嫫。嫱～盐～

劘〔mó〕切削。

那〔nuó〕刹～则～不～(另见去声,麻韵去声)

挪〔nuó〕移～腾～

娜〔nuó〕又读。(见上声)

哦〔ó〕惊讶叹词。(另见去声,歌韵阳平)

婆〔pó〕外～老～阿～六～公～太～汤～媒～婆～春梦～

皤〔pó〕腹～鬓～

番〔pó〕姓。(另见寒韵阴平fān,pān)

鄱〔pó〕鄱江的鄱。

挼〔ruó〕搓～碎～揉～

驼〔tuó〕铜～骆～橐～背～明～

鸵〔tuó〕沙～驯～健走～

跎〔tuó〕蹉～

陀〔tuó〕头～陂～沙～盘～

酡〔tuó〕颜～醉～微～

驮〔tuó〕背～马～(另见去声)

沱〔tuó〕滂～滂～涕泗～

鼍〔tuó〕扬子鳄。江～灵～蛟～鸣～

坨〔tuó〕　盐～蜡～

佗〔tuó〕华～佗～（自得貌）

砣〔tuó〕秤～

鮀〔tuó〕鲨鱼。

在阳平中，还有旧读入声各字见"仄声·入声"。

仄声·上声

跛〔bǒ〕偏～脚～蹇～颠～

簸〔bǒ〕掀～扬～风～浪～翻～颠～（另见去声）

脞〔cuǒ〕细碎。丛～

朵〔duǒ〕花～骨～钗～鬈～云～霜～耳～几～千～莲～晴～朵～初绽～

躱〔duǒ〕隐～藏～逃～

垛〔duǒ〕门～城～墙～（另见去声）

亸〔duǒ〕垂下貌。花～柳～斜～鬈～云～腰肢～

埵〔duǒ〕土堤。风箱出风管。

果〔guǒ〕果断的果。效～因～成～后～结～如～不～未～恶～絮～刚～行必～〔菓〕茶～花～瓜～苹～糖～喜～青～水～浆～结～嘉～硕～谦～蔬～鲜～宜春～无花～

裹〔guǒ〕缠～席～胁～封～腰～包～足～素～青箬～马革～

餜〔guǒ〕油炸～

蜾〔guǒ〕蜾蠃的蜾。

火〔huǒ〕星～烟～野～膏～薪～萤～磷～灯～香～心～石～营～渔～炮～炉～观～榴～炬～烈～虚～篝～烽～流～爆～肝～怒～发～动～起～玩～向～点～烤～举～取～放～恼～引～文～开～失～禁～过～无明～旗如～咸阳～榾柮～霹雳

伙〔huǒ〕〔夥（另见下条）〕合～搭～同～散～大～家～

夥〔huǒ〕多。（另见上条"伙"）

裸〔luǒ〕袒～虫～果～

砢〔luǒ〕磊～（磊落）

蓏〔luǒ〕果～蔬～

蠃〔luǒ〕蜾～（细腰蜂）

瘰〔luǒ〕瘰疬的瘰。

娜〔nuǒ〕婀～天～袅～娜～（阳平同）

颇〔pǒ〕很。稍微。（另见阴平）

叵〔pǒ〕不可。

筥〔pǒ〕 筥笭的筥。

所〔suǒ〕 失～得～住～寓～处～场～定～托儿～耕钓～招待～

锁〔suǒ〕 金～铁～连～枷～密～缠～深～封～眉～烟～上～开～尘～苔～横江～

琐〔suǒ〕 细～烦～庸～鄙～委～青～琐～

唢〔suǒ〕 唢呐的唢。

妥〔tuǒ〕 谈～办～商～稳～平～贴～安～停～花～未～欠～

椭〔tuǒ〕 椭圆的椭。

我〔wǒ〕 自～尔～忘～毋～罪～知～唯～大～小～误～舍～敌～

倭〔wǒ〕 倭堕的倭。（另见阴平）

左〔zuǒ〕 相～偏～过～向～道～袒～山～江～事～虚～计～尚～间～极～

佐〔zuǒ〕 辅～参～良～军～将～股肱～儿童～

在上声中，还有旧读入声各字见"仄声·入声"。

仄声·去声

簸〔bò〕 簸箕的簸。（另见上声）

播〔bò〕 又读。（见阴平）

薄〔bò〕 薄荷的薄。（另见入声阳平）

错〔cuò〕 海～纷～攻～金～交～铸～舛～过～不～差～认～盘～他山～铸大～犬牙～

措〔cuò〕 举～弗～筹～失～刑～枉直～

挫〔cuò〕 小～受～顿～折～摧～

锉〔cuò〕 土～（锅）〔剉〕钢～摧～磨～

厝〔cuò〕 安～浮～暂～停～

莝〔cuò〕 细斫之草。豆～刍～

惰〔duò〕 疲～游～积～怠～懒～懈～勤～

堕〔duò〕〔隳〕 甑～下～鸟～月～花～泪～倭～（发髻名）

舵〔duò〕〔柁〕 掌～转～失～使～

驮〔duò〕 鞍～重～铃～盐～（另见阳平）

垛〔duò〕 柴～箭～堆～草～（另见上声）

剁〔duò〕 斩击。

跺〔duò〕 顿脚。

过〔guò〕 通～超～经～太～已～度～罪～对～难～路～寡～改～悔～宥～

细~谢~引~规~志~放
~越~错~赛~渡~胜~
文~知~补~闻~不二~
高轩~（另见阴平）

货〔huò〕奇~销~国~通
~好~百~造~进~财
~宝~运~行~食~南~
识~土~山海~

祸〔huò〕人~灾~奇~嫁
~贾~召~横~悔~惹
~乐~避~车~口舌~肘
腋~

和〔huò〕拌~搅~头~二
~（另见歌韵阳平、去
声）

磨〔mò〕石~水~转~牵
~推~驴旋~（另见阳
平）

懦〔nuò〕怯~疲~庸~畏
~立~

糯〔nuò〕软~香~粉~

那〔nuò〕无~（无奈）（另
见阳平，麻韵去声）

哦〔ò〕表示领会。（另见
阳平，歌韵阳平）

破〔pò〕看~点~道~突~
打~残~识~说~胆~
攻~红~云~踏~城~计
~梦~牢不~万卷~

偌〔ruò〕偌大的偌。

些〔suò〕助词。楚~九~
（另见皆韵阴平）

唾〔tuò〕涕~咳~拭~（姑
韵去声同）

卧〔wò〕高~醉~坐~偃
~恶~静~酣~独~病
~连床~高枕~

涴〔wò〕沾污。酒~尘~
汗~粉~

坐〔zuò〕就~稳~危~端
~乘~闲~请~兀~环
~上~升~箕~高~默
~静~独~久~席地~临风
~

座〔zuò〕上~广~讲~法
~末~骂~人~宝~四
~惊~举~隔~虚~星
~在~倾~拂~香满~客盈
~春风~莲花~

做〔zuò〕敢~假~装~叫
~当~惯~尽先~

祚〔zuò〕国~福~年~无
穷~

**在去声中，还有旧读
入声各字见"仄声·入
声"。**

仄声·入声

剥〔bō〕活~盘~饿~剥
~风~霜~（豪韵阴平
同）

拨〔bō〕挑~划~撩~指
~轻~支~调~差~殷
勤~

钵〔bō〕〔钵〕斋~托~衣
~乳~饭~合~金~食
~

鲅〔bō〕鲅~（鱼跃貌）

般〔bō〕 般若的般。(另见寒韵阴平)

戳〔chuō〕 刀~枪~木~邮~

撮〔cuō〕 轻~抄~把~一小~(入声上同)

郭〔guō〕 城~近~东~南~绕~山~负~带~

蝈〔guō〕 蝼~蝈~

啯〔guō〕 啯~

摸〔mō〕 捞~扪~捉~抚~瞎~约~估~暗~

泼〔pō〕 水~倾~活~悍~瓢~墨~撒~浇~

朴〔pō〕 朴刀的朴。(另见入声去,姑韵入声上,豪韵阳平)

说〔shuō〕 诉~劝~论~学~解~关~数~传~瞎~浪~别~曲~直~陈~饰~臆~异~申~巧~再~且~谎~胡~细~演~听~话~小~好~邪~按~据~立~硬~实~空~从头~逢人~黄莺~(另见微韵去声)

缩〔suō〕 语音。(见姑韵入声去)

脱〔tuō〕 开~逃~摆~挣~超~出~活~叶~颖~兔~解~洒~撇~卸~漏~枷锁

托〔tuō〕 衬~依~承~手~茶~枪~烘~

託〔tuō〕 寄~请~信~假~推~嘱~委~拜~付~受~结~欣有~

饦〔tuō〕 馎~(汤饼)

桌〔zhuō〕 方~圆~饭~供~书~八仙~

捉〔zhuō〕 捕~活~夜~水中~

涿〔zhuō〕 地名。

作〔zuō〕 木~瓦~夜~洗衣~(另见入声阳平,入声去)

白〔bó〕 雪~皂~空~鱼~蛋~月~葱~灰~清~洁~花~苍~斑~坚~明~告~大~平~自~对~京~坦~飞~辨~说~科~精~补~曳~独~关~建~黄~虚~抢~太~东方~天下~春潮~乌头~梨花~浮大~(开韵阳平同)

伯〔bó〕 叔~侯~诗~风~将~欢~屠~伍~老~大~笨~伯~文章~(开韵上声同。另见麻韵去声)

薄〔bó〕 轻~厚~浅~淡~菲~单~浮~凉~稀~苇~林~旁~浇~鄙~刻~瘠~履~喷~厌~丛~情意~(豪韵阳平同。另见去声)

百〔bó〕 千~半~盈~劝~什~累~凡~一当~

（开韵上声同）

柏〔bó〕〔栢〕松～庭～墓～文～汉～扁～侧～古～翠～枯～桐～后雕～千岁～凌寒～丞相～（开韵上声同）

箔〔bó〕 蚕～帘～金～锡～珠～翠～绣～苇～

泊〔bó〕 湖～水～血～夜～萍～停～栖～暂～飘～淡～梁山～

博〔bó〕 广～渊～赡～淹～宏～赌～六～闻见～

驳〔bó〕斑～舛～辩～反～批～货～船～拖～卸～

帛〔bó〕粟～玉～尺～束～竹～飞～裂～布～

舶〔bó〕 商～船～海～归～巨～

膊〔bó〕膈～胳～臂～肩～赤～

雹〔bó〕冰～雨～风～降～夏～飞～江南～（豪韵阳平同）

勃〔bó〕蓬～郁～蓊～咆～马～勃～

钹〔bó〕铙～铃～金～击～

搏〔bó〕肉～拊～直～鹰～攫～脉～拼～

踣〔bó〕倾～顿～颠～蹶～

礴〔bó〕磅～盘～（箕坐）

怫〔bó〕 怫然，忿貌。（另见姑韵入声阳平）

卜〔bó〕〔蔔〕萝～（另见姑韵入声上）

鹁〔bó〕鹁鸪。鸠～斑～雨～

渤〔bó〕溟～瀛～

孛〔bó〕 彗星。

浡〔bó〕 兴起。

荸〔bó〕 （见齐韵入声阳平）

镈〔bó〕钱～（农具）

馎〔bó〕 馎饦的馎。

襮〔bó〕表明。衣领。

僰〔bó〕古西南民族。

铂〔bó〕 化学元素。

夺〔duó〕 剽～豪～争～攫～定～讹～抢～掠～攻～气～削～篡～劫～裁～剥～攘～褫～不可～

铎〔duó〕 木～金～风～檐～鸣～司～振～

掇〔duó〕 拾～采～撺～掂～

咄〔duó〕 叱～咄～

裰〔duó〕 直～（僧衣）补～

泽〔duó〕 檐～淋～冰～

剟〔duó〕 刺～刊～削～

佛〔fó〕 神～仙～老～古～活～生～释迦～（另见姑韵入声阳平）

国〔guó〕中～祖～故～爱～邻～列～万～全～强～王～乐～卫～救～四～佛～安～治～报～立～建～开～殉～亡～家～邦～敌～倾～战～帝～唇齿～共和～鱼乐～清凉～槐安～

掴〔guó〕打人耳部。

帼〔guó〕巾～（妇女头巾）

虢〔guó〕古国名。

漍〔guó〕漍～（水声）

活〔huó〕存～求～农～全～生～死～干～心～过～作～扛～粗～细～快～偷～救～灵～养～苟～复～圆～田间～生意～

膜〔mó〕竹～笛～隔～薄～肋～腹～耳～苇～（另见阳平）

橐〔tuó〕囊～笔～垂～行～橐～

拙〔zhuó〕笨～藏～守～迂～补～谋～工～朴～巧～技～弩～

酌〔zhuó〕小～对～独～商～斟～参～细～裁～清～浅～共～

浊〔zhuó〕清～重～贪～水～激～污～浑～尘～嚣～

斫〔zhuó〕〔斲〕砍～斩～斧～芟～樵～劈～雕～

濯〔zhuó〕洗～涮～浣～盥～濯～沧浪～

茁〔zhuó〕芽～萌～笋～怒～

着〔zhuó〕〔著（另见姑韵去声）〕穿～衣～吃～执～附～胶～沉～无～先鞭～（另见歌韵入声阴平，豪韵阴平、阳平）

灼〔zhuó〕焚～照～焦～熏～灼～

啄〔zhuó〕俯～饮～剥～啄～

琢〔zhuó〕磨～雕～镌～细～巧～句～良工～

卓〔zhuó〕高～超～清～英～卓～

缴〔zhuó〕系箭丝绳。矰～避～弋～网～（另见豪韵上声）

镯〔zhuó〕手～金～玉～

擢〔zhuó〕选～简～奖～拔～

棁〔zhuó〕梁上短柱。藻～

诼〔zhuó〕谣～巧～蛾眉～

躅〔zhuó〕足迹。轨～遗～（另见姑韵入声阳平）

彴〔zhuó〕略～（小木桥）

鷟〔zhuó〕鸑～（凤）瑞～

踔〔zhuó〕跳。超～腾～

浞〔zhuó〕寒～（古人名）

昨 [zuó] 日～如～忆～胜～畴～成～

作 [zuó] 作践、作料、作兴的作。(另见入声阴平，入声去)

笮 [zuó] 竹索。青～断～

捽 [zuó] 揪。抵触。姑韵入声阳平同)

椁 [guǒ][椁] 椁套棺。

抹 [mǒ] 黛～电～淡～浓～浅～一～揞～擦～涂～批～(另见入声去)

索 [suǒ] 绳～铁～弦～大～绞～线～离～思～探～搜～勒～需～追～摸萧～郭～(躁动貌)

庹 [tuǒ] 两臂平伸长度。

撮 [zuǒ] 又读。(见入声阴平)

北 [bò] 南～东～西～冀～朔～河～江～陕～败～逐～斗指～(微韵上声同)

擘 [bò] 巨～分～

檗 [bò][蘗] 黄～苦～冰～茹～

亳 [bò] 地名。迁～

绰 [chuò] 宽～阔～宏～绰～

惙 [chuò] 危～绵～惙～

辍 [chuò] 停止。中～不～

齪 [chuò] 龌～

啜 [chuò] 啜泣的啜。饮～哺～

逴 [chuò] 远。逴～

度 [duò] 臆～忖～揣～测～自～审～量～裁～商～揆～猜～(另见姑韵去声)

踱 [duò] 闲～信步～

柮 [duò] 榾～(木块)

缚 [fò] 又读。(见姑韵入声阳平)

惑 [huò] 迷～疑～眩～诱～破～煽～惶～惊～解～媚～荧～不～大～狂～蔽～幻～弓蛇～

获 [huò] 渔～猎～弋～俘～捕～斩～屡～新～坐～大～
[穫] 秋～耕～收～

豁 [huò] 开～敞～疏～轩～超～醒～(另见阴平)

或 [huò] 倘～偶～设～容～间～

霍 [huò] 挥～电～卫～霍～

藿 [huò] 藜～葵～园～秋～

镬 [huò] 铁～汤～鼎～

臛 [huò] 丹～粉～金～

蠖 [huò] 尺～桑～豆～屈～

獲〔huò〕尺度。矩～规～
程～

瓠〔huò〕瓠落的瓠。（另见
姑韵去声）

嚄〔huò〕惊愕失声。

濩〔huò〕煮。

砉〔huò〕皮骨相离声。

阔〔kuò〕壮～契～辽～广
～宽～空～开～疏～迂
～摆～海～天地～秋水～
波澜～胸怀～

廓〔kuò〕空～恢～开～寥
～宏～轮～原野～

括〔kuò〕包～概～总～囊
～　综～笼～统～搜～简
～

扩〔kuò〕展～推～开～胸
襟～天宇～

适〔kuò〕南宫～（人名）（另
见支韵入声去，齐韵入
声阳平）

鞟〔kuò〕去毛兽皮。犬羊～

落〔luò〕村～部～院～篱
～段～碧～寥～利～累
～疏～破～冷～衰～零
坐～荒～磊～错～出～木
～雕～剥～涨～没～脱
降～陷～堕～流～下～失
～低～廓～摇～洒～沦
牢～散～历～瓠～（荒落）
角～落～（另见麻韵去声，
豪韵去声）

络〔luò〕羁～缠～网～经
～缨～珠～笼～脉～筋
～联～橘～丝～（另见豪
韵去声）

酪〔luò〕羊～牛～乳～奶
～杏～酥～浆～（豪韵
去声同）

洛〔luò〕伊～嵩～汴～河
～

烙〔luò〕炮～（另见豪韵去
声）

荦〔luò〕分明。卓～荦～

骆〔luò〕骆驼的骆。

珞〔luò〕璎～

跞〔luò〕卓～（绝异）

泺〔luò〕水名。

陌〔mò〕阡～巷～紫～柳
～翠～广～江南～春风
～

没〔mò〕沉～日～隐～泯
～灭～埋～湮～吞～籍
～出～覆～干～辱～没～
（另见微韵阳平）

墨〔mò〕弄～笔～翰～黑
～绳～泼～粉～文～落
～朱～遗～磨～孔～杨
黥～墨～云翻～松烟～

末〔mò〕苹～毫～本～始
～天～木～岁～春～夏
～碎～微～屑～逐～粉～
药～强弩～

脉〔mò〕〔脉〕地～山～一
～泉～血～命～筋～气

~静~动~叶~切~百~脉~昆仑~（参看开韵去声）

漠〔mò〕绝~沙~淡~溟~朔~荒~广~漠~

沫〔mò〕口~泡~皂~浪~飞~濡~白~津~唾~鱼吹~

麦〔mò〕〔麥〕大~小~荞~燕~稻~菽~三~新~割~拾~晒~打~青青~（开韵去声同）

莫〔mò〕切~慎~约~落~索~遮~

默〔mò〕守~沉~静~缄~恬~幽~默~

抹〔mò〕挑复~（弦乐指法）（另见入声上）

寞〔mò〕寂~落~索~

殁〔mò〕存~亡~战~病~故人~

瘼〔mò〕疾苦。民~

秣〔mò〕刍~粮~仰~

霡〔mò〕霂~蒙~沾~

繿〔mò〕绳索。徽~

袜〔mò〕抹胸。（另见麻韵入声去）

貊〔mò〕古称北方民族。

茉〔mò〕茉莉的茉。

蓦〔mò〕突然。

嚜〔mò〕嘿~（不自得）

万〔mò〕万俟，复姓。（另见寒韵去声）

冒〔mò〕冒顿，匈奴单于名。（另见豪韵去声）

镆〔mò〕镆铘，莫耶剑。

诺〔nuò〕然~允~许~玉~唯~宿~轻~画~诺~千金~

搦〔nuò〕握持。捉~

迫〔pò〕压~逼~胁~情~促~忧~强~窘~境~惶~紧~急~穷~猝~煎~饥寒~岁月~

拍〔pò〕入~合~按~节~放~球~劈~红牙~十八~霓裳~（开韵阴平同）

朴〔pò〕厚~川~（另见入声阴平、姑韵入声上，豪韵阳平）

魄〔pò〕月~兔~皓~魂~形~气~体~精~动~炼~落~冰~（另见tuò）

珀〔pò〕琥~金~

粕〔pò〕糟~

酸〔pò〕酸醅的酸。

弱〔ruò〕扶~强~瘦~薄~懦~软~柔~衰~减~怯~脆~荏~示~文~羸~虚~老~积~削~劣~稚~枝条~

若〔ruò〕杜~海~（海神）~假~自~何~岂~

莫～宛～沃～不～（另见歌韵上声）

箬〔ruò〕竹～青～风～

蒻〔ruò〕蒟～蒲～莞～青～

率〔shuò〕大～直～真～坦～轻～草～粗～表～相～统～督～（开韵去声同，另见鱼韵入声去）

数〔shuò〕频～烦～数～朋友～登临～（另见姑韵上声，去声，入声去）

铄〔shuò〕销～熔～矍～铄～（光明貌）众口～

烁〔shuò〕闪～灼～熠～炳～流～烁～

朔〔shuò〕元～河～弦～月～正～边～扑～

槊〔shuò〕剑～横～夺～

勺〔shuò〕杯～半～一～舞～（豪韵阳平同）

妁〔shuò〕媒～

芍〔shuò〕芍药的芍。（豪韵阳平同）

蟀〔shuò〕蟋～（开韵去声同）

硕〔shuò〕硕士的硕。（另见支韵入声阳平）

搠〔shuò〕刺戳。枪～

嗍〔shuò〕吸。吮～

柝〔tuò〕更梆。金～击～宵～关～寒～警～城头～

拓〔tuò〕开～推～落～（另见麻韵入声去）

箨〔tuò〕竹～笋～粉～新～解～

萚〔tuò〕落叶。风～飘～秋～陨～

魄〔tuò〕落～（落拓）（另见pò）

跅〔tuò〕跅弛的跅。

沃〔wò〕肥～灌～泉～饶～衍～膏～曲～桑柘～（另见姑韵入声去）

握〔wò〕把～掌～吐～一～盈～在～入～钧枢～

幄〔wò〕帷～虎～绣～莲～

渥〔wò〕沾～优～颜～气～

喔〔wò〕咿～喔～（另见阴平）

斡〔wò〕斡旋的斡。运～回～

龌〔wò〕龌龊的龌。

偓〔wò〕韩～（人名）

作〔zuò〕工～农～春～东～耕～合～制～造～做～习～自～轮～写～操～动～协～敢～创～著～述～佳～下～杰～振～力～天～风浪～日出～（另见入声阴平，入声阳平）

凿〔zuò〕〔鑿〕斧～钻～圆～确～穿～开～雕～疏

~柄~春~凿~(豪韵阳平同)

作 〔zuò〕惭~悚~愧~羞~不~

酢 〔zuò〕酬~交~献~

柞 〔zuò〕木名。

三　歌

平声·阴平

车〔chē〕机～汽～风～纺～缫～兵～马～水～火～列～客～专～停～驻～回～田～绞～套～试～通～煞～快～赶～倒～驱～开～同～翻～登～下～卡～大～上～摩托～平版～三轮～开倒～铁甲～自行～（参看鱼韵阴平）

唓〔chē〕唓嗻的唓。

砗〔chē〕砗磲的砗。

蛼〔chē〕蛼螯的蛼。

的〔dē〕助词。（另见齐韵入声阳平、入声去）

褦〔dē〕褦～（衣冠不整貌）〔另见开韵去声〕

阿〔ē〕太～中～东～阳～岩～涧～山～不～依～纤～庭～（另见麻韵阴平）

疴〔ē〕病。沉～养～宿～微～残～抱～（kē同）

婀〔ē〕婀娜（不决貌）

娿〔ē〕娿娜的娿。

屙〔ē〕上厕。

歌〔gē〕诗～国～凯～民～劳～雅～唱～弦～长～笙～秧～山～楚～渔～樵～棹～牧～高～踏～骊～放～挽～夯～悲～离～赓～浩～九～狂～讴～酣～田～新～当～儿～欢～颂～吴～载～啸～大风～谱新～击壤～鼓盆～遍地绕梁～插秧～胜利～饭牛～国际～易水～子夜～采莲～红旗～

哥〔gē〕老～大～阿～鹦～八～哥～

戈〔gē〕干～止～金～雕～操～横～荷～息～倒～投～枕～挥～奋～鲁阳～

牁〔gē〕牂～（水名）

菏〔gē〕又读。（见阳平）

呵〔hē〕嘘～冻笔～笑呵～〔诃〕怒～诋～厉声～（另见麻韵阴平，波韵阴平）

科〔kē〕学～分～设～殊～同～专～甲～登～文～盈～金～犯～乙～不同～

柯〔kē〕斧～庭～虬～南～繁～交～烂～执～伐～百尺～连理～

窠〔kē〕蜂～鸟～旧～擘～（大字）

颗〔kē〕一～万～饭～珠～
樱～颗～夜光～丁香～

苛〔kē〕烦～除～蠲～严～
（阳平同）

珂〔kē〕鸣～佩～连～停～

棵〔kē〕一～松万～

轲〔kē〕辚～孟～荆～坎～

稞〔kē〕青～麦～

蝌〔kē〕蝌蚪的蝌。隶与～

疴〔kē〕又读。（见é）

髁〔kē〕髀骨。没～

了〔le〕助词。（另见豪韵
上声）

裼〔le〕裼襫的裼。（另见
开韵去声）

么〔me〕这～那～什～多
～怎～（另见麻韵阴平
"吗"，波韵阳平）

呢〔ne〕助词。（另见齐韵
阳平）

奢〔shē〕骄～豪～穷～戒
～春色～

赊〔shē〕赊欠的赊。道路
～望眼～岁月～兴不～

畲〔shē〕畲烧耕。少数民
族名。（另见鱼韵阳平）

遮〔zhē〕拦～蒙～扇～云
～密～半～无～绿树～
望眼～

嗻〔zhē〕咋～（瘦削貌）（另
见去声）

在阴平中，还有旧读
入声各字见"仄声·入
声"。

平声·阳平

鹅〔é〕白～笼～换～企～
爱～天～右军～

蛾〔é〕蚕～飞～翠～双～
修～黛～扑灯～

娥〔é〕星～素～仙～嫦～
宫～青～翠～忆秦～

讹〔é〕〔譌〕音～传～正～
辨～乖～踵～无～诈～

峨〔é〕嵯～轲～嵬～峨～

莪〔é〕蓼～菁～蒿～

俄〔é〕顷刻。

哦〔é〕吟～长～（另见波韵
阳平、去声）

和〔hé〕共～调～协～太～
讲～人～春～平～随～
气～违～总～缓～议～温
～祥～民～时～风～清～
晴～柔～阳～中～羲～融
～冲～谦～饱～饮～谐～
万国～笑语～麦风～六合
～（另见去声，波韵去声）

禾〔hé〕嘉～麦～田～秋～
早～瑞～锄～刈～九穗
～处处～

河〔hé〕山～江～关～银～
恒～九～爱～长～黄～
淮～开～治～内～渡～临
～星～拔～悬～凭～冰～

天～运～大渡～鹊填～挽
天～一千～鼠饮～决江～

荷〔hé〕新～残～圆～芰
池～风～绿～采～翻
半卷～贴水～（另见去声）

何〔hé〕如～若～云～谁
无～任～奈～几～伊
萧～阴～

菏〔hé〕菏泽．地名。（阴平
同）

苛〔hé〕又读。（见阴平）

哪〔né〕哪吒的哪。（另见
麻韵上声）

蛇〔shé〕龙～虺～蝮～秋
～杯～蟒～斩～长～龟
～灵～白～银～毒～赴壑
～画足～常山～赤练～
（另见齐韵阳平）

佘〔shé〕姓。

**在阳平中，还有旧读入
声各字见"仄声·入
声"。**

仄声·上声

扯〔chě〕撕～拉～捯～胡
～瞎～

尺〔chě〕工～（另见支韵入
声上）

舸〔gě〕船。画～轻～泛～
一～百～鸥夷～

哿〔gě〕可。（Kě同）

可〔kě〕许～认～尚～何～
痊～尽～大～小～差～

两～不～恰～报～只～聊
～适～乍～（另见入声去）

坷〔kě〕坎～（不顺利）

岢〔kě〕岢岚，山名。

哿〔kě〕又读。（见gě）

惹〔rě〕招～牵～挑～蝶～
萦～沾～游丝～

若〔rě〕般～（智慧）兰～
(寺院)（另见波韵入声
去）

喏〔rě〕唱～

舍〔shě〕操～取～施～割
～难～用～弃～（另见
去声）

者〔zhě〕往～来～作～学
～笔～昔～死～使～行
～长～达～从～逝～歌～
能～耕～粲～记～读～老
～何为～好事～作俑～肉
食～滔滔～

赭〔zhě〕赤～丹～山～渥
～断霞～

**在上声中，还有旧读
入声各字见"仄声·入
声"。**

仄声·去声

饿〔è〕困～饥～穷～冻～
挨～

个〔gè〕個～一～几～整～
各～真～哪～这～个～
些儿～弱一～竹万～

箇〔gē〕箇旧的箇。

和〔hè〕唱～应～属～酬～
附～答～巴人～高难～
（另见阳平，波韵去声）

贺〔hè〕祝～庆～恭～称～
相～致～道～燕雀～奉
觞～亲朋～

荷〔hè〕负～感～重～仰～
担～肩～百禄～（另见
阳平）

课〔kè〕功～日～上～定～
补～督～温～缺～任～
考～常～诗～夜～劝～严
～灯前～勤自～

锞〔kè〕小锭。金～银～

社〔shè〕公～民～建～旅
～大～富～村～田～春
～茶～酒～诗～吟～结～
香山～

舍〔shè〕庐～茅～旅～田
～丙～僧～蜗～传～学
～宿～精～守～避三～
（另见上声）

射〔shè〕注～放～喷～影
～辐～骑～弹～激～扫
～暗～反～驰～发～电
风～四～穿杨～含沙～
（另见齐韵入声去）

麝〔shè〕冰～香～兰～捣
～

赦〔shè〕大～特～不～宽
～杀无～

猞〔shè〕猞猁的猞。

庰〔shè〕姓。

蔗〔zhè〕甘～甜～紫～

鹧〔zhè〕鹧鸪。斑～

柘〔zhè〕桑～

嗻〔zhè〕应诺声。（另见阴平）

在去声中，还有旧读入声各字见"仄声·入声"。

仄声·入声

鸽〔gē〕鹁～白～风～信～
驯～传书～和平～

割〔gē〕收～交～分～宰～
侵～屠～缕～烹～阉～
牛刀～铅刀～

搁〔gē〕停～浅～架～延～
耽～

胳〔gē〕胳膊的胳。

疙〔gē〕疙瘩的疙。

纥〔gē〕纥繨的纥。（另见入声阳平）

咯〔gē〕咯噔的咯。（另见麻韵上声）

喝〔hē〕吃～狂～（另见入声去）

磕〔kē〕碰～撞～

瞌〔kē〕瞌睡的瞌。

颏〔kē〕下巴～（另见开韵阳平）

搕〔kē〕敲击。

着〔zhē〕〔著(另见姑韵去声)〕想～说～读～顺～弯～进行～（另见波韵入声阳平,豪韵阴平,阳平）

蜇〔zhē〕虫咬。蜂～(支韵入声去同)

得〔dé〕获～求～难～多～贪～落～乐～值～戒～取～消～安～独～心～料～～自～必～相～了～记～晓～一～理～拾～免～留～两～得～难再～毋苟～

德〔dé〕道～品～威～盛～大～恩～公～私～令～饱～庸～凉～美～硕～树～缺～颂～

额〔é〕眉～匾～匾～署～题～名～数～超～巨～定～破～余～空～差～

格〔gé〕资～风～规～性～诗～人～体～品～合～骨～严～升～离～高～品～表～感～窗～标～格～簪花～豪放～

阁〔gé〕台～楼～馆～闺～绣～内～杰～层～暖～飞～画～东～阁～麒麟～凌云～滕王～束高～

革〔gé〕皮～兵～金～马～改～因～兴～变～沿～鼎～(另见齐韵入声阳平)

葛〔gé〕瓜～萝～采～夏～裘～纠～絺～细～（另见入声上)

隔〔gé〕分～离～悬～间～旷～远～中～阻～地～乖～窗～关山～音书～

蛤〔gé〕蚌～螺～文～魁～青～

骼〔gé〕骨～骸～筋～掩～

轕〔gé〕缪～

膈〔gé〕胸～肝～横～

嗝〔gé〕饱食出气。

鬲〔gé〕鬲津,水名。（另见齐韵入声去）

合〔hé〕集～遇～配～结～搀～和～好～乌～纠～会～混～适～联～百～化～投～凑～聚～离～迎～六～瓦～冰～苏～道～牵～璧～回～苟～融～貌～道～撮～场～巧～组～综～糅～切～契～寡～吻～符～作～说～青嶂～形神～风云～（另见入声上)

涸〔hé〕干～枯～润～泉～水～沟浍～文思～

盒〔hé〕食～果～提～粉～奁～墨～

劾〔hé〕投～弹～自～举～告～

核〔hé〕果～桃～淆～细胞～原子～

覈〔hé〕察～稽～综～考～审～推～刻～糠～

翮〔hé〕羽茎。健～劲～倦

~六~鹏~奋~舒~敛~举~振~冲天~扶摇~

阖〔hé〕开~闭~阎~捭~

龁〔hé〕咬。齮~虫~啄~马

貉〔hé〕狐~一丘~(豪韵阳平同)

阂〔hé〕隔~塞~

纥〔hé〕回~(另见入声阴平)

曷〔hé〕何。何不。

盍〔hé〕何。何不。合。

鹖〔hé〕鸟名。

咳〔ké〕〔欬(另见开声去声"咳")〕痰~喘~(另见开韵阴平、阳平、去声)

壳〔ké〕〔殻〕躯~蚌~螺~果~脱~甲~(豪韵去声同)

搁〔ké〕手握。卡住。故意难人。

舌〔shé〕口~喉~百~反~火~掉~结~吐~鸩~嚼~咬~学~饶~摇~唇~长~挢~雀~卷~鼓~鸡~三寸~如簧~广长~

折〔shé〕亏~耗~(另见入声zhé)

责〔zé〕天~职~诘~全~专~贬~谴~斥~负~塞~自~见~督~言~薄~有~朋友~素餐~

则〔zé〕法~典~定~规~守~总~作~原~准~垂~取~极~楷~正~顺~鸿~万世~

泽〔zé〕川~湖~山~润~恩~光~遗~手~震~彭~芳~色~草~福~竭~沼~膏~德~芰~君子~

贼〔zé〕阴~残~自~盗~心~乌~钝~作~讨~(微韵阳平同)

窄〔zé〕宽~狭~紧~心~险~地~量~路~径~眼界~(开韵上声同)

择〔zé〕选~拣~别~自~采~慎~精~抉~(开韵阳平同)

赜〔zé〕深奥。烦~秘~探~精~

帻〔zé〕巾~岸~绛~脱~

舴〔zé〕舴艋的舴。

鲗〔zé〕乌~

咋〔zé〕咬。大声。

啧〔zé〕怨~啧~

箦〔zé〕床~易~华~

哲〔zhé〕圣~贤~英~明~先~

折〔zhé〕拗~断~扳~磬~天~曲~屈~波~挫~周~磨~面~心~摧~

百～腰～肱三～枯荷～
（另见入声 shé）

摺〔zhé〕卷～叠～手～存
～经～

摘〔zhé〕采～攀～搜～指
～句～和烟～带叶～
（开韵阴平同）

谪〔zhé〕遣～远～迁～贬
～沦～长沙～夜郎～

宅〔zhé〕住～家～庐～窟
～泛～安～广～故～环
堵～五亩～（开韵阳平同）

蛰〔zhé〕惊～起～入～冬
～蠖～闭～龙蛇～昆虫
～（支韵入声阳平同）

磔〔zhé〕分～格～须～波
～点～格～磔～蝎毛～

辄〔zhé〕专～擅～动～

辙〔zhé〕语音。（见入声去）

翟〔zhé〕姓。（开韵阳平
同。另见齐韵入声阳平

蜇〔zhé〕海～

晢〔zhé〕昭～

恶〔è〕恶心的恶。（另见入
声去，姑韵阴平、去声）

合〔gě〕量名。升～圭～
（另见入声阳平

葛〔gě〕姓。（另见入声阳
平）

渴〔kě〕口～饥～消～枯～
酒～止～解～焦～夸父
～

褶〔zhě〕裙～细～衣～

策〔cè〕简～计～妙～决～
政～对～杖～射～献～
奇～秘～画～上～良～失
～长～筹～驱～鞭～竹～
神～纵横～计然～

测〔cè〕揣～窥～遥～探～
观～推～莫～难～不～
叵～猜～蠡～臆～精～揆
～

册〔cè〕简～书～方～史～
竹～符～手～典～花名
～誓盟～兔园～

侧〔cè〕旁～斜～反～转～
敧～倾～卧榻～（zè同）

厕〔cè〕〔厠〕登～如～溷
～圊～厾～溢～

恻〔cè〕怆～悱～恳～凄～
怛～悯～恻～

澈〔chè〕消～澄～莹～镜～
寒流～秋月～

彻〔chè〕通～明～透～贯
～深～洞～照～响～唱
～寒～更漏～

辙〔chè〕车～轨～故～涸
～覆～易～合～十三～
（zhé同）

坼〔chè〕甲～开～冰～地
～龟～芽～东南～芭蕉
～寒光～

撤〔chè〕除～减～毁～雾
～裁～告～

掣〔chè〕电～牵～飞～鹰
～

拆〔chè〕分～毁～开～(开韵阴平同)

恶〔è〕美～丑～粗～掩～首～万～善～邪～嫉～隐～怙～作～罪～凶～险～风波～征腐～(另见入声上,姑韵阴平、去声)

萼〔è〕花～棣～红～破～梅～嫩～联～胭脂～

轭〔è〕车～服～负～衡～牛～辕～

鳄〔è〕海～鲸～驱～蛟～扬子～潮州～

鹗〔è〕雕～鸶～苍～秋～

厄〔è〕〔阨〕困～穷～灾～险～济～

锷〔è〕锋～廉～霜～剑～淬～垠～(边际)

遏〔è〕阻～禁～断～掩～抑～行云～不可～

呃〔è〕阻～逆～气～打～

腭〔è〕〔颚〕龈～上～颌～

谔〔è〕直言。謇～忠～鲠～～谔～

噩〔è〕惊～浑～噩～

鄂〔è〕郢～湘～荆～

愕〔è〕骇～错～惊～惋～

垩〔è〕白～涂～粉～鼻～铅～

扼〔è〕压抑,据持。据守。

哑〔è〕哑～(笑声)(另见麻韵阴平、上声、去声)

阏〔è〕壅～抑～郁～淤～(另见寒韵阴平)

頞〔è〕鼻梁。蹙～

各〔gè〕盍～人～各～

蛤〔gè〕蛤蚤的蛤。

熇〔hè〕炎～熇～骄阳～

喝〔hè〕呼～吆～棒～恐～嗔～呵～厉声～(另见入声阴平)

赫〔hè〕显～炎～烜～辉～震～赫～声名～

鹤〔hè〕控～黄～白～放～孤～云～化～鸣～骑～松～扬州～乘轩～华表～辽东～华亭～

黑〔hè〕曛～黢～漆～墨～乌～天～一般～鸦阵～(微韵阴平同)

吓〔hè〕〔嚇〕恐～威～惊～恫～(另见麻韵入声去)

褐〔hè〕布～袒～短～释～衣～无～茶～

壑〔hè〕洞～溪～涧～丘～沟～林～

喝〔hè〕中暑。道～荫～

郝〔hè〕姓。(豪韵上声同)

客〔kè〕主～宾～来～乘～食～说～侠～海～贾～刺～词～恶～逋～骚～旅

~归~知~上~佳~远~
作~结~好~留~送~待
~逐~俗~娇~剑~名利
~座上~不速~

刻 [kè] 雕~镂~篆~镌
石~木~碑~法~旧
秘~刊~尖~苛~啬~忌
~严~铭~深~时~顷
暴~限~片~一~立~刻
~金石~兰亭~

克 [kè] 温~谦~刚~柔~
攻~威~师~屡~必~
不~坦~扑~战则~
[剋] 忌~生~镂~严~

榼 [kè] 提~酒~挈~盘
倾~

恪 [kè] 纯~谨~廉~虔~
清~勤~

溘 [kè] 倏忽。溘~(水声)
朝露~

嗑 [kè] 以齿裂坚物。

可 [kè] 可汗的可。(另见
上声)

缂 [kè] 缂丝的缂。

乐 [lè] 快~喜~康~和~
欢~作~取~安~逸~
酣~笑~伯~忧~长~极
~同~娱~苦~享~鱼
天伦~丰年~从军~农家
~鸟声(另见皆韵入声去,
豪韵去声)

勒 [lè] 马~玉~缰~辔~
衔~羁~抑~刊~铭~

燕然~贞石~(另见微韵
阴平)

垃 [lè] 又读。(见麻韵阴
平)

圪 [lè] 相~富~

捋 [lè] 拈~虎须~(另见
波韵阴平)

肋 [lè] 鸡~胁~(微韵去
声同)

泐 [lè] 石~手~摹~刊~

鳓 [lè] 鱼名。

仂 [lè] 数余。余一(另见
齐韵入声去)

讷 [nè] 木~钝~拙~讷
~(麻韵入声去同)

热 [rè] 暑~高~炎~发~
趁~炽~烦~火~苦~
寒~凉~酷~眼~耳~内
~心~亲~狂~炙手~因
人~肠犹~

色 [sè] 颜~花~一~天
~风~月~生~润~气
~容~喜~神~眼~佳~
减~着~正~特~本~褪
~暮~变~出~行~作~
物~令~德~冷~火~彩
~红~设~春秋~角~
起~菜~逊~失~桃~辞
~殊~国~丽~难~秀~
愧~动~侒~曙~寒鸦
~(另见开韵上声)

瑟 [sè] 琴~萧~锦~赵~
湘~鼓~宝~挟~瑟~

塞 〔sè〕阻～闭～堵～壅～郁～否～茅～语～充～活～开韵阴平同。另见开韵去声

涩 〔sè〕酸～钝～羞～弦～艰～枯～声～险～莺语～

啬 〔sè〕俭～吝～鄙～纤～丰～用财～

穑 〔sè〕稼～力～务～蚕～

嗇 〔sè〕结～（气塞）

圾 〔sè〕又读。（见齐韵阴平）

设 〔shè〕建～陈～敷～创～添～安～施～虚～张～摆～假～随宜

涉 〔shè〕跋～牵～干～交～博～远～目～猎～无～襄裳～

摄 〔shè〕调～收～兼～统～镇～

慑 〔shè〕心～胆～气～威～沮～震～

拾 〔shè〕拾级的拾。（另见支韵入声阳平）

歙 〔shè〕地名。

特 〔tè〕奇～独～秀～雄～超～英～

慝 〔tè〕奸～逸～邪～怨～

忒 〔tè〕差～愆～不～爽～

忐 〔tè〕忐～（心不定）

螣 〔tè〕食叶虫。蟊～

仄 〔zè〕倾～狭～逼～径～斜～路～平～欹～

昃 〔zè〕日过午。日～盈～景～昏～

唶 〔zè〕嚄～（大声笑呼）（另见齐韵入声阳平）

侧 〔zè〕又读。（见入声cè）

崱 〔zè〕屴～（山峻貌）

浙 〔zhè〕两～江～

这 〔zhè〕这个的这。

跖 〔zhè〕又读。（见支韵入声阳平）

四　皆

平声·阴平

爹〔diē〕老～ 阿～ 爹～

街〔jiē〕长～ 花～ 新～ 香～ 游～ 大～ 斜～ 天～ 六～ 满～ 当～ 横～ 骂～ 过一～条～

阶〔jiē〕层～ 初～ 升～ 侵～ 台～ 庭～ 土～ 厉～ 玉～ 历～ 绕～ 崇～ 音～ 没～ 泰～瑶～天～影侵～

秸〔jiē〕〔稭〕麻～ 秋～ 豆～ 麦～ 稻～

皆〔jiē〕处处～

喈〔jiē〕喈～(声和谐)

楷〔jiē〕木名。(另见开韵上声)

偕〔jiē〕又读。(见阳平)

嗟〔jiē〕又读。(见下条)

嗟〔juē〕吁～ 咨～ 怨～ 长～ 自～ 兴～ 伤～ 空～(上条同)

芈〔miē〕羊鸣。芈～(另见齐韵上声)

乜〔miē〕乜斜的乜。

些〔xiē〕多～ 少～ 这～ 那～ ～好～ 有～ 些～ 方便～(另见波韵去声)

靴〔xuē〕雨～ 套～ 乌～ 脱～ ～皮～ 短～ 快～ 长统～

掖〔yē〕塞进。(另见齐韵入声去)

在阴平中，还有旧读入声各字见"仄声·入声"。

平声·阳平

茄〔qié〕紫～ 番～ 瓜～(另见麻韵阴平)

伽〔qié〕僧～ 瑜～ 楞～ 摩登～

瘸〔qué〕足跛。

斜〔xié〕风～ 雨～ 篱～ 乜～ 倾～ 横～ 鼓～ 烟～ 鬓～ 数竿～ 北斗～ 片帆～ 月影～夕阳～ 雁行～(麻韵阳平同。另见本韵入声yé)

鞋〔xié〕麻～ 芒～ 草～ 套～ ～花～ 刀～ 绣～ 铁～ 冰～钉～ 跑～ 踏青～ 蹴鞠～

谐〔xié〕和～ 诙～ 欢～ 齐～ ～一曲～ 万国～ 两情～

邪〔xié〕妖～ 奸～ 时～ 驱～ 阴～ 风～ 除～ 辟～ 思无～(另见阳平yé)

携〔xié〕〔擕〕手～ 提～ 分～ 相～ 扶～ 玉壶～(齐

韵阴平同）

偕〔xié〕相～偶～携手～
与君～凤夜～（阴平同）

鲑〔xié〕鲑菜的鲑。（另见
微韵阴平）

趏〔xué〕往来盘旋。（另见
支韵去声）

爷〔yé〕大～阿～姑～爷～
大少～

耶〔yé〕是～非～何～莫～
若～

鋣〔yé〕镆～（剑名）

瑘〔yé〕琅～

椰〔yé〕热带木名。

揶〔yé〕揶揄的揶。

斜〔yé〕褒～（谷名）（另
见 xié、麻韵阴平）

邪〔yé〕邪许的邪。（另见阳
平 xié）

**在阳平中，还有旧读入
声各字见"仄声·入
声"。**

仄声·上声

解〔jiě〕理～剖～了～劝
谅～分～调～和～排～
讲～见～溶～瓦～题～图
～误～曲～索～甚～小～
注～集～倒悬～迎刃～老
妪～（另见去声 jiè、xiè）

姐〔jiě〕阿～大～小～姐～

咧〔liě〕咧嘴的咧。

苤〔piě〕苤蓝的苤。

且〔qiě〕姑～尚～暂～权
～况～方～聊～苟～
（另见鱼韵阴平）

写〔xiě〕书～缮～誊～复
～摹～特～描～传～速
～抄～自～手～默～竟～
无处～刺血～

血〔xiě〕语音。（见入声去）

野〔yě〕郊～原～山～朴～
粗～分～沃～草～绿～
荒～旷～朝～四～分～芳
～平～视～田～蔽～遍～
盈～桑麻～

冶〔yě〕熔～矿～陶～游～
大～妖～良～炉～

也〔yě〕者～可～今～毋～
有以～

**在上声中，还有旧读入
声各字见"仄声·入
声"。**

仄声·去声

界〔jiè〕世～境～国～疆～
边～定～画～经～外～
分～交～尘～色～眼～限
～上～下～鸿沟～清凉～

介〔jiè〕简～耿～廉～中
～刚～绍～孤～狷一～
～鳞～媒～纤～

届〔jiè〕〔届〕首～又～应～
节～时～远～历～上～

下~第一~

戒〔jiè〕警~劝~法~受~惩~鉴~申~炯~垂~破~履霜~晏安~

诫〔jiè〕告~箴~家~

芥〔jiè〕草~针~拾~蒂~纤~浮~土~姜~

疥〔jiè〕癣~疮~痒~

借〔jiè〕暂~贷~假~奖~资~通~

〔藉(另见下条)〕凭~

藉〔jiè〕慰~蕴~枕~草~(另见上条"借"、齐韵入声阳平)

解〔jiè〕押~发~起~(另见xiè,上声)

价〔jiè〕旧称仆人。(另见麻韵去声)

蚧〔jiè〕蛤~

趄〔qiè〕趔~(踉跄)(另见鱼韵阴平)

谢〔xiè〕王~报~雕~感~萎~花~代~持~称~道~致~辞~申~酬鸣~答~遥~璧~逊~谢~登门~负荆~朱颜为我~

懈〔xiè〕松~不~无~怠~体~勿自~

蟹〔xiè〕螃~稻~虾~霜~紫~横行~

械〔xiè〕器~机~兵~枪~缴~利~

卸〔xiè〕脱~解~交~推~帆初~征鞍~

榭〔xiè〕台~水~曲~花~舞~月~风~池~亭~竹~

泻〔xiè〕下~吐~倾~泄~春流~

炧〔地〕香~烛~灯~残~

薤〔xiè〕霜~葱~韭~

廨〔xiè〕公~官~

解〔xiè〕姓。(另见jiè,上声)

獬〔xiè〕獬豸的獬。

邂〔xiè〕邂逅的邂。

瀣〔xiè〕沆~(露气)

夜〔yè〕日~黑~子~午~向~中~终~半~永~黉~深~清~良~遥~凉~长~凤~元~昨~残~秋~寒~晓~雪~除~独~隔~连~竟~通~彻~卜~过~不~夜~花月~风雨~三五~蛩鸣~将尽~上元~

掖〔yè〕语音。(见齐韵入声去。另见阴平)

腋〔yè〕语音。(见齐韵入声去)

液〔yè〕语音。(见齐韵入声去)

曳 〔yè〕 语音。(见齐韵去声)

在去声中，还有旧读入声各字见"仄声。入声"。

仄声·入声

鳖 〔biē〕〔鼈〕鱼～龟～跛～捉～瓮中～

憋 〔biē〕憋闷。

跌 〔diē〕倾～下～蹉～涨～

接 〔jiē〕交～连～承～迎～应～引～直～间～嫁亲～踵～衔～紧～反～再～款～延～耳目～烟波白刃～短兵～

揭 〔jiē〕高～掀～若～表标～披～（另见齐韵去声）

撅 〔juē〕翘～嘴～

撧 〔juē〕折断。生～拗～

捏 〔niē〕〔揑〕紧～挦～拿～扭～

瞥 〔piē〕一～飘～电～斜～风花～去如～

撇 〔piē〕抛～勺～水面～（另见入声上）

切 〔qiē〕刀～割～细～缕～削～（另见入声去）

缺 〔quē〕残～破～空～圆～月～欠～列～（电）守～不～出～盈～补～遗～砧～金瓯～青山～

阙 〔quē〕缺。（另见入声去）

贴 〔tiē〕粘～衬～服～熨～安～妥～津～补～体～赔～张～

帖 〔tiē〕妥～服～稳～药一～（另见入声上、入声去）

歇 〔xiē〕安～停～休～消～衰～雕～间～不～雨～风～香～秋蛩～钟声芳未～

蝎 〔xiē〕〔蠍〕毒～蛇～蝮～

楔 〔xiē〕榫～

削 〔xuē〕剥～刊～镌～刮～删～减～刻～笔～瘦～斧～（另见豪韵阴平）

薛 〔xuē〕姓。滕～

噎 〔yē〕塞喉。鲠～

约 〔yuē〕大～立～规～邀～缔～践～负～条～订～简～公～和～绰～契～守～失～背～赴～博～爽～盟～誓～密～隐～成节～婉～期～制～林泉～平生～

曰 〔yuē〕说。

哕 〔yuē〕干～（另见微韵去声）

别 〔bié〕钱～告～离～诀～久～阔～分～惜～临

～留～话～送～判～派～
各～小～握～辨～区～差
～鉴～甄～类～辞～作～
特～个～永～赠～远～轻
～南浦～千里～从军～经
年～天壤～匆匆～（另见
入声去）

蹩〔bié〕跛。脚扭折。

蝶〔dié〕蝴～蛱～粉～痴
～梦～扑～戏～舞～蜂
～风～迷～新～化～双飞
～穿花～

叠〔dié〕重～折～打～稠
～层～复～云～万～歌
三～阳关～千嶂～

迭〔dié〕更～互～交～相
～不～

牒〔dié〕图～谱～史～通
～名～军～度～

堞〔dié〕城垛。雉～荒～
古～戍～

谍〔dié〕间～侦～

碟〔dié〕杯～匕～

喋〔dié〕喋～(多话)（另见
麻韵入声阳平）。

蹀〔dié〕蹀～蹀～

耋〔dié〕年八十。髦～大
～耆～

鲽〔dié〕鲽～

胅〔dié〕瓜～

昳〔dié〕日过午。（另见齐
韵入声去）

垤〔dié〕小土阜。蚁～丘～

咥〔dié〕咥。虎～咥～（另
见齐韵去声）

跕〔dié〕跕～(堕貌)

结〔jié〕缔～完～纠～交～
连～凝～了～纽～甘～
终～小～总～郁～症～巴
～萦～勾～团～冻～盘
归～胶～淳～丁香～同心
～连环～鸳鸯～

洁〔jié〕清～光～修～简～
整～廉～莹～雅～纯～
高～玉～皎～秋霜～蟾光
～

杰〔jié〕〔傑〕豪～俊～人～
英～邦～材～秀～贤～
四～时～雄且～

节〔jié〕枝～竹～关～情～
环～音～风～仪～品～
抗～折～清～名～气～晚
～奇～细～末～中～亮～
高～劲～佳～令～季～时
～春～八～章～脱～峻～
礼～死～失～调～使～删
～撙～廉～击～促～变～
节～劳动～青年～三八～
国庆～苏武～

截〔jié〕断～拦～阻～裁～
邀～剪～横～直～寸～
半～

竭〔jié〕困～穷～匮～罄～
力～枯～源～泽～

劫〔jié〕〔刧〕掠～剥～威～
洗～浩～历～灾～万～

遭～打～

捷 [jié] 奏～报～告～直～迅～大～连～敏～巧～简～闻～(另见入声去)

睫 [jié] 眼毛。眉～交～蚊～垂～不见～

碣 [jié] 碑～石～断～铭～隆～荒～

诘 [jié] 盘～穷～究～辨～

孑 [jié] 单～孤～子～

疖 [jié] [癤]疮～热～

撷 [jié] 又读。(见入声xié)

桀 [jié] 夏～尧～

讦 [jié] 发人阴私。告～

桔 [jié] 桔槔的桔。

拮 [jié] 拮据的拮。

楬 [jié] 楬橥的楬。

颉 [jié] 仓～ (另见入声xié)

栉 [jié] 又读。(见支韵入声去)

箧 [jié] 又读。(见麻韵入声去)

角 [jué] 壁～牛～犀～蜗～兽～麟～挂～豆～菱～芒～八～楞～锐～钝～额～总～帅～头～拐～海～口～屋～死～犄～画～鼓～号～主～配～旦～好望～东南～(豪韵上声同。另见姑韵入声去"用")

脚 [jué] 手～韵～日～雨～赤～立～根～行～鬃～下～云～拳～墙～针～踔～蹩～拔～篱～山～驻～注～茶～蚊～插～伸～缩～阳春～露马～抱佛～(豪韵上声同)

觉 [jué] 知～感～听～视～触～味～警～发～先～后～直～自～嗅～醒～梦～幻～惊～错～(另见豪韵去声)

决 [jué] [決]溃～裁～表～解～断～否～取～自～河～堤～踵～坚～果～

绝 [jué] 险～迥～断～隔～三～遍～决～拒～悬～崭～根～自～超～峭～杜～横～阻～戒～歇～妙～卓～奇～弦～谢～风烟～行人～音尘～飞鸟～

爵 [jué] 玉～觞～献～举～官～公～天～

诀 [jué] 辞～永～秘～真～歌～口～图～千金～长生～

谲 [jué] 诈～狡～诡～权～奇～机～

厥 [jué] 气～昏～冷～晕～

蕨 [jué] 野～薇～藜～山～

蹶 [jué] 竭～颠～僵～一～(另见微韵去声)

崛〔juě〕 奇～隆～崇～郁
～

抉〔juě〕 摘～剔～搜～披
～

嚼〔juě〕 咀～大～细～（豪
韵阳平同。另见豪韵去
声）

掘〔juě〕 穿～挖～发～劂
～

橛〔juě〕 桩～门～马～衔
～矢～一～

噱〔juě〕 笑。大～嗷～嘲
～一～（另见入声xuě）

屩〔juě〕 麻履。跷～芒～

镢〔juě〕 扃～环～固～金
～钥～

獗〔juě〕 猖～

鴂〔juě〕 鸼～鹈～鹛～（子
规）

潏〔juě〕 古水名。（另见鱼
韵入声去）

玦〔juě〕 玉～佩～月似～

玨〔juě〕 合玉。双～方～

孒〔juě〕 子～

觖〔juě〕 不满。

攫〔juě〕 夺取。虎～贪～
雕～下～

桷〔juě〕 方椽。榱～彩～

剧〔juě〕 镂刻。剞～

爝〔juě〕 爝火的爝。（豪
去声同）

倔〔juě〕 倔强的倔。（另见
入声去）

矍〔juě〕 矍～（惊顾貌）

茶〔nié〕 衰～萎～疲～

协〔xié〕 和～妥～翕～允
～普～远～万民～〔叶
（另见入声yě）音～调～

胁〔xié〕 威～骈～迫～胸
～两～

挟〔xié〕 怀～持～扶～要
～（麻韵入声阳平同）

缬〔xié〕 采结。花～纹～
波～

颉〔xié〕 颉颃的颉。（另见
入声jié）

撷〔xié〕 采～撷～秋英～
（入声jié同）

鞢〔xié〕 和～刘～贾思～

絜〔xié〕 量度。

学〔xué〕 就～教～讲～留
～修～上～开～善～大
～太～强～下～论～好～
游～勤～饱～笃～苦～力
～博～幼～冬～宿～文～
科～哲～经～家～才～实
～末～失～不～求～同～
小～初～自～后～玄～放
～逃～治～活～天文～平
生～

穴〔xué〕 点～墓～太阳～
（另见入声去）

噱〔xué〕 发～（另见入声
jué）

鸴〔xué〕〔鷽〕鹝~

拽〔yé〕用力拉。(开韵去声同。另见开韵阴平)

瘪〔biě〕凹~饿~缩~干~

撇〔piě〕投~点~捺~(另见入声阴平)

铁〔tiě〕钢~磁~盐~熟~寸~生~烙~炼~截~顽~铸~吸~点~心~削~屈~坚如~六州~绕指~

帖〔tiě〕束~请~单~门~名~揭~喜~(另见入声阴平、入声去)

雪〔xuě〕扫~舞~晴~霜~冰~绛~喜~瑞~残~香~下~密~快~回~堆~立~踏~积~冒~咏~飞~映~沃~酿~洗~湔~昭~鹅毛~荼蘼~天欲~暴风~胭脂~寒江~

别〔biě〕〔彆〕别扭的别。(另见入声阳平)

倔〔juě〕性格粗直(另见入声阳平)

列〔liè〕马~班~陈~序~排~两~等~分~散~阵~论~环~前~行~罗~编~一系

烈〔liè〕猛~火~热~壮~剧~义~强~余~英~刚~惨~武~烈~洪炉~寒威~

劣〔liè〕薄~浅~陋~驽~卑~恶~顽~优~窳~拙~

裂〔liè〕破~分~拆~割~灭~决~绽~进~皴~眦~龟~崩~名~珠蕾~

猎〔liè〕田~狩~渔~涉~打~射~出~游~弋~猎~饥鹰~

鬣〔liè〕马~刚~长~奋~振~鱼~

洌〔liè〕清~甘~泉~酒~

冽〔liè〕寒~惨~凛~栗~泉~

躐〔liè〕僭~超~凌~

捩〔liè〕拗~扭~转~

趔〔liè〕趔趄的趔。

略〔lüè〕大~雄~远~韬~战~策~经~方~详~胆~权~领~侵~简~概~忽~粗~约~省~脱~从~谋~商~七~智~权~经济~匡时~

掠〔lüè〕斜~劫~抢~侵~剽~扫~梳~抄~掳~攻~

灭〔miè〕熄~幻~毁~泯~歼~绝~剪~扑~漫~殄~明~磨~湮~埋~寂~消~灯~香~鲸鲵~

蔑〔miè〕〔衊〕污~诬~欺~轻~

篾〔miè〕竹～青～

蠛〔miè〕蠛蠓的蠛。

啮〔niè〕〔齧〕嚼～侵～浪～鼠～虎～苔痕～蠹虫～

孽〔niè〕妖～作～罪～孤～冤～造～

镊〔niè〕钳～刀～发～

蹑〔niè〕蹈～寻～追～轻～

臬〔niè〕法度。时～圭～

蘖〔niè〕萌～

糵〔niè〕酒母。曲～媒～

涅〔niè〕染黑。缁～墨～

聂〔niè〕姓。呫～（附耳语）

嗫〔niè〕嗫嚅的嗫。

隉〔niè〕杌～（不安）

镍〔niè〕化学元素。

虐〔nüè〕暴～残～苛～酷～旱～肆～凌～

疟〔nüè〕痁～秋～驱～

切〔qiè〕近～密～贴～迫～急～激～热～恳～亲～真～情～凄～痛～悲～剀～关～确～深～反一～切～蛩声～（另见入声阴平）

惬〔qiè〕快意。意～心～欢～未～众情～

窃〔qiè〕盗～偷～小～鼠～草～偕～

怯〔qiè〕畏～懦～心～胆～勇～鼠～

箧〔qiè〕箱～竹～胠～缄～发～倒～玉～盈～诗～

妾〔qiè〕妻～

契〔qiè〕契阔的契。（另见入声xiè，齐韵去声）

挈〔qiè〕提～携～

慊〔qiè〕满足。不～

锲〔qiè〕刻。钩～（镰）

捷〔qiè〕捷～（敏捷貌）（另见入声阳平）

却〔què〕退～推～了～除～抛～减～忘～小～败～冷～屡～半途～

确〔què〕〔确〕硗～瘠～荦～确坚～准～的～精～详～正～明～

鹊〔què〕喜～山～干～灵～扁～寒～双～枝头～银河～

雀〔què〕麻～冻～燕～黄～孔～捕～空仓～（豪韵上声同。另见豪韵阴平）

慤〔què〕谨～愿～诚～纯～质～

阙〔què〕城～宫～天～玉～魏～双凤～（另见入声阴平）

榷〔què〕税～征～酒～茶～

搉〔què〕扬～商～

阕〔què〕终了。乐～歌～一～雅奏～

帖〔tiè〕字～碑～法～晋～摹～临～兰亭～双钩～（另见入声阴平、入声上）

餮〔tiè〕饕～

屑〔xiè〕碎～琐～细～轻～木～骚～（风声）玉～不～谈～金～

渫〔xiè〕治井。散。浚～欢未～

泄〔xiè〕〔洩〕发～外～水～宣～导～排～语～（另见齐韵去声）

绁〔xiè〕〔绁〕羁～缧～絏～

燮〔xiè〕调～和～

屧〔xiè〕展。木～步～画～响～

亵〔xiè〕轻～慢～狎～猥～

媟〔xiè〕狎～戏～

躞〔xiè〕蹀～

契〔xiè〕禹～稷～（另见qiè，齐韵去声）

离〔xiè〕万俟～（宋人名）

血〔xuè〕热～碧～呕～茹～泣～荐～喋～溅～铁～汗～沥～浴～污～洒～千秋～一腔～苌弘～杜鹃～（上声同）

穴〔xuè〕孔～窟～巢～蚁～岩～虎～空～同～（另见入声阳平）

谑〔xuè〕戏～谐～浪～雅～笑～嘲～调～嬉～

业〔yè〕本～世～德～修～事～工～农～正～学～大～基～慧～旧～作～专～企～别～副～勋～结～守～受～就～建～敬～创～肄～毕～耕桑～盖世～子孙～

谒〔yè〕进～拜～面～告～干～造～

叶〔yè〕〔葉〕桐～片～秋～寒～枝～蕉～楮～枫～荷～残～黄～霜～红～落～扫～一～贝～册～千～桑～中～累～奕～舟如～（另见入声阳平"协"）

咽〔yè〕哽～鸣～凄～幽～悲～咽～流泉～蝉声～（另见寒韵阴平、去声，痕韵阴平）

靥〔yè〕笑～杏～秀～浅～双～桃～轻粉～

页〔yè〕活～册～篇～扉～

馌〔yè〕饷田。春～行～南亩～妇子～

擪〔yè〕〔揜〕用指按。寸管～

烨〔yè〕〔曄〕光明灿烂。烨
～

鷃〔yè〕色败。（鱼韵入声
去声同）

鄴〔yè〕地名。

月〔yuè〕日～邀～待～对
～朗～古～桂～斜～圆
～奔～凉～吐～喘～捉～
蔽～望～素～满～累～片
～霁～新～皓～璧～残～
烟～风～眉～年～岁～正
～腊～旺～秋～花～江～
一梳～上弦～明明～三五
～先得～茅店～

悦〔yuè〕愉～喜～欣～心
～近～和～怡～

钥〔yuè〕〔鑰〕锁～扃～秘
～关～重～下～（豪韵
去声同）

跃〔yuè〕踊～跳～雀～鱼
～活～腾～一～欢～飞
～奋～跃～

岳〔yuè〕韩～

岳〔嶽〕五～山～东～河～
海～渊～方～

粤〔yuè〕两～闽～桂～滇
～百～

越〔yuè〕逾～陨～激～横
～颠～播～卓～飞～腾

～秦～超～清～百～优～
吴～从头～

阅〔yuè〕简～校～审～披
～批～察～检～折～阅
～

乐〔yuè〕音～声～器～鼓
～弦～管～奏～雅～军
～作～礼～仙～民族～交
响～清平～（另见歌韵入
声去，豪韵去声）

籥〔yuè〕吹～舞～管～笙
～

钺〔yuè〕斧～节～秉～麾
～奋～

樾〔yuè〕茂～荫～清～

轨〔yuè〕軏～无～

鸑〔yuè〕鸑鷟的鸑。

瀹〔yuè〕煎～细～（豪韵去
声同）

刖〔yuè〕古断足之刑。

药〔yuè〕芍～采～偷～方
～卖～劚～仙～汤～百
～灵～和～尝～捣～仰～
勿～丹～救～良～狂～襄
中～苦口～腐肠～（豪韵
去声同）

五　支

平声·阴平

痴 〔chī〕〔癡〕书~ 情~ 娇~ ~卖 ~不 ~白 顽~ 呆~ ~儿 太~ 狂~ ~伴

嗤 〔chī〕嘲笑。讥~ 自共~ 燕雀~

媸 〔chī〕丑。妍~ 嫫母~

笞 〔chī〕鞭~ ~搒 怒~ 捶~ ~痛 折棰~

螭 〔chī〕龙~ 虬~ 蟠~ 苍~ ~玉 ~文 驾~ 玉盘~

哧 〔chī〕噗~(笑声)

蚩 〔chī〕蚩尤的蚩。蚩~(敦厚貌)

黐 〔chī〕木胶。粘~

鸱 〔chī〕鸱鹰。枭~ 蹲~ (大芉)角~ 酒千~

眵 〔chī〕眼~

缔 〔chī〕细葛。织~ 细~ 轻~ 文~

魑 〔chī〕魑魅的魑。

摛 〔chī〕舒展。远~ 笔下~

疵 〔cī〕瑕~ 无~ 微~ 小~ 醇~ 掩~ 濯~ 多~ 求~

雌 〔cī〕雄~ 伏~ 守~ 求~ 群~(阳平同)

差 〔cī〕参~ 等~ 鳞~ 肩~ (另见麻韵阴平、去声，开韵阴平)

趑 〔cī〕滑脚。

骴 〔cī〕残骨。掩~

诗 〔shī〕风~ 歌~ 声~ 组~ 诵~ 律~ 毛~ 史~ 新~ 古~ 唐~ 宋~ 杜~ 陶~ 采~ 赋~ 吟~ 寻~ 题~ 敲~ ~和 ~删 赛~ 赠~ 写~ 论~ 能~ 两催~ 七步~ 锦囊~ 画中~ 回文~ 断肠~ 抒情~

师 〔shī〕教~ 导~ 军~ 老~ 京~ 法~ 祖~ 牧~ 农~ 画~ 业~ 良~ 名~ 宗~ 大~ 严~ 雄~ 偏~ 班~ 劳~ 犒~ 会~ 兴~ 誓~ 择~ 从~ 雨~ 出~ 常~ 工~ 求~ 尊~ 技~ 设计~ 百世~ 一字~ 友兼~ 问罪~

施 〔shī〕设~ 措~ 报~ 实~ 布~ 先~ 厚~ 普~ 并~ 敷~ 潜~ 博~ 重~ 周~ 兼~ 惠~ 东~ 西~ 逆~ 好~ 雨露~ (另见齐韵阳平、去声)

狮 〔shī〕雄~ 伏~ 睡~ 醒~ ~石 驯~ 吼~ 啸天~

尸〔shī〕〔屍〕死〜陈〜行〜责所〜(主其事)

鸤〔shī〕 鸤鸠的鸤。

蓍〔shī〕 古代占卜的草。卜〜龟〜灵〜莫问〜

葹〔shī〕 卷〜(拔心不死的草)

思〔sī〕 自〜巧〜去〜退〜藻〜意〜心〜苦〜深〜神〜相〜妙〜情〜萦〜凝〜梦〜构〜抽〜退〜费〜寻〜追〜幽〜遥〜沉〜再〜慎〜悲〜三〜怀〜有所〜别后〜梦中〜系我〜故园〜寥廓〜千里〜两地〜(另见去声,开韵阴平)

私〔sī〕 公〜无〜偏〜阴〜燕〜自〜徇〜营〜家〜忘〜不受〜造物〜一己〜

丝〔sī〕 一〜柳〜钓〜蚕〜蛛〜藕〜血〜钢〜鬓〜银〜鞭〜雨〜生〜情〜调〜乱〜青〜红〜哀〜素〜染〜冶〜缫〜织〜吐〜抽〜牵〜游〜毫〜千〜色〜乌〜金〜莼〜垂〜丝〜鬓如〜袅晴〜

司〔sī〕 公〜职〜所〜有官〜百〜典〜专〜分〜上〜总〜诸〜主〜

嘶〔sī〕 马〜声〜酸〜悲〜蝉〜玉骢〜陌上〜仰首〜寒蝈〜

斯〔sī〕 如〜于〜若〜在〜螽〜鞠〜波〜说项〜

撕〔sī〕 扯开。提〜(振作)

飔〔sī〕 秋〜凉〜薄〜金〜微〜轻〜风飔〜

蛳〔sī〕 螺〜

鸶〔sī〕 鹭〜

偲〔sī〕 偲〜(相勉)

厮〔sī〕 这〜那〜小〜

澌〔sī〕 流〜(流冰)寒〜

澌〔sī〕 尽。澌〜(象声词)

酾〔sī〕 滤酒。斟酒。自〜临江〜

罳〔sī〕 罘〜(屏风。猎网)

知〔zhī〕 见〜前〜相〜故〜新〜无〜何〜良〜自〜情〜深〜所〜共〜可〜真〜先〜四〜心〜亲〜稔〜熟〜周〜不〜两心〜寸心〜有谁〜喜可〜莫我〜岁寒〜后人〜天下〜千古〜

枝〔zhī〕 一〜花〜竹〜柳〜桂〜荔〜交〜满〜绕〜连〜折〜插〜繁〜新〜故〜嫩〜别〜空〜孙〜枪〜整〜骈〜北〜枯〜旁〜残〜横〜虬〜碧〜高〜金〜百尺〜巢南〜连理〜最高〜第一〜三两〜傲霜〜出墙〜岁寒〜万年〜(另

见齐韵阳平）

脂〔zhī〕凝～胭～油～香～羊～民～点～涂～松～膏～

厄〔zhī〕酒～金～盈～举～漏～白玉～

之〔zhī〕何～安～从～由～中～戒～得～信有～任所～

芝〔zhī〕玉～灵～兰～紫～瑞～餐～采～万年～续命～

支〔zhī〕燕～干～地～本～旁～度～开～收～撑～十二～一木～乐不～

肢〔zhī〕腰～四～折～前～

蜘〔zhī〕蜘蛛的蜘。

祇〔zhī〕敬。

胝〔zhī〕足茧。胼～

栀〔zhī〕栀子的栀。粉～

氏〔zhī〕阏～月～（另见去声）

搘〔zhī〕支拄。

姿〔zī〕玉～雄～英～奇～清～殊～淑～逸～丰～风～天～异～虬～芳～绝代～绰约～松柏～岁寒冰雪～不世～

资〔zī〕天～军～英～借～师～自～积～循～灭～德才～

觜〔zī〕巨～物～余～工～川～稻粱～

兹〔zī〕今～来～念～在～鉴～及～从～（另见阳平）

滋〔zī〕蕃～荣～含～益～务～丰～兰～绿草～百谷～雨露～

辎〔zī〕云～列～辆～

缁〔zī〕黑帛。染～尘～衣～涅不～近墨～

龇〔zī〕吟～虎～拈～霜～虬～断～

锱〔zī〕小量。铢～

菑〔zī〕新垦田。东～新～

嵫〔zī〕崦～（山名）

淄〔zī〕水名。渑～临～

粢〔zī〕粢盛的粢。

咨〔zī〕怨～嗟～〔谘〕询～谋～博～

恣〔zī〕恣睢的恣（另见去声）

吱〔zī〕咯～吱～

孜〔zī〕孜～（勤勉）

孳〔zī〕孳～（孜孜）

趑〔zī〕趑趄的趑。

龇〔zī〕牙不正。

觜〔zī〕觜星。（另见微韵上声"嘴"）

磁〔zī〕磁基的磁。

在阴平中，还有旧读入声各字见"仄声·入声"。

平声·阳平

持〔chí〕保～挟～扶～相～支～维～护～把～主～争～操～总～矜～坚～倒～撑～僵～住～独～军～(瓶)鹬蚌～不自～好共～

驰〔chí〕奔～疾～交～神～星～远～飞～声～光～风～争～驱～竞～并～横～日月～浮云～羽檄～寸心～背道～

池〔chí〕小～盆～城～砚～咸～荷～鱼～雷～天～汤～剑～瑶～莲～墨～曲～潢～方～清～洿～临～差～电～渑～九曲～昆明～太液～华清～

迟〔chí〕延～稽～栖～淹～行～早～未～迟～马行～去帆～花信～消息～夕阳～雁来～(另见去声)

匙〔chí〕羹～汤～茶～银～(另见阳平 shí)

墀〔chí〕丹～阶～玉～兰～

踟〔chí〕踟蹰的踟。

篪〔chí〕乐器。埙～吹～

弛〔chí〕又读。(见上声)

坻〔chí〕水中高地。(另见齐韵上声)

词〔cí〕文～言～诗～弹～供～歌～宋～虚～名～台～清～祝～颂～新～陈～唱～饰～艳～丽～借～致～填～竹枝～柳枝～断肠～冰雪～绝妙～鼓儿～

辞〔cí〕文～楚～微～推～浮～雄～宏～卑～婉～异～固～不～片～告～虚～繁～饰～遁～游～诀～措～陈～训～修～颂～抗～谦～题～说～费～托～幼妇～绝妙～介绍～不敢～从此～

慈〔cí〕仁～惠～家～先～温～恩～

瓷〔cí〕陶～搪～青～素～细～定～景德～

茨〔cí〕茅～棘～

祠〔cí〕神～丛～荒～纪念～武侯～

鹚〔cí〕鸬～

糍〔cí〕米～糕～

磁〔cí〕吸铁～

兹〔cí〕龟～(西域古国名)(另见阴平)

雌〔cí〕又读。(见阴平)

时〔shí〕一～四～无～清～花～瓜～昃～他～失

~明~农~当~趋~盛~
片~同~应~及~非~年
~惜~现~临~古~天
定~暂~过~此~不~少
~有~顿~几~登~霎
小~历~随~平~感~乘
~时~夕~俟~经~因
遭~济~何~移~匡~儿
~入~少壮~几多~太平
~十二~麦秋~

鲥〔shí〕银~江~富春~

莳〔shí〕莳萝的莳。(另见去声)

埘〔shí〕鸡~栖~

提〔shí〕朱~(银)提~(群飞貌)(另见齐韵阴平、阳平)

匙〔shí〕钥~(另见 chí)

在阳平中，还有旧读入声各字见"仄声·入声"。

仄声·上声

齿〔chǐ〕牙~唇~稚~口~挂~马~展~序~白~轮~贝~锯~皓~没~叩~不~启~切~折~启~年~生~食~犬马~不足~

耻〔chǐ〕羞~无~廉~知~雪~忍~国~明~可~鲜~

侈〔chǐ〕奢~泰~邪~汰~骄~华~豪~

豉〔chǐ〕豆~盐~淡~(去声同)

褫〔chǐ〕夺去。魄~气~

哆〔chǐ〕张口。(另见波韵阴平)

此〔cǐ〕彼~如~于~乐~出~至~遭~臻~技止~赖有~

泚〔cǐ〕清~微~颓有~

始〔shǐ〕元~原~方~起~终~倡~肇~更~经~复~开~创~正~祸~慎~虑~从此~万物~

驶〔shǐ〕行~疾~驾~风~帆~岁月~

使〔shǐ〕役~任~驱~行~指~差~纵~假~气~支~出~大~臂~公特~专~奉~即~一介~青鸟~

史〔shǐ〕左~太~旧~前~经~历~外~文~班~鲁~野~正~稗~国小~信~古~新~逸~良~秘~通~简~青~女读~编~咏~家~修~百代~柱下~

矢〔shǐ〕负~束~弓~抽~彤~流~放~三~自~谮~遗~蓬~嚆~直如~

豕〔shǐ〕白~亥~鹿~封~牧~辽东~

弛〔shǐ〕张～废～放～松～懈～禁～跅～（阳平同）

屎〔shǐ〕蚕～遗～拉～狗～（另见齐韵阴平）

死〔sǐ〕生～拚～忍～老～战～该～万～效～惜～饿～寻～送～横～致～忘～心～效～不～鼓声～狡兔～

止〔zhǐ〕静～阻～观～不～何～进～休～终～栖～截～苲～遏～行～仰～中～举～容～知～呵～禁～投～止～无定～一簣～

指〔zhǐ〕手～十～拇～将～戒～食～屈～染～断～发～堕～啮～弹～纤～遥～枝～绕～颐～直～臂使～千夫～十手～

纸〔zhǐ〕一～白～报～稿～草～茧～宣～故～剪～窗～手～寸～麻～片～图～凤～洛阳～

徵〔zhǐ〕五音之一。宫～变～清～流～嚼～协～（另见庚韵阴平"征"）

祉〔zhǐ〕福～锡～蕃～介～延～祥～

芷〔zhǐ〕白～蘅～兰～芳～佩～沅～

址〔zhǐ〕基～新～住～地～遗～故～废～旧～

趾〔zhǐ〕足～举～玉～颠～麟～翘～芳～

沚〔zhǐ〕沼～兰～洲～

旨〔zhǐ〕甘～宗～要～意～大～主～精～奥～音～承～微～希～

咫〔zhǐ〕古八寸。盈一尺～不逾～

枳〔zhǐ〕甘～橘～化～淮～

只〔zhǐ〕语尾助词。乐～天～人～
〔祇（另见齐韵阳平）〕仅有。（另见入声阴平）

黹〔zhǐ〕针～

抵〔zhǐ〕抵掌的抵。

子〔zǐ〕女～父～莲～孙～才～老～独～枪～孺～处～竖～犹～弟～分～蚕～童～眸～桂～舟～仙～稚～赤～原～棋～瓜～君～爱～半～西～甲～余～虎～狼～帝～游～种～小～芥～燕～蘖～从～王～公～儿女～田家～管城～二三～不肖～千金～奇男～穷棒～尥蹶～毛锥～

紫〔zǐ〕青～朱～金～凝～万～绯～姹～魏～（品种牡丹）暮山～

姊〔zǐ〕阿～伯～月～聂政～

滓〔zǐ〕渣～尘～泥～无～垢～

梓〔zǐ〕杞~乔~桑~文付~松~

仔〔zǐ〕仔细、仔肩的仔。

訾〔zǐ〕怨~毁~

秄〔zǐ〕种~

籽〔zǐ〕壅苗根。耘~春~

笫〔zǐ〕床~帏~

秭〔zǐ〕数名。亿~

在上声中，还有旧读入声之字见"仄声·入声"。

仄声·去声

翅〔chì〕鸟~鱼~蝶~鹏~垂~双~奋~鼓~展~折~张~插~倦~敛~粉~摩天~

炽〔chì〕昌~炎~孔~方~火~情~

啻〔chì〕不~何~奚~

眙〔chì〕直视。目~愕~(另见齐韵阳平)

踅〔chì〕一足行。(另见皆韵阳平)

傺〔chì〕侘~(失意貌)

次〔cì〕序~郊~等~岁~初~位~名~层~席~旅~舟~鳞~雁~胸~造~前~其~稍~主~班~屡~依~伦~

刺〔cì〕行~芒~棘~针~名~侦~讥~讽~鱼~诗~刺~

赐〔cì〕惠~恩~宠~厚~赏~受~拜~

伺〔cì〕伺候的伺。(另见去声sì)

事〔shì〕莅~鄙~襄~公~外~实~大~好~艺~干~共~盛~军~行~多~胜~能~心~费~懂~同~本~农~轶~成~情~时~故~往~乐~苦~寻~惹~人~亲~易~晓~解~济~了~成~从~更~白~喜~启~起~幸~生~省~常~用~将~慎~憾~琐~顶~碍~举~执~临~偾~败~息~余~工~蚕~世~葳~事~平生~天下~无难~管闲~不妨~千古~

世〔shì〕累~百~欺~尘~希~盛~时~万~举~玩~旷~盖~永~半~奕~治~命~愤~绝~没~叔~涉~处~用~传~济~应~后~身~阅~问~论~人间~升平~

势〔shì〕形~地~姿~手~趁~乘~气~负~时~优~劣~来~均~攻~守~局~阵~大~威~失~度~作~趋~声~蓄~

仗~权~得~凌云~破竹
~骑虎~龙蛇~

是〔shì〕自~公~国~求
~似~反~如~今~良~
不~可~只~或~以为
~比比~

市〔shì〕上~都~街~城
~集~槐~早~村~行
~庙~海~燕~吴~菜~
居~闹~灯~花~酒~利
~墟~茶~关~蚕~门如
~邯郸~长安~日中~北
京~

士〔shì〕军~学~医~国
~处~进~骑~力~道
~兵~将~女~壮~烈~
侠~勇~武~方~博~猛
~奇~志~义~高~名~
居~寒~多~狂~战~护
~天下~布衣~

示〔shì〕表~指~显~明
~暗~训~告~垂~昭
~宣~相~启~展~目
提~夸~揭~

视〔shì〕听~他~坐~重
~珍~歧~近~省~轻
~仰~俯~谛~鄙~蔑
下~虎~透~漠~雄~瞻
~藐~疾~仇~自~无~
凝~熟~电~正~忽~注
~久~平~十目~侧目~
拭目~

试〔shì〕考~尝~比~口
~面~探~身~应一
~小~复~免~试~

氏〔shì〕姓~族~外~老
~释~师~百~无怀~
葛天~（另见阴平）

誓〔shì〕盟~起~宣~约
~密~信~立~击楫

逝〔shì〕飞~东~永~川
~长~溘~潜~远~流
水~从此~日月~

恃〔shì〕依~怙~矜~仗
~自~失~不足~

侍〔shì〕随~服~奉~近
~久~环~弟子~

仕〔shì〕出~致~三~脱
~

柿〔shì〕霜~西红~

噬〔shì〕咬。搏~反~狼
~虎~吞~

嗜〔shì〕同~不~酷~

莳〔shì〕栽~移~雨中~
（另见阳平）

舐〔shì〕舔。

筮〔shì〕卜~龟~占~卦
~

澨〔shì〕水滨。海~

贳〔shì〕赊~宽~

豉〔shì〕又读。（见上声）

似〔sì〕类~相~胜~无~
酷~神~形~貌~疑~
近~何~宛~浑不~

思〔sì〕诗~愁~文~绮~
去~才~巧~春~乡~
遐~（另见阴平、开韵阴

平)

寺〔sì〕野~ 古~ 萧~ 佛~ 荒~ 山~ 败~ 阆~ 龙华~

肆〔sì〕放~ 纵~ 列~ 阛~ 酒~ 市~ 酣~ 骄~ 恣~ 鲍鱼~

四〔sì〕再~ 三~ 数~ 第~ 二十~

嗣〔sì〕继~ 后~ 子~ 令~ 贤~ 承~

祀〔sì〕祭~ 庙~ 淫~

饲〔sì〕〔食(另见入声阳平)〕饮~ 秣~

伺〔sì〕密~ 潜~ 侦~ 窥~ 狙~ 微~（另见去声cì）

笥〔sì〕竹~ 书~ 篋~ 药~ 腹~

巳〔sì〕辰~ 上~ 岁在~

耜〔sì〕耕具。耒~ 良~ 覃~ ~执~

俟〔sì〕静~ 百世~ 倚马~（另见齐韵阳平）

驷〔sì〕结~ 聘~ 良~ 上~

泗〔sì〕涕~ 淮~ 洙~

兕〔sì〕犀~ 虎~ 苍~ 野~ 出柙~

姒〔sì〕夫嫂的古称。娣~ 褒~

涘〔sì〕水边。涯~ 河之~

汜〔sì〕水名。江有~

攺〔sì〕又读。见齐韵上声)

志〔zhì〕心~ 意~ 大~ 壮~ ~远~ 他~ 有~ 神~ 励~ ~初~ 遗~ 同~ 众~ 抗~ ~雅~ 展~ 肆~ 素~ 得~ 蓄~ ~屈~ 立~ 锐~ 言~ 夺~ 养~ 丧~ 降~ 壮士~ 经世~ ~四方~ 凌云~ 鸿鹄~

〔誌〕地~ 碑~ 墓~ 图~ 杂~ 标~ 铭~

制〔zhì〕法~ 典~ 体~ 军~ ~抑~ 礼~ 节~ 控~ 牵~ ~挟~ 创~ 受~ 专~ 改~ 抵~ 约~ 断~ 限~ 管~ 克~ ~

〔製〕裁~ 手~ 仿~ 精~ 炮~ 织~ 巧~

帜〔zhì〕旗~ 汉~ 赵~ 赤~ ~张~ 树~ 拔~ 易~

治〔zhì〕整~ 缮~ 处~ 大~ ~统~ 至~ 自~ 研~ 故~ ~根~ 图~ 文~ 吏~ 穷~ 政~ 省~ 县~ 民~ 资~ 结绳~ 天下~

稚〔zhì〕幼~ 童~ 老~ 韶~ ~妇~ 蒙~

致〔zhì〕一~ 大~ 景~ 情~ ~殊~ 韵~ 高~ 雅~ 风~ ~兴~ 别~ 佳~ 尽~ 罗~ 强~ 坐~ 力~ 招~ 意~ 思~ ~奇~

〔緻〕细~ 密~ 精~ 坚~ 工~ 标~

至〔zhì〕必～倍～独～毕
～老～四～日～冬～周
～仁～情～时～备～切～
远～长～深～秋水～千里
～鱼书～
　　〔厔〕周～（地名）

智〔zhì〕才～明～神～巧
～理～急～机～益～大
～睿～挈瓶～过人～

置〔zhì〕安～添～设～弃
～装～广～移～常～建
～倒～处～措～位～布～
散～增～

峙〔zhì〕竦～屹～鼎～山
～秀～高～岳～耸～峰
～独～对～

彘〔zhì〕狗～豚～母～

滞〔zhì〕凝～迟～留～濡
～困～呆～沉～停～壅
～积～

踬〔zhì〕颠～困～跋～顿
～马～

质〔zhì〕押。交～典～（另
见入声去）

贽〔zhì〕初见礼品。载～
执～委～纳～陆～

挚〔zhì〕诚～恳～笃～

雉〔zhì〕山～野～雌～白
～百～献～

鸷〔zhì〕鹰～猛～凶～刚
～驯～

痣〔zhì〕面～足～黑～红
～朱砂～

忮〔zhì〕妒～忌。

轾〔zhì〕轩～

痔〔zhì〕痔疮。

迟〔zhì〕等待。虚～久～
临风～（另见阳平）

懥〔zhì〕忿～

豸〔zhì〕虫～獬～

猘〔zhì〕疯狗。

自〔zì〕一～各～何～奚～
所～亲～有～私～独～
思所～

字〔zì〕文～书～写～锦～
只～草～名～别～简～
冷～生～篆～古～奇～问
～表～许～抚～难～讹～
识～十～人～正～赤～汉
～刻～换鹅～蝇头～平安
～相思～简化～

恣〔zì〕放～纵～横～僭～
专～骄～（另见阴平）

眦〔zì〕眼眶。拭～决～盈
～睚～（忤视）

渍〔zì〕浸～淹～渐～露～
～染～沾～蜜～墨～

胾〔zì〕切肉。炙～肴～
羹～酒～

骴〔zì〕腐肉。埋～

牸〔zì〕牝牛。

**在去声中，还有旧读
入声各字见"仄声·入**

声"。

仄声·入声

吃〔chī〕 小～好～中～同
～少～饱～（另见齐韵
入声阳平）

失〔shī〕 得～过～损～冒
～散～迷～闪～消～两
～患～丢～遗～相～坐
自～交臂～

湿〔shī〕 沾～燥～干～下
～润～风～潮～卑～苍
苔～花露～渔蓑～

虱〔shī〕〔蝨〕虮～蚕～贯
～扪～处裈～

只〔zhī〕〔隻〕只身的只。
一～千～几～影～船～
（另见上声）

汁〔zhī〕 菜～肉～乳～墨
～果～桔～蔗～

织〔zhī〕 蚕～纺～编～组
～机～断～耕～停～促
～交～罗～夜～烟如～蛛
网～当户～天孙～

石〔shí〕 玉～金～药～柱
～磁～山～木～宝～矢
～炼～砥～沙～铁～泉～
碣～叱～水～文～累～下
～松～漱～拳～陨～盘～
积～顽～拜～燕～化～岩
～穿～铄～支机～点头～
玲珑～捣衣～试金～望夫
～补天～生公～～（另见寒
韵去声）

食〔shí〕 小～饮～酒～肉
～素～饱～熟～茶～绝
～零～消～传～寒～肝～
寝～蓐～火～忘～坐～足
～推～择～血～鼎～服～
谋～伴～寄～吞～蚕～耳
～索～独～嗟来～不家～
（另见去声"饲"）

实〔shí〕 老～坚～务～结
～朴～其～真～殷～充
～诚～切～委～信～秀～
秋～核～踏～果～事～虚
～笃～故～落～写～求～
证～失～名～情～史～确
～口～军～现～仓廪～名
副～

识〔shí〕 知～认～见～器
～远～学～无～浅～赏
～博～省～相～常～熟～
意～才～结～

蚀〔shí〕 虫～蠹～剥～侵
～日～月～亏～腐～苔
藓～

拾〔shí〕 掇～收～检～捃
～采～撷～俯～（另见
歌韵入声去）

十〔shí〕 百～累～合～数
～知～一当～半九～

什〔shí〕 家～篇～佳～伍
～诗～（另见痕韵阳平）

硕〔shí〕 壮～宏～丰～肥
～者～（另见波韵入声
去）

直〔zhí〕 一～正～鲠～平
～峭～率～耿～忠～刚

~径~笔~理~矢~绳~
爽~曲~质~简~垂~抗
~劲~謇~帆影~孤烟~

值〔zhí〕 价~贬~数~
产~适~余~轮~当~
正~偿~千金~两相~

植〔zhí〕 种~培~播~
密~栽~繁~手~艺~
扶~新~庭前~

殖〔zhí〕 蕃~繁~农~
货~耕~学~生~垦~
五谷~

执〔zhí〕 拘~固~允~
父~坚~秉~争~宰~
掌~牛耳~

职〔zhí〕 天~责~就~
尽~武~守~奉~在~
任~渎~受~文~称~
旷~不失~

侄〔zhí〕 〔姪〕子~叔~
姑~儿~令~内~舍~

跖〔zhí〕 鸡~盗~夷~
（歌韵入声去同）

掷〔zhí〕 一~投~抛~
弃~怒~腾~虚~飞梭
~孤注~

蛰〔zhí〕 又读。（见歌韵
入声阳平）

絷〔zhí〕 拘~维~羁~
系~南冠~

埴〔zhí〕 粘土。陶~赤
~抟~埏~

摭〔zhí〕 捃~采~

踯〔zhí〕 踯躅的踯。

尺〔chǐ〕 丈~咫~刀~
玉~标~界~市~公~
百~绳~盈~斗~寸~
铁~曲~累~卷~深千
~（另见歌韵上声）

赤〔chì〕 心~耳~地~
霞~近朱~鱼尾~

斥〔chì〕 指~驳~痛~
申~挥~屏~充~排~
摈~面~

饬〔chì〕 谨~戒~修~
严~整~申~

叱〔chì〕 呵~怒~呼~
瞋~目~

彳〔chì〕 彳亍的彳。

鸂〔chì〕 鸂鶒~（水鸟）

敕〔chì〕 诏~制~宣~

日〔rì〕 化~佳~暇~假~
烈~春~赤~连~天~早
~有~诞~秋~夏~冬~
当~旭~风~晓~初~捧
~累~杲~贯~昔~前~
昨~今~明~爱~永~丽
~胜~节~整~指~生~
落~改~他~旬~长~容
~观~晴~吉~斜~时~
异~末~无~素~平~去
~往~来~舜~至~伏~
镇~竟~终~向~暍~旷
~逐~浴~映~度~落~
蔽~日~虹贯~三竿~

衵〔rì〕 又读。（见齐韵
入声去）

驲〔rì〕驿马。驰~

式〔shì〕法~程~公~仪
~样~品~表~格~体
~正~凭~楷~卜~方~
时~形~矜~款~新~把
~天下~

饰〔shì〕修~服~装~衣
~首~藻~粉~整~掩
~矫~润~采~文~虚~
缘~奖~夸~涂~雕~绚
~华~

适〔shì〕安~自~合~舒
~清~远~不~畅~顺~
闲~意~神~（另见波
韵入声去，齐韵入声阳平）

室〔shì〕宫~家~虚~筑
~斗~人~石~温~心~
陋~暗~密~蓬~居~
宣~百~芝兰~环堵~

拭〔shì〕拂~洗~净如~

释〔shì〕解~开~消~冰
~诠~训~儒~注~

轼〔shì〕车前横木。凭~
登~苏~

螫〔shì〕又读。（见歌韵入
声阴平）

质〔zhì〕物~流~实~品
~资~性~本~气~素
~体~丽~土~文~朴~
尚~秀~弱~冰玉~金石
~蛋白~（另见去声）

炙〔zhì〕炮~熏~燔~脍
~火~赤日~

秩〔zhì〕秩序的秩。平~
品~八~

帙〔zhì〕巾~梳~风~爬
~沐~（皆韵入声阳平
同）

桎〔zhì〕桎梏的桎。

帙〔zhì〕一~卷~书~篇
~缥~缃~盈~开~

窒〔zhì〕窒塞。鼻~如~

陟〔zhì〕登~黜~三~峻
岭~

骘〔zhì〕评~阴~

蛭〔zhì〕水~

郅〔zhì〕极。

六　儿

平声・阳平

儿 〔ér〕娘～人～童～幼～头～主～孩～可～佳～健～痴～孤～宠～小～婴～男～群～女～乞～呼～哺～些～这～那～哪～弄～娇～常～倒绷～弄潮～黄口～宁馨～高个～（齐韵阳平同）

而 〔ér〕已～殆～远～

洏 〔ér〕涟～（流涕貌）

哯 〔ér〕嚅～（强笑貌）

仄声・上声

耳 〔ěr〕入～逆～木～顺～悦～贯～侧～聒～倾～附～刺～掩～震～黄～洗～银～盈～充～卷～穿～触～隔墙～执牛～风过～言在～

尔 〔ěr〕乃～果～卓～偶～莞～率～蕞～燕～复～默～尔～

饵 〔ěr〕果～药～鱼～钓～诱～吞～毒～甘～香～芳～厚～投～

迩 〔ěr〕近。道～密～室～遐～

珥 〔ěr〕耳饰。宝～簪～钗～堕～

洱 〔ěr〕普～（水名）

駬 〔ěr〕骒～（良马名）

仄声・去声

二 〔èr〕一～不～无～幺～第～百～一分～

贰 〔èr〕佐～疑～携～离～

七 齐

平声·阴平

低〔dī〕枝～云～头～高～帆～天～减～降～眉～花～夕阳～燕飞～

堤〔dī〕〔隄〕河～湖～海～柳～古～大～长～苏～白～决～筑～花～平～水拍～隋～危～绿杨～水拍～(阳平同)

氐〔dī〕古民族名。星名。

羝〔dī〕公羊。牧～触藩～

提〔dī〕提溜的提。(另见阳平,支韵阳平)

磾〔dī〕 金日～

鞮〔dī〕革履。传译。

鸡〔jī〕天～锦～午～山～晨～杀～野～只～黄～金～闻～邻～公～雄～宝～斗～竹～荒～莎～(纺织娘)雏～田～晨～秧～割～村～木～唱黄～茅舍～报晓～落汤～

基〔jī〕国～城～地～创～新～墙～根～始～登～奠～宏～开～肇～镃～(耕具)太平～万世～

机〔jī〕事～军～戎～心～枢～时～契～动～司～化～危～生～灵～神～藏～投～飞～触～忘～息～随～乘～转～巧～诈～杼～电～有～无～杀～伏～禅～织女～气轮～起重～滑翔～拖拉～抽水～

饥〔jī〕腹～搪～己～人～啼～充～疗～

〔饑〕灾荒。岁～民～大～洊～

肌〔jī〕雪～丰～冰～玉～沦～侵～

讥〔jī〕刺～相～见～谤～贻～反唇～众所～

羁〔jī〕尘～孤～不～绊～远～名～久～俗～

姬〔jī〕吴～虞～

几〔jī〕茶～竹～棐～搁～炕～琴～隐～净～文～乌皮～(另见上声)

〔幾〕 先～知～神～见～研～识～事～万～庶～(另见上声"几")

箕〔jī〕斗～南～筲～畚～粪～簸～

齑〔jī〕〔虀〕芥～粉～寒～断～盐～香～

稽〔jī〕会～勾～考～无～可～核～滑～反唇～(另见上声)

畿〔ㄐㄧ〕邦～京～郊～封～
万里～

矶〔ㄐㄧ〕渔～石～蓼～苔～
钓～燕子～采石～

玑〔ㄐㄧ〕珠～明～璇～宝～
明月～露凝～

筓〔ㄐㄧ〕簪。及～双～玉～
未～

跻〔ㄐㄧ〕跄～攀～日～登～
可～

奇〔ㄐㄧ〕数～偶～有～(另
见阳平)

期〔ㄐㄧ〕周年。岁已～(另
见ㄑㄧ)

畸〔ㄐㄧ〕畸形的畸。

叽〔ㄐㄧ〕哔～卡～

赍〔ㄐㄧ〕〔齎〕呈～敬～志空
～

圾〔ㄐㄧ〕垃～(歌韵入声去
同)

稘〔ㄐㄧ〕阮～

乩〔ㄐㄧ〕扶～卜～莫求～

其〔ㄐㄧ〕语助辞。夜何～(另
见阳平、去声)

犄〔ㄐㄧ〕犄角的犄。

剞〔ㄐㄧ〕剞劂的剞。

居〔ㄐㄧ〕疑问助词。何～
(另见鱼韵阴平)

丌〔ㄐㄧ〕姓。

哩〔ㄐㄧ〕哩罗的哩。(另见
上声)

咪〔ㄇㄧ〕笑咪～

眯〔ㄇㄧ〕〔瞇〕眼皮微合。
(另见阳平)

披〔ㄆㄧ〕纷～离～横～云～
雾～手～肝胆～荆棘～
当风～带雨～簑～

批〔ㄆㄧ〕首～评～一～眉～
大～抹～反手～

丕〔ㄆㄧ〕大。曹～

坯〔ㄑㄧ〕陶～土～钢～瓦～
原～瓷～

砒〔ㄆㄧ〕砒霜。红～

纰〔ㄆㄧ〕纰缪的纰。

狉〔ㄆㄧ〕兽走。榛～狉～

期〔ㄑㄧ〕假～周～时～农
后～远～如～瓜～襟～
归～限～及～过～约～相
～愆～定～暑～短～自
不～先～佳～吉～期～预
备～安 可～菊花～无穷
～(另见ㄐㄧ)

溪〔ㄑㄧ〕〔谿〕西～清～青～
前～碧～竹～柳～山～
烟～虎～钓～雪～晴～愚
～小～桃花～武陵～若耶
～(ㄒㄧ同)

妻〔ㄑㄧ〕夫～贤～荆～寡～
梅～糟糠～(另见去声)

凄〔ㄑㄧ〕〔淒、悽〕风～雨～
霜～色～悲～惨～清～
怨～愁～孤～凄～晓寒～
有余～

栖 [qī][棲]鸡~孤~鹤幽~塘~枝~巢~山鹞~两~林~岩~燕双~择木~ (另见 xī)

欺 [qī]诈~不相~可~人~自~面~不我~我谁~岁寒~冰雪~

萋 [qī]草盛。萋~草木~

崎 [qī]崎岖的崎。嵚

敧 [qī]倾~斜~枕~石侧~棕笠~茅屋~晚花~

蹊 [qī]蹊跷的蹊。(另见 xī)

沏 [qī]沏茶的沏。

諆 [qī]诋~

梯 [tī]阶~滑~软~云天~登~扶~楼~电层~高~百尺~

西 [xī]泰~中~城~陇欧~海~陕~东~关河~辽~月沉~夕阳~

稀 [xī]古~渐~见~雨梦~依~人~发~音信~古来~笑语~相见~车马~知音~晓星~

熙 [xī]和。康~攘~民俗~和~缉~义~熙百工~春阳~

希 [xī]可~妄~几~

曦 [xī]晴~晨~寒~朝~和~

嬉 [xī]游~相~乐~童~嬉~竹马~

携 [xī][攜]又读。(见皆韵阳平)

蹊 [xī]成~荒~新~桃李~花满~ (另见 qī)

犀 [xī]犀利。象~灵~燃~兕~瓠~文~照水~辟寒~

欷 [xī][欷]哀叹。嘘~

嘻 [xī]笑嘻~

樨 [xī]木~庭~

晞 [xī]干燥。露~发~朝日~

釐 [xī]福。延~受~春~新~时~ (另见阳平"厘")

禧 [xī]福~祥~鸿~凝呈~

熹 [xī]光明。朱~

牺 [xī]牺牲的牺。

羲 [xī]伏~庖~虞~

兮 [xī]语助词。父~母~伯~凤~粲~

奚 [xī]古称仆役。何。姓。

溪 [xī][谿]又读。(见 qī)

栖 [qī]栖~(不安) (另见 qī)

嘶 [xī]吁~

鼷 [xī]小鼠。田~

鸂〔ㄒㄧ〕鸂鶒的鸂。

醯〔ㄒㄧ〕醋。乞～盐～调～邻～瓮～

觿〔ㄒㄧ〕骨制解结锥。佩～

巇〔ㄒㄧ〕险～

豨〔ㄒㄧ〕猪。妃呼～(叹词)

屍〔ㄒㄧ〕殿～(呻吟)(另见支韵上声)

粞〔ㄒㄧ〕碎米。糠～

恓〔ㄒㄧ〕恓惶的恓。

衣〔ㄧ〕戎～裳～春～羽～单～斑～荷～彩～葛～绣～缁～苔～内～鹑～锦～朱～青～素～赭～布～雨～牛～征～寒～铁～罗～鲜～授～宽～拂～抠～捣～牵～解～更～沾～襄～估～毛～皮～新～绒线～滑雪～作嫁～金缕～(另见去声)

依〔ㄧ〕何～皈～无～相～瞻～偎～布～依～辅车～

医〔ㄧ〕巫～名～西～求～中～忌～良～庸～牛～就～国～兽～神～折肱～

伊〔ㄧ〕姓。怜～桓～皋～

咿〔ㄧ〕喔～哑～咿～

噫〔ㄧ〕鸣～吁～五～

漪〔ㄧ〕细波。沧～碧～涟～清～

鹥〔ㄧ〕鸥。凫～浮～野～风～

繄〔ㄧ〕惟。是。

猗〔ㄧ〕叹美词。

椅〔ㄧ〕木名。(另见上声)

铱〔ㄧ〕化学元素。

祎〔ㄧ〕美好。

蚼〔ㄧ〕蚼蝛的蚼。

黟〔ㄧ〕地名。黑貌。

在阴平中，还有旧读入声各字见"仄声·入声"

平声·阳平

嘀〔ㄉㄧˊ〕嘀咕的嘀。

离〔ㄌㄧˊ〕流～分～隔～暌～支～距～生～脱～乱～游～别～轻～迷～披～陆～仳～远～黍～离～差不～

篱〔ㄌㄧˊ〕东～菊～竹～疏～绕～棘～樊～笊～槿～藩～豆花～

犁〔ㄌㄧˊ〕耕～春～铧～锄～扶～手自～雨一～

鹂〔ㄌㄧˊ〕黄～听～春～

黎〔ㄌㄧˊ〕黔～群～元～

梨〔ㄌㄧˊ〕 棠~ 让~ 生~ 脆~ 哀家~

藜〔ㄌㄧˊ〕 葵~ 蓬~ 扶~ 杖~ 燃~

璃〔ㄌㄧˊ〕 琉~ 玻~

缡〔ㄌㄧˊ〕 结~ 衿~ 凤~

骊〔ㄌㄧˊ〕 黑马。铁~ 探~ 歌~

狸〔ㄌㄧˊ〕 狐~ 斑~ 黑~ 香~

蠡〔ㄌㄧˊ〕 测~ 管~ (另见上声)

漓〔ㄌㄧˊ〕 淋~ 浇~ 俗未~

厘〔ㄌㄧˊ〕 〔釐(另见阴平)〕分~ 毫~

黧〔ㄌㄧˊ〕 黑色。形~ 缁~ 垢~ 面目~

醨〔ㄌㄧˊ〕 薄酒。糟~ 醇~

鲡〔ㄌㄧˊ〕 鳗~

喱〔ㄌㄧˊ〕 咖喱的喱。

褵〔ㄌㄧˊ〕 褵袯的褵。

罹〔ㄌㄧˊ〕 遭逢。忧愁。

蜊〔ㄌㄧˊ〕 蛤~

嫠〔ㄌㄧˊ〕 孀~ 寡~ 茕~

犛〔ㄌㄧˊ〕 犛牛的犛。(另见豪韵阳平"牦")

斄〔ㄌㄧˊ〕 马尾。长毛。

劙〔ㄌㄧˊ〕 割开。刺。

灕〔ㄌㄧˊ〕 涎沫。流~ 龙~

漓〔ㄌㄧˊ〕 水名。湘~

蓠〔ㄌㄧˊ〕 荘

迷〔ㄇㄧˊ〕 路~ 痴~ 萎~ 低~ ~津 昏~ 沉~ ~书 醉~目 戏~ 金~ 入~ ~雾 指~ 财~ 花影~ 蜂蝶~

谜〔ㄇㄧˊ〕 灯~ 猜~ 诗~ 巧~ ~哑 ~藏

眯〔ㄇㄧˊ〕 尘入眼。(另见阴平)

糜〔ㄇㄧˊ〕 粥~ 薄~ 肉~ 琼~ ~豆 碎~ 蒸~ 乳~

麋〔ㄇㄧˊ〕 鹿~ 驯~ 斑~ 野~

縻〔ㄇㄧˊ〕 羁~ 系~ 缰~ 拘~

蘼〔ㄇㄧˊ〕 〔蘼〕茶~

弥〔ㄇㄧˊ〕 沙~ 须~ 〔瀰〕漫~ 渺~ 弥~

醿〔ㄇㄧˊ〕 酴~ (酒)

猕〔ㄇㄧˊ〕 猿~

泥〔ㄋㄧˊ〕 春~ 芹~ 水~ 鸿~ 粉~ 燕~ 印~ 果~ 枣~ 封~ 淤~ 涂~ 污~ 青~ 紫~ ~沙 香~ 金~ 雪~ 鸿爪~ 絮沾~ 隔云~ 燕垒~ 醉如~ 一丸~ (另见去声)

尼〔ㄋㄧˊ〕 仲~ 僧~ 宣~ 牟~ 摩~ (另见上声)

呢〔ㄋㄧˊ〕 毛~ 花~ 厚~ 线~ (另见歌韵阴平)

霓〔ㄋㄧˊ〕 云~ 紫~ 虹~ 彩~

儿〔ní〕旧读尼(见儿韵阳平)

怩〔ní〕羞怯。忸~怩~

倪〔ní〕端~天~

妮〔ní〕妮子,幼女。

猊〔ní〕狻~(狮)

輗〔ní〕车辕端持衡之键。车无~

麑〔ní〕小鹿。狙~

婗〔ní〕婴~(婴儿)

鲵〔ní〕鲸~

皮〔pí〕虎~霜~牛~西~寝~面~脸~陈~顽~表~肚~眼~豹~桑~调~刮~泼~羊~厚~赖留~俏~橡~铁~粉~地~车~蒜~剥~豹留~

疲〔pí〕神~足~力~人~马~忘~筋~国~不知~

陂〔pí〕山~泽~草~平~横~荒~长~高~黄~放牧~(另见波韵阴平)

毗〔pí〕连接。

脾〔pí〕心~肝~醒~沁~

鼙〔pí〕鼓~惊~金~闻~

羆〔pí〕熊~虎~

枇〔pí〕枇杷的枇。

琵〔pí〕琵琶的琵。

貔〔pí〕貔貅的貔。

比〔pí〕皋~(虎皮)(另见上声、去声)

裨〔pí〕偏~(将佐)(另见去声)

啤〔pí〕啤酒的啤。

郫〔pí〕地名。

陴〔pí〕城上短墙。登~守~

蚍〔pí〕蚍蜉的蚍。

奇〔qí〕怪~离~矜~貌~争~负~探~嵌~好~惊~居~炫~出~珍~稀~神~传~瑰~清~新~雄~权~猎~天下~分外~造化~(另见阴平)

骑〔qí〕跨~倒~(另见去声)

旗〔qí〕(旂)旌~建~锦~义~国~红~扬~酒~采~云~献~升~五星~

棋〔qí〕弈~敲~下~围~观~着~象~跳~弹~举~残~一盘~

齐〔qí〕整~崇~看~一~簇~聚~会~北~心~鲁~物~肩~德~思~眉~麦初~远树~万马~绿苗~(另见去声)

歧〔qí〕分~旁~路~多~临~麦两~

鳍〔qí〕鱼~振~尾~鼓~

醫〔qí〕马鬣。长～奋～丰～

其〔qí〕何～凄～尤～（另见阴平、去声）

脐〔qí〕肚～噬～燃～蟹～麝～团～尖～

荠〔qí〕荸～（另见去声）

萁〔qí〕豆茎。豆～棉～燃豆～

蜞〔qí〕蟛～

琪〔qí〕玉。美～

骐〔qí〕骐骥的骐。

跂〔qí〕足多指。虫行。跂～（另见去声）

枝〔qí〕指歧生。骈～（另见支韵阴平）

琦〔qí〕美玉。瑰～

祺〔qí〕吉～春～福～时～

畦〔qí〕菜～春～满～豆花～蔬～麦～荒～东～垄～雨后～（xí 同）

麒〔qí〕麒麟的麒。

祈〔qí〕求福。请求。

祇〔qí〕神～安～地～（另见支韵上声"只"）

耆〔qí〕年～英～宿～

芪〔qí〕黄～

锜〔qí〕鼎。钻具。釜～

綦〔qí〕极。鞋带。

祁〔qí〕盛大。祁～

蛴〔qí〕蛴螬的蛴。螬～（天牛幼虫）

圻〔qí〕方千里。疆～海～九～边～

俟〔qí〕万～（复姓）（另见支韵去声）

岐〔qí〕山名。地名。居～

淇〔qí〕水名。地名。

桤〔qí〕木名。庭～园～松～绿～

颀〔qí〕身长貌。硕～魁～颀～

蕲〔qí〕草名。求。地名。

啼〔tí〕鸟～鸡～猿～号～儿～莺～悲～子规～寒蛩～布谷～耳边～

题〔tí〕品～命～话～课～问～额～文～标～留～主～诗～试～画～切～离～难～对客～不对～红叶～

蹄〔tí〕马～轮～兽～轻～牛～霜～豚～筌～健～千里～

提〔tí〕孩～挈～菩～手～前～沼～耳～重～（另见阴平，支韵阳平）

堤〔tí〕〔隄〕又读。（见阴平）

荑〔tí〕嫩芽。柔～碧～含～春～兰～绿～（另见yí）

稊〔tí〕草名。木更生。稊～惜～枯杨～

绨〔tí〕缯～文～锦～

鹈〔tí〕鹈鹕的鹈。鹕～

醍〔tí〕醍醐的醍。

缇〔tí〕黄赤色。

鶗〔tí〕鶗鴂的鶗。

畦〔xí〕又读。(见qí)

宜〔yí〕制～合～权～土～攸～相～最～事～允～适～咸～时～便～机～万事～随～

仪〔yí〕威～典～容～土～风～两～光～礼～贺～母～张～令～如～地球～凤来～浑天～

疑〔yí〕猜～决～狐～质～怀～阙～迟～析～生～相～释～可～起～惊～嫌～将～存～无～莫～献～两不～

移〔yí〕迁～星～影～转～时～日～风～推～游～枳橘～志不～山可～岁月～月影～斗柄～习俗～

颐〔yí〕朵～解～面～粉～寿～丰～期～伙～

夷〔yí〕平～险～坦～希～陵～辛～鸸～明～四～

遗〔yí〕祖～子～厚～补～珠～小～后～沧海～野无～不我～不拾～(另见

微韵去声)

姨〔yí〕小～大～阿～封～十八～

怡〔yí〕悦～色～情～神～心～怡～

饴〔yí〕含～饧～甘～蜜～胶牙～

贻〔yí〕赠～燕～馈～惠～

诒〔yí〕赠言。德～训～

彝〔yí〕秉～伦～尊～民～鼎～典～商～铭～

胰〔yí〕皂～香～滑～脏～

痍〔yí〕疮～民～

荑〔yí〕刈割。荑～(另见tí)

蛇〔yí〕委～蛇～(皆安舒貌)(另见歌韵阳平)

施〔yí〕施～(自得貌)(另见去声,支韵阴平)

圯〔yí〕桥。下邳～

洟〔yí〕涕～

咦〔yí〕惊讶词。

迤〔yí〕[迆]逶～(宛转悠长)(另见上声)

眙〔yí〕盱～(另见支韵去声)

沂〔yí〕水名。地名。浴～清～

簃〔yí〕楼边小屋。晴～

鸃〔yí〕鵔～(锦鸡)

匜〔yí〕奉～盥～盘～

廖〔yí〕庑～(门月)

嶷〔yí〕山名。九～岐～(另见入声去)

在阳平中，还有旧读入声各字见"仄声·入声"。

仄声·上声

比〔bǐ〕催～窃～伦～类～对～自～评～排～差～相～差～无～好～百分～(另见阳平、去声)

彼〔bǐ〕挹～知～在～如～

鄙〔bǐ〕边～轻～卑～郊～都～粗～贪～吝～朴～俗～

妣〔bǐ〕亡母。显～先～考～

秕〔bǐ〕〔粃〕空粒。糠～谷～

匕〔bǐ〕匙～鬯～

抵〔dǐ〕安～大～偿～行～直～相～撑～

底〔dǐ〕何～井～海～有～胡～眼～无～年～到～～见～留～谜～彻～摸～囊～兜～笔～

砥〔dǐ〕砥柱的砥。砺～如～～平～耆～

诋〔dǐ〕诟～诬～毁～丑～痛～

柢〔dǐ〕根～株～结～

牴〔dǐ〕牴触。角～相～

邸〔dǐ〕官～府～华～客～贵～

坻〔dǐ〕侧坡。(另见支韵阳平)

己〔jǐ〕异～励～知～自～修～推～洁～责～利～正～戌～体～克～不为～

几〔jǐ〕〔幾(另见阴平)〕有～无～ ～未 ～余 ～曾～(另见阴平)

挤〔jǐ〕排～拥～

济〔jǐ〕济～(另见去声)

掎〔jǐ〕牵～扶～不虚～

蟣〔jǐ〕水～虱～

麂〔jǐ〕山～

庋〔jǐ〕又读。(见微韵上声)

里〔lǐ〕邑～乡～邻～田～梓～蒿～墟～下～万～故～公～英～井～仁～道～

〔裏、裡〕这～那～表～内～心～梦～镜～笛～画～客～雾～花～头～村～田～袖～怀～月～夜～皮～骨子～两下～钱眼～方寸～

理〔lǐ〕道～条～真～至～学～合～推～正～总～

定～生～物～心～事～地～文～情～法～伦～哲～论～评～肌～治～料～整～管～公～修～连～不～重～办～清～调～护～讲～经～爨～综～大～达～疏～

礼〔ㄌㄧ〕仪～军～行～献～婚～祭～宾～嘉～典～敬～见～送～观～失～答～还～洗～拘～吉～悖～备～致～非～

李〔ㄌㄧ〕行～桃～秾～报～苦～

俚〔ㄌㄧ〕俗～鄙～浅～

鲤〔ㄌㄧ〕赤～锦～跃～尺～河～双～

逦〔ㄌㄧ〕迤～（连续不断）

哩〔ㄌㄧ〕英美制长度。（另见阴平）

醴〔ㄌㄧ〕甘～酒～醇～旨～芳～

蠡〔ㄌㄧ〕彭～范～（另见阳平）

澧〔ㄌㄧ〕水名。沅～湘～

娌〔ㄌㄧ〕妯～

米〔ㄇㄧ〕糙～谷～小～粒～粟～菰～白～糯～苞～红～鱼～柴～厘～花生～香稻～

靡〔ㄇㄧ〕奢～华～侈～淫～委～浮～披～纷～旗～靡～

弭〔ㄇㄧ〕消～兵～谤～

敉〔ㄇㄧ〕安～平～

芈〔ㄇㄧ〕周时楚姓。（另见皆韵阴平）

你〔ㄋㄧ〕我～

拟〔ㄋㄧ〕草～相～比～不～满～虚～

旎〔ㄋㄧ〕旖～旎～

尼〔ㄋㄧ〕阻止。（另见阳平）

否〔ㄆㄧ〕臧～泰～运～（另见侯韵上声）

痞〔ㄆㄧ〕地～病～胸～积～

圮〔ㄆㄧ〕墙～屋～倾～颓～

庀〔ㄆㄧ〕聚集。鸠～

仳〔ㄆㄧ〕仳离的仳。

嚭〔ㄆㄧ〕伯～太宰～

起〔ㄑㄧ〕缘～突～奋～尘～群～发～隆～振～崛～兴～晨～初～鹊～唤～一～掀～风～引～举～跃～四～夜～睡～蜂～云～勃～继～纷～涌～闻鸡～冲寒～投笔～

启〔ㄑㄧ〕书～文～开～发～笺～敬～齿难～

绮〔ㄑㄧ〕罗～霞～文～美～锦～结～绿～纨～云～散成～

岂〔ㄑㄧ〕反诘助词。

稽 [qǐ] 稽首的稽。(另见阴平)

棨 [qǐ] 符~旌~戟~麾~

芑 [qǐ] 谷名。野菜。糜~采~

屺 [qǐ] 山多草木。陟~

杞 [qǐ] 木名。古国名。枸~种~

体 [tǐ] 全~整~集~四~敌~篆~下~得~五~古~近~个~国~事~物~具~字~颜~一~气~固~主~肉~形~大~肢~玉~解~通~本~身~立~躯~文~骚~团~总~结晶~风雅~

喜 [xǐ] 欢~心~惊~可~色~暗~欣~有~双~失~丰年~宜春~燕雀~

洗 [xǐ] 刷~浣~磨~清~梳~涤~濯~笔~雪~秋光~(另见寒韵上声)

徙 [xǐ] 迁~转~远~移~陵谷~

屣 [xǐ] 鞋。敝~脱~倒~遗~珠~

嬉 [xǐ] 檐~壁~网~挂~

玺 [xǐ] 玉~印~符~汉~

蓰 [xǐ] 五倍。倍~蓰~ (烦琐貌)

鰓 [xǐ] 鰓~(忧惧不安)(另见开韵阴平)

枲 [xǐ] 麻属。麻~丝~素~

葸 [xǐ] 畏~

铣 [xǐ] 铣削、铣床的铣。(另见寒韵上声)

倚 [yǐ] 斜~依~笑~徙~醉~偎~画栏~福所~

椅 [yǐ] 桌~凉~竹~软~交~靠~藤~ (另见阴平)

蚁 [yǐ] 蚂~斗~虫~白~蝼~聚~

矣 [yǐ] 行~甚~可~秾足~俱往~

已 [yǐ] 不~而~早~久~无~得~良~业~

以 [yǐ] 何~所~可~良与~

旖 [yǐ] 旖旎的旖。

迤 [yǐ] [迆] 延伸。东~西~逦~(另见阳平)

齮 [yǐ] 齮龁的齮。

庡 [yǐ] 茮~薏~(支韵去声同)

舣 [yǐ] [檥] 船靠岸。暂~柳下~

扆 [yǐ] 屏风。户~屏~负~

　　在上声中，还有旧读入声各字见"仄声·入声"。

仄声·去声

闭〔bì〕关～扃～壅～深～掩～禁～封～

避〔bì〕逃～回～规～躲～退～远～

臂〔bì〕枕～铁～断～挽～猿～把～奋～螳～交～攘～长～呐～半～胳～掉～撑一～(另见微韵去声)

毙〔bì〕自～僵～待～

币〔bì〕货～厚～钱～纳～刀～硬～纸～人民～

弊〔bì〕作～利～时～流～革～雕～私～积～舞～除～

蔽〔bì〕掩～翼～物～覆～扞～蒙～障～隐～遮～一言～

敝〔bì〕雕～衰～舌～裘～俗～器～劳～

庇〔bì〕荫～德～包～遮～护～曲～

比〔bì〕朋～阿～鳞～栉～附～比～(另见阳平、上声)

髀〔bì〕拊～股～周～

睥〔bì〕睥睨的睥。

裨〔bì〕益。何～无～(另见阳平)

婢〔bì〕旧称使女。

贲〔bì〕贲临的贲。(另见痕韵阴平、阳平)

蓖〔bì〕蓖麻的蓖。

篦〔bì〕梳～竹～金～

秘〔bì〕〔祕〕便～(另见入声去)

薜〔bì〕薜荔、薜萝的薜。

嬖〔bì〕便～私～幸～

俾〔bì〕使。

费〔bì〕地名。(另见微韵去声)

狴〔bì〕狴犴的狴。

陛〔bì〕殿阶。

痹〔bì〕麻～风～痿～

泌〔bì〕水名。(另见入声去)

閟〔bì〕幽～清～隐～深～

毖〔bì〕慎～惩～后可～

畀〔bì〕赐与。厚～倚～

飶〔bì〕飶鳯的飶。

诐〔bì〕不平正。邪～偏～

地〔dì〕大～天～舆～平～席～动～涂～缩～划～掷～略～战～委～投～腹～立～基～工～土～田～内～园～实～境～匦～空～胜～暗～旧～辟～坐～避～随～扫～落～重～高～荒～垦～画～耕～福～阵～禁～场～当～异～易～

~余~死~心~锦~见~
质~特~忽~悫~就~盆
~两~膏腴~弹丸~殖民
~自留~策源~立锥~

递〔dì〕邮~传~急~远~
投~更~嬗~迢~

弟〔dì〕子~兄~胞~昆~
舍~难~徒~幼~弟~

第〔dì〕次~高~科~宅~
及~等~门~品~

蒂〔dì〕并~香~瓜~花~
根~芥~

帝〔dì〕黄~皇~美~玉~
反~上~天~

睇〔dì〕斜视。含~遥~凝
~流~

谛〔dì〕三~真~奥~妙~

棣〔dì〕棠~唐~

缔〔dì〕取~交~

娣〔dì〕妹。夫弟之妻。

逮〔dì〕逮~（安和貌）（另
见开韵上声、去声）

蝃〔dì〕蝃蝀的蝃。

杕〔dì〕杕杜的杕。

计〔jì〕心~秘~运~设~
大~得~预~统~估~
伙~会~巧~生~国~中
~奇~合~诡~核~活~
暗~时~失~决~妙~熟
~家~献~问~上~岁~
长远~千里~蚕桑~万全
~美人~苦肉~三十六~

际〔jì〕国~端~遭~交~
涯~星~天~无~脑~
胸~边~实~风云~

霁〔jì〕晴~天~光~雨~
爽~色~

济〔jì〕经~仁~救~难~
赈~既~周~接~未~
共~有~无~利~匡~普
~同舟~横江~宽猛~
（另见上声）

继〔jì〕相~承~嗣~传~
绍~日夜~

记〔jì〕传~日~题~史~
忘~铭~碑~游~摘~
簿~速~札~笔~书~表
~惦~追~登~牢~切~
暗~强~岁时~搜神~

纪〔jì〕星~年~岁~世~
法~纲~乱~军~风~
党~守~

忌〔jì〕妒~戒~无~嫉~
讳~禁~疑~生~畏~
猜~顾~

季〔jì〕叔~昆~雨~群~
岁~淡~四~春~旺~
月~冬~

冀〔jì〕希~幽~妄~私~

骥〔jì〕良~老~骐~附~
渴~索~枥~千里~

寄〔jì〕远~托~邮~情~
递~缄~萍~封~重~
腹心~

技〔jì〕杂~方~惯~口~
献~薄~科~声~长~

巧～神～他～才～绝～屠
龙～黔驴～

骑〔ㄐ〕 车～轻～铁～坐
连～策～单～游～万～
归～千～并～南陌（另见
阳平）

荠〔ㄐ〕 香～春～野～挑～
（另见阳平）

芰〔ㄐ〕 香～菱～青～

妓〔ㄐ〕 娟～

髻〔ㄐ〕 发～梳～高～椎～
挽～双～宝～云～堆～
倭堕～

祭〔ㄐ〕 家～时～年～尝～

剂〔ㄐ〕 药～汤～方～溶～
调～参苓～千金～驱虫
～防腐～

悸〔ㄐ〕 惊～心～忧～战～

既〔ㄐ〕 无～曷～

暨〔ㄐ〕 与·至·南～

蓟〔ㄐ〕 幽～燕～

洎〔ㄐ〕 润·及·延～泽～
来～

觊〔ㄐ〕 觊觎的觊。

伎〔ㄐ〕 伎俩的伎。

跽〔ㄐ〕 长跪。

齐〔ㄐ〕 火～（另见阳平）

偈〔ㄐ〕 佛家唱词。宝～灵
～宣～仙～

系〔ㄐ〕〔繫〕紧～腰间～
（另见xì）

其〔ㄐ〕 语助词。彼～（另
见阴平、阳平）

萁〔ㄐ〕 毒害。忌～刻～

罽〔ㄐ〕 地毡。红～绒～绘
～锦～

瘈〔ㄐ〕 疯狂。

利〔ㄐ〕 功～名～势～福～
义～生～权～胜～地～
水～争～专～兴～牟～本
～便～吉～顺～爽～锋～
锐～犀～坚～流～渔～两
～毫末～蝇头～天下～渔
人～刀锥～

例〔ㄐ〕 比～一～援～举～
成～体～先～据～凡～
破～条～照～循～通～前
～事～向～惯～年～开～

厉〔ㄐ〕 严～激～奋～猛～
横～雷～凌～风～凄～
为～加～冰霜～声色～深
则～

隶〔ㄐ〕 徒～圆～皂～方～
奴～篆～汉～

丽〔ㄐ〕 附～绮～富～壮～
佳～艳～华～流～靡～
美～秀～瑰～

吏〔ㄐ〕 官～廉～酷～循～
胥～刀笔～

励〔ㄐ〕 勉～鼓～策～奖～
自～振～勖～

戾〔ㄐ〕 乖～暴～咎～狼～
罪～违～刚～

唳〔lì〕 鹤~ 嘹~ 哀~

痢〔lì〕 赤~ 秋~ 白~ 疟~ 泄~

鬁〔lì〕 鬁~

莉〔lì〕 茉~

俐〔lì〕 伶~ 麻~

荔〔lì〕 荔枝的荔。薜~

疠〔lì〕 瘴~ 疫~

俪〔lì〕 伉~

莅〔lì〕 〔涖〕莅临的莅。

砺〔lì〕 磨~ 淬~ 砥~ 砻~ 铁石~

疠〔lì〕 灾~ 疫~ 恶~ 妖~

粝〔lì〕 粗~ 蔬~ 粱~

猁〔lì〕 猞~

栎〔lì〕 木名。

砺〔lì〕 牡~

詈〔lì〕 诟~ 痛~ 怨~ 申申~

腻〔nì〕 滑~ 粉~ 垢~ 细~ 香~ 油~ 光~

泥〔nì〕 拘~ 滞~ (另见阳平)

睨〔nì〕 斜视。睥~ 旁~

擘〔pǐ〕 取~ 引~ 曲~ 巧~ 善~

屁〔pì〕 狗~ 拍马~

濞〔pì〕 滂~ 澎~

媲〔pì〕 匹敌。美~ 相~ 堪~

气〔qì〕 天~ 云~ 秀~ 吐~ 香~ 通~ 怄~ 生~ 大~ 空~ 暑~ 冤~ 节~ 爽~ 锐~ 喜~ 声~ 盛~ 稚~ 暮~ 寒~ 朝~ 骄~ 娇~ 血~ 骨~ 意~ 习~ 和~ 脾~ 胆~ 才~ 官~ 阔~ 志~ 力~ 打~ 泄~ 神~ 养~ 正~ 邪~ 民~ 士~ 剑~ 豪~ 客~ 争~ 元~ 勇~ 海~ 义~ 淘~ 赌~ 负~ 杀~ 傻~ 浩~ 王~ 顺~ 六~ 喷~ 闲~ 清~ 佳~ 瘴~ 阳~ 精~ 使~ 动~ 怨~ 同~ 瑞~ 金石~ 有~ 生~ 丈夫~ 湖海~ 风云~ 平旦~ 不景~ 英雄~

器〔qì〕 大~ 玉~ 陶~ 利~ 小~ 成~ 兵~ 名~ 金~ 宝~ 乐~ 量~ 机~ 容~ 重~ 武~ 忌~ 酒~ 经~ 国~ 扩音~

弃〔qì〕 舍~ 抛~ 扬~ 捐~ 毁~ 废~ 屏~ 见~ 唾~ 不~ 放~ 自~ 遗~ 委~ 嫌~

企〔qǐ〕 仰~ 伫~ 翘~ 远~ 盼~

汽〔qì〕 水~ 蒸~

砌〔qì〕 苔~ 阶~ 堆~ 玉~

契〔qì〕符～投～默～相～书～凤～平生～（另见皆韵入声qiè、xiè）

憩〔qì〕休～游～小～

㞚〔qì〕屡屡。（另见入声阳平）

揭〔qì〕提衣涉水。厉～浅则～（另见皆韵入声阴平）

妻〔qì〕以女妻人。（另见阴平）

跂〔qì〕跂坐，垂足而坐。（另见阳平）

替〔tì〕代～顶～交～衰～更～枪～凌～接～

涕〔tì〕陨～鼻～掩～垂流～挥～

悌〔tì〕孝～恺～

嚏〔tì〕喷～

屉〔tì〕〔屜〕抽～木～笼～

剃〔tì〕披～芟～

殢〔tì〕困顿。淹～梦～

锑〔tì〕化学元素。

戏〔xì〕马～游～儿～相作～狂～大～百～嬉嘲～调～把～京～扮～排～影～竹马～鱼龙～天女～老菜～

细〔xì〕详～仔～底～微～巨～奸～粗～精～苛纤～琐～心～雨～入～游丝～诗律～

系〔xì〕派～世～本～直～体～嫡～山～〔係〕联～关～干～确～恐～〔繫〕舟～绳～悬～牵～维～采丝～（另见门）

屭〔xì〕赑～（用力貌。蠵龟）

饩〔xì〕馈饷。禾米。

盻〔xì〕怒视。盻～

禊〔xì〕修～祓～春～

咥〔xì〕大笑。（另见皆韵入声阳平）

意〔yì〕德～作～天～造～蓄～新～含～示～微～民～诚～笔～画～心～特～情～好～春～美～用～愿～秋～雅～善～诗～生～惬～写～得～失～立～寒～任～厚～盛～加～故～公～快～敬～肆～适～满～遂～随～如～恣～中～称～乐～合～留～在～垂～属～同～有～锐～达～起～刻～无～措～注～会～大～介～寓～着～执～不自～珍重～

义〔yì〕主～道～忠～正～大～风～仁～侠～古～广～定～由～起～赴～负～仗～就～取～好～疑～重～名～意～秘～狭～要

～教～涵～高～情～恩～
六～演～奥～慕～精～利
与～

异〔ㄧˋ〕殊～奇～珍～怪～
骇～无～优～灵～惊～
诧～差～诡～变～同～歧
～

易〔ㄧˋ〕简～轻～不～难～
平～险～容～慢～和～
率～非～（另见入声去）

裔〔ㄧˋ〕海～后～族～夏～
遗～苗华～黄～边～
余～

衣〔ㄧˋ〕穿衣。（另见阴平）

刈〔ㄧˋ〕芟～诛～剪～

艺〔ㄧˋ〕才～园～绝～文～
学～技～武～工～簿～
道～末～殊～曲～多～六
～游～树～手～雕虫～

毅〔ㄧˋ〕宏～坚～刚～英～
果～沉～强～勇～

谊〔ㄧˋ〕情～厚～世～信～
风～隆～正～友～高～
云～

议〔ㄧˋ〕物～异～抗～评～
末～高～论～建～动～
和～计～筹～公～商～刍
～协～会～提～争～巷～
决～横～

曳〔ㄧˋ〕牵～掣～摇～倒～
（皆韵去声同）

翳〔ㄧˋ〕荫～云～隐～林～
障～蒙～目～翳～日月
～松柏～心未～

乂〔ㄧˋ〕安～俊～英～康～

艾〔ㄧˋ〕自～（另见开韵去
声）

呓〔ㄧˋ〕梦～

诣〔ㄧˋ〕趋～深～造～精～
孤～

泄〔ㄧˋ〕〔洩〕泄～（另见皆
韵入声去）

薏〔ㄧˋ〕莲心。薏苡的薏。

肄〔ㄧˋ〕习～讲～条～（嫩
枝）

施〔ㄧˋ〕延续。远～博～蔓
萝～（另见阳平，支韵阴
平）

懿〔ㄧˋ〕美德。温～渊～柔
～淑～

瘗〔ㄧˋ〕埋藏。

缢〔ㄧˋ〕自～绞～

曀〔ㄧˋ〕阴～昏～

殪〔ㄧˋ〕死。杀。

羿〔ㄧˋ〕后～

嬑〔ㄧˋ〕和蔼。婉～美～憍

勚〔ㄧˋ〕劳苦。器物磨损。

劓〔ㄧˋ〕古刑名。黥～

**在去声中，还有旧读
入声各字见"仄声·入
声"。**

仄声·入声

逼〔bī〕〔偪〕强～胁～近～威～勒～形势～岁华～

滴〔dī〕涓～水～点～汗～雨～砚～露～

荷〔dī〕莲实。紫～香～

积〔jī〕堆～累～蓄～委～日～面～容～体～香～薪～岚～冲～郁～淤～聚～千箱～

迹〔jī〕〔跡、蹟〕鸟～奇足～手～痕～心～蹄浪～霸～轨～蜗～人～真～形～马～墨～踪～辙字～笔～行～遗～绝～敛～古～兴废～

激〔jī〕感～冲～浪～奋刺～愤～徧～荡～喷风雷～

绩〔jī〕功～纺～蚕～成～异～伟～茂～劳～勋～业～考～盖代～

击〔jī〕敲～游～射～毂～伏～打～攻～撞～追～冲～突～抨～戛～目～排～袭～截～狙～迎～出～轰～阻～苍鹰～

屐〔jī〕笠～木～蜡～裙～几两～

咭〔jī〕咭～(象声词)

唧〔jī〕唧～(语声)(另见入声阳平)

禚〔jī〕襞～(打褶)

劈〔pī〕刀～剑～斧～力～猛～直～(另见pǐ)

霹〔pī〕霹雳的霹。

七〔qī〕七月～十六～

柒〔qī〕"七"的大写。

戚〔qī〕亲～姻～干～

戚〔qī〕哀～悲～休～喜～戚～

漆〔qī〕黑～丹～髹～油～火～胶～似～

嘁〔qī〕嘁～(语声细碎)

缉〔qī〕密缝。(另见入声去)

剔〔tī〕挑～拨～抉～搜～

踢〔tī〕脚～蹴～猛～

息〔xī〕晏～瞬～栖～室～太～姑～喘～气～利～将～消～鼻～生～少～作～叹～信～休～子～养～声～弱～一～不～安～息～有出～群动～

夕〔xī〕永～朝～月～旦～昕～晨～除～日～七～前～竟～灯～向～中～风雨～银河～(入声去同)

吸〔xī〕呼～吮～鲸～狂～

悉〔xī〕知～纤～详～闻～获～熟～尽～洞～

膝〔xī〕容～绕～促～屈～抱～加～

析〔xī〕　分～剖～荡～辨
　　　　～离～解～缕～疑义～

淅〔xī〕　淅～（微风声）

蜥〔xī〕　蜥蜴的蜥。

晰〔xī〕　明～清～

窸〔xī〕　窸窣的窸。

蟋〔xī〕　蟋蟀的蟋。

螅〔xī〕　水～

皙〔xī〕　白～

一〔yī〕　什～万～划～太
　　　　～守～单～惟～逐～同
　　　　～如～第～统～专～纯～
　　　　均～独～五～六～齐～七
　　　　～八～一～南北～言行～
　　　　四海～始终～车书～

壹〔yī〕　"一"的大写。

揖〔yī〕　拱～长～作～

鼻〔bí〕　针～扑～壶～酸
　　　　～犊～掩～牵～鹰爪～
　　　　酒齄～

荸〔bí〕　荸荠的荸。（波
　　　　韵入声阳平同）

敌〔dí〕　仇～强～力～无
　　　　～杀～抗～匹～劲～公
　　　　～对～抵～死～歼～前
　　　　～赴～大～轻～挫～棋
　　　　～万人～

笛〔dí〕　竹～横～长～银
　　　　～玉～警～汽～萧～
　　　　牧～

涤〔dí〕　洗～浣～荡～
　　　　清～

的〔dí〕　的确的的。（另
　　　　见入声去，歌韵阴平）

荻〔dí〕　芦～枫～画～

迪〔dí〕　导。启～光～

狄〔dí〕　夷～铜～（铜
　　　　人）

籴〔dí〕　买谷。遏～请～

适〔dí〕　适从的适。（另
　　　　见波韵入声去，支韵入
　　　　声去）

觌〔dí〕　晤～良～

翟〔dí〕　乐舞用雉羽。
　　　　（另见歌韵入声阳平）

镝〔dí〕　箭镞。锋～鸣～
　　　　矢～

嫡〔dí〕　嫡亲的嫡。

蹢〔dí〕　兽蹄。

靮〔dí〕　马笼头。羁～

极〔jí〕　南～积～消～猴
　　　　～北～至～太～妙～电
　　　　～造～磁～两～终～

寂〔jí〕　清～空～静～桔
　　　　～圆～沉～凄～寂～

级〔jí〕　阶～首～拾～层～
　　　　上～下～等～高～品～班
　　　　～优～升～降～越～初～
　　　　进～超～低～躐～云中～

疾〔jí〕　残～宿～痼～疟
　　　　～首～迅～弃～

集〔jí〕　聚～雅～总～云
　　　　～市～结～别～搜～
　　　　鸠～

文~诗~会~全~汇~选~凑~麐~赶~征~猬~集外~

吉〔ㄐㄧˊ〕化~迫　迪~安~元~大~

即〔ㄐㄧˊ〕随~在~立~若~纵~不可~

及〔ㄐㄧˊ〕不~企~普~波~莫~剑~屡~嗟何~来得~

急〔ㄐㄧˊ〕躁~迫~火~济~紧~心~着~缓~窘危~性~焦~告~孔~周~救~情~风波~燃眉

籍〔ㄐㄧˊ〕户~典~国~册~通~党~古~秘~书~贫~土~肥~硗

瘠〔ㄐㄧˊ〕身~

楫〔ㄐㄧˊ〕桨。舟~兰~桂~击~横~祖生~

辑〔ㄐㄧˊ〕编~搜~逻~安~和~辑~

脊〔ㄐㄧˊ〕脊梁的脊。(另见入声上)

唧〔ㄐㄧˊ〕唧~(虫声)(另见入声阴平)

笈〔ㄐㄧˊ〕书箱。负~

炭〔ㄐㄧˊ〕炭~

汲〔ㄐㄧˊ〕绠~井~汲~

棘〔ㄐㄧˊ〕棘手的棘。枣~榛~荆~斩~

亟〔ㄐㄧˊ〕孔~勿~(另见去声)

瘵〔ㄐㄧˊ〕病~(病危)(另见歌韵入声阳平)

藉〔ㄐㄧˊ〕狼~藉~(另见皆韵去声,皆韵去声"借")

嫉〔ㄐㄧˊ〕妒忌。憎恨。

茇〔ㄐㄧˊ〕药草. 白~

墼〔ㄐㄧˊ〕砖坯。土~炭~

唶〔ㄐㄧˊ〕唶~(鸟声)(另见歌韵入声去)

踖〔ㄐㄧˊ〕踧~(恭敬不安貌)

吃〔ㄐㄧˊ〕口~吃~(另见支韵入声阴平)

蒺〔ㄐㄧˊ〕蒺藜的蒺。

鹡〔ㄐㄧˊ〕鹡鸰的鹡。

踖〔ㄐㄧˊ〕小步。蹢~

戢〔ㄐㄧˊ〕敛藏。干戈~

殛〔ㄐㄧˊ〕诛杀。雷~

席〔ㄒㄧˊ〕床~坐~割~凉~芦~夺~竹~筵~酒~枕~蒲~前~出~主~卷~

习〔ㄒㄧˊ〕学~娴~勤~讲~诵~演~熟~时~练~积~传~谙~恶~研~自~温~实~修~习~

昔〔ㄒㄧˊ〕古~素~曩~往~今~

惜〔ㄒㄧˊ〕怜~吝~可~惋~痛~珍~爱~不足~

袭〔ㄒㄧˊ〕因～夜～抄～承～沿～世～奇～空～

媳〔ㄒㄧˊ〕子～婆～儿～孙～

锡〔ㄒㄧˊ〕宠～肇～铜～

熄〔ㄒㄧˊ〕灭～灯～火～迹～销～

橄〔ㄒㄧˊ〕文～草～羽～传～飞～

隰〔ㄒㄧˊ〕低地。新田。原～

褉〔ㄒㄧˊ〕祖～

腊〔ㄒㄧˊ〕干肉。(另见麻韵入声去)

笔〔ㄅㄧˇ〕〔筆〕文～金～朱～润～毛～史～动～走～秃～梦～采～秉～命～墨～搁～妙～刀～败～落～画～执～投～伏～工～健～濡～亲～绝～大手～生花～

给〔ㄐㄧˇ〕供～补～辩～赋～家～自～丰～配～不暇～(另见微韵上声)

戟〔ㄐㄧˇ〕戈～矛～画～

脊〔ㄐㄧˇ〕山～屋～伦～背～天下～(另见入声阳平)

匹〔ㄆㄧˇ〕良～无～马～布～

癖〔ㄆㄧˇ〕奇～痼～怪～异～书画～烟霞～

劈〔ㄆㄧˇ〕分开。剥离。(另见入声阴平)

乞〔ㄑㄧˇ〕求～丐～哀～(另见入声去)

乙〔ㄧˇ〕甲～钩～涂～鱼～

壁〔ㄅㄧˋ〕崖～坚～碰～墙～削～凿～面～四～隔～影～画～负～赤～题～军～复～绝～破～大戈～

璧〔ㄅㄧˋ〕白～合～圭～敬～双～完～珠～拱～怀～连城～和氏～

必〔ㄅㄧˋ〕定～务～势～何～未～不～难～岂～

碧〔ㄅㄧˋ〕青～澄～水～空～山～凝～血～金～朱成～～

毕〔ㄅㄧˋ〕完～工～课～农事～～

辟〔ㄅㄧˋ〕国君。法律。复～(另见入声pì)

愎〔ㄅㄧˋ〕刚～矜～

甓〔ㄅㄧˋ〕砖。瓦～运～

弼〔ㄅㄧˋ〕辅～良～

愊〔ㄅㄧˋ〕悃～愚～

躄〔ㄅㄧˋ〕跛～

襞〔ㄅㄧˋ〕衣褶。

哔〔ㄅㄧˋ〕哔叽的哔。占～

跸〔ㄅㄧˋ〕驻～警～

荜〔ㄅㄧˋ〕蓬～衡～

皕〔ㄅㄧˋ〕二百。

芘〔bì〕馥香。

湢〔bì〕浴室。庖～

膞〔bì〕膞臅的膞。

饆〔bì〕饆饠的饆。

馪〔bì〕馪藻的馪。

的〔dì〕准～有～目～鹄～无～射～破～的～众矢～（另见入声阳平，歌韵阴平）

鲫〔jì〕江～河～多于～

稷〔jì〕后～契～黍～社～

力〔lì〕引～食～功～神～胆～威～群～压～电～并～戮～主～活～筋～能～效～接～权～悉～竭～全～物～精～气～用～动～劳～武～尽～人～着～眼～体～致～学～笔～马～余～角～努～心～勉～吃～大～吸～民～魅～毅～量～魔～魄～借～并～助～才～生命～拔山～陶钧～

立〔lì〕成～自～屹～小～子～玉～鹄～壁～骨～而～独～起～海～鼎～孤～中～鹤～建～设～特～对～树～兀～伫～耸～林～挺～肃～矗～顶天～

历〔lì〕经～阅～久～游～寂～涉～来～履～历～

〔曆〕日～星～公～阴～阳～夏～老皇～

呖〔lì〕呖～

雳〔lì〕霹～

沥〔lì〕酒～淅～淋～滴～余～沥～

栗〔lì〕枣～梨～密～山～橡～

慄〔lì〕惴～寒～悚～战～慄～

枥〔lì〕槽～马～皂～伏～

笠〔lì〕蓑～箬～圆～车～竹～斗～雨～

粒〔lì〕谷～珠～米～玉～颗～乃～绝～粒～

栎〔lì〕樗～柞～

轹〔lì〕辗～凌～

砾〔lì〕瓦～沙～珠～

叻〔lì〕叻埠，新加坡。

仂〔lì〕勤。（另见歌韵入声去）

苈〔lì〕葶～

疬〔lì〕瘰～

篥〔lì〕觱～（古乐器）

凓〔lì〕寒冷。

鬲〔lì〕鼎～釜～（另见歌韵入声阳平）

溧〔lì〕水名。

密 [mì] 稠～疏～保～绵～秘～亲～紧～慎～周～精～机～隐～深～缜～严～告～网～近～林～

蜜 [mì] 蜂～花～甜～饴～如～酥～酿～口～甘于～甜如～

秘 [mì] 〔祕〕神～珍～奥～机～奇～清～事～幽～隐～(另见去声)

觅 [mì] 寻～搜～难～

幂 [mì] 〔幎〕覆～罗～纱～云如～

谧 [mì] 安～静～

泌 [mì] 分～(另见去声)

汨 [mì] 汨罗的汨。

逆 [nì] 忤～大～顺～目～横～莫～悖～忾～叛～

溺 [nì] 饥～已～沉～及～陷～(另见豪韵去声)

昵 [nì] 〔暱〕亲～狎～相～宠～私～

匿 [nì] 隐～饰～藏～伏～避～蔽～潜～

巇 [nì] 克～巇～(另见阳平)

惄 [nì] 忧思。

袘 [nì] 近身之衣。(支韵入声去同)

辟 [pì] 开～垦～精～透～鞭～(另见入声bì)

僻 [pì] 邪～放～幽～生～偏～冷～怪～荒～孤～地～

澼 [pì] 漂洗。洴～

擗 [pì] 捶胸。

泣 [qì] 涕～掩～号～哭～饮～老蛟～吞声～

讫 [qì] 起～清～验～缴～

缉 [qì] 搜～侦～通～(另见入声阴平)

葺 [qì] 修～补～缮～

乞 [qì] 给与。(另见入声上)

碛 [qì] 〔广〕石～断～沙～空～

迄 [qì] 到。始终。

惕 [tì] 忧～警～心～怵～惕～

趯 [tì] 跃。笔锋上挑。

倜 [tì] 倜傥的倜。

逖 [tì] 远～

隙 [xì] 空～间～嫌～伺～瑕～暇～乘～寻～窥～缝～

夕 [xì] 又读。(见入声阴平)

汐 [xì] 潮～

卌 [xì] 四十。

翕 [xì] 敛～张～和～

觋〔xī〕巫～

乌〔xī〕鞋子。赤～凫～飞～

窀〔xī〕窆～(安葬)

闌〔xī〕闌墙的闌。

粞〔xī〕碎米。糠～

绤〔xī〕粗葛布。绨～

掖〔yì〕官～诱～(皆韵去声同。另见皆韵阴平)

腋〔yì〕肘～两～集～(皆韵去声同)

液〔yì〕玉～琼～香～灵～浆～露～津～营养～(皆韵去声同)

益〔yì〕增～损～教～进～补～收～有～公～得～利～权～受～福～请～广～裨～

役〔yì〕差～仆～奴～公～于～服～兵～战～现～戍～徭～劳～退～

翼〔yì〕辅～右～蝉～羽～鹏～奋～燕～展～卵～比～左～垂～铁～翼～双飞～

逸〔yì〕散～隐～放～飘～纵～逃～清～安～永～横～亡～凌风～

抑〔yì〕屈～压～挫～谦～扬～按～摧～抑～

疫〔yì〕疠～灾～疹～防～瘟～免～大～

邑〔yì〕大～都～京～县～城～

易〔yì〕变～周～更～互～交～贸～(另见去声)

驿〔yì〕驿站。水～山～置～递～传～短～

忆〔yì〕回～记～久～遥～怀～长～追～苦～静～思～长相～

臆〔yì〕胸～私～膈～

亿〔yì〕万～兆～六～

溢〔yì〕洋～盈～充～外～

轶〔yì〕超～凌～

弋〔yì〕系矢而射。钓～缯～机～

亦〔yì〕不～千秋～

佚〔yì〕遗～散～久～淫～

浥〔yì〕润～滋～露～沾～

奕〔yì〕赫～显～奕～

弈〔yì〕对～博～

译〔yì〕翻～意～编～音～重～九～口～

绎〔yì〕抽丝。寻～络～演～绸～绎～

鹢〔yì〕水鸟。画～(船头)

翊〔yì〕辅～匡～翊～

怿〔yì〕喜悦。愉～不～

镒〔yì〕古廿四两。百～

屹〔yì〕高耸。

蜴〔yì〕蜥~

射〔yì〕无~(乐律名)(另见歌韵去声)

映〔yì〕映丽的映。(另见皆韵入声阳平)

唈〔yì〕呜~

挹〔yì〕酌引。退让。

噎〔yì〕咽喉。噎~(笑声)(另见开韵去声)

悒〔yì〕不安。郁~怆~悒~

翌〔yì〕翌日的翌。

峄〔yì〕山名。

斁〔yì〕厌。无~(另见姑韵去声)

熠〔yì〕光耀。熠~

埸〔yì〕边境。疆~

杙〔yì〕小木桩。

八　微

平声·阴平

杯 〔bēi〕 玉～传～浮～举～衔～碰～停～茶～酒～螺～倾～金～干～夜光～玻璃～合欢～

悲 〔bēi〕 慈～伤～含～堪～大～独～可～兴～秋～心～不胜～老大～有余～湘女～

卑 〔bēi〕 谦～高～位～尊～莫自～

碑 〔bēi〕 石～古～丰～勒～墓～摹～口～卧～树～断～残～寻～荐福～禹王～里程～没字～

背 〔bēi〕〔揹〕负荷。（另见去声）

鹎 〔bēi〕 鹎鶋、鹎鵊的鹎。

吹 〔chuī〕 鼓～风～滥～告～画角～信口～ （另见去声）

炊 〔chuī〕 晚～分～晨～新～野～断～自～

催 〔cuī〕 频～紧～漫～击鼓～岁月～

摧 〔cuī〕 风～花～悲～心～崩～兰～肝肠～栋梁～

崔 〔cuī〕 崔巍的崔。

衰 〔cuī〕 等～（另见开韵阴平）

榱 〔cuī〕 屋椽。

堆 〔duī〕 土～粮～沙～泥～柴～成～雪～山～滟滪～马王～

追 〔duī〕 雕琢。钟纽。（另见阴平 zhuī）

敦 〔duī〕 催迫。（另见去声，痕韵阴平、阳平"燉"）

诶 〔ēi〕 招呼声。（另见阳平、上声、去声）

飞 〔fēi〕 南～高～鸿～突～雪～交～鸢～遄～起～蝶～群～翠～于～云～雁～孤～奋～雄～心～花～翻～齐～横～倦～魂～神～红～插翅～雪花～不翼～燕双～柳絮～比翼～片帆～款款～

非 〔fēi〕 是～人～除～知～为～昨～无～饰～非～腹～是耶～事已～

霏 〔fēi〕 霰～纷～雪～烟～香～霏～

扉 〔fēi〕 柴～荆～叩～朱～双～白板～月照～半掩～

妃 〔fēi〕 后～贵～王～太～恣～

菲〔fēi〕 芳~ 蔚~ 菲~（另见上声）

騑〔fēi〕 骖~双~征~騑~（马行貌）

啡〔fēi〕 咖~ 吗~

绯〔fēi〕 浅~ 霞~ 桃~

蜚〔fēi〕 蜚声的蜚。（另见上声）

规〔guī〕 例~ 清~ 子~ 法~日~ 正~ 圆~ 常~ 成~陈~ 箴~ 定~ 循~ 月半~

归〔guī〕 旋~ 僧~ 荣~ 于~总~ 回~ 如~ 忘~ 来~当~ 指~ 百川~ 解甲~老大~ 荷锄~ 将安~ 燕双~

闺〔guī〕 璇~ 红~ 深~ 香~

圭〔guī〕 白~ 璧~ 圆~ 刀~（药物量名）

瑰〔guī〕 玫~ 琼~ 奇~

傀〔guī〕 奇~雄~（另见上声）

龟〔guī〕 乌~元~ 宝~ 神~卜~ 灵~ 曳尾~（另见侯韵阴平，痕韵阴平"皲"）

鲑〔guī〕 河豚别名。（另见皆韵阳平）

皈〔guī〕 皈依的皈。

邽〔guī〕 地名。下~

硅〔guī〕 化学元素。

黑〔hēi〕 语音。（见歌韵入声去）

嘿〔hēi〕 感叹词。

辉〔huī〕 光~ 增~ 生~ 云~荣~ 清~ 星~ 月~ 德~流~ 扬~ 争~ 交~ 庆云~

晖〔huī〕 曙~ 晴~ 凝~ 斜~朝~ 炎~ 春~ 夕~ 落~霞~ 清~ 秋~晖~

灰〔huī〕 石~ 心~ 劫~ 炮~香~ 死~ 拨~ 飞~ 葭~骨~ 纸~ 炉~ 残~ 寒~吹~ 秦~ 蜡炬~ 荻画~ 意未~

挥〔huī〕 发~ 指~ 弦~ 手~扇~ 笔~ 汗自~

恢〔huī〕 宏~ 拓~ 雄~ 恢~

徽〔huī〕 音~ 德~ 琴~ 安~仪~ 国~ 清~ 校~

诙〔huī〕 俳~ 嘲~

麾〔huī〕 旌~ 一~ 节~ 军~指~ 云~

尵〔huī〕 尵陨的尵。（另见上声）

豗〔huī〕 喧~ 排~ 惊~ 衆~掀~

翬〔huī〕 疾飞。彩雉。锦~

隳〔huī〕 毁坏。

撝〔huī〕 谦~

亏〔kuī〕吃～多～功～理～无～心～半～幸～盈～蔽～全～月未～

窥〔kuī〕管～斜～伺～偷～暗～穴～潜～争～鸟～微～冷眼～隔窃～

盔〔kuī〕钢～头～铠～

刲〔kuī〕割。

岿〔kuī〕高大。

勒〔lēi〕以绳紧束。紧～
（另见歌韵入声去）

醅〔pēi〕酸～瓮～新～旧～香～春～绿蚁～

胚〔pēi〕成～混沌～

坏〔pēi〕一～（另见阳平，开韵去声）

呸〔pēi〕斥责叹词。

绥〔suī〕车～执～交～安～时～绥～

尿〔suī〕小便。（另见豪韵去声“溺”）

虽〔suī〕虽然的虽。

睢〔suī〕怒视。地名。恣～

荽〔suī〕芫～

推〔tuī〕手～挽～类～首～解～互～群～公～独～见～

威〔wēi〕德～示～国～畏～神～声～作～虎～权～助～伊～下马～

危〔wēi〕思～扶～临～安～病～艰～陷～垂～心

～不忘～

微〔wēi〕入～阐～卑～熹～防～纤～精～忽～霏～衰～人～细～几～知～式～轻～孤～慎～些～显～略～微～

隈〔wēi〕弯曲处。山～林～路～水～岸～

煨〔wēi〕火～炉～芋自～

偎〔wēi〕相～依～

巍〔wēi〕高大貌。崔～嵬～巍～（阳平同）

蝛〔wēi〕蜲～

委〔wēi〕委蛇的委。（另见上声）

萎〔wēi〕衰落。气～势～（另见上声）

逶〔wēi〕逶迤的逶。

葳〔wēi〕葳蕤的葳。

追〔zhuī〕直～力～急～攀～悔难～驷马～（另见阴平duī）

锥〔zhuī〕刀～立～引～毛～囊～脱颖～

椎〔zhuī〕脊～颈～胸～（另见阳平）

骓〔zhuī〕乌～（马）

平声·阳平

垂〔chuí〕下～花～藤～关～低～丝～名～四～泪～垂～青史～帘幕～柳丝

~百世~

椎 [chuí] 力~奋~铁~博~浪~(另见阴平)

槌 [chuí] 棒~鼓~

棰 [chuí] 〔箠〕鞭~马~

陲 [chuí] 边~

倕 [chuí] 匠~工~(古巧匠)

锤 [chuí] 枰~钉~纺~钟~

捶 [chuí] 〔搥〕击。杖~

诶 [éi] 诧异声。(另见阴平、上声、去声)

肥 [féi] 丰~国~绿~臕~粪~乘~上~堆~分~基~厩~田~积~追施~痴~牛羊~豆苗~锦鳞~蟹初~

淝 [féi] 水名。

腓 [féi] 腿肚。胫~

回 [huí] 章~百~九~来~奸~几~春~低~梦~纡~退~挽~折~撤~迁~萦~肠~雁~燕~星~缦~回~去不~看花~带月~

洄 [huí] 潆~泝~沿~

茴 [huí] 香~

蛔 [huí] 蛔虫的蛔。

魁 [kuí] 魁星。斗~高~夺~雄~罪~盗~

葵 [kuí] 蒲~蜀~秋~锦~兔~向日~

揆 [kuí] 揆度。道~法~首~总~百~揽~一~

骙 [kuí] 骙~(马壮)

馗 [kuí] 锺~

奎 [kuí] 奎星的奎。

夔 [kuí] 夔~(谨敬貌)

逵 [kuí] 大路。九~通~方~庄~

暌 [kuí] 分~乖~

睽 [kuí] 睽~(张目貌)

雷 [léi] 震~春~轰~霹怒~疾~奔~迅~鱼惊~地~响~如~闷~扫~打~轻~风~蚊~一声~

羸 [léi] 老~疲~衰~身~

累 [léi] 〔纍、缧〕湘~(指屈原)羁~系~累~(另见上声、去声)

嫘 [léi] 嫘祖的嫘。

垒 [léi] 垒~(丛列)(另见上声,鱼韵入声去)

罍 [léi] 樽~金~

虆 [léi] 葛~蔓~

镭 [léi] 化学元素。

眉〔méi〕横～书～低～浓
～蛾～画～双～须～齐
～修～展～白～皱～黛
伸～扬～愁～柳～敛～扫
～秀～纤～新月～柳叶～

煤〔méi〕焦～烟～泥～麋
～松～臭～白～灯～

媒〔méi〕良～鸠～自～鸟
～说～作～风～虫～

梅〔méi〕绿～墨～摽～疏
～黄～青～杨～红～盐
～酸～蜡～残～春～寻～
折～寒～江～探～咏～岭
上～一枝～绿萼～

楣〔méi〕门～

枚〔méi〕条～一～几～衔
～

嵋〔méi〕峨～

湄〔méi〕岸。水～河～

没〔méi〕没有的没。（另见
波韵入声去）

郿〔méi〕郿坞的郿。

玫〔méi〕玫瑰的玫。

莓〔méi〕苔。

霉〔méi〕〔徽〕出～发～

脢〔méi〕背脊肉。

酶〔méi〕酵素。

培〔péi〕壅～安～栽～着
意～（另见侯韵的上声）

陪〔péi〕追～奉～叨～作
～忝～

赔〔péi〕偿～

坏〔péi〕屋后的墙。凿～
（另见阴平，开韵去声）

邳〔péi〕丰～下～

裴〔péi〕姓。

蕤〔ruí〕葳～

谁〔shéi〕又读。（见下条）

谁〔shuí〕阿～是～有～凭
～问～（上条同）

随〔suí〕跟～追～相～肩
～尾～

隋〔suí〕朝代名。

颓〔tuí〕崩～倾～山～衰
～

陨〔tuí〕尯～（疲极而病）

为〔wéi〕作～何～行～有
～勉～施～敢～能～妄
～难～无～勇～不～欲～
在人～大可～（另见去声）

桅〔wéi〕船～高～月～风
～灯～

帷〔wéi〕帷幕。屏～书～
下～窗～

维〔wéi〕思～四～恭～纤
～纲～

违〔wéi〕远～暌～相～人
～依～不～乖～重～

围〔wéi〕周～床～范～突
～合～包～腰～重～外

~涎~四~打~解~环~竹树~

帏 〔wéi〕单帐。香囊。绣~充~罗~房~

惟 〔wéi〕惟恐的惟。

薇 〔wéi〕紫~蔷~香~

韦 〔wéi〕熟皮。佩~弦~

闱 〔wéi〕宫~闱~庭~

嵬 〔wéi〕马~崔~崴~嵬~

巍 〔wéi〕又读。(见阴平)

潍 〔wéi〕水名。

圩 〔wéi〕又读。(见鱼韵阳平)

贼 〔zéi〕语音。(见歌韵入声阳平)

仄声·上声

北 〔běi〕语音。(见波韵入声去)

璀 〔cuǐ〕璀璨的璀。

诶 〔ěi〕表示否定。(另见阴平、阳平、去声)

菲 〔fěi〕菲薄。材~物~礼~(另见阴平)

斐 〔fěi〕文采秀出。有~斐~

匪 〔fěi〕土~盗~

翡 〔fěi〕翡翠的翡。

蜚 〔fěi〕害虫名、(另见阴平)

悱 〔fěi〕悱恻的悱。

诽 〔fěi〕谤~腹~怨~

榧 〔fěi〕木名。香~

篚 〔fěi〕筐~竹~

给 〔gěi〕多~少~随手~(另见齐韵入声上)

轨 〔guǐ〕不~正~越~同~车~法~恒~继~出~常~方~

鬼 〔guǐ〕冤~驱~狂~灵~乌~(鹙鸥)无~厉~黠~魔~弄~新~山~醉~捣~打~啖~不怕~

癸 〔guǐ〕壬~庚~呼~

晷 〔guǐ〕日影。继~短~惜~日~寒~

诡 〔guǐ〕奇~谲~阴~瑰~波~

庋 〔guǐ〕木架。保存。高~(齐韵上声同)

妫 〔guǐ〕妫娓的妫。

匦 〔guǐ〕票~开~

簋 〔guǐ〕盛肴器。簋~八~

宄 〔guǐ〕奸~

悔 〔huǐ〕后~懊~痛~翻~反~追~愧~深~忏~改~知~无~死未~

毁〔huǐ〕誉～屋～销～炸
～诋～积～残～捣～谤
～哀～摧～訾～谗～求全
～
〔譭〕焚～

会〔huǐ〕一～（另见去声
guì、huì，开韵去声）

虺〔huǐ〕毒～蝮～虺～（另
见阴平）

傀〔kuǐ〕傀儡的傀。（另见
阴平）

跬〔kuǐ〕半步。一～旋

累〔lěi〕积～石～卵～累～
（另见阳平、去声）

磊〔lěi〕块～磊～

垒〔lěi〕营～对～战～土～
堡～筑～壁～坚～（另
见阳平，鱼韵入声去）

耒〔lěi〕耒耜的耒。把～扶
～

诔〔lěi〕铭～哀～

儡〔lěi〕傀～

蕾〔lěi〕蓓～花～嫩～香～

藟〔lěi〕藤类。葛～

瘣〔lěi〕小肿。疤～

美〔měi〕擅～尽～专～优
～归～赞～甘～华～和
～鲜～物～完～肥～精
称～俊～媲～掠～姣～内
～溢～继～竞～归～具四
～秋实～两全～

每〔měi〕每～

浼〔měi〕污～相～若将～

镁〔měi〕化学元素。

馁〔něi〕饥～冻～气～自
～鱼～

蕊〔ruǐ〕花～雌～玉～香～
含～嫩～吐～梅～雄～

水〔shuǐ〕雨～春～秋～清
～冷～凉～山～泉～露
～潮～流～洪～茶～菽
活～烟～墨～汗～药～汲
～祸～钢～引～放～口～
抽～挑～饮～排～上～下
～海～江～点～激～止～
顺～滴～苦～走～油～死
～井～薪～渭～杯～覆～
弱～戏～积～临～香～云
～淡如～桃花～盈盈～朝
宗～衣带～阵背～洞庭～

髓〔suǐ〕石～精～骨～脑
～吸～脊～洗～文章～

腿〔tuǐ〕大～跑～火～桌
～撒～腰～踢～盘～绑
～扯后～

尾〔wěi〕头～收～结～末
～煞～龙～鏖～衔～摇
～蛇～婪～首～摆～年
交～燕～楚～狗～掉～畏
～鱼～雉～颓～凤～龟曳
～续貂～履虎～狐九～附
骥～

伟〔wěi〕宏～魁～雄～英
～奇～功～

萎〔wěi〕 枯～黄～雕～众
芳～哲人～(另见阴平)

纬〔wěi〕 经～南～北～恤
～

苇〔wěi〕 芦～葭～一～疏
～

唯〔wěi〕 应诺。唯～

委〔wěi〕 原～端～相～强
～(另见阴平)

猥〔wěi〕 鄙～冗～杂～

炜〔wěi〕 盛烈。煜～烨～

玮〔wěi〕 瑰～(珍奇)

娓〔wěi〕 娓～

諟〔wěi〕 是。大不～

诿〔wěi〕 推～

痿〔wěi〕 痹～

疿〔wěi〕 疮～

洧〔wěi〕 水名。溱～

嘴〔zuǐ〕〔觜(另见支韵阴
平)〕山～沙～多～尖～
利～爪～亲～壶～拌～吵
～搬～堵～碎～咧～贫～
撇～斗～油～顺～说～顶
～夸～快～插～张～鹦鹉
～

仄声・去声

背〔bèi〕 脊～向～违～曝
～镶～纸～刀～手～驼
～涐～鉳～(老人)(另见

阴平)

辈〔bèi〕 我～行～年～侪
～彼～前～平～先～长
～后～同～兄弟～老一
～

被〔bèi〕 布～棉～拥～覆
～大～锦～衣～襆～广
～泽～光～

备〔bèi〕 完～齐～战～责
～配～预～具～武～设
～装～筹～有～周～戒
防～准～军～储～求～兼
～万物～

倍〔bèi〕 加～三～功～成
～勇气～

贝〔bèi〕 珠～珍～编～蚌
～海～宝～货～川～吉
～

狈〔bèi〕 狼～

臂〔bèi〕 胳～(另见齐韵去
声)

焙〔bèi〕 烘～烤～熏～茶
～

悖〔bèi〕 逆。言～心～老
～狂～出入～

蓓〔bèi〕 蓓蕾的蓓

褙〔bèi〕 裱～绫～

惫〔bèi〕 困～体～疲～劳
～老～

糒〔bèi〕 干粮。

韛〔bèi〕 韛～(活塞)

碚〔bèi〕 地名。北～

邶〔bèi〕古国名。

吹〔chuī〕鼓~朔~歌~凉~（另见阴平）

脆〔cuì〕轻~薄~爽~香~干~清~松~

翠〔cuì〕翡~眉~浓~吐~点~拥~空~拾~葱~珠~含~苍~山~丛青~层峦~

粹〔cuì〕纯~朴~玉~国~温~

瘁〔cuì〕劳~力~尽~

毳〔cuì〕鸟兽细毛。

橇〔cuì〕又读。（见豪韵阴平）

萃〔cuì〕荟~拔~文~

啐〔cuì〕唾~斥~

悴〔cuì〕〔顇〕忧~劳~憔~

淬〔cuì〕锻~砺~

缞〔cuì〕缞绖的缞。

对〔duì〕核~成~绝~晤~配~作~针~反~应~校~相~答~冷~坐敌~愧~质~面~

队〔duì〕军~舰~支~列~乐~逐~大~排~结~站~归~部~纵~成~掉~舞~入~编~马~先锋~生产~亦卫~纠察~

碓〔duì〕米~风~石~溪~水~机~

兑〔duì〕汇~商~冲~

怼〔duì〕怨~

憝〔duì〕恶。巨~大~

敦〔duì〕鼎~（另见阴平，痕韵阴平、阳平"燉"）

诶〔êi〕〔欸（另见开韵上声）〕表示同意。（另见阴平，阳平，上声）

废〔fèi〕作~坐~病~荒~残~偏~报~百~兴~旷~颓~起~半途~

沸〔fèi〕汤~茶~鼎~海~喧~止~腾~风雷~箫鼓~热血~（另见姑韵入声阳平）

费〔fèi〕耗~经~糜~免~破~公~消~盘~省~路~旅~辞~枉~浪~浮~用~口舌~车马~（另见齐韵去声）

肺〔fèi〕心~肝~

吠〔fèi〕犬~狂~尨也~

痱〔fèi〕风~暑~

芾〔fèi〕蔽~（小貌）

狒〔fèi〕狒~（猴属）

桂〔guì〕丹~仙~秋~金~姜~蟾~月中~

贵〔guì〕昂~可~珍~踊~宝~娇~尊~高~华

~显~名~权~清~纸~
和为~

柜 〔guǐ〕掌~钱~专~箱
~银~(另见鱼韵上声)

桧 〔guǐ〕松~杉~霜~古
~苍~凌云~(开韵去
声同)

跪 〔guǐ〕下~长~

刽 〔guǐ〕刽子手的刽。

会 〔guǐ〕会稽的会。(另见
huì,上声,开韵去声)

鳜 〔guǐ〕河~鲈~桃花~

蹶 〔guǐ〕蹶~(敏捷貌。惊
动貌)(另见皆韵入声阳
平)

会 〔huì〕工~集~约~聚
~欢~运~时~再~庙
~学~赛~际~高~嘉
期~盟~胜~盛~宴~后
~惯~大~体~兴~误
机~意~理~领~附~都
~入~融~新社~交流~
赛诗~九老~风云~(另
见 cuì,上声,开韵去声)

惠 〔huì〕仁~慈~宠~德
~厚~小~恩~实~嘉
~施~

慧 〔huì〕智~绝~不~宿
~敏~秀~奇~明~早
~聪~拾牙~

绘 〔huì〕彩~描~藻~摹
~文~测~雕~法~丹
青~

秽 〔huì〕污~芜~腥~形
~浊~榛~涤~尘~

晦 〔huì〕阴~显~韬~冥
~隐~幽~星~

喙 〔huì〕嘴。百~角~长
~鸟~利~置~

诲 〔huì〕训~迪~教~规
~清~劝~忠~

卉 〔huì〕百~奇~花~众
~芳~

汇 〔huì〕水~外~总~信
~众流~
〔彙〕字~词~文~综~
物~

蕙 〔huì〕兰~秋~香~

阓 〔huì〕商市。阛~

螝 〔huì〕螝蛄的螝。

嘒 〔huì〕嘒~(小声)

彗 〔huì〕扫帚星。

讳 〔huì〕名~不~忌~避
~隐~

贿 〔huì〕行~拒~货~

恚 〔huì〕怨~愤~

溃 〔huì〕溃脓、溃疡的溃。
(另见 kuì)

荟 〔huì〕草木茂盛。蓊~
丛~

烩 〔huì〕红烧。杂~

篲 〔huì〕扫帚。拥~

嚖〔huì〕嚖~(和鸣声)(另见皆韵入声阴平)

靧〔huì〕洗面。盥~

愧〔kuì〕羞~内~感~惭~抱~无~歉~

馈〔kuì〕〔餽〕厚~敬~献~供~

溃〔kuì〕堤~兵~崩~大~(另见huì)

箦〔kuì〕畚箦。竹~覆~亏一~

聩〔kuì〕震~聋~昏~聩~

喟〔kuì〕感~

愦〔kuì〕蒙~昏~心~愦~

匮〔kuì〕困~穷~不~

泪〔lèi〕〔涙〕眼~拭~洒~垂~珠~忍~挥~血~热~烛~涕~零~含~落~下~老~慈母~花溅~英雄~

类〔lèi〕伦~同~分~人~品~相~畜~充~出~族~种~庶~败~触~无~嚣~

累〔lèi〕牵~劳~带~疲~拖~负~何足~(另见阳平、上声)亏家~受~连~重~

纇〔lèi〕疵~忿~瑕~

酹〔lèi〕以酒浇地。沃~祭~一杯~

肋〔lèi〕语音。(见歌韵入声去)

擂〔lèi〕击。研磨。摆~

昧〔mèi〕暗~愚~草~幽~暖~冒~蒙~昏~昧~三~

寐〔mèi〕寤~梦~寝~假~不~

妹〔mèi〕兄~姊~姐~表~小~阿~弟~妹~

媚〔mèi〕谄~献~柔~流~狐~送~明~妩~妖~秀~川~云~壑~

袂〔mèi〕袖。衣~牵~投~分~掩~判~联~

魅〔mèi〕鬼~精~魑~狐~老~

瑁〔mèi〕玳~

痗〔mèi〕病。心~

内〔nèi〕五~分~海~日~外~局~河~月~阃~国~宇~年~畿~关~对~方寸~六合~

佩〔pèi〕垂~钦~纫~感~敬~仰~倾~〔珮〕玉~环~剑~

辔〔pèi〕马的嚼子和缰绳。执~纵~缓~鞍~六~揽~并~

配〔pèi〕匹~发~分~嘉~相~调~支~不~婚~装~

沛 〔pèi〕 充～颠～丰～雨～泽～滂～

陂 〔pèi〕 霞～

斾 〔pèi〕 旌～云～酒～

瑞 〔ruì〕 玉～人～征～国～献～符～祥～休～江山～

锐 〔ruì〕 精～进～尖～英～轻～敏～锋～勇～利～剑～蓄～执～

蚋 〔ruì〕 蝇～蚊～

睿 〔ruì〕 明～圣～聪～

汭 〔ruì〕 水湾。洛～

枘 〔ruì〕 榫头。凿～方～

睡 〔shuì〕 午～熟～安～瞌～浓～破～酣～贪～小～山如～

税 〔shuì〕 赋～国～完～纳～关～征～

蜕 〔shuì〕 又读。(见 tuì)

帨 〔shuì〕 巾～佩～

说 〔shuì〕 游～(另见波韵入声阴平)

岁 〔suì〕 年～万～卒～积～丰～望～改～周～歉～献～守～壮～客～凶乐～隔～来～初阳～

遂 〔suì〕 顺～畅～郊～邑～心～未～愿～

穗 〔suì〕 禾～烛～歧～双～吐～紫～嘉～麦～花～拾～黄金～

碎 〔suì〕 琐～破～粉～杂～细～零～玉～嘴～

祟 〔suì〕 鬼～物～作～为～

谇 〔suì〕 诟～交～谤～

繐 〔suì〕 细疏布。素～

隧 〔suì〕 地下道。通～长～

燧 〔suì〕 烽～举～传～

邃 〔suì〕 深～精～学～幽～洞～

退 〔tuì〕 进～引～倒～谦～斥～衰～辞～撤～黜～勇～告～溃～击～促～恬～屏～

蜕 〔tuì〕 蝉～蛇～(shuì同)

位 〔wèi〕 本～部～尸～座～就～岗～席～各～方～职～列～单～水～名～地～诸～学～让～

卫 〔wèi〕〔衛〕保～守～自～精～拱～护～珍～前～武～防～警～

味 〔wèi〕 异～品～知～五～趣～口～有～兴～况～风～韵～滋～美～臭～玩～气～一～回～寻～入～意～世～兼～够～海～野～苦～真～辛～腥～味外～淡中～

畏 〔wèi〕 敬～可～震～大～无～

慰〔wèi〕安～告～劝～抚
～宽～欣～温～**快**～相
～自～

尉〔wèi〕大～校～准～廷
～（另见鱼韵入声去）

未〔wèi〕午～来～晴～着
花～开也～

魏〔wèi〕汉～曹～韩～拓
跋～

为〔wèi〕因～专～（另见阳
平）

伪〔wèi〕诈～作～**情**～真
～虚～饰～

遗〔wèi〕赠。馈～问～厚
～（另见齐韵阳平）

胃〔wèi〕肠～反～脾～口
～开～健～

喂〔wèi〕招呼声。
〔餧〕喂养的喂。

渭〔wèi〕水名。泾～

谓〔wèi〕称～相～自～所
～无～何～

蔚〔wèi〕盛貌。霞～荟～
丰～炳～文～（另见鱼
韵入声去）

猬〔wèi〕〔蝟〕刺～

熨〔wèi〕中医一种疗法。火
～汤～（另见鱼韵入声

去，痕韵去声）

讆〔wèi〕梦语。

坠〔zhuì〕下～陨～耳～日
西～忧天～天花～

赘〔zhuì〕累～词～入～疣
～不多～

缀〔zhuì〕联～点～缝～补
～珠～

缒〔zhuì〕下～绠～悬～

惴〔zhuì〕忧惧。惴～

醉〔zuì〕薄～微～沉～酒
～迷～麻～心～纸～宿
～烂～陶～酬～酩酊～几
回～

罪〔zuì〕犯～谢～领～归
～加～告～伏～治～获
～负～问～开～受～

最〔zuì〕殿～报～考～称
～为～天下～

晬〔zuì〕小儿生一周年。
周～

檇〔zuì〕檇李的檇。

蕞〔zuì〕蕞尔的蕞。

九　开

平声·阴平

哀 [āi] 悲～举～余～默～矜～尽～衔～可～堪～莫～哀～猿啸～

埃 [āi] 纤～浮～尘～飞～黄～涓～

挨 [āi] 依次。相～擦～

唉 [āi] 伤惜叹词。

哎 [āi] 惊愕叹词。

掰 [bāi] 用手分开。

猜 [cāi] 疑～嫌～相～忌～无～怨～燕雀～

差 [chāi] 听～公～当～出～解～销～例～开小～（另见麻韵阴平、去声，支韵阴平）

钗 [chāi] 荆～堕～钿～宝～玉～金～凤～

拆 [chāi] 语音。（见歌韵入声去）

搋 [chuāi] 暗～怀里～

呆 [dāi] [獃] 痴～书～卖～（另见阳平）

待 [dāi] 逗留。久～（另见去声）

该 [gāi] 兼～应～淹～博～活～

陔 [gāi] 阶。九～（九天）南～循～

垓 [gāi] 荒～

赅 [gāi] 备～意～众妙～

荄 [gāi] 根～枯～

乖 [guāi] 时～运～谋～乖～百事～名实～

咍 [hāi] 咳声的咳。（另见阳平、去声，歌韵入声阳平）

哈 [hāi] 笑。欢～哈～

开 [kāi] 公～半～离～召～初～展～打～推～劈～拆～张～撒～盛～分～眼～洞～敞～散～揭～云～眉～雾～花～柳眼～寿域～画图～面面～笑口～晓色～

揩 [kāi] 摩～净～

拍 [pāi] 语音。（见波韵入声去）

腮 [sāi] 桃～粉～鼓～

鳃 [sāi] 鱼～四～贯～鼓～（另见齐韵上声）

思 [sāi] 于～（多须貌）（另见支韵阴平、去声）

塞 [sāi] 语音。（见歌韵入声去。另见去声）

筛〔shāi〕筛酒、筛锣的筛。
箩~竹~月影~

衰〔shuāi〕兴~盛~变~振
~先~蒲柳~（另见微
韵阴平）

摔〔shuāi〕弃掷。摆脱。
跌。

胎〔tāi〕胚~祸~车~娘
~泥~脱~珠~鬼~棉
~怀~胞~鹿~

苔〔tāi〕舌~（另见阳平）

歪〔wāi〕歪曲的歪。（另见
上声）

栽〔zāi〕分~移~新~盆
~诬~倒~绕屋~

灾〔zāi〕〔災〕旱~救~飞
~幸~天~水~消~火
~弭~无妄~

哉〔zāi〕壮~伤~快~大
~怪~哀~安在~

斋〔zhāi〕清~书~冷~素
~山~长~吃~萧~寒
~

摘〔zhāi〕语音。（见歌韵
入声阳平）

拽〔zhuāi〕用力扔。臂伤不
能伸动。（另见皆韵入声
阳平）

平声·阳平

挨〔ái〕〔捱〕苦~难~延~
拖~强~（另见阴平）

呆〔ái〕呆板。口~形~滞
~（另见阴平）

癌〔ái〕肝~胃~生~

皑〔ái〕皑~（白）

𪞠〔ái〕𪞠喍的𪞠。

白〔bái〕语音。（见波韵入
声阳平）

才〔cái〕干~通~奇~人
~天~英~辩~长~量
~奴~逸~秀~怜~雄
楚~菲~惊~善~高~不
~口~全~庸~大~清
异~宏~爱~捷~怀~育
~贤~八斗~旷世~倚马
~济时~咏絮~
〔纔〕方~适~刚~

材〔cái〕木~器~因~药
~散~成~取~棺~不
~良~身~教~题~凡
素~蠢~栋梁~

裁〔cái〕体~剪~别~自
~仲~制~新~心~鸿
~巧~酌~独~长短~

财〔cái〕阜~临~多~散
~积~输~轻~钱~疏
~理~生~聚~通~横
山海~

柴〔chái〕木~芦~担~劈
~拾~打~火~砍~枯
~松~薪~瘦如~

侪〔chái〕等~朋~汝~同
~吾~

豺〔chái〕豺狼的豺。界~

喍〔chái〕𪞠~（狗欲咬人
貌）

膗〔chuái〕 肥貌。

孩〔hái〕 小～婴～童～泥～倒绷～心尚～色如～

骸〔hái〕 形～病～尸～枯～遗～收～残～乞～

颏〔hái〕 颐下。下～承～（另见歌韵入声阴平）

咳〔hái〕 小儿笑声。（另见阴平、去声,歌韵入声阳平）

怀〔huái〕 壮～咏～幽～中～胸～风～伤～襟～忘～兴～虚～骋～孔～远～写～无～感～探～摅～开～满～关～介～挂～永～壮士～

淮〔huái〕 长～临～秦～清～江～渡～逾～酒如～

槐〔huái〕 绿～庭～青～古～高～骂～桑～三～

徊〔huái〕 徘～

踝〔huái〕 脚踝骨的踝。（麻韵去声同）

来〔lái〕 往～从～东～将～朝～年～出～回～夜～由～客～燕～未～远～雁～肯～神～飞～泰～招～迎～悦～傥～原～过～嗟～近～起～再～向～历～后～下～素～风～雨～潮～帆～归去～故人～去又～结队～跃马～入眼～远方～滚滚 ～（另见去声）

莱〔lái〕 登～污～蒿～草～蓬～老～东～

涞〔lái〕 水名。

徕〔lái〕 招～徂～（山名）

埋〔mái〕 葬～瘗 ～狐～藏～掩～云～沉～尘～（另见寒韵阳平）

霾〔mái〕 阴～氛～尘～积～

排〔pái〕 安～编～挤～诋～力～舨～连～采～铺～牛～一字～
〔箄〕竹～木～放～

牌〔pái〕 路～水～令～王～盾～摊～冒～词～金～招～牙～腰～挂～斗～骨～纸～门～铜～挡箭～生死～牡丹～

徘〔pái〕 徘徊的徘。

俳〔pái〕 倡～优～诙～

台〔tái〕 天～兄～钓～三～春～上～戏～讲～镜～舞～亭～楼～池～柜～窗～炮～月～阳～露～砚～平～重～电～拆～层～瑶～债～高～垮～登～下～倒～夜～锅～灯～燕～丛～繁～吹～琴～歌～泉～井～雨花～黄金～检阅～打擂～姑苏～操纵～电视～凤凰～
〔枱、檯〕方～球～餐～梳妆～

〔骀〕强～十级～

苔〔tái〕青～苍～藓～莓～雨后～（另见阴平）

抬〔tái〕〔擡〕抬举的抬。

薹〔tái〕芸～菜～韭～蒜～

炱〔tái〕烟～灰～煤～松～

鲐〔tái〕河豚鱼。

骀〔tái〕劣马。驽～（另见去声）

择〔zhái〕语音。（见歌韵入声阳平）

宅〔zhái〕语音。（见歌韵入声阳平）

翟〔zhái〕语音。（见歌韵入声阳平。另见齐韵入声阳平）。

仄声·上声

矮〔ǎi〕低～高～

蔼〔ǎi〕唵～蔼～和～亲～蔼～

霭〔ǎi〕青～烟～朝～苍～浮～暮～昏～余～霭～

欸〔ǎi〕欸乃的欸。（另见微韵去声"诶"）

乃〔ǎi〕欸～（櫓声）（另见nǎi）

嗳〔ǎi〕否定叹词。（另见去声）

摆〔bǎi〕摇～钟～风～轻～铺～鱼尾～

〔襬〕衣～下～裙～底～

百〔bǎi〕语音。（见波韵入声阳平）

伯〔bǎi〕语音。（见波韵入声阳平。另见麻韵去声）

柏〔bǎi〕〔栢〕语音。（见波韵入声阳平）

捭〔bǎi〕捭阖的捭。

采〔cǎi〕〔採〕樵～摘～掇～伐～博～开～就地～（另见去声）

彩〔cǎi〕光～色～文～云～霞～墨～词～五～水～精～喝～神～风～异～流～

〔綵〕结～剪～挂～

睬〔cǎi〕理～瞅～不～

踩〔cǎi〕践踏。

茝〔chǎi〕兰～蕙～香～揽～

揣〔chuǎi〕悬～不～阴～研～意～自～

歹〔dǎi〕好～

逮〔dǎi〕捕捉。就～系～（另见去声，齐韵去声）

改〔gǎi〕修～增～删～涂～更～窜～土～悔～夕～颜～幡然～气象～风俗～

拐〔guǎi〕诱～骗～孤～瘸～向左～

〔枴〕铁～拄～龙头～

海〔hǎi〕　江~　四~　云~　湖~　大~　公~　航~　浮~　观~　西~　瀛~　寰~　领~　山~　沧~　拔~　吞~　煮~　陆~　测~　如~　福~　瀚~　横~　人~　刘~　跨~　蹈~　薄~　酒~　淮~　曲~　学~　碧~　苦~　滨~　倒~　填~　稗~　气~　星宿　超北　蠡测　莺花~

醢〔hǎi〕　肉酱。醢~脯　菹~龙可~

慨〔kǎi〕　感~　慷~　深~　增~　愤~

凯〔kǎi〕　奏~　献~　振~

楷〔kǎi〕　模~　真~　行~　端~　工~　小~　作~　后世~　（另见皆韵阴平）

铠〔kǎi〕　铁甲。盔~重~

恺〔kǎi〕　和~　乐~　寿~

闿〔kǎi〕　开。

垲〔kǎi〕　高燥地。爽~胜~

剀〔kǎi〕　剀切的剀。

擓〔kuǎi〕　轻抓。牵带。

蒯〔kuǎi〕　茅类。

买〔mǎi〕　卖~　收~　难~　购~　争~　千金~　论担~　何处~　不用~

乃〔nǎi〕〔迺〕　尔~　若~　无~　（另见 ǎi）

奶〔nǎi〕　阿~　喂~牛~　奶~

芳〔nǎi〕　芋~

色〔shǎi〕　色子（骰子）的色。（另见歌韵入声去）

甩〔shuǎi〕　抛弃。摆动。

歪〔wǎi〕　扭伤。（另见阴平）

载〔zǎi〕　初~　前~　千~　经几~　（另见去声）

宰〔zǎi〕　真~　冢~　烹~　屠~　主~　太~　作~

崽〔zǎi〕　细~

窄〔zhǎi〕　语音。（见歌韵入声阳平）

跩〔zhuǎi〕　鸭行貌。步步~

仄声·去声

爱〔ài〕〔愛〕　心~　仁~　自~　珍~　疼~　可~　友~　热~　博~　锺~　偏~　割~　相~　泛~　兼~　宠~　敬~　慈~　恩~　亲~　溺~　恋~　怜~　遗~　绝~　舐犊~　屋乌~

碍〔ài〕〔礙〕　妨~　障~　阻~　无~　罣~　违~　窒~

艾〔ài〕　蓬~　少~　耆~　熏~　萧~　保~　灼~　艾~三年~夜未~　（另见齐韵去声）

隘〔ài〕　险~　关~　狭~　湫~　褊~　天地~

嫒〔ài〕　令~

暖〔ài〕　暧昧的暧。唵~暧~

嫒 〔ài〕 嫒嫒的嫒。

嗳 〔ài〕 伤感叹词。(另见上声)

餲 〔ài〕 食物变味。

嗌 〔ài〕 咽喉窒塞。(另见齐韵入声去)

败 〔bài〕 衰~腐~失~挫~惨~成~胜~两~朽~花~事~未尝~

拜 〔bài〕 礼~下~罗~参~再~崇~膜~深深~

稗 〔bài〕 稊~秕~莠~

呗 〔bài〕 颂佛赞歌。梵经~讽~

菜 〔cài〕 蔬~种~荠~青~挑~尊~白~野~素~荤~油~鲑~瓜~花~卖~

蔡 〔cài〕 陈~上~管~

采 〔cài〕 采地的采。(另见上声)

縩 〔cài〕 綷~(衣摩擦声)

瘥 〔chài〕 病愈。小~渐~(另见波韵阳平)

虿 〔chài〕 蜂~蝎~

踹 〔chuài〕 踏。足~踩~乱~

膪 〔chuài〕 囊~(猪乳部肥肉)

嘬 〔chuài〕 咬。吮。蝇蚋~

代 〔dài〕 世~朝~三~五~六~万~现~近~古~当~后~易~前~传~旷~断~年~历~换~盖~上~替~交~异~绝~瓜~庖~燕~累~更~取而~新时~丁一~

待 〔dài〕 等~留~期~立~静~久~对~看~善~接~有~坐~招~优~款~薄~相~厚~虐~计日引颈~倚马~守株~刮目~(另见阴平)

怠 〔dài〕 懈~意~懒~不~勤~倦~

袋 〔dài〕 夹~饭~口~脑~皮~衣~网~布~掉书~

带 〔dài〕 腰~佩~裙~巾~解~飘~冠~吊~携~夹~束~如~垂~纽~声~地~温~衣~附~连~玉~苻~捎~绷~博~襻~缓~同心~

戴 〔dài〕 负~插~鳌~感~翼~爱~推~拥~顶~访~

黛 〔dài〕 青~螺~眉~粉~铅~扫~宝~远山~

逮 〔dài〕 及。不~未~津~不可~(另见上声,齐韵去声)

贷 〔dài〕 借~宽~称~乞~赊~

岱〔dài〕 泰～海～望～

殆〔dài〕 危～疲～几～困
～

襶〔dài〕 襶～(不晓事)(另
见歌韵阴平)

大〔dài〕 大夫的大。(另见
麻韵去声)

埭〔dài〕 堤。堰～石～湖
～鸡鸣～

绐〔dài〕 受～巧～欺～勿
余～

骀〔dài〕 骀荡的骀。(另见
阳平)

迨〔dài〕 及。

靆〔dài〕 叆～(云气)

玳〔dài〕 玳瑁的玳。

溉〔gài〕 灌～沾～涤～濯
～引～

概〔gài〕 大～梗～英～气
～节～风～志～胜～

丐〔gài〕 乞～求～沾～

盖〔gài〕 掩～遮～覆～张
～铺～倾～擎～华～膝
～修～紫～旗～车～冠～
天灵～

钙〔gài〕 化学元素。

怪〔guài〕 奇～妖～骇～惊
～诧～光～作～难～错
～灵～神～可～见～志～
精～古～嗔～鬼～百～魔
～莫～诡～不足～

骇〔hài〕 惊～狂～震～栖
～惶～奔～心～

害〔hài〕 祸～残～杀～灾
～伤～虫～利～大～毒
～妨～要～损～遗～危～
无～迫～边～除四～

亥〔hài〕 建～辛～

嗐〔hài〕 感叹声。

氦〔hài〕 化学元素。

坏〔huài〕 破～毁～败～
残～损～梁木～长城～
(另见微韵阴平、阳平)

忾〔kài〕 愤恨。敌～

咳〔kài〕 〔欸(另见歌韵入
声阳平"咳")〕咳唾，谈
吐。謦～(另见阴平、阳
平,歌韵入声阳平)

愒〔kài〕 玩～

快〔kuài〕 愉～爽～凉～轻
～痛～畅～飞～赶～称
～手～清～明～俊～取～
嘴～心～语～平生～

块〔kuài〕 土～大～蓬
(尘)石～磊～

会〔kuài〕 会计的会。(另
见微韵上声、去声 guì、
huì)

筷〔kuài〕 碗～杯～象牙～

脍〔kuài〕 羹～细～炙～切
～同心～鲈鱼～

狯〔kuài〕 狡～黠～奸～猾
～

哙〔kuài〕咽。樊~哙~

侩〔kuài〕市~牙~驵~

桧〔kuài〕又读。(见微韵去声)

浍〔kuài〕沟~畎~九~决~

郐〔kuài〕古国名。自~歌~无讥~

赖〔lài〕抵~托~狡~诬~无~倚~依~利~要~

籁〔lài〕天~地~人~爽~万~林~风~吹~清~

癞〔lài〕癣~疥~疮~

来〔lài〕劳~(另见阳平)

睐〔lài〕盼~青~善~眄~转~旁~

濑〔lài〕水流沙上者。浅~石~激~清~秋~

赉〔lài〕恩~赏~酬~大~厚~宠~

卖〔mài〕买~出~叫~变~贱~零~标~拍~贩~千金~

迈〔mài〕老~行~衰~超~年~爽~豪~

劢〔mài〕勉力。

麦〔mài〕语音。(见波韵入声去)

脉〔mài〕〔脉〕地~山~一~泉~血~命~筋~气~静~动~叶~切~百~昆仑~(参看波韵入声去)

耐〔nài〕忍~能~难~不可~

褦〔nài〕褦襶的褦。(另见歌韵阴平)

奈〔nài〕无~怎~

柰〔nài〕李~丹~杏~甘~

鼐〔nài〕鼎~

派〔pài〕分~委~支~宗~气~流~别~九~诗~党~学~嫡~海~正~反~新~左~编~促进~骑墙~

湃〔pài〕澎~湃~

塞〔sài〕边~绝~关~四~紫~雁~要~秦~出~(另见歌韵入声去)

赛〔sài〕比~竞~预~决~报~祭~赌~球~棋~锦标~田径~

晒〔shài〕曝~洗~日~晴~渔网~

杀〔shài〕隆~减~丰~噍~(另见麻韵入声阴平)

帅〔shuài〕统~将~魁~元~主~大~挂~

率〔shuài〕语音。(见波韵入声去。另见鱼韵入声去)

蟀〔shuài〕语音。(见波韵入声去)

态〔tài〕病~老~世~体~状~姿~事~丑~形~

~尽~作~故~变~异~
动~常~情~失~意~表
~憨~狂~俗~醉~市井
~炎凉~儿女~

泰 〔tài〕 交~安~通~开
~否~国~骄~侈~时
~康~四体~

太 〔tài〕 老~太~

汰 〔tài〕 裁~淘~沙~洗
~荡~澄~

外 〔wài〕 内~四~塞~方
~海~域~格~物~分
~见~度~言~化~事~
关~无~野~郊~形~秀
~在~中~里~意~天~
国~山~局~身~花~例
~六合~桑柘~千里~形
骸~

在 〔zài〕 存~安~何~宛
~所~实~外~内~自

~长~健~好~舌~潜~
正~亲~云~简~如~犹
~在~山河~肝胆~雄心
~春常~文章~青松~老
母~

再 〔zài〕 一~不~时难~

载 〔zài〕 车~轮~运~装
~承~满~重~厚~覆
~刊~登~连~万斛~
（另见上声）

债 〔zhài〕 欠~负~借~血
~诗~宿~了~讨~偿
~举~逃~避~

寨 〔zhài〕 山~营~结~立
~拔~

瘵 〔zhài〕 痨病。

拽 〔zhuài〕 语音。（见皆韵
入声阳平。另见阴平）

十　姑

平声·阴平

逋〔bū〕逃~流~宿~(旧欠)诗~林~

晡〔bū〕申时。日~未~过~昼欲~

初〔chū〕太~古~遂~如~虞~起~年~当~寒~春~腊~天地~识面~麦熟~晚凉~午晴~我生~草昧~

貙〔chū〕兽名。

粗〔cū〕心~精~胆~老~气~

都〔dū〕通~上~首~三~江~国~京~冀~故~陪~中~名~子~丽~大~仙~美且~

嘟〔dū〕喁~咕~嘟~

阇〔dū〕城台。闍~

夫〔fū〕农~妇~渔~樵~工~仆~征~鳏~匹~大~老~壮~病~凡~千~懦~愚~武~贩~贪~勇~大丈~逐臭~(另见阳平)

肤〔fū〕发~皮~裂~雪~肌~剥~玉~侵~烁~切~无完~凉生~

敷〔fū〕播~春~罗~外~不~华~宏~声教~

孵〔fū〕春~秋~电~

麸〔fū〕麦~糠~红~

趺〔fū〕跏~(盘膝坐)

柎〔fū〕萼~花~栗~

鄜〔fū〕鄜州的鄜。

砆〔fū〕〔砆〕碔~(似玉石)

鈇〔fū〕斧。铡刀。

姑〔gū〕舅~翁~道~尼~麻~阿~桑~蚕~外~黄~(星名)小~村~仙~诸~紫~姑~插秧~

孤〔gū〕恤~忱~遗~势~存~托~诸~去帆~月轮~德不~片云~

辜〔gū〕不~何~无~伏~

沽〔gū〕求~待~善价~(另见去声)

鸪〔gū〕鹁~晴~啼~鹁~

呱〔gū〕呱~(儿啼声)(另见麻韵阴平)

菇〔gū〕慈~〔菰(另见下条)〕香~蘑~鲜~冬~

菰〔gū〕菰米的菰。(另见上条)

估〔ɡū〕平～酌～低～（另见去声）

家〔ɡū〕大～（妇女尊称）（另见麻韵阴平）

觚〔ɡū〕简策。酒器。操～奉～

酤〔ɡū〕酒。买卖酒。清～断～榷～村～

咕〔ɡū〕唧～叽～嘀～

箍〔ɡū〕桶～束～铜～篾～

蛄〔ɡū〕蝼～蟪～

乎〔hū〕茫～归～几～庶～乌～焕～瞠～时～确～浩浩

呼〔hū〕传～惊～叫～欢招～齐～三～鸣～号～歌～大～称～一～疾～高～嵩～山～喧～鸣～夹道～万人～顺风～

糊〔hū〕涂抹。封闭。（另见阳平、去声）

滹〔hū〕滹沱，水名。

枯〔kū〕荣～偏～泉～海～肠～嘘～眼～干～摧～草木～

骷〔kū〕骷髅的骷。

刳〔kū〕剖。

噜〔lū〕哩～嘟～咕～

铺〔pū〕金～霞～花～叶～苔～平～密～广～横～蜀锦～（另见去声）

痡〔pū〕病。力～毒～

书〔shū〕读～农～家～国～军～羽～翻～琴～念～楷～行～致～藏～下～出～丛～全～尺～草～图～买～借～手～寄～说～修～证～文～古～音～兵～新～著～洛～异～简～簿～六～佣～竹～鱼～摊～换鹅～故人～引睡～线装～计然～种树～数行～一囊～

殊〔shū〕特～绝～悬～万～势～古今～人人～世界～物候～

输〔shū〕运～均～灌～转～赢～认～公～不服～一著～

舒〔shū〕安～宽～卷～望～展～意～筋骨～志气～柳叶～

疏〔shū〕〔疎〕荒～粗～扶～生～亲～才～空～清～交～稀～萧～计～慵～朋友～音信～形迹～晚蝉～（另见去声）

枢〔shū〕户～机～中～绳～秉～灵～天～（北斗）不蠹～

姝〔shū〕彼～名～丽～仙～

梳〔shū〕木～牙～爬～妆～风～

蔬〔shū〕菜～野～寒～园～春～秋～鱼～茹～

樗〔shū〕散～薪～不材～

纾〔shū〕解除。延缓。

抒〔shū〕发～略～力～直～难～

摅〔shū〕发表。舒散。

荼〔shū〕神～(旧谓门神)
（另见阳平）

殳〔shū〕古兵器。执～

摴〔shū〕摴蒱的摴。

苏〔sū〕民～樵～屠一姑流～病～紫～三～来～昭～草木～筋骸～宿麦～万象～
〔甦、穌〕复活。
〔嗕〕噜

酥〔sū〕油～搓～酡～麻～凝～香～玉～琼～酪～杏仁～雨如～滑于～

乌〔wū〕乌黑。金～栖～啼～夜～慈～神铜～晨～霜～髭边～反哺～屋上～何首～

污〔wū〕〔汙〕潢～尘～卑～沾～点～纳～墨～合～去～泥涂～青蝇～反贪～

呜〔wū〕喑～呜～

恶〔wū〕怎么。叹词。(另见去声,歌韵入声上、入声去)

洿〔wū〕洿池的洿。

邬〔wū〕姓。

钨〔wū〕化学元素。

圬〔wū〕〔圬〕瓦刀。粉刷。

巫〔wū〕大～小～女～神～觋～(阳平同)

诬〔wū〕欺～辨～冤～厚～虚～诋～巧言～(阳平同)

於〔wū〕古叹词。於菟的於。(另见鱼韵阳平"于")

朱〔zhū〕涂～点～金～夺～陶～杨～紫～碧成～〔硃〕银～印～研～

珠〔zhū〕金～泪～连～掌～珍～蚌～汗～露～遗～弹～眼～跳～贯～念～还～联～荷～夜明～记事～算盘～

株〔zhū〕守～根～蟠～残～数～万～朽～枯～傲～霜～

诛〔zhū〕天～显～口～春秋～窃钩～

猪〔zhū〕〔豬〕肥～江～野～牧～养～辽东～老母～

诸〔zhū〕居～有～

铢〔zhū〕古衡名。五～毫～锱～

蛛 〔zhū〕 蜘～垂～网～檐
～壁～

侏 〔zhū〕 侏儒的侏。

茱 〔zhū〕 茱萸的茱。

洙 〔zhū〕 水名。沂～

潴 〔zhū〕〔瀦〕水停聚处。
污～堰～

橥 〔zhū〕 木名。

橥 〔zhū〕 小木桩。标志。
揭～

租 〔zū〕 房～招～出～收～
减～

**在阴平中，还有旧读
入声各字见"仄声·入
声"。**

平声·阳平

除 〔chú〕 乘～岁～阶～清
～解～剔～铲～捐～剪
～破～革～开～粪～戒～
庭～删～免～驱～消～大
扫～四害～

刍 〔chú〕 草。生～反～负～

雏 〔chú〕 鸡～凤～鹓～哺
～将～引～

锄 〔chú〕〔鉏〕铁～犁～花
～荷～挥～诛～铲～银
～鹤嘴～带月～

储 〔chú〕 积～预～瓮～仓
～冬～岁～广～

厨 〔chú〕〔廚〕下～庖～天
～斋～山～行～郁～入

～香积～

橱 〔chú〕 柜～书～碧纱～

躅 〔chú〕 踟～

躕 〔chú〕 踟～

蜍 〔chú〕 蟾～（蛙类）

滁 〔chú〕 水名。

篨 〔chú〕 篴～（竹席）

徂 〔cú〕 往。岁一迈～日月
～

殂 〔cú〕 死。崩～

浮 〔fú〕 漂～沉～罗～轻～
虚～光～烟～云～鸥～
画舫～大白～岚翠～

扶 〔fú〕 搀～强～挟～掖～
倩人～

符 〔fú〕 虎～剖～桃～阴～
合～兵～音～星～相～
鬼画～黑心～

孚 〔fú〕 中～信～交～感～
相～永～远～众望～

俘 〔fú〕 生～赎～归～释～
战～献～

夫 〔fú〕 助词。嗟～悲～如
斯～久矣～（另见阴平）

枹 〔fú〕 鼓槌。援～扬～

桴 〔fú〕 筏。乘～编～浮海
～

凫 〔fú〕 野～双～飞～轻～
化～

蚨 〔fú〕 青～飞～

芙〔fú〕芙蓉的芙。

荷〔fú〕草名。白～芦～（另见pú）

蜉〔fú〕蜉蝣的蜉。蚍～（大蚁）

莩〔fú〕芦膜。葭～寒～（另见豪韵上声"殍"）

罦〔fú〕捕兽的网。之～（山名）

郛〔fú〕外城。郊～说～

涪〔fú〕水名。

糊〔hú〕模～迷～面～裱～一塌～
〔餬〕口易～（另见阴平、去声）

胡〔hú〕五～含～秋～麻～雕～贾～京～二～酒家～
〔鬍〕络腮～
〔衚〕胡同的胡。

湖〔hú〕南～五～西～太～江～澄～鼎～平～镜～菱～晴～蓄水～鸳鸯～万顷～

壶〔hú〕茶～酒～铜～玉～唾～投～冰～方～蓬～悬～提～暖～喷～漏～

狐〔hú〕雄～野～赤～玄～银～城～妖～封～董～九尾～

弧〔hú〕木弓。桑～悬～桃～圆～

瓠〔hú〕又读。（见去声。另见波韵入声去）

猢〔hú〕猢狲的猢。

蝴〔hú〕蝴蝶的蝴。

瑚〔hú〕珊～

醐〔hú〕醍～（精制奶酪）

鹕〔hú〕鹈～

葫〔hú〕葫芦的葫。

芦〔lú〕荻～秋～黄～寒～葫～菰～吹～

庐〔lú〕田～穿～草～蜗～结～青～茅～爱吾～

炉〔lú〕风～煤～电～火～兽～香～熔～司～高平～洪～熏～围～锅～药～开～回～博山～造化～

卢〔lú〕呼～扁～蒲～枭～韩～（犬）的～（马）湛～（剑）

鲈〔lú〕脍～蓴～银～四鳃～松江～

垆〔lú〕酒墩。酒～当～黄公～

颅〔lú〕头～圆～秃～

胪〔lú〕陈列。传～

轳〔lú〕辘～

舻〔lú〕舳～（船）

纑〔lú〕麻缕。

泸〔lú〕水名。

鸬〔lú〕鸬鹚的鸬。

栌〔lú〕木名。斗拱。龙～绣～

模〔mú〕模样的模。（另见波韵阳平）

奴〔nú〕家～洋～老～狂～女～豪～农～奚～守财～

孥〔nú〕妻～不～

驽〔nú〕劣马。疲～羸～愚～

笯〔nú〕鸟笼。

蒲〔pú〕香～菖～绿～新～崔～青～团～菰～

脯〔pú〕胸～（另见上声）

菩〔pú〕菩提、菩萨的菩。

匍〔pú〕匍匐的匍。

葡〔pú〕葡萄的葡。

荸〔pú〕崔～（另见fú）

酺〔pú〕聚饮。大～酺～欢～

蒱〔pú〕摴～（博具）

莆〔pú〕莆田，地名。

如〔rú〕相～自～杏～焚～阕～宛～假～犹～何～翼～九～纷～真～画不恰恰～

儒〔rú〕鸿～通～宿～腐～俗～大～寒～醇～宋～侏～章句～战群～

茹〔rú〕连～吐～柔～蔬～（上声、去声同）

濡〔rú〕沾～相～涵～耳～鱼沫～

孺〔rú〕妇～童～（去声同）

襦〔rú〕罗～短～绣～珠～解～合欢～

嚅〔rú〕嗫～（欲言又止）

洳〔rú〕沮～（低湿地）涟～（涕泣貌）（另见去声）

蠕〔rú〕〔蝡〕虫爬行。蠕～

繻〔rú〕帛符。弃～（鱼韵阴平同）

薷〔rú〕香～

图〔tú〕绘～河～版～远～良～地～宏～浮～雄～妄～画～意～希～鸿～草～制～舆～霸～贪～构～企～蓝～改～龙～壮～峡～蝶～八阵～夜课～稼穑～耕织～太极～百寿～

徒〔tú〕酒～师～收～门～高～狂～暴～囚～学～艺～信～教～匪～叛～钓～生～非吾～

屠〔tú〕市～狗～钓～浮～断～鼓刀～

涂〔tú〕〔塗〕泥～糊～笔～抹～

途〔tú〕前～识～世～道～长～征～坦～正～邪～歧～用～中～半～迷～穷～畏～殊～首～客～归～云～

荼〔tú〕苦菜。如～堇秋～茹～苦～（另见阴平）

菟〔tú〕菟裘的菟。於～（虎）（另见去声）

稌〔tú〕稻。黍～香～

瘏〔tú〕病。我马～

酴〔tú〕酴酥、酴醾的酴。

无〔wú〕有～虚～绝～之～～得～天下～有若～淡欲～（另见波韵阳平）

吾〔wú〕故～新～今～支～～金～昆～（古国名、剑名）

芜〔wú〕蘼～荒～庭～绿～繁～春～平～莱～沦～蘅～烟～寒～榛～

吴〔wú〕孙～东～天～勾～～沼～三～荆～入～失吞～不忘～魏蜀～

梧〔wú〕碧～井～高～苍～～栖～（另见去声）

巫〔wú〕又读。（见阴平）

诬〔wú〕又读。（见阴平）

毋〔wú〕将～能～

蜈〔wú〕蜈蚣的蜈。

鼯〔wú〕鼯鼠。狚～飞～五技～

浯〔wú〕水名。

在阳平中，还有旧读入声各字见"仄声・入声"。

仄声・上声

补〔bǔ〕修～弥～小～裨～添～织～填～递～调～缝～完～候～滋～无～何～

捕〔bǔ〕缉～逮～拘～收～掩～购～拒～

哺〔bǔ〕口饲。乌～反～吐～乳～待～索～

堡〔bǔ〕集镇。柴沟～（另见豪韵上声）

处〔chǔ〕居～退～相～共～～野～难～独～自～区～惩～寝～久～杂～出～（进退）（另见去声）

楚〔chǔ〕荆～齐～吴～平～～清～痛～酸～夏～捶～凄～翘～苦～楚～

杵〔chǔ〕砧～捣～霜～漂～～玉～白～铁～药～月～降魔～蓝桥～

础〔chǔ〕基～柱～阶～石～～

楮〔chǔ〕木名。纸。玉～片～缣～

褚〔chǔ〕绵衣。囊。

睹 〔dǔ〕〔觌〕目～无～熟～先～重～快～万目～

堵 〔dǔ〕环～如～安～阿～

赌 〔dǔ〕打～禁～

肚 〔dǔ〕凸～猪～牛～鱼～（另见去声）

府 〔fǔ〕政～天～内～幕～首～乐～开～学～洞～城～怨～官～相～义～王～艺～图书～清虚～

腐 〔fǔ〕朽～陈～迂～豆～红～败～酸～乳～

斧 〔fǔ〕资～斤～弄～挥～运～樵～鬼～砧～巨～伐性～

釜 〔fǔ〕铜～瓦～破～甑～鱼游～

俯 〔fǔ〕仰～

腑 〔fǔ〕肺～脏～六～

甫 〔fǔ〕台～尊～杜～章～

抚 〔fǔ〕摩～优～镇～慰～招～安～巡～清弦～

辅 〔fǔ〕畿～三～匡～夹～车～颊～宰～

脯 〔fǔ〕果～鹿～束～枣～市～笋～（另见阳平）

父 〔fǔ〕田～渔～神～尚～尼～夸～伧～梁～（另见去声）

拊 〔fǔ〕击～搏～髀空～

黼 〔fǔ〕黼黻的黼

滏 〔fǔ〕水名。

古 〔gǔ〕今～上～太～远～考～万～近～往～终～旷～作～稽～邃～博～千～不～怀～复～疑～泥～高～薄～变～学～汲～非～吊～盘～尚～蜗篆～前无～

鼓 〔gǔ〕钟～旗～石～铜～腰～锣～更～腊～社～暮～战～擂～箫～金～一～鸣～息～鱼～耳～鼙～击～戍～雷～鸣～田～插秧～催花～三通～

股 〔gǔ〕钗～勾～合～两～八～锥刺～

贾 〔gǔ〕坐贩。商～大～良～～行～书～勇可～（另见麻韵上声）

瞽 〔gǔ〕聋～狂～愚～盲～

臌 〔gǔ〕腹胀。水～气～

诂 〔gǔ〕训～解～

罟 〔gǔ〕网～数～罪～

蛊 〔gǔ〕毒～巫～狐～中～干～

嘏 〔gǔ〕福。祝～纯～受～

牯 〔gǔ〕母牛。水～

钴 〔gǔ〕化学元素。

盬 〔gǔ〕闲暇。靡～

虎〔hǔ〕猛～豹～乳～风～伏～画～打～射～刺～谈～市～养～诗～暴～龙～文～蝇～骑～飞～纸老～笑面～负嵎～出柙～

许〔hǔ〕邪～许～（皆众人共力声）（另见鱼韵上声）

唬〔hǔ〕吓～

浒〔hǔ〕水边。江～水～

琥〔hǔ〕琥珀的琥。

苦〔kǔ〕甘～艰～辛～诉～贫～茹～痛～刻～劳～坚～挖～疾～吃～自～清～困～何～勤～愁～穷～良～攻～孤～苦～不叫～风霜～用心～

楛〔kǔ〕粗劣。（另见去声）

鲁〔lǔ〕齐～愚～粗～椎～顽～

橹〔lǔ〕〔艣〕摇～檣～柔～楼～

虏〔lǔ〕俘～囚～降～首～系～破～

掳〔lǔ〕掠～被～劫～

卤〔lǔ〕斥～泽～碛～粗～〔滷〕盐～茶～咸～雪～

氇〔lǔ〕氆～（西藏毛织品）

亩〔mǔ〕地～垄～田～南～畝～

母〔mǔ〕父～公～字～老～慈～孟～陶～漂～酒～分～嬷～贤～电～珠～酵～后～

姆〔mǔ〕保～

拇〔mǔ〕大指。駢～

姥〔mǔ〕老妇。老～斗～天～仙～公～（另见豪韵上声）

牡〔mǔ〕牝～

鉧〔mǔ〕钴～（熨斗）

弩〔nǔ〕弓～万～连～伏～劲～连珠～

努〔nǔ〕努力的努。

浦〔pǔ〕南～洛～烟～合～渔～月～黄～鸳鸯～飞云～

圃〔pǔ〕园～菜～老～秋～苗～场～瓜～瑶～花～药～菊～

普〔pǔ〕德～化～洽～庆～利～

谱〔pǔ〕图～脸～年～乐～食～画～花～曲～歌～棋～家～琴～新声～五线～英雄～无双～

溥〔pǔ〕大。周～利～

氆〔pǔ〕氆氇的氆。

埔〔pǔ〕黄～（地名）

汝〔rǔ〕水名。尔～语～助～～抚～颍～淮～

乳〔rǔ〕哺～孳～腐～牛～炼～细～石钟～

茹 〔rú〕又读。(见阳平)

数 〔shǔ〕可~指~面~细~责~历~暗~不足~何须~(另见去声、入声去,波韵入声去)

暑 〔shǔ〕盛~酷~大~避~中~冒~消~溽~寒~处~耐~三伏~

鼠 〔shǔ〕老~灰~黠~硕~袋~田~相~首~投~捕~猫~社~狐~腐仓~松~过街~

黍 〔shǔ〕禾~角~鸡~炊~玉蜀~

署 〔shǔ〕衙~公~行~专~官~部~题~补~代~签~连~

薯 〔shǔ〕番~白~甘~红~

土 〔tǔ〕泥~沙~沃~瘠~烟~安~水~守~黄灰~故~寸~乐~粪~焦~出~入~国~中~动广~风~乡~尘~本~领~疆~净~撮~神州~一抔~三合~

吐 〔tǔ〕谈~含~吞~快~花~月~晴光~(另见去声)

武 〔wǔ〕文~勇~尚~用~耀~步~动~练~玄~偃~黩~英~威~接讲~习~神~孙~汤~祖~

侮 〔wǔ〕轻~欺~陵~自~御~慢~戏~外~受~谁敢~

午 〔wǔ〕端~正~亭~子~旁~蜂~卓~重~上~下~交~过~

伍 〔wǔ〕什~行~卒~队~失~入~部~落~与哙~

五 〔wǔ〕尺~百~三~什~第~

舞 〔wǔ〕歌~飞~起~跳~色~手~韶~鹤~鼓~楚~抃~酣~妙~剑~长袖~天魔~交谊~芭蕾~

鹉 〔wǔ〕鹦~

忤 〔wǔ〕触~错~乖~违~无~轻~

捂 〔wǔ〕〔捂〕遮掩。

庑 〔wǔ〕廊下小屋。堂~赁~两~廊~檐~

妩 〔wǔ〕〔妩〕美好。眉~媚~

膴 〔wǔ〕肥美。厚~蓄~

怃 〔wǔ〕怃然的怃。

碔 〔wǔ〕碔砆的碔。

悟 〔wǔ〕抵~

主 〔zhǔ〕自~民~作~买~宗~霸~天~宾~地~公~盟~债~东道~万物~

煮 〔zhǔ〕烹～炊～蒸～热～
如～

贮 〔zhǔ〕积～存～封～广～
窖～锦囊～

拄 〔zhǔ〕支～撑～

渚 〔zhǔ〕洲～凫～芦～荒
～汀～江～蓼～

麈 〔zhǔ〕兽名。拂尘。挥
～谈～

祖 〔zǔ〕父～先～上～始～
远～高～鼻～忘～外～
开山～

组 〔zǔ〕合～分～大～小～
解～籀～编～改～针～
彩～生产～

阻 〔zǔ〕艰～险～困～道～
拦～梗～禁～劝～风雨
～江山～

俎 〔zǔ〕砧板。刀～越～樽
～鼎～杂～

诅 〔zǔ〕咒～祝～腹～怨～
谤～

**在上声中，还有旧读
入声各字见"仄声·入
声"。**

仄声·去声

布 〔bù〕织～纱～泉～花～
瀑～夏～刀～粗～麻～
土～棉～冷～绒～抹～荆
～一尺～粘胶～龙头～
　〔佈〕散～公～流～宣
分～传～广～远～密～棋
～露～颁～摆～刊～撒～

步 〔bù〕跬～寸～天～徒～
地～迈～信～阔～国～
让～踏～止～散～逐～快
～碎～安～独～故～学～
跑～百～稳～脚～举～七
～进～退～健～飞～留～
却～初～缓～虎～矩～邯
郸～

部 〔bù〕支～全～局～军～
分～队～营～内～外～
中～干～旧～菊～本～四
～俱乐～

怖 〔bù〕恐～惶～惊～忧～
战～疑～

簿 〔bù〕文～账～卤～军～
号～记录～花名～录鬼
～日记～

埠 〔bù〕船～商～本～外～

餔 〔bù〕以食与人。

箁 〔bù〕小竹篾。

处 〔chù〕好～坏～他～住～
～坐～用～满～远～佳
～到～触～四～别～长～
短～益～妙～出～（来源）
在何～无定～生长～春去
～（另见上声）

醋 〔cù〕酸～酒～拈～米～
酱～白～桃花～

度 〔dù〕法～尺～角～弧～
温～热～调～幅～用～
虚～湿～密～深～长～强
～高～程～限～无～过～
大～速～常～器～年～季

~态~风~气~制~初~
再~前~适~进~雅~金
针~经纬~（另见波韵入
声去）

渡〔dù〕摆~竞~过~引~
让~野~古~急~横~
偷~轮~飞~官~半~待
~争~唤~牛女~横江~

杜〔dù〕杋~（杜之特生者）
芳~兰~李~老~阻~

蠹〔dù〕〔蠧〕蛀虫。国~桑
~书~耗~

肚〔dù〕腹。饱~饿~凸~
（另见上声）

妒〔dù〕〔妬〕嫉~猜~忌~
花~风雨~蛾眉~

镀〔dù〕电~

斁〔dù〕败坏。（另见齐韵入
声去）

赴〔fù〕趋~奔~驰~争~
齐~潜~百川~

负〔fù〕胜~担~重~正~
抱~自~辜~荷~欺~负
~不相~襁褓~

妇〔fù〕夫~匹~孀~媳~
寡~巧~孕~主~老~
产~少~织~蚕~新~健
~村~机中~采桑~

父〔fù〕祖~伯~诸~严~
老~大~季~乃~名~
阿~（另见上声）

富〔fù〕丰~豪~巨~学~
贫~致~殷~饶~财~

国~

附〔fù〕〔坿〕依~增~涂~
牵~阿~诣~攀~比~
归~趋~蚁~

赋〔fù〕禀~天~歌~词~
诗~屈~贡~田~登楼
~两都~

阜〔fù〕土~高~殷~冈~
物~曲~

副〔fù〕正~贰~大~克~
仰~成~全~

傅〔fù〕师~保~白~太~

付〔fù〕支~拨~手~托~
应~分~属~交~对~

咐〔fù〕吩~嘱~

鲋〔fù〕涸~枯~辙~

讣〔fù〕报丧。闻~

赙〔fù〕助丧财。

驸〔fù〕驸马的驸。

蝜〔fù〕蝜蝂的蝜。

固〔gù〕坚~牢~稳~迂
~险~凝~永~顽~班
~负~山河~金石~

故〔gù〕事~原~如~多~
大~道~变~细~何~
世~无~温~典~托~他
~国~掌~亲~物~革~
故~

顾〔gù〕回~眷~照~却~
主~兼~看~狼~光~
惠~周郎~

雇〔gù〕雇佣。租赁。

沽〔gù〕村～屠～(另见阴平)

痼〔gù〕久病。沉～癖～废～

锢〔gù〕禁～党～废～

估〔gù〕估衣的估。(另见阴平)

崮〔gù〕平顶山。孟良～抱犊～

户〔hù〕门～住～牖～当～三～窗～落～万～大船～朱～绣～不出～清洁～

护〔hù〕掩～祖～保～救～调～监～辩～拥～防～看～庇～维～回～爱～守～风云～金铃～

互〔hù〕交～相～参～错～

瓠〔hù〕甘～康～(瓦器)五石～(阳平同。另见波韵入声去)

糊〔hù〕麦～玉米～芝麻～(另见阴平、阳平)

戽〔hù〕戽斗的戽。

扈〔hù〕跋～桑～

沪〔hù〕淞～

怙〔hù〕依靠。恃～失～

祜〔hù〕福。多～羊～

沍〔hù〕冻结。凝～寒～

楛〔hù〕木名。(另见上声)

库〔kù〕仓～宝～水～国～府～武～书～开～四～冷藏～火药～

裤〔kù〕[袴]衣～纨～衬～袍～连衫～

路〔lù〕道～陆～大～铁～公～末～生～去～上～小～门～世～狭～熟～带～马～正～近～让～争～先～迷～歧～水～同～来～过～赶～理～绝～线～通～岔～拦～领～开～退～后～活～一～当～筚～思～归～山～航～异～失～养～下坡～

露〔lù〕风～雨～玉～甘～白～零～花～薤～寒～泄～暴～显～透～揭～败～披～毕～朝～流～月～湛～珠～锋铓～玫瑰～果子～(另见侯韵去声)

赂〔lù〕贿～厚～岁～货～

鹭〔lù〕白～鸥～雪～汀～宿～沙～

辂〔lù〕大车。戎～宝～大～

潞〔lù〕水名。

璐〔lù〕美玉。

暮〔mù〕朝～旦～薄～昏～岁～日～迟～衰～桑榆～风雪～

慕〔mù〕思～美～爱～仰～追～倾～欣～孺～向～哀～眷～天下～

墓〔mù〕古～扫～公～坟～陵～展～谒～守～表～丘～烈士～五人～

募〔mù〕招～广～召～应～

怒〔nù〕震～怨～迁～患～愤～动～嗔～盛～喜～发～息～恼～激～众～触～薄～余～江声～蛟龙～

铺〔pù〕〔舖〕店～床～卧～饭～搭～十里～（另见阴平）

茹〔rù〕又读。（见阳平）

孺〔rù〕又读。（见阳平）

洳〔rù〕水名。（另见阳平）

树〔shù〕植～嘉～茂～果～大～风～碧～花～烟～古～远～建～绕～种～云～万～铁～火～琪～玉～芳～百年～风声～摇钱～

曙〔shù〕向～达～清～海～霜～天欲～晨鸡～

数〔shù〕书～术～历～指～倍～成～整～分～无～度～路～单～双～多～少～零～充～异～奇～偶～礼～虚～正～负～差～计～名～心有～（另见上声、入声去，波韵入声去）

竖〔shù〕〔豎〕直～高～横～点～童～群～二～顽～

恕〔shù〕忠～宽～饶～明～

庶〔shù〕富～燕～兆～蕃～众～

墅〔shù〕别～山～郊～溪～

疏〔shù〕条陈。注～抗～手～密～义～谏～上～万言～（另见阴平）

漱〔shù〕泉～净～寒～盥～涮～（侯韵去声同）

戍〔shù〕守边。屯～征～野～遣～卫～远～流～古～

澍〔shù〕时雨。甘～嘉～滂～霖～

诉〔sù〕告～哭～控～起～自～申～低～公～上～细～号～将苦～

素〔sù〕绢～朴～缟～寒～元～色～情～纨～茹～毒～缥～尺～毫～平～因～束～要～织～守～雅～蔬～维生～

溯〔sù〕〔沂〕逆～追～回～推～上～沿～

塑〔sù〕雕～泥～绘～唐～可～

嗉〔sù〕〔膆〕鸟类食囊。

愫〔sù〕真情。积～悃～

兔〔tù〕狡～玉～乌～脱～
狐～蟾～待～养～赤～
白～捣药～

吐〔tù〕呕～醉～大～（另
见上声）

堍〔tù〕桥畔。桥～

唾〔tù〕又读。（见波韵去
声）

菟〔tù〕菟葵、菟丝，皆草
名。（另见阳平）

务〔wù〕事～当～任～业
～急～职～时～洋～内
～世～本～农～机～勤～
国～家～庶～公～政～义
～服～财～俗～外～南亩
～

悟〔wù〕觉～醒～顿～妙
～敏～颖～感～未～领
～省～了～悔～惊～神～

误〔wù〕错～谬～乖～失
～迟～罣～遗～迷～勘
～耽～正～笔～曲～再～
白首～

晤〔wù〕会～面～把～清
～

雾〔wù〕云～吐～薄～晓
～烟～轻～香～昏～喷
～嶂～霏～毒～花～寒～
妖～五里～

恶〔wù〕爱～好～深～痛
～憎 ～厌 ～交 ～可～
（另见阴平，歌韵入声上、
入声去）

坞〔wù〕云～船～花～竹
～梅～郿～藏春～

鹜〔wù〕驰～争～骋～交
～腾～电～旁～

鹜〔wù〕鸭。野～孤～江
～群～鸡～（入声去同）

戊〔wù〕戊戌的戊。五一
（春秋社日）

窹〔wù〕窹寐的窹。

焐〔wù〕使暖。

梧〔wù〕魁～（另见阳平）

婺〔wù〕宝～

注〔zhù〕目～关～奔～贯
～灌～卷～垂～倾～挹
～下～孤～一～雨～仪～
东～百川～
〔註〕选～小～笺～疏～
旁～补～附～图～朱～郑
～集～起居～

住〔zhù〕智～唤～长～居
～记～止～堵～拦～稳
～小～且～寄～站～挂
去～移～久～山村～靠得
～和春～留不～

助〔zhù〕帮～多～寡～借
～臂～资～救～赞～辅
～谈～互～襄～内～补～
援～扶～乐～天～江山～
解衣～

柱〔zhù〕梁～琴～弦～支
～绕～龙～石～脊～台
～砥～擎天～

著 〔zhù〕 显~卓~素~土~彰~巨~名~论~撰~昭~声名~ （另见波韵入声阳平"着"，歌韵入声阴平"着"，豪韵阴平、阳平"着"）

箸 〔zhù〕 〔筯〕筷子。借象~匕~下~停~

翥 〔zhù〕 奋飞。翔~凤~鸿~轩~高~

杼 〔zhù〕 梭子。机~投~弄~鸣~

炷 〔zhù〕 灯心。线香枝数。细~兰~一~檀~残~

住 〔zhù〕 暂~久~屯~小~

铸 〔zhù〕 熔~冶~鼓~陶~合~铁~

蛀 〔zhù〕 蠹~虫~

苧 〔zhù〕 〔紵〕苧麻。葛~细~雪~缟~

伫 〔zhù〕 久立。延~企~翘~

在去声中，还有旧读入声各字见"仄声·入声"。

仄声·入声

出 〔chū〕 支~外~进~百~杰~秀~逸~六~日~独~提~演~辈~展~旁~远~四~重~层~突~超~越~不世~脱颖~ 〔chù〕戏一~

督 〔dū〕 监~董~纠~缘~都~

忽 〔hū〕 倏~轻~玩~疏~奄~超~丝~飘~怠~悠~忽~岁月~

惚 〔hū〕恍~

嗀 〔hū〕嗀哨，口吹声。

欻 〔hū〕 忽然。（另见麻韵阴平）

哭 〔kū〕 号~痛~野~歌~夜~啼~巷~悲~鬼~秦庭~鲛人~哀哀~吞声~掩面~

窟 〔kū〕 石~月~兽~魔~云~兔三~龙蛇~

扑 〔pū〕 猛~粉~鞭~敲~相~乱~小扇~杨花~

仆 〔pū〕 跌倒。偃~颠~醉~僵~应弦~ （另见入声阳平）

噗 〔pū〕噗哧，象声词。

秃 〔tū〕 老~发~树~笔~光秃~

屋 〔wū〕 房~书~矮~海~瓦~板~筑~草~老~华~破~仰~茅~石上~夏~架~场~堂~

读 〔dú〕 诵~阅~熟~朗~耕~苦~快~温~宣~展~玩~披~勤~百~研~默~伴~夜~饱~细~精~卧~灯下~ （另见侯韵去声）

毒[dú] 恶~ 恨~ 荼~ 五~ 鸩~ 刻~ 狠~ 流~ 消~ 怨~ 遗~ 惨~ 抗~ 中~ 解~ 一~火 阴~ 毒攻~

笃[dú] 诚~ 敦~ 病~ 纯~ 情好~ 守道~

独[dú] 孤~ 单~ 茕~ 慎~ 幽~ 鳏~ 无~

牍[dú] 文~ 书~ 函~ 尺~ 案~

犊[dú] 黄~ 羔~ 舐~ 买~ 初生~

渎[dú] 沟~ 四~ 川~ 沪~ 岳~ 冒~ 干~ 亵~ 烦~

椟[dú] 韫~ 买~ 缄~ 发~ 珠~ 槽~(棺)

讟[dú] 怨~ 谤~

黩[dú] 媟~ 贪~

髑[dú] 髑髅的髑。

碡[dú] 碌~(石磙)

顿[dú] 冒~(古代匈奴王)(另见痕韵去声)

纛[dú] 又读。(见豪韵去声)

福[fú] 五~ 嘉~ 清~ 幸~ 祝~ 多~ 百~ 万~ 口~ 发~ 景~ 后~ 求~ 种~ 享~ ~措 ~眼 洪~ 全~ 纳~ 作威~

服[fú] 冠~ 衣~ 舒~ 制~ 军~ 野~ 说~ 初~ 春~ 微~ 诚~ 华~ 盛~ 异~ 素~ ~克 ~心 ~口 ~驯 ~信 佩~ 悦~ 叹~ 屈~ 改~

伏[fú] 潜~ 三~ 埋~ 倚~ 俯~ 雌~ 蛰~ 蜷~ 起~ 制~ 降~ 蟠~ 昼~ 虎豹~

拂[fú] 披~ 飘~ 剪~ 违~ 振~ 袖~ 蝇~ 徐~ 轻~ 红~ 麈尾~ 长条~

缚[fú] 束~ 缠~ 牵~ 自~ 就~ 释~ 羁~ (波韵入声去同)

幅[fú] 布~ 条~ 边~ 横~ 双~ 全~ 篇~ 画~

辐[fú] 轮~ 脱~ 伐~

袱[fú] 包~ 锦~ 绣~ 鸳鸯~ ~龙凤

佛[fú] 〔佛〕仿~(另见波韵入声阳平)

茀[fú] 草多。田~ 道~ 荒~

绋[fú] 引棺的绳索。执~

祓[fú] 洁除。熏~ 湔~ 斋~ ~澡~

绂[fú] 簪~ 解~

洑[fú] 回流。洄~ 旋~

匐[fú] 匍~

蝠[fú] 蝙~

黻[fú] 黼~

沸[fú] 霈~ 沸~ (皆涌出貌)(另见微韵去声)

怫[fú] 怫郁的怫。(另见波韵入声阳平)

艴〔fú〕怒色。

鵬〔fú〕鸭属。赋～

茯〔fú〕茯苓的茯。

弗〔fú〕不。

氟〔fú〕化学元素。

骨〔gú〕又读。(见入声上)

鹄〔hú〕天鹅。鸿～刻～寡～黄～别～摩天～(另见入声上)

鹘〔hú〕猛禽。苍～健～霜～鹰～

斛〔hú〕斗。万～锺～

縠〔hú〕绉纱。雾～绮～文～纤～烟～

囫〔hú〕囫囵的囫。

槲〔hú〕木名。黄～

觳〔hú〕觳觫的觳。

仆〔pú〕仆从的仆。奴～僮～更～婢～健～太～仆～(另见入声阴平)

瀑〔pú〕瀑布。悬～飞～岩～千丈～(另见豪韵去声)

璞〔pú〕未琢玉。和～卞～反～抱～蕴～砚～

醭〔pú〕霉斑。白～醋～酒～

濮〔pú〕水名。城～百～

蹼〔pú〕足～凫～

幞〔pú〕古代头巾。

熟〔shú〕生～大～成～稻～习～岁～精～烂～瓜～圆～田～睡～晚～再～早～纯～娴～小～年～果～夏～秋～黄梁～新粳～(侯韵阳平同)

赎〔shú〕回～取～百身～

淑〔shú〕贤～慈～私～不～

菽〔shú〕豆。芋～刍～麦～藜～稻～葵～

孰〔shú〕谁。什么。

叔〔shú〕伯～大～阿～叔～

塾〔shú〕学～私～乡～东～

秫〔shú〕梁～稻～秫～酿～

俗〔sú〕绝～流～风～习～世～陋～庸～通～尘～恶～从～旧～败～粗～俚～民～骇～脱～易～拔～雅～伧～末～鄙～不同～

突〔tú〕冲～唐～冒～荡～鹘～豕～奔～墨～灶～烟～曲～驰～米～

凸〔tú〕凹～微～外～

竹〔zhú〕松～丝～豪～修～慈～苦～成～丛～破～爆～湘～翠～墨～毛～紫～恶～新～方～文～绿～

~孤~梅~劈~栽~斑~
桑~萧萧~凤尾~门对
千竿~

逐〔zhú〕追~驱~竞~迫
~角~放~征~趁~驰
~屏~

烛〔zhú〕蜡~香~火~花
~玉~明~列~灯~秉
~风~举~残~红~停
剪~龙凤~

躅〔zhú〕躑~（另见波韵入
声阳平）

轴〔zhú〕轮~车~卷~机
~杼~玉~当~地~运
~牙~（侯韵阳平同）

筑〔zhú〕古乐器名。击~
筝~渐离~（另见入声
去）

劚〔zhú〕锄~耕~鹤~

蠋〔zhú〕蛾蝶幼虫。蚕~
蠹~乌~蜗蜗~

舳〔zhú〕舳舻的舳。（侯韵
阳平同）

妯〔zhú〕妯娌的妯。（侯韵
阳平同）

竺〔zhú〕天~三~

朮〔zhú〕白~苍~参~芝
~（另见入声去）

瘃〔zhú〕皴~冻~

足〔zú〕饶~侧~骏~濯~
手~雁~蛇~鼎~远~
自~富~充~丰~满~沾
~十~插~不~涉~知~

举~托~赤~翘~重~失
~顿~绝~裹~衣~食~
百姓~万事~财用~千里
~（另见鱼韵去声）

族〔zú〕亲~家~氏~九~
种~民~外~贵~羽~
部~宗~寒~聚~

卒〔zú〕兵~戍~走~狱~
小~士~丢~挺~过河
~

捽〔zú〕又读。（见波韵入
声阳平）

镞〔zú〕箭头。矢~遗~箭
~飞~

卜〔bǔ〕占~预~定~丰年
~（另见波韵入声阳平）

谷〔gǔ〕山~陵~溪~金~
旸~黍~函~鬼~峡~
深~穷~寒~空~满~维
~出幽~怀若~

〔穀〕稻~钱~馆~五~
百~嘉~新~积~春~布
~不~新登~（另见鱼韵
入声去）

骨〔gǔ〕铁~枯~骸~身~
瘦~硬~刺~傲~刻~
入~暴~玉~侠~彻~销
~换~透~砭~软~肌~
毛~龙~钢~筋~白~皮
~风~露~千金~脊椎~
建安~（入声阳平同）

鹄〔gǔ〕靶子。正~中~悬
~立~（另见入声阳平）

滑〔gǔ〕滑稽的滑。（另见
麻韵入声阳平）

毂〔gǔ〕辇～炙～车～推～转～连～绾～

泪〔gǔ〕荡～灭～沦～汨～（另见鱼韵入声去）

榾〔gǔ〕榾柮的榾。

朴〔pǔ〕诚～质～素～俭～纯～简～（另见波韵入声阴平、入声去，豪韵阳平）

辱〔rǔ〕耻～羞～污～屈～荣～侮～宠～忍～玷～挫～凌～自取～

属〔shǔ〕金～系～亲～归～分～统～水～吾～吐～部～家～附～僚～眷～直～从～连～（另见 zhǔ）

蜀〔shǔ〕陇～巴～岷～人～望～不思～

属〔zhǔ〕连～心相～（另见〔shǔ〕）

嘱〔zhǔ〕叮～切～再三～谆谆～

瞩〔zhǔ〕注视。远～遥～游～凝～瞻～延～

不〔bù〕何～独～岂～莫～无～

畜〔chù〕牲～六～耕～家～～（另见鱼韵入声去）

矗〔chù〕上～高～耸～直～矗～

触〔chù〕抵～接～蛮～感～怒～笔～

黜〔chù〕贬～摈～废～罢～降～

绌〔chù〕不足。支～见～

怵〔chù〕恐。心～惊～怵～

亍〔chù〕彳～（小步）

搐〔chù〕抽～

俶〔chù〕开始。

促〔cù〕急～迫～催～短～督～局～匆～敦～弦～膝屡～橹声～

簇〔cù〕聚～蚕～蜂～攒～锦～簇～

数〔cù〕数罟的数。节～（另见上声、去声，波韵入声去）

蹙〔cù〕迫～困～穷～窘～势～颦～蹩～

蹴〔cù〕踢。蹋。怒～一～

猝〔cù〕仓～猝～

槭〔cù〕木名。

踧〔cù〕踧踖的踧。

复〔fù〕〔復〕三～反～往～克～来～兴～平～恢～剥～匡～光～报～修～收～顾～答～
〔複〕繁～叠～

覆〔fù〕颠～倾～翻～天～车～舟～

腹〔fù〕心～鼓～置～剖～捧～大～坦～扪～帆～口～空～果～枵～撑～不负～

馥〔fù〕芬～吐～蕙～流～膏～

蝮〔fù〕毒蛇。虺～

鰒〔fù〕鲍鱼。

告〔gù〕忠～(另见豪韵去声)

笏〔kù〕牙～朝～

酷〔kù〕惨～戕～严～贪～苛～峻～冷～炎蒸～风霜～

梏〔kù〕手铐。桎～

矻〔kù〕矻～(勤奋不懈)

喾〔kù〕古帝名。

六〔liù〕读音。六安的六。三～六六～(参看候韵去声)

陆〔liù〕"六"的大写。陆离、陆续的陆。大～水～双～登～海～二～(参看候韵去声)

戮〔liù〕杀～诛～显～大～屠～

鹿〔liù〕麋～逐～失～指～蕉～涿～长颈～梅花～

碌〔liù〕劳～忙～庸～碌～

录〔liù〕存～图～抄～誊～记～语～笔～摘～辑～实～节～别～目～姓氏金石～开引～备忘～

绿〔liù〕水～草～泼～海～嫩～新～葱～翠～墨～橘～碧～寒～万～黛～柔～凋夏～苹果～浮天～鸭头～杨柳～春波～(鱼韵入声去同)

禄〔lù〕福～百～薄～干～食～爵～利～荣～不言～

麓〔lù〕山～林～岳～

漉〔lù〕渗～巾～淋～淘～酒新～湿漉～

簏〔lù〕竹～字～书～

箓〔lù〕图～符～

辘〔lù〕辘轳的辘。辘～

渌〔lù〕水清～涨～

醁〔lù〕醽～(酒)杯中～

勠〔lù〕勠力的勠。

蓼〔lù〕蓼～(长大貌)(另见豪韵上声)

騄〔lù〕騄駬的騄。

角〔lù〕〔角(另见皆韵入声阳平)〕角里,地名。

目〔mù〕面～头～心～眉～耳～题～科～纲～数～名～节～条～子～属～极～举～满～盲～反～醒～努～游～寓～纵～悦～注～张～比～怵～侧～蒿～瞠～豁～夺～天～吏～触～过～拭～瞑～怒～凤～品～众～醒～娱～障～骋～鱼～鼠～千里～横波

木〔mù〕草～花～林～乔
～灌～梁～土～竹～浪
～嘉～朽～伐～钻～树～
拔～升～择～风～缘～独
～落～墓～麻～刻～就～
尺～古～枯～大～谤～连
理～黄杨～合抱～

沐〔mù〕休～盥～栉～膏
～汤～浣～勤～

幕〔mù〕帷～帐～窈～揭
～开～闭～银～入～黑
～序～内～天～戎～烟～
燕巢～

牧〔mù〕畜～放～游～刍
～樵～耕～州～农～

睦〔mù〕亲～敦～和～辑
～

穆〔mù〕肃～静～雍～清
～穆～岳武～

鹜〔mù〕又读。(见去声)

霂〔mù〕霢～(小雨)

苜〔mù〕苜蓿的苜。

曝〔pù〕献～冬～一～秋阳
～

暴〔pù〕暴露的暴。(另见
豪韵去声)

入〔rù〕出～收～日～深～
潜～量～投～输～陷～
直～悖～误～岁～先～

肉〔rù〕骨～髀～皮～血～
肌～鱼～肥～猪～宰～
酒～精～横～食～切～割

～弱～腐～剜～走～俎
上～(参看侯韵去声)

蓐〔rù〕床～草～茵～临～
坐～产～

缛〔rù〕繁～华～藻～绮～

褥〔rù〕被～重～茵～草～
锦～

溽〔rù〕润～暑～烦～蒸～

术〔shù〕技～艺～学～法
～战～方～心～剑～道
～美～邪～算～权～医
～手～幻～秘～武～魔～催
眠～隐身～(另见入声阳
平)

述〔shù〕陈～笔～口～概
～记～阐～著～称～作
～申～祖～撰～叙～引～
追～缕～

束〔shù〕一～约～结～拘
～装～收～检～管～

倏〔shù〕倏忽。

沭〔shù〕水名。

速〔sù〕迅～快～加～光～
音～迟～欲～流～从～
神～火～速～超音～

粟〔sù〕菽～转～脱～金～
红～刍～太仓～天雨～

宿〔sù〕住～投～留～信～
三～隔～归～露～寄～
止～夜～栖～食～耆～借
～(另见侯韵上声、去声)

肃 〔sù〕严～整～虔～鲁～肃～天地～军纪～

缩 〔sù〕瑟～收～退～盈～伸～猬～畏～寒～地～长房～（波韵入声阴平同）

夙 〔sù〕早。

蔌 〔sù〕蔬～野～园～肴～山～时～蔌～

蓿 〔sù〕苜～（草名）

觫 〔sù〕覆～（不胜任而败事）

簌 〔sù〕簌～

骕 〔sù〕骕骦的骕。

窣 〔sù〕窸～（细碎声）

涑 〔sù〕水名。

觫 〔sù〕觳～（恐惧貌）

谡 〔sù〕谡～（峻挺貌）斩马谡～

物 〔wù〕绝～俗～造～齐～英～体～容～何～产～什～实～货～财～人～宝～尤～品～名～读～公～食～玩～生～动～唯～怪～礼～植～矿～文～景～万～备～博～利～惜～信～静～废～阿堵～无弃～农作～池中～杯中～

勿 〔wù〕密～四～切～万～幸～

兀 〔wù〕突～兀～蜀山～〔脆〕臬～（不安貌）

沃 〔wù〕曲～（地名）（另见波韵入声去）

杌 〔wù〕杌凳。梼～（顽凶）〔阢〕杌陧的杌。

祝 〔zhù〕庆～三～遥～预～尸～祈～拜～千秋～

筑 〔zhù〕版～建～营～修～缮～构～新～卜～围～小～（另见入声阳平）

粥 〔zhù〕馆～豆～菜～粥～（柔弱貌）腊八～（侯韵阴平同。另见鱼韵入声去）

柷 〔zhù〕古乐器名。

十 一 鱼

平声·阴平

居〔니ㄩ〕穴～巢～山～家～乡～同～侨～新～故～闲～群～广～安～隐～燕～索～移～蜗～迁～分～寄～起～自～卜～独～郊～比邻～（另见齐韵阴平）

车〔니ㄩ〕牛～后～下～安～轻～当～戎～驱～前～登～素～挽～同～五～辅～飞～驻～云～停～奔～舟～过河～油壁～（参看歌韵阴平）

驹〔니ㄩ〕名～龙～骊～神～辕下～千里～

拘〔니ㄩ〕囚～牵～不～无～拘～形迹～樊笼～

裾〔니ㄩ〕曳～引～牵～襟～绝～长～风～轻～

琚〔니ㄩ〕佩玉。瑸～华～环～

苴〔니ㄩ〕盐～寒～韭～泽～瓜～蒲～

且〔니ㄩ〕语助词。狂～只～既～（另见皆韵上声）

疽〔니ㄩ〕痈～疣～发～

雎〔니ㄩ〕雎鸠的雎。关～

趄〔니ㄩ〕趔～（欲进不前貌）（另见皆韵去声）

罝〔니ㄩ〕兽网。兔～

鹧〔니ㄩ〕鸟名。鹧～鸪～

岨〔니ㄩ〕有土石山。陟～

狙〔니ㄩ〕猿类。伏击。众～养～争芋～

据〔니ㄩ〕拮～（另见去声）

痀〔니ㄩ〕痀瘘的痀。

岣〔니ㄩ〕又读。（见侯韵上声）

俱〔니ㄩ〕又读。（见去声）

苴〔니ㄩ〕苞～补～（上声同。另见麻韵阳平、上声）

沮〔니ㄩ〕水名。（另见上声、去声）

椐〔니ㄩ〕木名。

区〔ㄑㄩ〕地～山～军～郊～乡～区～边～牧～中～寰～白～分～具～市～解放～自治～水云～风景～游览～名胜～稻蟹～（另见侯韵阴平）

趋〔ㄑㄩ〕奔～步～疾～徐～竞～争～鲤～急～吴～

岖〔ㄑㄩ〕〔嵚〕崎～

驱〔ㄑㄩ〕驰～先～前～长～齐～饥～鞭～电～为渊～

躯〔qū〕轻～身～微～全～贱～顽～捐～忘～七尺～千金～

蛆〔qū〕虫～雪～浮～嚼～

呿〔qū〕张口貌。

祛〔qū〕去除。病～尘俗～鄙吝～

袪〔qū〕衣袖。襟～

须〔xū〕必～所～少～莫～何～无～斯～些～摩厉～

〔鬚〕长～龙～虎～虾～捋～花～触～拈～胡～银～参～髭～短～五绺～

需〔xū〕供～军～必～急～所～适时～

吁〔xū〕嘻～长～嗟～惊～吁～(另见去声)

虚〔xū〕空～盈～清～太～冲～子～凌～务～谦～玄～心～气～守～步～乘～碧～名不～腹笥～莫弄～

嘘〔xū〕〔歔〕吹～唏～长～暖如～气嘘～

墟〔xū〕村～废～荒～市～榛～丘～殷～拘～故～牛斗～桑枣～

胥〔xū〕间～吏～蟹～华～储～沧～姑少～伍子～申包～

呕〔xū〕呕～(和悦貌)(另见侯韵阴平、上声)

盱〔xū〕张目。睢～盱～

媭〔xū〕姊。女～

繻〔xū〕又读。(见姑韵阳平)

迂〔yū〕回～路～疏～水程～

淤〔yū〕泥～填～涨～沙～淀～壅～

纡〔yū〕盘～环～萦～回～郁～沙路～

瘀〔yū〕积血。

在阴平中,还有旧读入声各字见"仄声·入声"。

平声·阳平

驴〔lǘ〕骤～蹇～黔～疲～策～毛～跨～买～倒骑～灞桥～

闾〔lǘ〕门～式～倚～尾～旌～里～充～

榈〔lǘ〕棕～栟～

渠〔qú〕沟～漕～石～轩～(笑貌)问～河～穿～成～井～清～通～水到～

蕖〔qú〕红～芙～秋～菱～

瞿〔qú〕姓。(另见去声)

癯〔qú〕清～癯～

衢〔qú〕路～通～九～云～康庄～

劬〔qú〕勤～劳～念～艰～

戵〔qú〕戵戵的戵。

鸲〔qú〕〔鸜〕鸲鹆的鸲。

磲〔qú〕砗～（大文蛤）

蘧〔qú〕蘧麦。姓。蘧～（自得貌）

籧〔qú〕籧篨的籧。

徐〔xú〕疾～舒～纡～青～安～虚～南～徐～好风～

鱼〔yú〕双～河～池～虫～木～捕～打～游～枯～鲍～观～羨～贯～鲁～金～钓～人～甲～蠹～驱～沉～鲈～养～武昌～戏莲～獭祭～掉尾～比目～吾其～得水～石首～漏网～吞舟～

渔〔yú〕耕～观～侵～樵～

余〔yú〕〔餘〕盈～剩～多～残～积～闰～羡～三～有～宽～无～雨～其～业～绪～公～唾～岁月～落照～半亩～

〔予〕我。告～名～置～起～愁～

于〔yú〕单～于～

〔於（另见姑韵阴平）〕友～关～对～至～等～

盂〔yú〕盘～覆～水～饭～唾～痰～水精～

竽〔yú〕笙～滥～吹～南郭～

娱〔yú〕自～清～游～欢～燕～嬉～文～康～琴书～山水～

愉〔yú〕欢～怡～欣～和～舒～悦～

榆〔yú〕桑～槐～白～粉～

渝〔yú〕变。地名。不～巴～黑白～

臾〔yú〕须～

萸〔yú〕茱～囊～菊～紫～

谀〔yú〕面～阿～谄～媚～佞～远谗～

腴〔yú〕膏～肥～清～华～珍～丰～甘～粳稻～

虞〔yú〕无～不～忧～唐～诈～疏～驺～

愚〔yú〕如～古～贤～不～智～下～安～一得～

隅〔yú〕海～城～边～东～一～向～路～廉～举～反～方～东南～

欤〔yú〕语助词。猗～归～

舆〔yú〕坤～肩～篮～停～彩～凤～权～笋～攀～竹～轻～乘～扶～

圩〔yú〕堤。（微韵阳平同）

俞〔yú〕应词。姓。都～唯～

逾〔yú〕〔踰〕不～超～年～

揄〔yú〕揄扬的揄。揶～(戏弄)

瑜〔yú〕美玉。瑕～瑾～佩～握～周～不掩～

窬〔yú〕门边小洞。穿～

觎〔yú〕觊～(非分希望)

毹〔yú〕氍～(地毯)

禺〔yú〕番～(地名)

喁〔yú〕声相应和。唱～(另见东韵阳平)

嵎〔yú〕虎负～

舁〔yú〕抬。共～肩～

雩〔yú〕古祈雨祭。舞～咏～

歈〔yú〕歌。吴～巴～

狳〔yú〕犰～

畲〔yú〕熟田。(另见歌韵阴平)

在阳平中，还有旧读入声各字见"仄声·入声"。

仄声·上声

举〔jǔ〕荐～选～抬～创～推～公～风～鹏～备～轻～豪～高～纲～枚～一～内～外～舞袖～百事～

矩〔jǔ〕规～中～执～絜～逾～蹈～绳～方～

沮〔jǔ〕怆～志～气～色～消～(另见阴平、去声)

咀〔jǔ〕含～吟～涵～

筥〔jǔ〕圆竹器。筐～斗～

龃〔jǔ〕龃龉的龃。

柜〔jǔ〕柜柳的柜。(另见微韵去声)

枸〔jǔ〕枸橼。枳～香～(另见侯韵阴平、上声)

踽〔jǔ〕踽～(独行)

苴〔jǔ〕又读。(见阴平。另见麻韵阳平、上声)

莒〔jǔ〕芋。古国名。

弆〔jǔ〕收藏。

旅〔jǔ〕行～军～师～羁～逆～商～整～鞠～振～劲～戎～

侣〔jǔ〕伴～俊～朋～旧～徒～游～钓～诗～呼～胜～

履〔jǔ〕珠～丝～草～衣～步～杖～草～冠～纳～践～薄冰～

缕〔jǔ〕丝～麻～蓝～翠～如～帛～寸～彩～布～觏～同心～千万～

吕〔jǔ〕律～大～伊～

膂〔jǔ〕脊骨。膂力的膂。腰～

屡〔jǔ〕屡～

褛〔jǔ〕褴～

铝〔lǚ〕金属元素。

女〔nǚ〕男~妇~母~子~处~玉~牛~闺~蚕~织~歌~仙~士~静~神~少~美~巧~儿~淑~越~龙~天~扶床~如花~采桑~缲丝~白毛~（另见去声）

籹〔nǚ〕粔~（油炸面食）

取〔qǔ〕采~收~去~进~携~榨~可~自~摄~支~吸~窃~袭~争~汲~夺~记~听~兼~妄~拾~貌~何足~

娶〔qǔ〕嫁~婚~迎~

龋〔qǔ〕蛀牙。

许〔xǔ〕允~或~也~几~如~些~多~少~何~称~自~推~尔~赞~特~期~容~嘉~心~见~默~漫~燕~轻~肝胆~（另见姑韵上声）

煦〔xǔ〕晴~温~和~妪~煦~

诩〔xǔ〕自~夸~矜~

栩〔xǔ〕栩~

醑〔xǔ〕美酒。桂~椒~芳~

糈〔xǔ〕粮~饷~

咻〔xǔ〕噢~（抚慰病痛）（另见侯韵阴平）

雨〔yǔ〕风~霖~细~春雷~甘~云~毛~梦喜~淫~沐~阴~暴~秋~好~疏~红~骤~落~膏~零~宿~寒~如~晴~阵~大~苦~炮~烟~山~谷~旧~暮~豆花~桑柘~廉纤~倾盆~黄梅~及时~毛毛~（另见去声）

宇〔yǔ〕眉~器~栋~襄~庭~衡~海~玉~杜~气~屋~疆~

羽〔yǔ〕鸟~干~毛~翠~积~凤~党~亡~振~鳞~铩~项~差池~商生~

语〔yǔ〕言~笑~眉~耳~旗~鸟~谜~外~咒~术~成~呓~妙~俗~壮~口~标~考~絮~土~私~谎~韵~吴~留~隐~绮~寄~吐~豪~论~软~冷~传~古~燕~飞~手~私~齐东~标准~花解~歇后~（另见去声）

与〔yǔ〕付~给~取~授~施~许~赋~容~相~漫~天~难~不我~谁能~（另见去声）

屿〔yǔ〕岛~烟~洲~孤~瀛~沙~蓼~

禹〔yǔ〕大~夏~舜~神~微~

庾〔yǔ〕仓～廪～千～锺～

瘐〔yǔ〕良～败～病～惽～

圉〔yǔ〕边～禁～牧～仆～篆～围～（困而未舒貌）

噢〔yǔ〕噢咻的噢。

瘐〔yǔ〕瘐死的瘐。

齬〔yǔ〕龃～（齿不齐。意不合）

圄〔yǔ〕图～（监狱）

伛〔yǔ〕曲背。

敔〔yǔ〕乐器。柷～

在上声中，还有旧读入声各字见"仄声·入声"。

仄声·去声

具〔jù〕器～才～工～农～文～家～用～玩～道～教～卧～略～餐～雨～粗～饮～茶～草～济胜～能事～御寒～假面～

据〔jù〕依～凭～占～割～据～援～根～证～屯～字～单～论～考～失～雄～实～盘～典～引～不可～（另见阴平）

炬〔jù〕火～宝～列～束～蜡～一～莲～

聚〔jù〕会～积～蓄～集～团～类～凝～欢～完～啸～生～屯～蚁～蜂～沙～

～云～良工～五星～货财～

拒〔jù〕抗～撑～抵～扦～违～迎～

句〔jù〕名～警～章～佳～只～摘～妙～造～字～语～文～词～觅～起～题～集～联～得～新～丽～索～锦囊～长短～惊人～

惧〔jù〕畏～疑～惊～恐～戒～悚～忧～不～临事～安足～

屦〔jù〕鞋。葛～织～扪～杖～草～芒～

遽〔jù〕急～匆～乘～促～惶～

巨〔jù〕〔鉅〕细～纤～艰～

锯〔jù〕刀～削～斧～绳～拉～

踞〔jù〕箕～蹲～盘～虎～

倨〔jù〕贵～骄～简～

俱〔jù〕与～朋友～好风～（阴平同）

距〔jù〕鸡～金～超～相～车～找差～

苣〔jù〕莴～

讵〔jù〕岂。

飓〔jù〕台风。

足〔jù〕足恭的足。（另见姑韵的入声阳平）

醵〔jù〕凑钱。合～敛～

婆〔ǐú〕贫寒。(另见侯韵阳平)

瞿〔ǐú〕惊视。瞿~(另见阳平)

沮〔ǐú〕沮洳的沮。(另见阴平、上声)

虑〔ǐú〕思~忧~远~无~过~千~熟~疑~考~挂~精~静~竭~顾~积~焦~长~深~智者~

滤〔ǐú〕沙~过~

女〔nǐú〕嫁女于人。(另见上声)

趣〔qǐú〕志~兴~旨~识~意~逗~有~高~情~凑~乐~打~异~佳~清~知~风~逸~笔~真~野~理~得~成~殊~烟霞~耕桑~渔樵~簏中~

去〔qǐú〕来~过~回~减~相~人~下~归~临~飞~散~除~春~东~前~老~去~引~遁~拂衣~移家~堂堂~过得~何处~

觑〔qǐú〕伺。窥~偷眼~

絮〔xǐú〕柳~棉~花~芦~飞~败~春~风~乱~咏~烦~烟~晴~絮~轻~因风~

叙〔xǐú〕欢~晤~列~畅~铨~小~纪~品~

序〔xǐú〕庠~次~文~阶~顺~班~时~程~节~循~雁~秩~岁~莺啼~

绪〔xǐú〕头~端~余~情~风~遗~就~万~抽~坠~意~心~离~思~妙~别~触~令~愁~

婿〔xǐú〕〔壻〕女~夫~妹~僚~子~快~择~乘龙~

淑〔xǐú〕水名。水滨。林~沙~绿~浦~

酗〔xǐú〕发酒疯。淫~沉~

鱮〔xǐú〕鲢鱼。鲂~鲋~

遇〔yǐú〕待~机~际~境~宠~难~殊~遭~不~随~优~厚~礼~奇~知~邂逅~千载~

誉〔yǐú〕弋~称~过~毁~驰~夸~声~名~时~令~嘉~荣~延~盛~虚~见~无双~不虞~

御〔yǐú〕驾~服~仆~良~善~射~控~策~〔禦〕抵~防~守~扞~

裕〔yǐú〕富~宽~饶~余~优~充~光~

预〔yǐú〕参~干~何~忝~

喻〔yǐú〕晓~譬~比~善~妙~讽~

愈〔yǐú〕病~痊~全~韩~头风~

寓〔yǐú〕寄~流~公~暗~旅~羁~客~侨~萍~天地~

豫〔yù〕游～犹～逸～不～
悦～暇～

与〔yù〕参～犹～容～无～
（另见上声）

驭〔yù〕驾～失～控～统～

语〔yù〕告。谁～可～相与
～（另见上声）

芋〔yù〕紫～煨～山～栗～

吁〔yù〕〔籲〕呼～（另见阴
平）

谕〔yù〕告～示～晓～教～
劝～训～面～手～

雨〔yù〕天雨粟的雨。（另
见上声）

饫〔yù〕饱～膏～酣～餍～

妪〔yù〕老～邻～翁～

澦〔yù〕滟滪堆的滪。

蓣〔yù〕薯～

**在去声中，还有旧读
入声各字见"仄声·入
声"。**

仄声·入声

锔〔jū〕锔碗的锔。

曲〔qū〕山～海～河～部～
弯～九～乡～委～奥～
心～衷～屈～拳～款～歪
～蜷～纡～（另见入声阳
平、入声上）

屈〔qū〕冤～理～抱～蠖～
不～诘～盘～委～伸～

叫～受～负～

蛐〔qū〕蛐蛐儿的蛐。（另见
阳平）

诎〔qū〕辞～身～诘～（屈
曲）

戌〔xū〕建～甲～屈～（环
纽）戌～

局〔jú〕棋～时～大～结～
器～布～残～对～拘～
设～僵～骗～通～定～格
～了～胜～负～全～当～
政～终～一～园林～鸡黍
～

橘〔jú〕卢～怀～丹～蜜～
金～霜～橙～柑～枳～
广～千头～洞庭～

菊〔jú〕篱～甘～秋～黄～
采～兰～残～墨～野～
饵～岩～爱～赏～蟹～盆
～松～丛～寒～凌霜～重
阳～

侷〔jú〕侷促的侷。

跼〔jú〕踏～拳～

掬〔jú〕捧取。手～盈～可
～一～把～堪～

鞠〔jú〕鞠躬的鞠。蹴～（蹴
踘）抚～

踘〔jú〕蹴～（踢球）

鞫〔jú〕审问。推～案～穷
～

䳍〔jú〕伯劳。啼～

曲〔qū〕〔麯、麴〕酒母。神
～香～槽～红～大～

(另见入声阴平、入声上)

蛐〔qǔ〕蛐蟮的蛐。(另见阴平)

曲〔qǔ〕歌～小～大～乐～序～琴～舞～昆～南～北～词～作～组～戏～度～丽～元～插～金缕～进行～阳关～子夜～梁州～阳春～采菱～马赛～歌一～(另见入声阴平、入声阳平)

剧〔jù〕戏～杂～加～繁～演～话～歌～短～京～越～喜～悲～惨～恶作～现代～传统～

律〔lǜ〕规～旋～韵～法～音～六～纪～协～玉～诗～格～声～定～一～戒～乐～十二～

率〔lǜ〕比～效～速～出勤～(另见波韵入声去)

绿〔lǜ〕语音。(见姑韵入声去)

氯〔lǜ〕化学元素。

垒〔lǜ〕郁～(旧谓门神)(另见微韵阳平、上声)

恧〔nǜ〕愧～惭～

衄〔nǜ〕挫败。鼻出血。

阒〔qù〕寂静。幽～寥～

续〔xù〕连～陆～持～绍～断～胶～手～络～继～绝～赓～嗣～延～续～琴弦～狗尾～断还～

旭〔xù〕日出。初～东～晨～朝～朱～

畜〔xù〕拊～养～池～豢～牧～(另见姑韵入声去)

蓄〔xù〕积～蕴～储～藏～素～含～九年～

恤〔xù〕〔卹、賉〕怜～抚～体～存～慰～悯～优～振～赡～

勖〔xù〕勉～训～

洫〔xù〕沟～封～

魆〔xù〕黑魆～(昏暗貌)

育〔yù〕生～养～教～鞠～乐～孕～体～智～化～发～节～抚～陶～

浴〔yù〕沐～凫～新～澡～淋～日光～

欲〔yù〕愿～贪～情～大～嗜～
〔慾〕寡～食～

玉〔yù〕宝～珠～金～佩～琢～白～片～汉～美～璞～埋～碧～种～漱～冠～弄～采～双～苍～丰年～晚香～蓝田～

域〔yù〕疆～区～方～地～领～西～绝～流～畛～异～殊～

狱〔yù〕牢～黑～折～疑～监～系～地～冤～鞫～三字～

郁〔yù〕浓～馥～
〔鬱〕葱～芳～蓊～抑～

勃～蒸～烦～沉～忧～郁～

鬻〔yù〕炫～自～贩～货～

毓〔yù〕锺～孕～

煜〔yù〕照耀。炳～烨～煜～

燠〔yù〕暖。寒～炎～烦～温～凉～(豪韵去声同)

蜮〔yù〕鬼～蜮～狐～含～沙～

鹬〔yù〕水鸟名。蚌～

尉〔yù〕尉迟,复姓。(另见微韵去声)

蔚〔yù〕地名。(另见微韵去声)

熨〔yù〕熨贴的熨。(另见微韵去声,痕韵去声)

谷〔yù〕吐谷浑的谷。(另见姑韵入声上)

峪〔yù〕嘉～(关名)

潏〔yù〕涌出。淳～荡～潏～(另见皆韵入声阳平)

钰〔yù〕坚金。

鹆〔yù〕鸲～(八哥)

澳〔yù〕水涯深曲处。(另见豪韵去声)

汩〔yù〕迅疾貌。(另见姑韵入声上)

粥〔yù〕鬻～(古民族名)(另见姑韵入声去)

阈〔yù〕门槛。践～履～

棫〔yù〕木名。

黦〔yù〕又读。(见皆韵入声去)

十 二 侯

平声·阴平

抽〔chōu〕新～渐～芽～叶～穗～麦～笋～茧丝～

瘳〔chōu〕病愈。微～已～易～渐～

绌〔chōu〕抽引。缀集。

搊〔chōu〕拨弄乐器。束紧。

丢〔diū〕丧失。抛弃。

兜〔dōu〕兜鍪的兜。锦～云～红～网～软布～

篼〔dōu〕山轿。竹～

沟〔gōu〕深～曲～鸿～阴～山～麦～城～界～碧瓦～龙须～朝阳～

钩〔gōu〕〔钩〕钓～秤～金～带～射～玉～吴～吞～藏～窃～直～双～上～挂～帘～月如～

勾〔gōu〕勾结、勾留的勾。一笔～（另见去声）

枸〔gōu〕枸橘的枸。（另见上声,鱼韵上声）

篝〔gōu〕竹笼。满～拥～衣～香～

緱〔gōu〕地名。

鞲〔gōu〕鞲鞴的鞲。

齁〔hōu〕齁～（鼻息声）

纠〔jiū〕纠纷、纠正的纠。（上声同）

究〔jiū〕研～终～穷～寻～追～学～考～讲～推～根～深～（去声同）

鸠〔jiū〕聚集。雎～斑～林～田～晴～鸠～鸣～啼桑～拙～春～唤雨～陇上～何处

揪〔jiū〕扭结。

阄〔jiū〕拈～抓～藏～

湫〔jiū〕龙～山～潭～石～（另见豪韵上声）

啾〔jiū〕嘲～啁～聊～（耳鸣）啾～

蝤〔jiū〕蝤蛑的蝤。（另见阳平）

樛〔jiū〕又读。（见豪韵阴平）

樛〔jiū〕木下曲。

抠〔kōu〕指挖。死～

眍〔kōu〕深～双眼～

溜〔liū〕滑～光～滴～醋～私～顺口～眼一～圆溜～（另见下条"熘",去声）

熘〔liū〕〔溜〕醋～

搂〔lōu〕聚集。手提。（另见上声）

喽〔lōu阳平〕语助词。（另见阳平）

妞〔niū〕女孩。黑～白～妞～

讴〔ōu〕民～棹～咿～齐吴～清～粤～采莲～

瓯〔ōu〕瓦器。地名。金闽～茶～白瓷～

鸥〔ōu〕海～江～沙～浮白～轻～凫～狎～远浪～眠～万里～

欧〔ōu〕东～西～韩～

沤〔ōu〕水泡。海～池～聚～浮～雨中～（另见去声）

殴〔ōu〕斗～争～

呕〔ōu〕呕哑的呕。（另见上声，鱼韵阴平）

区〔ōu〕姓。（另见鱼韵阴平）

秋〔qiū〕春～三～九～中～立～清～高～凉～千～报～初～麦～阳～新～商～劲～横～悲～惊～仲～吟～枕簟～海月～候虫～白露～万木～古城～〔鞦〕秋千的秋。

丘〔qiū〕〔坵〕九～尼～孔～首～丹～青～一～林～高～糟～

蚯〔qiū〕蚯蚓的蚯。

鳅〔qiū〕泥～鳗～

龟〔qiū〕龟兹的龟。（另见微韵阴平，痕韵阴平"皲"）

邱〔qiū〕地名。姓。

鹙〔qiū〕秃～

楸〔qiū〕长～松～山～纹～

收〔shōu〕夏～秋～麦～坐～催～丰～薄～招～接～没～吸～歉～兼～不胜～一览～芋栗～喜有～雨初～四望～

搜〔sōu〕旁～博～勤～冥～徧～穷～遐～研～枯肠～象外～

馊〔sōu〕菜～饭～酸～

艘〔sōu〕船只量词。千～万～（豪韵阴平同）

飕〔sōu〕风飕～

溲〔sōu〕小便。牛～（另见上声）

蒐〔sōu〕打猎。阅兵。

嗖〔sōu〕嗖～（象声词）

锼〔sōu〕雕～镂～

廋〔sōu〕隐藏。人焉～

偷〔tōu〕巧～暗～小～雀鼠～

修〔xiū〕长。身～自～静～精～清～重～装～勤

~整~缮~进~失~兴~
慎~检~编~阻~塞~
(媒)

脩〔xiū〕干肉。束~脯~
肴~

休〔xiū〕美善。喜庆。公
~归~兵~退~罢~小
~甘~不~咸~轮~燠
乞~离~志未~几时~

羞〔xiū〕娇~含~害~遗
~忍~包~可~掩~
〔饈〕荐~盘~珍~时
~庶~

咻〔xiū〕喧扰。咻~众口
~(另见鱼韵上声)

髹〔xiū〕黑漆。涂漆。

貅〔xiū〕貔~(猛兽)

庥〔xiū〕庇荫。喜庆。

鸺〔xiū〕鸺鹠的鸺。

悠〔yōu〕飖~郁~谬~悠
~

攸〔yōu〕所。

幽〔yōu〕阐~通~烛~寻
~清~境~探~景物
~林塘~水村~竹径~洞壑
~

优〔yōu〕俳~德~才~艺
~兼~孰~学~倡~礼
意~

忧〔yōu〕担~无~隐~幽
~百~近~解~写~分
~离~埋~忘~先~纾~

殷~烦~堪~遭~深~杞
人~苍生~采薪~后顾~
消百~

呦〔yōu〕呦~(鹿鸣声)

麀〔yōu〕牝鹿。

耰〔yōu〕锄~

舟〔zhōu〕乘~同~轻~扁
~沉~龙~放~孤~归
~钓~渔~泛~虚~芥~
刻~吞~焚~荡~弄~覆
~横~小~客~方~舣
万里~破浪~上瀬~舴艋
~一叶~木成~不系~

周〔zhōu〕比~不~庄~伊
~殷~
〔週〕四~环~圆~星~
道~下~虑~岁初~

州〔zhōu〕九~神~中~炎
~边~杭~他~雄~南
~百二~唱凉~

洲〔zhōu〕亚~非~瀛~十
~沧~沙~蓼~绿~汀
~荒~春~荻~芳~星~
百花~鹦鹉~五大~稻粱
~

粥〔zhōu〕语音。(见姑韵入
声去。另见鱼韵入声去)

啁〔zhōu〕啁啾的啁。

賙〔zhōu〕接济。

辀〔zhōu〕车辕。钩~(鹩
鹆声)

诪〔zhōu〕诪张的诪。

诹 [zōu] 胡~瞎~信口~

驺 [zōu] 车驾随从者。导~鸣~列~

邹 [zōu] 古国名。姓。

郰 [zōu] 古地名。

缬 [zōu] 浅绛色。绀~

陬 [zōu] 角落。孟~(正月)荒~海~山~穷~遐~炎~天一~

诹 [zōu] 询问。咨~先~

鲰 [zōu] 小鱼。

平声·阳平

筹 [chóu] 运~唱~持~算~觥~酒~添~统~预~熟~决胜~第一~借箸~海屋~

愁 [chóu] 忧~哀~闲~发~穷~消~浇~无~破~扫~深~离~解~莫~多~使人~万斛~

酬 [chóu] 唱~报~应~稿~同~论功~志未~

绸 [chóu] 绸缪的绸。丝~绵~纺~采~

仇 [chóu] 亲~寇~恩~冤~私~深~避~报~复~事~结~挟~同~记~(另见阳平 qiú)

稠 [chóu] 粥~花~穗~星~云~人烟~叠嶂~岁月~万绿~

畴 [chóu] 畴昔的畴。谁。田~九~平~绿~西~瓜~范~侣~等~结~罕

俦 [chóu] 朋~四~寡~无~同~良~鸾凤~

踌 [chóu] 踌躇的踌。

惆 [chóu] 惆怅的惆。

雠 [chóu] [讐] 校~仇~寇~

裯 [chóu] 单被。衾~同~

苻 [fóu] 苻苡的苻。

侯 [hóu] 诸~公~君~封~万户~

喉 [hóu] 咽~歌~莺~结~贯珠~巧转~

猴 [hóu] 猿~猕~沐~弄~金~

篌 [hóu] 箜~笙~筝~

瘊 [hóu] 瘊子,小瘤。

糇 [hóu] [餱] 干粮。

流 [liú] 上~下~中~自~九~合~风~名~周~节~洪~横~末~奔~电~倒~寒~潮~源~川~逆~狂~交~主~安~逐~急~支~对~轮~暖~漂~河~长~断~截~江~溯~分~细~同~凡~第一~水东~万古~

留〔líu〕款~淹~去~遮~停~拘~遗~稽~久~智~勾~羁~挽~名~滞~逗~保~收~弥~扣~居~容~长~攀~遮道处处~

榴〔líu〕石~珠~红~山~丹~五月~

骝〔líu〕骐~紫~骅~

刘〔líu〕杀。曹~孙~虔~公~

浏〔líu〕〔浏〕浏览的浏。浏~（清明貌）

瘤〔líu〕大~肉~垂~瘿~赘~肿~毒~

琉〔líu〕琉璃的琉。

硫〔líu〕化学元素。

旒〔líu〕冕~垂~

鹠〔líu〕鸺~

楼〔lóu〕岑~层~门~鼓~城~书~酒~茶~迷~画~戍~驿~红~高~琼~层~登~大~阁~钟~更~谯~牌~小~倚~朱~竹~当~危~上~百尺~楼外~黄鹤~钟鼓藏书~

耧〔lóu〕耧车，下种器。

娄〔lóu〕离~黔~

喽〔lóu〕喽啰的喽。（另见阴平）

窭〔lóu〕瓯~（高狭地）（另见鱼韵去声）

蒌〔lóu〕蒌蒿的蒌。瓜~

偻〔lóu〕曲背。痀~伛~

蝼〔lóu〕蝼蛄、蝼蚁的蝼。

髅〔lóu〕骷~髑~

谋〔móu〕计~人~阴~权~主~嘉~多~远~无~蓄~同~奇~深~图~智~老~参~机~拙~道~善~不相~与目~稻粱~借箸~

缪〔móu〕绸~（另见去声，豪韵去声）

眸〔móu〕瞳人。双~明~凝~青~横~醉~回~星~睡~

蟊〔móu〕蝤~（青蟹）

牟〔móu〕牟利、牟尼的牟。〔䥯〕来~（麦）

侔〔móu〕相等。力~势~功~不相~轻重~

鍪〔móu〕兜~（头盔）

牛〔níu〕泥~乳~耕~牵~斗~放~骑~屠~汗~牧~全~卧~牯~铁~门~九~解~木~饭~犀~火~青~野~吴~春~相~女~眠~蜗~吹~孺子~风马~

抔〔póu〕以手掬物。一~

裒 [póu] 聚。减。

求 [qiú] 寻~央~需~祈~供~要~请~追~访~旁~吹~反~哀~恳~强~诛~讲~征~营~搜~苛~予~索~深~何~相~谋~他~同气~痛痒~无厌~

泅 [qiú] 游泳。

球 [qiú] 天~地~足~彩~星~气~雪~香~灯~寰~全~月~血~绒台~绣~赛~踢~圆~击~滚~抛~乒乓~康乐~

裘 [qiú] 袭~羔~重~车~布~貂~羊~狐~轻~敝~菟~箕~鹔鹴~千金~

囚 [qiú] 幽~系~诗~纵~楚~死~阶下~

仇 [qiú] 匹配。姓。(另见阳平chóu)

蝤 [qiú] 蝤蛴的蝤。(另见阴平)

虬 [qiú] 〔虬〕虬龙。蛟~螭~蟠~蟉~

酋 [qiú] 酋长的酋。

遒 [qiú] 遒劲的遒。语~声~清~警~风力~岁月~笔力~

犰 [qiú] 犰狳的犰。

逑 [qiú] 匹配。好~

赇 [qiú] 贿赂。

柔 [róu] 温~优~娇~轻~刚~怀~色~外~甘~宽~桑~风~思~橹声~绕指~

揉 [róu] 矫~和~搓~纷~

糅 [róu] 杂~纷~

蹂 [róu] 蹂躏的蹂。簸~践~

鞣 [róu] 熟皮。

熟 [shóu] 语音。(见模韵入声阳平)

头 [tóu] 山~田~渡~桥~锄~心~眉~风~上~跟~巨~起~开~潮~花~案~手~垂~抬~露~焦~当~前~行~对~把~分~掉~回~点~摇~昂~科~蓬~碰~蝇~光~迎~苍~埋~笔~陌~鳌~断~竹~竿~虎~吴~乌~零~苦~甜~狗~带~先~到~兜~聚~肉~龙~劈~枕~馒~搔~老~丫~屌~口~墙~老实~窝窝~蜡枪~天尽~烂羊~数从~屋角~硬骨~

投 [tóu] 抛~暗~情~相~来~暮~走~自~空~气味~两心~

骰 [tóu] 骰子的骰。

尤 〔yóu〕蚩～效～寡～何～拔～愆～怨～悔～罪～石～（风）物之～

游 〔yóu〕浮～善～潜～中～下～鱼～争上～
〔遊〕朋～旧～俊～胜～壮～优～周～远～云～神～邀～重～卧～交～僧～郊～仙～出～夜～倦～浪～梦～汗漫～逍遥～信天～

油 〔yóu〕脂～涂～如～揩～石～香～走～榨～麻～松～茶～甘～膏～酥～灯～原～碧于～挥发～光油～

由 〔yóu〕理～根～经～情～来～所～自～事～率～缘～因～无～夷～

邮 〔yóu〕用～置～快～付～集～鞭督～

犹 〔yóu〕〔猶〕不～夷～

蕕 〔yóu〕臭草。熏～兰～

輶 〔yóu〕轻车。

蝣 〔yóu〕蜉～

疣 〔yóu〕赘～悬～

猷 〔yóu〕嘉～谋～宣～令～新～鸿～

鮋 〔yóu〕鱼名。

蚰 〔yóu〕蜒～

铀 〔yóu〕化学元素。

怮 〔yóu〕鸟媒。

轴 〔zhóu〕语音。（见姑韵入声阳平）

舳 〔zhóu〕语音。（见姑韵入声阳平）

妯 〔zhóu〕语音。（见姑韵入声阳平）

仄声・上声

丑 〔chǒu〕子～小～三～岁在～
〔醜〕貌～群～小～老～奇～好～献～出～丢～地～露～妍～

瞅 〔chǒu〕看。

斗 〔dǒu〕北～刁～箕～牛～铜～泰～筋～烟～科～漏～熨～升～斝～五～大～才八～胆如～（另见去声）

抖 〔dǒu〕颤～发～

陡 〔dǒu〕笔～山坡～

蚪 〔dǒu〕蝌～

枓 〔dǒu〕枓栱的枓。

否 〔fǒu〕可～能～然～知～在～当～来～是～否～有意～君知～（另见齐韵上声）

缶 〔fǒu〕瓦器。盎～瓶～鼓～击～

苟 〔gǒu〕狗～权～不～无～

狗〔gǒu〕功～走～彑～屠～猪～烹～癨～苍～疯～猎～土～黄～哈巴～丧家～

岣〔gǒu〕岣嵝的岣。(鱼韵阴平同)

笱〔gǒu〕鱼～罾～

枸〔gǒu〕枸杞的枸。(另见阴平,鱼韵上声)

耇〔gǒu〕老寿。黄～耇～胡～

吼〔hǒu〕雷～风～哮～怒～狮子～

犼〔hǒu〕兽名。

久〔jiǔ〕悠～永～长～恒～许～经～持～日～耐～积～好～可～淹～旷日～历年～周旋～

酒〔jiǔ〕斗～药～劝～就～逃～禁～行～使～压～厄～旨～樽～春～筛～美～止～酿～酤～麦～牛老～苦～米～呼～喜～醴～浊～醇～薄～侑～陈～寿～嗜～芳～斟～沽～敬～将进～竹叶～黄龙～桂花～重阳～虎骨～葡萄新醅～黄龙～茅台～

九〔jiǔ〕重～数～三～阳～九～十八～重霄～

纠〔jiǔ〕又读。(见阴平)

灸〔jiǔ〕温～针～砭～艾～

韭〔jiǔ〕葱～春～秋～剪～

赳〔jiǔ〕雄赳～

玖〔jiǔ〕琼～佩～

口〔kǒu〕路～门～信～袖～可～利～糊～对～掩～虎～守～爽～关～港～渡～裂～刀～人～家～海～牲～窗～胸～枪～开～夸～亲～伤～八～信～缺～灭～借～苦～金～箝～交～户～黄～脱～防～启～绝～鸡～入～出～缄～接～破～敞～绣～矢～改～众～喋～洞～闭～京～雌黄～谈天～脍炙～古北～喜峰～长江～

柳〔liǔ〕春～烟～杨～折～翠～垂～蒲～杞～堤～五～花～高～绿～弱～细～古～插～岸～新～衰～秋～三眠～风中～鱼贯～青青～长条～

绺〔liǔ〕剪～五～(须)垂～长命～

罶〔liǔ〕捕鱼具。

搂〔lǒu〕搂抱。(另见阴平)

篓〔lǒu〕竹～篾～字纸～

塿〔lǒu〕培～(小山)

嵝〔lǒu〕岣～(山峰名)

某〔mǒu〕谁～某～

纽 [niǔ] 解～环～枢～蟠～印～

钮 [niǔ] 姓。钮扣。

扭 [niǔ] 别～

狃 [niǔ] 习惯。狃～

忸 [niǔ] 忸怩的忸。

偶 [ǒu] 对～配～土～奇～木～嘉～怨～匹～求～有～失～

藕 [ǒu] 红～莲～雪～菱～秋～素～

呕 [ǒu] 作～三日～(另见阴平,鱼韵阴平)

剖 [pǒu] 分～擘～解～瓜～裁～玉～

瓿 [pǒu] 酱～瓯～覆～倾～

掊 [pǒu] 击～攻～

培 [pǒu] 培塿的培。(另见微韵阳平)

糗 [qiǔ] 熟米。麦粉。

手 [shǒu] 人～佛～帮～生～熟～国～水～老～名～妙～能～翻～高～鼓～反～执～挥～空～辣～炙～洗～毒～袖～束～就～选～白～还～出～随～凑～歇～信～得～失～分～着～放～转～脱～入～敛～摇～到～拿～动～好～招～举～拍～握～携～援～撒～棘～脚～敌～假～应～引～拱～游～徒～对～罢～亲～经～插～左右～上下～好身～多面～第一～有一～神枪～回天～剑子～

守 [shǒu] 职～信～固～坚～谨～遵～独～退～攻～留～坐～看～操～有～镇～失～保～墨～株～死～防～扼～太～慎～素～攻～画地～

首 [shǒu] 元～魁～黔～马～匕～岁～开～囚～戎～祸～白～皓～低～回～授～疢～骥～翘～聚～颔～搔～畏～为～自～东～俯～

叟 [sǒu] 童～老～田～钓～樵～智～扶犁～

薮 [sǒu] 林～泽～山～渊～谈～人材～逋逃～

擞 [sǒu] 抖～

溲 [sǒu] 浸。用水拌和。(另见阴平)

瞍 [sǒu] 瞽～矇～

嗾 [sǒu] 教唆。

朽 [xiǔ] 木～枯～不～速～拉～腐～老～衰～驳～

宿 [xiǔ] 夜。(另见去声,姑韵入声去)

有 [yǒu] 公～富～九～大～具～乌～所～占～固～

~独~兼~万~专~希~
素~含~常~稀~何~胸
中~莫须~人人~

友〔yǒu〕交~择~密~酒
~畏~求~益~损~师
~卖~孝~故~老~良~
净~诗~好~战~亲~小
朋~忘年~莫逆~

酉〔yǒu〕申~过~二~（山
名）岁在~

莠〔yǒu〕恶草。苗~禾~
稂~茅~

牖〔yǒu〕户~窗~瓮~虚
~启~自~窥~

黝〔yǒu〕淡黑色。

羑〔yǒu〕羑里，古地名。

卣〔yǒu〕古酒器。尊~

帚〔zhǒu〕笤~箕~扫~敝
~拥~千金~

肘〔zhǒu〕臂~两~见~掣
~悬~曲~衣露~

走〔zǒu〕兔~出~远~竞
~行~奔~逃~宵~反
~败~退~下~牛马~弃
甲~双丸~龙蛇~

仄声·去声

臭〔chòu〕铜~香~遗~逐
~余~腥~酒肉~（另
见 xiù）

凑〔còu〕〔湊〕奔~交~纷
~骈~紧~杂~拼~

辏〔còu〕聚集。辐~

腠〔còu〕肌肤纹理。

斗〔dòu〕〔鬥、鬭〕奋~战~
戒~牛~健~争~搏~
决~格~械~苦~酣~好
~龙虎~困兽~（另见上
声）

豆〔dòu〕黄~红~绿~扁
~蚕~箕~俎~种~得
~煮~炒~相思~

痘〔dòu〕牛~种~

窦〔dòu〕孔穴。大~狗~
凿~疑~情~泉~弊~

读〔dòu〕句~（另见姑韵入
声阳平）

逗〔dòu〕逗留的逗。引~
撩~云~回~挑~句~

脰〔dòu〕颈。短~绝~断~

饾〔dòu〕饾饤的饾。

垢〔gòu〕油~尘~污~含
~纳~蒙~荡~面~积
~刮~

构〔gòu〕堂~机~宏~佳
~架~精~宿~结~营
~虚~浼~

购〔gòu〕收~采~订~争
~征~统~悬赏~

勾〔gòu〕勾当的勾。（另见
阴平）

彀〔gòu〕拉满弓。圈套。
入~志于~

诟〔gòu〕尤~嘲~责~怒
~

够〔gòu〕〔夠〕足～能～尽～

媾〔gòu〕姻～婚～

逅〔gòu〕遇见。

遘〔gòu〕又读（见去声hòu）

冓〔gòu〕中～（内室）

雊〔gòu〕雄鸣。

逅〔hòu〕邂～（gòu同）

厚〔hòu〕雄～敦～淳～浓～
～优～亲～宽～仁～高
～长～颜～丰～忠～深～
地～写～情～生业～

后〔hòu〕皇～母～太～群
～

〔後〕雨～腊～身～日～
退～以～今～启～往～牛
～前～先～善～最～推～
随～落～殿～断～恐～绝
～书～愍～肘～垂～虑～
清明～千载～

候〔hòu〕时～物～节～气
～火～测～症～等～守
～问～伺～农桑～

堠〔hòu〕烽～斥～只～双
～

鲎〔hòu〕介类。虹。

就〔jiù〕成～高～去～将～
迁～未～亲～来～急～
难～俯～屈～早～造～

咎〔jiù〕休～怨～殃～无
～归～引～不～

救〔jiù〕补～抢～匡～营
～急～相～不～求～搭
～拯～挽～无药～

旧〔jiù〕朋～亲～古～故
～耆～交～新～依～照
～陈～感～念～访～弃
如～话～叙～除～怀～折
～仍～十年～

臼〔jiù〕杵～石～井～茶
～药～舂～窠～

舅〔jiù〕甥～母～外～从
～姑～阿～娘～舅～

疚〔jiù〕内～负～罪～

柩〔jiù〕棺～灵～扶～停～

究〔jiù〕又读。（见阴平）

厩〔jiù〕〔廐〕马房。

鹫〔jiù〕雕。灵～云～秃～

柏〔jiù〕乌～枫～红～

僦〔jiù〕租赁。

叩〔kòu〕面～钟～以杖～

扣〔kòu〕折～搭～活～克～
～
〔釦〕钮～

寇〔kòu〕御～入～穷～荡
～平～资～

蔻〔kòu〕豆～

佝〔kòu〕佝偻的佝。

彀〔kòu〕雏鸟。巢～哺～
探～

筘〔kòu〕织具。

六〔liù〕语音。三~六六~（参看姑韵入声去）

陆〔liù〕"六"的大写。(参看姑韵入声去)

溜〔liù〕泉~瀑~崖~大水~急~檐~滴~奔飞~分~悬~一~ （另见阴平）

馏〔liù〕蒸~

遛〔liù〕闲~独~

漏〔lòu〕屋~网~走~脱~疏~挂~遗~透~泄~勾~钟~玉~铜~

陋〔lòu〕孤~僻~浅~丑~粗~形~鄙~愚~固~因~简~

镂〔lòu〕雕~刻~文~疏~

露〔lòu〕显现。(另见姑韵去声)

瘘〔lòu〕颈肿病。痔漏。

谬〔miù〕乖~荒~大~悖~迂~疏~讹~

缪〔miù〕纰~（错误）(另见阳平，豪韵去声)

拗〔niù〕执~脾气~（另见豪韵上声、去声）

耨〔nòu〕除草。耕~易~耒~锄~

沤〔òu〕久浸。(另见阴平)

怄〔òu〕怄气。

肉〔ròu〕语音。肌~肥~猪~横~皮~龙~心头~桂圆~脾气~ （参看姑韵入声去）

寿〔shòu〕万~眉~鹤~仁~上~高~长~延~添~福~拜~庆~祝~介~献~天~益~椿~南山~无量~

受〔shòu〕感~授~接~听~虚~容~享~身~承~挨~坐~遭~忍~消~领~好~够~

授〔shòu〕教~口~手~函~讲~面~色~天~传~受~

瘦〔shòu〕赢~肥~消~鹤~梅~清~腰~红~诗~秋~骨~月~黄花~

兽〔shòu〕禽~走~猛~鸟~百~野~困~驯~舞~

售〔shòu〕出~得~不~经~销~零~

绶〔shòu〕印~佩~紫~朱~

狩〔shòu〕冬~西~巡~

漱〔sòu〕又读。(见姑韵去声)

嗽〔sòu〕咳~

透〔tòu〕春~雨~通~香~湿~光~参~外~晒~看~寒~渗~剔~月~声~

秀〔xiù〕 优～水～俊～英～灵～明～清～挺～早～吐～颖～娟～岳～麦苗～新～后起～一时～山河～

袖〔xiù〕 长～衫～舞～拂～敛～广～歌～挽～领～短～翠～盈～红～迎风～

岫〔xiù〕 岩～深～叠～岚～列～云出～

臭〔xiù〕 气味。乳～声～无～馨～容～ （另见去声chòu）

宿〔xiù〕 星～辰～列～牛斗～（另见上声，姑韵入声去）

绣〔xiù〕 ［繡］锦～刺～文～苏～湘～彩～绮～藻～鸳鸯～

锈〔xiù〕 铜～铁～生～

嗅〔xiù〕 鼻～触～

溴〔xiù〕 化学元素。

宥〔yòu〕 赦～原～宽～曲～

幼〔yòu〕 长～老～妇～慈～携～冲～蒙～

诱〔yòu〕 劝～善～利～逛～引～

右〔yòu〕 居～豪～座～左～山～江～出其～

又〔yòu〕 不可～几回～

佑〔yòu〕 保～孚～眷～赞～

侑〔yòu〕 劝～酬～声歌～

囿〔yòu〕 园～鹿～苑～为物～

柚〔yòu〕 橘～橙～沙田～

鼬〔yòu〕 鼬鼠。鼯～狸～飞～

釉〔yòu〕 彩～光～上～

狖〔yòu〕 猴属。猿～林～啼～猱～

蚴〔yòu〕 缘虫、血吸虫等的幼体。毛～尾～

宙〔zhòu〕 宇～

昼〔zhòu〕 昏～晴～永～当～白～春～清～

骤〔zhòu〕 驰～步～急～风～雨～日月～

胄〔zhòu〕 甲～铠～介～遗～神明～

绉〔zhòu〕湖～文绉～

皱〔zhòu〕 皮～眉～红～额～水～皴～风吹～

咒〔zhòu〕 诅～经～符～赌～发～念～金箍～

甃〔zhòu〕井壁。玉～苔～荒～

纣〔zhòu〕商～桀～助～避～

繇〔zhòu〕卜辞。爻～吉～

籀〔zhòu〕史～古～篆～讽～

咮〔zhòu〕鸟嘴。濡～短～

酎〔zhòu〕醇酒。清～春～

慆〔zhòu〕傺～(埋怨)

奏〔zòu〕节～雅～前～合
～独～演～伴～书～钟
～鼓～凯歌～三重～

揍〔zòu〕打。

十 三 豪

平声·阴平

坳 [āo] 低洼处。山~堂~塘~砚~盘~枕~(去声同)

熬 [āo] 慢火~(另见阳平)

凹 [āo] 凹凸的凹。

包 [bāo] 面~邮~书~皮~背~荷~打~大~提~汤~蒲~腰~草~两翼~针线~

胞 [bāo] 细~衣~胎~同~双~侨~

苞 [bāo] 花~竹~桔~含~分~素~新~吐~寒~芳~脱~

褒 [bāo] 荣~旌~崇~一字~

炮 [bāo] 急火炒。(另见阳平、去声)

剥 [bāo] 语音。(见波韵入声阴平)

标 [biāo] 目~路~音~商~指~风~锦~立~浮~夺~高~孤~冶~建~清~芳~姓名~万世~

镖 [biāo] 保~飞~鸣~

彪 [biāo] 虎纹。小虎。

镳 [biāo] 马勒。鸾~朱~扬~连~

瀌 [biāo] 瀌~(雨雪盛貌)

骠 [biāo] 黄骠马的骠。

摽 [biāo] 挥之使去。(另见上声)

膘 [biāo] 肥肉。上~落~肥~

杓 [biāo] 斗~魁~玉~转~

飙 [biāo] 凉~狂~飞~惊~旋~

操 [cāo] 体~会~手~躬~早~琴自~井臼~工间~广播~(另见去声)

糙 [cāo] 米~粗~毛~

超 [chāo] 高~远~腾~清~功~智~技~艺~名~上~逐步~

抄 [chāo] [钞(另见下条)] 手~誊~传~照~杂~日~文~诗~类~包~攻~手自~

钞 [chāo] 钱~惠~纸~现~(另见上条"抄")

刀 [dāo] 厨~钱~铅~镰~屠~横~腰~开~剪~锥~朴~牛~宝~操~

钢～卖～纤～金～刺～奉
～挥～捉～佩～冰～藏～
善～笑里～两把～笔如～
〔剙〕不容～

叨〔dāo〕唠～絮～叨～叨
（另见tāo）

忉〔dāo〕忉～（忧心貌）

雕〔dāo〕〔彫〕斫～镂～镌
～刻～琢～花～彩～
〔鵰〕射～盘～怒～寒～
贯双～

凋〔dāo〕谢落。霜～秋～
早～后～草木～鬓发～
岁寒～

刁〔dāo〕放～撒～

貂〔dāo〕轻～紫～续～

叼〔dāo〕嘴衔。

碉〔dāo〕碉堡的碉。

高〔gāo〕清～崇～心～最
～拔～提～山～楼～日
～功～眼～才～曲～价～
身～登～凭～居～争～绝
～偏～妙～跳～嵩～孤～
志～名～天～燕雀～格调
～步步～风格～逐浪～

膏〔gāo〕土～民～石～软
～牙～药～鱼～兰～腴
～油～脂～梨～香～焚～
灯～琼～天雨～（另见去
声）

糕〔gāo〕题～花～蒸～喜～
松～枣～年～糟～龙～

凤～重阳～

羔〔gāo〕羊～紫～炮～豚
～接～

篙〔gāo〕竹～横～撑～半
～

皋〔gāo〕〔臯〕江～汉～春
～秋～烟～九～东～兰
～伊～亭～鹤～

橰〔gāo〕桔～

睪〔gāo〕睪丸的睪。

蒿〔hāo〕艾～蓬～藜～茼
～蒌～荻～野～青～香
～

嚆〔hāo〕呼叫。嚆矢的嚆。

薅〔hāo〕去草。耘～荼蓼～

交〔jiāo〕邦～外～私～知
～择～缔～结～订～绝
～旧～深～神～世～相～
寡～面～素～新～论～泛
泛～刎颈～忘年～莫逆～
枝柯～春夏～文字～生死
～

焦〔jiāo〕烧～枯～心～唇
～三～炼～金～（两山）
草木～

蕉〔jiāo〕芭～红～绿～甘
～剥～香～美人～

教〔jiāo〕莫～肯～苦～错
～悔～（另见去声）

郊〔jiāo〕农～城～四～近
～乐～春～荒～市～秋
～芳～满～出～

娇〔jiāo〕阿~态~花~柳
~含~多~千~弄~莺
~春~撒~念奴~

骄〔jiāo〕矜~戒~去~不
~天~兵~横~奢~火
云~马蹄~

茭〔jiāo〕玉~青~菱~

胶〔jiāo〕鱼~鸢~松~橡
~树~阿~香~春~冰
~漆~续弦~

蛟〔jiāo〕蛟龙的蛟。射~
蟠~斩~腾~潜~怒

浇〔jiāo〕汤~酒~水~喷
~情~风俗~

椒〔jiāo〕花~胡~桂~薑
~兰~焚~山~(巅)

咬〔jiāo〕咬~(鸟声)(另见
上声)

礁〔jiāo〕乱~海~暗~触
~珊瑚~

嘄〔jiāo〕嘄杀,声急而微。
(另见去声)

姣〔jiāo〕美好。

鲛〔jiāo〕沙鱼。马~

跤〔jiāo〕摔~掼~跌~

艽〔jiāo〕秦~(药草名)

僬〔jiāo〕僬侥的僬。

鹪〔jiāo〕鹪鹩的鹪。

鷄〔jiāo〕鷄鶄的鷄。

膠〔jiāo〕膠轕,胶葛。(侯
韵阴平同)

尻〔kāo〕脊骨末端。孔雀
~昆仑~

捞〔lāo〕捕~打~(阳平
同)

撩〔liāo〕提。掀起。(另见
阳平)

猫〔māo〕花~黑~熊~灵
~野~狸~

喵〔miāo〕猫叫声。

孬〔nāo〕坏。怯懦。

抛〔pāo〕浪~难~未能~
岁月~

泡〔pāo〕松~发~(另见去
声)

脬〔pāo〕尿~鱼~

漂〔piāo〕凫~轻~萍~浪
花~水上~(另见上声、
去声)

飘〔piāo〕风~香~衣~絮
~云~雪~花~纷~蓬
~飘~游丝~

螵〔piāo〕螵蛸的螵。

嫖〔piāo〕嫖姚的嫖。(另见
阳平)

僄〔piāo〕僄悍、僄狡的僄。

敲〔qiāo〕鼓~推~杖~棋
~乱~手~晨钟~

雀〔qiāo〕雀斑的雀。(另
见皆韵入声去)

跷〔qiāo〕〔蹺〕举足。踩~
高~

悄〔qiāo〕静悄～（另见上声）

硗〔qiāo〕地坚硬。瘠～肥～

橇〔qiāo〕滑～泥～雪～（微韵去声同）

锹〔qiāo〕泥～铲～铁～

绗〔qiāo〕一种缝纫法。

骚〔sāo〕离～风～诗～庄～楚～牢～萧～骚～

搔〔sāo〕爬～痒处～隔靴～首频～

缫〔sāo〕抽茧出丝。

艘〔sāo〕又读。（见侯韵阴平）

臊〔sāo〕腥～膻～（另见去声）

烧〔shāo〕火～焚～燃～延～熏～霞～发～烛高～（另见去声）

梢〔shāo〕枝～鞭～辫～林～嫩～松～垂～船～下～豆蔻～

稍〔shāo〕稍～

捎〔shāo〕捎带。

艄〔shāo〕艄公，舵手。船～

蛸〔shāo〕螲～（蟏子）（另见阴平 xiāo）

筲〔shāo〕竹器。水～斗～

叨〔tāo〕贪～忝～谬～（另见dāo）

掏〔tāo〕探取。

滔〔tāo〕滔～

韬〔tāo〕深～六～自～车甲～虎豹～

弢〔tāo〕剑～

饕〔tāo〕饕餮。老～。

慆〔tāo〕慆～（久）日月～

涛〔tāo〕〔涛〕又读。（见阳平）

绦〔tāo〕〔縧〕丝带。

挑〔tāo〕挑达的挑。（另见下条、上声）

挑〔tiāo〕肩～手～针～夜灯～采绣～重担～（另见上条、上声）

佻〔tiāo〕轻～

消〔xiāo〕烟～寒～冰～取～打～雪～雾～意～潜～气～痕～香～云～愁～酒意～

销〔xiāo〕形～勾～花～供～开～兜～报～倾～魂～熔～统～行～骨～金～推～产～烛～志未～兵气～

削〔xiāo〕削皮的削。（另见皆韵入声阴平）

宵〔xiāo〕良～秋～春～今～明～中～通～连～寒～残～夜～终～昨～元～隔～清～

霄〔xiāo〕层～晴～腾～云～九～重～凌～丹～碧～干～冲～紫～

萧〔xiāo〕萧墙的萧。艾飘～萧～

箫〔xiāo〕饧～洞～韶～玉～笙～凤～吹～清～

潇〔xiāo〕潇洒、潇湘的潇。雨潇～

嚣〔xiāo〕喧～叫～浮～纷～避～甚～尘～嚣～

哮〔xiāo〕哮喘的哮。咆怒～吼～饿虎～

枭〔xiāo〕鸱～盐～私～得～呼～

绡〔xiāo〕生丝织物。紫～鲛～红～生～轻～冰～

硝〔xiāo〕火～皮～芒～

骁〔xiāo〕勇捷。骁～

蟏〔xiāo〕蟏蛸的蟏。

蛸〔xiāo〕蟏～(螳螂子窝)(另见shāo)

枵〔xiāo〕空虚。腹～中～

逍〔xiāo〕逍遥的逍。

鸮〔xiāo〕鸱～飞～鹰～饥～山～

翛〔xiāo〕～翛～(疏散貌)

哓〔xiāo〕哓～(争辩不休貌)

嘐〔xiāo〕嘐～(志大言夸)

魈〔xiāo〕旧谓山怪。

歊〔xiāo〕气上出。炎～瘴～

邀〔yāo〕同～见～相～招～遮～重～固～强～苦～应～尺书～作意～

腰〔yāo〕土～海～中～撑～拦～细～柳～蜂～折～舞～裙～廊～懒～哈～半截～

要〔yāo〕要求、要挟的要。招～久～相～截～(另见去声)

夭〔yāo〕寿～桃～～天～(鲜美貌)(另见上声)

妖〔yāo〕花～妍～驱～平～人～

幺〔yāo〕幺么、幺二三的幺。六～杨～

吆〔yāo〕吆喝的吆。

哟〔yāo〕语助词。

喓〔yāo〕喓～(虫声)

遭〔zāo〕相～周～千万～

糟〔zāo〕酒～曲～醨～香～馆～一团～

朝〔zhāo〕今～岁～终～崇～连～来～花～三～诘～明～春～朝～(另见阳平)

招〔zhāo〕手～征～花～见～相～供～市～心～折简～

抓〔zhāo〕搔～痒处～(另见麻韵阴平)

着 [zhāo]〔著(另见姑韵去声)〕上～妙～要～失～对～高一～(另见阳平,波韵入声阳平,歌韵入声阴平)

昭 [zhāo] 光～昭～功业 令闻～

嘲 [zhāo] 又读。(见阳平)

钊 [zhāo] 勉。

平声·阳平

翱 [áo] 翱翔的翱。

遨 [áo] 遨游。嬉～酣～逸～连～江湖～

熬 [áo] 煎～苦～(另见阴平)

螯 [áo] 江～车～蟹～双～持～霜～

嗷 [áo] 嘈～嗷～众口～

鳌 [áo]〔鼇〕鲸～灵～巨～钓～跨～六～驾～

鏖 [áo] 鏖战的鏖。

敖 [áo] 姓。

璈 [áo] 乐器名。龙～云～

警 [áo] 訾～(诋毁)

獒 [áo] 猛犬。鹰～嗾～

鳌 [áo] 又读。(见去声)

齩 [áo] 齩牙的齩。

廒 [áo] 仓～

薄 [báo] 语音。(见波韵入声阳平。另见波韵去声)

雹 [báo] 语音。(见波韵入声阳平)

曹 [cáo] 朋～儿～分～部～同～吾～汝～萧～

槽 [cáo] 马～水～同～河～石～小～檀～分～药～酒

蠐 [cáo] 蛴～(金龟子幼虫)

漕 [cáo] 水运。运～河～岁～通～舟～

嘈 [cáo] 啾～嘈～嘈～

朝 [cháo] 王～市～当～历～六～前～汉～唐～(另见阴平)

巢 [cháo] 鸟～窝～燕～蜂～老～鹊～贼～覆～倾～争～旧～同～幕上～

潮 [cháo] 海～江～风～思～高～秋～落～早～晚～春～低～射～乘～浪～通～早～归～惊～来～弄～观～暗～怒～返～寒～浙江～

嘲 [cháo] 自～解～冷～戏～诙～(阴平同)

晁 [cháo] 姓。

捯 [dáo] 捯线的捯。追究。

豪 [háo] 英～贤～人～酋～权～自～粗～土～富～奢～诗～文～酒～俊～

兴～意气～百代～

毫〔háo〕丝～纤～柔～秋～含～挥～羊～狼～紫～

号〔háo〕猿～兽～神～风～叫～呼～乾～怒～哀～狂～长～万木～（另见去声）

壕〔háo〕战～防空～

濠〔háo〕城～穿～临～观～

貉〔háo〕语音。（见歌韵入声阳平）

嗥〔háo〕〔嘷〕兽～风～猿～狼～

蚝〔háo〕牡蛎。海～

嚼〔jiáo〕语音。（见皆韵入声阳平。另见去声）

劳〔láo〕酬～辛～功～服～代～操～积～耐～贤～心～疲～微～偏～惮～神～焦～勤～劬～效～徒～伯～劳～汗马～不辞～（另见去声）

牢〔láo〕豕～同～补～太～（牛）监～坐～坚～记～牢～

痨〔láo〕肺～防～虚～

捞〔láo〕又读。（见阴平）

唠〔láo〕唠叨的唠。（另见去声）

崂〔láo〕崂山的崂。

醪〔láo〕浊酒。醇～香～春～新～浊～

聊〔liáo〕聊天。聊赖。椒～无～不自～

寥〔liáo〕寥廓、寥落的寥。寂～寥～

疗〔liáo〕治～医～诊～

辽〔liáo〕辽远、辽河的辽。

潦〔liáo〕潦倒、潦草的潦。（另见上声）

缭〔liáo〕缭绕的缭。萦～回～

嘹〔liáo〕嘹唳、嘹亮的嘹。

撩〔liáo〕撩乱、撩拨的撩。（另见阴平）

寮〔liáo〕茶～窗～绮～疏～僧～

僚〔liáo〕官～同～百～幕～群～

燎〔liáo〕燎原的燎。（另见上声、去声）

鹩〔liáo〕鹪～（巧妇鸟）

憭〔liáo〕憭慄的憭。

獠〔liáo〕獠牙的獠。

镣〔liáo〕脚～铁～（去声同）

飂〔liáo〕飂～（高风貌）

膋〔liáo〕肠脂。血～

毛〔máo〕皮～翎～松～羽～羊～牛～凤～柔～二

~鸿~鹅~毫~吹~眉~
生~不~氅~土~鸡~猬
~茹~九牛~拔一~

茅〔máo〕诛~香~草~拔
~　~白~苞~菅~前~结

矛〔máo〕矛盾的矛。戈~
长~横~丈八

牦〔máo〕〔犛（另见齐韵阳
平）〕牦牛。

旄〔máo〕节~干~建~拥
~羽~

髦〔máo〕英~贤~群~时
~才~弁~垂~

锚〔máo〕铁~抛~

酕〔máo〕酕醄的酕。

蟊〔máo〕食稻害虫。斑~

苗〔miáo〕　麦~豆~根~
禾~抽~露~揠~新~
火~嫩~青~拔~三~鱼
~树~嘉~莠乱~

描〔miáo〕　白~素~笔~
手~

瞄〔miáo〕　瞄准的瞄。

铙〔náo〕鼓~箫~金~鸣
~

挠〔náo〕〔挠〕不~侵~屈
~风~阻~搔~

桡〔náo〕曲木。栋~枉~
（另见阳平ráo）

猱〔náo〕猿~飞~悬~山
~教~

呶〔náo〕喧~纷~呶~

恢〔náo〕　懊~（懊恼）（东
韵阳平同）

硇〔náo〕硇砂的硇。

跑〔páo〕兽足扒土。虎~
鹿~（另见上声）

袍〔páo〕锦~绨~战~同
~红~布~长~旗~缊
~黄~蟒~绣~敝~赠~
龙~

庖〔páo〕代~远~充~良
~佐~掌~珍~

匏〔páo〕系~悬~笙~

炮〔páo〕炮制的炮。煨~
燔~炙~（另见阴平、去
声）

咆〔páo〕咆哮的咆。怒~
雷~

刨〔páo〕挖掘。除去。（另
见去声）

瓢〔piáo〕箪~一~饮~泼
~酒~药~诗~五石~

嫖〔piáo〕嫖赌的嫖。（另
见阴平）

朴〔piáo〕姓。（另见波韵
入声阴平、入声去，姑韵
入声上）

桥〔qiáo〕绳~板~星~虹
~船~河~红~浮~浪
~石~灞~长~平~画~
蓝~断~架~吊~天~小
~野~悬~铁~鹊~竹~
赤阑~万里~独木~乌鹊

~洛阳~廿四~

瞧 [qiáo] 偷~够~仔细~

憔 [qiáo] 憔悴的憔。

樵 [qiáo] 采~渔~薪~荷~

翘 [qiáo] 翠~凤~(皆首饰) 连~秀~擢~翘~ (另见去声)

乔 [qiáo] [乔] 乔装的乔。松~小~二~迁~王子~

侨 [qiáo] 外~华~归~海外~

荞 [qiáo] 荞麦的荞。

趫 [qiáo] 轻~勇~

谯 [qiáo] 谯楼。丽~

苕 [qiáo] 锦葵。

饶 [ráo] 民~岁~地~丰~宽~肥~讨~告~富~情~天下~

娆 [ráo] 娇~妖~

荛 [ráo] 柴草。刍~

桡 [ráo] 桨。桂~兰~画~停~征~(另见náo)

蛲 [ráo] 腹中虫。蛔~

韶 [sháo] 韶光、韶华的韶。九~箫~闻~

勺 [sháo] 语音。(见波韵入声去)

芍 [sháo] 语音。(见波韵入声去)

逃 [táo] 遁~追~遁~潜~形~脱~不目~望风~弃甲~

桃 [táo] 仙~露~棉~山~天~木~樱~碧~蟠~偷~胡~寿~投~红~含~冰~水蜜~夹竹~干叶~园有~

啕 [táo] [咷] 号~

陶 [táo] 钧~耕~作~薰~甄~郁~陶~ (另见 yáo)

涛 [táo] 海~江~风~波~云~松~秋~弄~观~惊~怒~狂~洪~石雪~奔~万顷~广陵~百尺~八月~(阴平同)

淘 [táo] 淘气、淘神的淘。冷~净~浪~

萄 [táo] 葡~

鼗 [táo] 摇鼓。

绹 [táo] 打绳。索~

洮 [táo] 水名。临~

梼 [táo] 梼昧,梼杌的梼。(上声同)

酶 [táo] 酕~(极醉貌)

调 [tiáo] 协~烹~均~失~风~寒暑~琴瑟~ (另见去声)

条〔tiáo〕钢～教～戒～科
～肋～线～鸣～分～专
～长～柔～萧～苗～霜～
攀～柳～桑～垂～荆～条
～赤～条～

蜩〔tiáo〕蝉。鸣～承

迢〔tiáo〕迢～

苕〔tiáo〕凌霄花。兰～剪
～

笤〔tiáo〕笤帚的笤。

鲦〔tiáo〕〔鲦〕白～游～纤
～轻～

髫〔tiáo〕髫～垂～（幼儿）

岧〔tiáo〕岧～（高貌）

龆〔tiáo〕儿童换牙。

淆〔xiáo〕混～纷～泾渭～
玉石～（yáo同）

洨〔xiáo〕水名。

摇〔yáo〕星～山～扶～飘
～步～手～消～招～动
～风～心～憾～影～头～
齿～摇～羽扇～麦浪～铁
臂～

遥〔yáo〕迢～逍～路～山
～水～遥～岁月～梦魂
～入望～

谣〔yáo〕农～造～歌～民
～童～风～辟～

窑〔yáo〕〔窰、窯〕烧～官
～瓦～青～砖～瓷～煤
～封～定～土～哥～寒～

瑶〔yáo〕琼～青～碧～丹
～江～鸣～苗～

肴〔yáo〕〔餚〕酒～菜～盘
～珍～嘉～山海～

淆〔yáo〕又读。（见 xiáo）

尧〔yáo〕唐～舜～帝～祝
～歌～犬吠～

姚〔yáo〕嫖～（健捷貌）二
～

爻〔yáo〕易卦。卦～阳～
阴～六～变～

飖〔yáo〕飘～

徭〔yáo〕征～

佻〔yáo〕僬～（矮人）（另
见上声）

峣〔yáo〕高。嶕～岧～峣
～

嶢〔yáo〕山名。

陶〔yáo〕皋～（另见 táo）

鳐〔yáo〕文～海～

鹞〔yáo〕雉类。（另见去
声）

轺〔yáo〕轻车。星～轩～
问俗～

凿〔záo〕语音。（见波韵入
声去）

着〔zháo〕〔著（另见姑韵去
声）〕猜～燃～点～睡～
（另见阴平，波韵入声阳
平，歌韵入声阴平）

仄声·上声

袄〔ǎo〕布~夹~棉~皮~红~

拗〔ǎo〕折断。摧~风~（另见去声，侯韵去声）

媪〔ǎo〕老妇。翁~邻~

宝〔bǎo〕珠~珍~国~财~法~元~通~至~大~三~万~异~爱~怀~七~墨~传家~稀世~小宝~

保〔bǎo〕师~管~佣~酒~自~善~难~担~永~

饱〔bǎo〕耳~腹~食~醉~温~充~半~饥~笔~中~求~风帆~侏儒~

堡〔bǎo〕营~城~屯~荒~碉~桥头~（另见姑韵上声）

葆〔bǎo〕蓬~（发乱貌）羽~幡~翠~永~长~

褓〔bǎo〕襁~

鸨〔bǎo〕沙~鸿~雁~老~

表〔biǎo〕民~师~外~意~江~岭~林~八~仪~发~中~图~碑~姑立~物~云~烟~略~代~华~年~旌~一~报~寒暑~出师~

〔裱〕钟~手~夜光~

俵〔biǎo〕分给。

裱〔biǎo〕装~

草〔cǎo〕花~甘~瑶~秋~药~灯~茅~水~烟~香~芳~毒~丰~粮~汀~瑞~萱~劲~蔓~小~茂~腐~宿~百~寸~本~结~狂~章~诗~脱~起~潦~衰~浅~新~草~忘忧~相思~寄生~灵芝~忘忧~青青~

炒〔chǎo〕煎~生~清~油~

吵〔chǎo〕争~

导〔dǎo〕教~指~领~倡~劝~开~疏~主~督~报~辅~训~前~引~向~先~利~善~诱~（去声同）

倒〔dǎo〕吹~惊~压~颠~打~绝~倾~潦~推~醉~拉~昏~应弦一边~玉山~狂澜~（另见去声）

岛〔dǎo〕江~海~洲~半~孤~群~千~蓬~宝~贾~渔~仙人~台湾~海南~

捣〔dǎo〕春~细~直~心~如~

蹈〔dǎo〕舞~足~腾~践~躬~高~远~汤火~白刃~

祷〔dǎo〕默～祝～禳～颂～祈～拜～善～

梼〔dǎo〕又读。（见阳平）

稿〔gǎo〕刍～草～底～手～腹～文～属～脱～撰～初～投～焚～遗～残～原～定～三易～

槁〔gǎo〕枯～苗～焦～振～

搞〔gǎo〕专～难～胡～乱～

缟〔gǎo〕白生绢。纤～吴～鲁～

镐〔gǎo〕锄～十字～鹤嘴～（另见去声）

杲〔gǎo〕杲～（光明貌）

好〔hǎo〕五～美～月～叫～通～讨～安～良～恰～正～大～最～永～结～姣～静～娟～完～友～和～旧～修～要～相～好～形势～田园～春光～花常～无限～（另见去声）

郝〔hǎo〕语音。（见歌韵入声去）

搅〔jiǎo〕风～浪～萦～搜～掀～翻～乱～打～诗肠～

角〔jiǎo〕语音。（见皆韵入声阳平。另见姑韵入声去"角"）

脚〔jiǎo〕语音。（见皆韵入声阳平）

皎〔jiǎo〕晶～皎～明月～

狡〔jiǎo〕儌～兔～阴～

饺〔jiǎo〕水～蒸～肉～油～

绞〔jiǎo〕手～纠～绳～

矫〔jiǎo〕矫揉的矫。诬天～矜～轻～矫～

剿〔jiǎo〕痛～严～清～陈言～

缴〔jiǎo〕上～完～追～（另见波韵入声阳平）

佼〔jiǎo〕美好。壮～佼～

侥〔jiǎo〕侥幸的侥。（另见阳平）

铰〔jiǎo〕剪刀。剪断。

湫〔jiǎo〕湫隘，狭小。（另见侯韵入声阴平）

考〔kǎo〕寿～祖～(攷)大～监～投～招～参～待～思～稽～查～

拷〔kǎo〕掠～挞～

栲〔kǎo〕栲栳的栲。

烤〔kǎo〕烘～

老〔lǎo〕三～父～野～耆～大～古～故～遗～元～僧～娱～告～终～养～衰～敬～忘～苍～黄～二～半～佛～退～垂～五～九～老吾～不服～和事～心不～

潦〔lǎo〕泥~霖~淫~行~（另见阳平）

栳〔lǎo〕栲~（大笆斗）

姥〔lǎo〕姥~（另见姑韵上声）

佬〔lǎo〕成年的男子，常含贬义。

了〔liǎo〕了当的了。末~终~不~未~易~完~难~便~知~了~不得~（另见歌韵阴平）
〔瞭（另见去声）〕明~

蓼〔liǎo〕红~荼~秋~芹~（另见姑韵入声去）

燎〔liǎo〕烧毛。（另见阳平、去声）

卯〔mǎo〕寅~点~误~唱~画~

泖〔mǎo〕平静的湖。三~

昴〔mǎo〕星名。参~

渺〔miǎo〕飘~浩~渺~风波~

缈〔miǎo〕缥~（飘渺）

眇〔miǎo〕偏盲。目~瞟~（视不明）

杪〔miǎo〕岁~秋~木~林~树~

邈〔miǎo〕绵~冥~悠~邈~

秒〔miǎo〕争分~

藐〔miǎo〕藐视的藐。孤~

脑〔nǎo〕凤~鱼~雀~樟~石~肝~首~头~大豆腐~

恼〔nǎo〕烦~懊~苦~气~空自~

瑙〔nǎo〕玛~

鸟〔niǎo〕益~海~朱~时~好~宿~凡~高~沙~花~候~黄~玄~小~乌~青~啼~飞~栖~鸵~归~倦~百~捕~鸳~笼~水~惊弓~布谷~百灵~比翼~能言~

袅〔niǎo〕〔嫋〕风~香~袅~

茑〔niǎo〕茑萝的茑。

嬲〔niǎo〕戏弄。纠缠。

跑〔pǎo〕奔~快~飞~赛~逃~长~（另见阳平）

殍〔piǎo〕〔莩（另见姑韵阳平）〕饿~流~

缥〔piǎo〕缥缈的缥。

瞟〔piǎo〕斜视。

漂〔piǎo〕水~清~（另见阴平、去声）

摽〔piǎo〕落。击。（另见阴平）

巧〔qiǎo〕性~机~七~乞~争~纤~讨~偷~碰~恰~乖~凑~取~工弄~精~奇~小~轻~新~淫~花~细~灵~技~

智～大～百～心～雕虫
金梭～公输～器械～

悄〔qiǎo〕静寂。忧愁。(另见阴平)

雀〔qiǎo〕语音。(见皆韵入声去。另见阴平)

愀〔qiǎo〕变容。

扰〔rǎo〕自～干～惊～骚～打～叨～纷～困～驯～烦～扰～不堪～

绕〔nǎo〕缠～萦～缭～围～盘～旋～环～水～烟～泉～余音～(另见去声)

扫〔sǎo〕笔～叶～却～风～电～洒～打～清～祭～淡～如～烟尘～笔阵～(另见去声)

嫂〔sǎo〕兄～大～姑～嫂～

少〔shǎo〕多～缺～短～不～减～事～稀～至～音书～天下～(另见去声)

讨〔tǎo〕征～研～攻～探～乞～检～搜～商～声～自

挑〔tiǎo〕目～轻～(另见阴平 tāo、tiāo)

窕〔tiǎo〕窈～(美好)

小〔xiǎo〕狭～弱～微～细～藐～娇～短～瘦～幼～从～窄～些～生～少～褊～量～家～老～群～器～胆～缩～宵～爱～小～众山～

晓〔xiǎo〕知～精～洞～分～揭～通～户～昏～催～侵～春～报～破～拂～清～向～彻～天～霜天～鸡鸣～天下～山村～

筱〔xiǎo〕小竹。篁～丛～

咬〔yǎo〕牙～啮～反～断～狗～(另见阴平)

夭〔yǎo〕寿～早～(另见阴平)

窈〔yǎo〕窈窕的窈。

杳〔yǎo〕空～深～杳～关～河～音书～

舀〔yǎo〕用瓢取水。

早〔zǎo〕春～清～大～老～尚～过～侵～提～趁～及～迟～起～早～开工～鸡鸣～春雷～天光～

澡〔zǎo〕洗～

枣〔zǎo〕红～黑～羊～酸～蜜～吞～南～剥～扑～如瓜～

藻〔zǎo〕才～文～品～玉～词～华～海～摛～芹～凫～(和悦貌)

蚤〔zǎo〕跳～虼～鼓上～

爪〔zhǎo〕手～指～脚～龙～虎～凤～鹰～鸿～鳞～五～魔～利～舞～断～麻姑～(另见麻韵的上声)

找〔zhǎo〕寻～遍～难～补～清～零～

沼〔zhǎo〕池～碧～园～莲～

仄声·去声

傲〔ào〕骄～气～急～侈～倨～简～啸～

奥〔ào〕深～玄～古～幽～秘～精～室～堂～枢～

澳〔ào〕海～港～三都～（另见鱼韵入声去）

拗〔ào〕执～违～生～（另见上声，侯韵的去声）

坳〔ào〕又读。（见阴平）

燠〔ào〕又读。（见鱼韵入声去）

懊〔ào〕懊悔的懊。

骜〔ào〕桀～悍～骄～（阳平同）

岙〔ào〕（䃄）岛屿。山间平地。悬～

嫯〔ào〕排～（矫健貌）

报〔bào〕〔報〕电～情～表～警～谍～书～墙～日～还～补～上～申～汇～德～鹊～图～果～通～公～酬～重～捷～喜～读～发～登～海～急～平安不受～

抱〔bào〕拥～合～怀～盈～清～尘～宿～环～

豹〔bào〕虎～雾～变～海～隐～窥～金钱～西门～

暴〔bào〕残～火～凶～昏～强～横～狂～雨～风～粗～自～（另见姑韵入声去）

瀑〔bào〕疾雨。（另见姑韵入声阳平）

爆〔bào〕火～油～煎～火山～（另见 pào）

煲〔bào〕文火煮。

鲍〔bào〕腌鱼。鳆～管～

刨〔bào〕〔鉋〕削木器。（另见阳平）

趵〔bào〕跳跃。

鳔〔biào〕鱼～粘～

操〔cāo〕操守。琴～风～节～德～贞～风霜～（另见阴平）

道〔dào〕世～街～坑～地～人～河～栈～铁～鸟～轨～航～通～中～半～黄～赤～同～东～信～复～大～孔～直～公～释～霸～便～左～古～失～夹～间～当～善～知～味～交～称～报～一～恕～远～取～隧～穴～履～守～避～假～改～要～乐～问～小～论～阳关～山阴～长安～

稻〔dào〕粳～糯～水～割～新～香～早～晚～红～打～啄～双季～千顷～

到[dào] 周～ 精～ 独～ 先～
～心～口～药～手～迟
～报～达～老～工夫～料
不～春已～远人～

倒[dào] 颠～ 倾～ 反～ 潭
影～（另见上声）

悼[dào] 哀～ 伤～ 痛～ 震
～惊～追～

盗[dào] 强～ 偷～ 狗～ 群
～大～海～海～揖

导[dào] 又读。（见上声）

帱[dào] 覆～

纛[dào] 古代军中大旗。
（姑韵入声阳平同）

调[diào] 才～ 腔～ 风～ 情
～同～老～曲～声～色
～音～琴～滥～古～长～
短～京～格～时～高～低
～殊～变～俗～单～步～
绝～雅～别～笔～提～入
～征～对～清平～诸宫
（另见阳平）

钓[diào] 渔～ 屠～ 弋～ 耕
～游～把～垂～太公
不受～

掉[diào] 振～ 头不～尾不
～舌频～ 轻心～

吊[diào] 〔弔〕庆～ 哀～ 自
～ 凭～ 上～ 一～

铞[diào] 钌～（门窗扣搭）

铫[diào] 药～ 水～ 茶～ 铜
～

窎[diào] 深～

藋[diào] 灰～ 藜～ 蓬～

告[gào] 文～ 报～ 昭～ 布
～讣～控～祷～遍～奉
～无～劝～广～通～宣～
警～（另见姑韵入声去）

膏[gào] 滋润。轴上涂油。
（另见阴平）

诰[gào] 封～ 大～ 典～

号[hào] 旗～ 字～ 年～ 名
～口～绰～称～信～编
～头～番～病～记～符～
别～连～徽～大～暗～发
～吹～恶～军～冲锋～
（另见阳平）

好[hào] 癖～ 爱～ 嗜～ 笃
～同～玩～酷～时～中
心～众所～（另见上声）

浩[hào] 大。多。浩～

皓[hào] 皓～（洁白貌）

耗[hào] 衰～ 消～ 损～ 蠹
～亏～暗～音～噩～虚
～雀鼠～

昊[hào] 天。苍～晴～层
～穹～
〔皞〕太～少～炎～

镐[hào] 古地名。丰～（另
见上声）

灏[hào] 灏～

教[jiào] 政～ 文～ 宗～ 风
～声～师～身～言～明
～垂～受～家～母～释～
礼～请～见～指～宣～讨

~领~设~施~胎~佛
白莲~基督~(另见阴平)

觉〔jiào〕睡~一~(另见皆韵入声阳平)

叫〔jiào〕喊~急~啼~鸡~大~秋虫~刮刮~戍卒

校〔jiào〕检~考~复~参~莫敢~(另见xiào)

较〔jiào〕较量。比~大~参~计~

轿〔jiào〕车~凉~山~喜~花

徼〔jiào〕边~亭~关~岭~游~塞~炎~

窖〔jiào〕地~仓~石~发~银~冰~

醮〔jiào〕再~斋~打~设~

峤〔jiào〕尖山。千~岭~云~孤~海~

噭〔jiào〕啼~阿~号~噭~(哀声)(另见qiào)

嚼〔jiào〕倒~(反刍)(另见皆韵入声阳平)

酵〔jiào〕发~

噍〔jiào〕噍类的噍。(另见阴平)

爝〔jiào〕语音。(见皆韵入声阳平)

挢〔jiǎo〕翘起。舌~

靠〔kào〕依~可~紧~无~投~扎~牢~长~背~有~

犒〔kào〕逢~酬~丰~大~

铐〔kào〕手~

劳〔lào〕犒~慰~厚~馈~牛酒~(另见阳平)

涝〔lào〕夏~秋~旱~内~排~积~

唠〔lào〕闲谈。慢慢~(另见阳平)

络〔lào〕络子的络。(另见波韵入声去)

酪〔lào〕语音。(波韵入声去)

落〔lào〕莲花~(另见麻韵去声,波韵入声去)

烙〔lào〕烙饼、烙印的烙。(另见波韵入声去)

料〔liào〕料理的料。资逆~肥~香~颜~材~燃~饮~双~加~草~原~诗~史~照~预~难~岂~意~饲~养~废~塑~药一~如所~

燎〔liào〕火炬。庭~(另见阳平、上声)

撩〔liào〕乱~随手~到处~

瞭〔liào〕瞭望。(另见上声"了")

钌〔liào〕钌铞的钌。

尥〔liào〕尥蹶子,骡马跳踢。

廖〔liào〕姓。

镣〔liào〕又读。(见阳平)

冒〔mào〕假～蒙～干～触～冒～感～向上～(另见波韵入声去)

帽〔mào〕衣～礼～风～皮～毡～草～军～脱～落～笔～掼纱～八角～

貌〔mào〕面～相～全～品～礼～体～状～笑～美～才～容～道～外～风～

茂〔mào〕荣～畅～丰～英～华～繁～松柏～

懋〔mào〕盛大。勉。

贸〔mào〕迁～贩～转～贸～

耄〔mào〕老～昏～

眊〔mào〕昏～眵子～

媢〔mào〕媢嫉的媢。

瞀〔mào〕眩～矇～昏～沟～

袤〔mào〕南北距长度。广～延～

妙〔miào〕神～微～玄～众～大～深～美～佳～入～精～工～奥～高～极～巧～奇～绝～笔～墨～不～

庙〔miào〕宗～廊～寺～岳～孔～清～古～文～破～野～太～山神～禹王～

缪〔miào〕姓。(另见侯韵阳平、去声)

闹〔nào〕热～吵～喧～胡～取～蜂～蛙～车马～春意～锣鼓～

淖〔nào〕泥～泞～涂～

溺〔niào〕〔尿(另见微韵阴平〕小便。撒～(另见齐韵入声去)

炮〔pào〕〔砲〕枪～大～试～空～开～礼～重～马后～车马～迫击～(另见阴平、阳平)

泡〔pào〕泡茶的泡。冒～起～灯～水～(另见阴平)

爆〔pào〕花～鞭～(另见bào)

疱〔pào〕面～

票〔piào〕钞～戏～车～发～期～汇～一～唱～开～投～选～玩～邮～门～多数～

漂〔piào〕漂亮的漂。(另见阴平、上声)

剽〔piào〕剽窃、剽悍的剽。攘～攻～轻～耳～眼～勇～

俏〔qiào〕俊～卖～货～市价～花枝～

窍〔qiào〕心～七～万～石～凿～诀～浑沌～

诮〔qiào〕讥～嗤～诋～鄙～

峭〔qiào〕危～陡～峻～刻～料～

壳〔qiào〕语音。〔毂〕(见歌韵入声阳平)

翘〔qiào〕一头向上昂起。(另见阳平)

撬〔qiào〕用棒拨挑。

鞘〔qiào〕刀套。剑～鸣～脱～出～

噭〔qiào〕口。蹄～(另见jiào)

绕〔rào〕绕线、绕口令的绕。(另见上声)

扫〔sào〕扫帚的扫。(另见上声)

臊〔sào〕羞～害～(另见阴平)

少〔shào〕年～老～美～恶～遗～(另见上声)

哨〔shào〕笛～巡～唿～呼～步～岗～前～放～

绍〔shào〕介～克～远～浙～

劭〔shào〕〔邵〕德～清～

邵〔shào〕姓。古地名。

潲〔shào〕雨点斜洒。

召〔shào〕姓。古地名。(另见zhào)

烧〔shào〕野火。野～秋～山～(另见阴平)

套〔tào〕手～客～死～圈～全～封～河～龙～大～外～笔～俗～脱～配～

不落～老一～

跳〔tiào〕鱼～蹦～心～肉～撑竿～龙门～

眺〔tiào〕远望。游～临～野～独～闲～

粜〔tiào〕市～发～闭～平～

朓〔tiào〕晦而月见西方。谢～

笑〔xiào〕欢～谈～含～嬉～嘲～调～可～说～玩～汕～狂～陪～讥～非～失～巧～冷～贻～见～取～哂～窃～耻～逗～强～眉～诮～微～偷～娇～拈花～掩口～哄堂～破涕～

效〔xiào〕灵～成～特～时～功～神～实～奇～有～后～收～见～奏～
〔劾〕报～
〔傚〕仿～尤而～

校〔xiào〕学～将～大～少～军～(另见jiào)

肖〔xiào〕肖像的肖。克～生～摹～毕～贤不～

啸〔xiào〕吟～虎～呼～长～清～海～歌～

孝〔xiào〕带～忠～纯～大～

要〔yào〕紧～必～重～需～纲～体～典～简～摘～扼～大～机～首～冲～秘～险～主～撮～津～切～权～纪～提～(另见阴平)

耀〔yào〕光～荣～夸～照～显～星～流～炫～（皆韵入声去同）

曜〔yào〕日～月～两～景～（皆韵入声去同）

乐〔yào〕喜爱。三～仁智～（另见歌韵入声去，皆韵入声去）

药〔yào〕〔藥〕语音。（见皆韵入声去）

鹞〔yào〕鹰～海～鸷～击～霜～（另见阳平）

钥〔yào〕又读。（见皆韵入声去）

瀹〔yào〕语音。（见皆韵入声去）

鞠〔yào〕靴筒。高～

造〔zào〕造化、造次的造。制～建～铸～酿～伪～兴～创～再～塑～构～仿～修～营～捏～假～肇～生～改～深～

噪〔zào〕鼓～喧～鹊～蝉～狂～呼～聒～

灶〔zào〕〔竈〕炉～茶～药～泥～行～冷～倒～大～减～跨～（子胜于父）

皂〔zào〕〔皁〕皂白的皂。肥～胰～香～药～同～

躁〔zào〕急～暴～骄～浮～轻～焦～烦～

燥〔zào〕枯～干～高～口～风～火就～

唣〔zào〕啰～

慥〔zào〕慥～（笃实）

照〔zhào〕日～月～夕～心～光～四～按～对～遵～仿～小～拍～参～凭～洞～关～知～写～依～察～斜～普～朗～烛～残～高～护～返～

棹〔zhào〕〔櫂〕飞～鼓～返～菱～放～桂～

赵〔zhào〕燕～前～奉～归～

罩〔zhào〕袍～灯～笼～网～鱼～口～盖～纱～

召〔zhào〕号～奉～应～赴～感～（另见shào）

兆〔zhào〕预～亿～吉～朕～佳～丰年～

肇〔zhào〕开始。

诏〔zhào〕待～矫～奉～求贤～

笊〔zhào〕笊篱的笊。

曌〔zhào〕武～（武则天）

十 四 寒

平声·阴平

安〔ān〕平～问～延～居～心～长～治～偏～公～苟～相～宴～久～求～慰～未～怀～万～大～不～请～民～义～偷～临～竹平～容膝～天下～

谙〔ān〕熟～未～深～素～初～事事～旧曾～

鞍〔ān〕马～金～雕～绣～据～征～卸～归～

庵〔ān〕（菴、盒、厂（另见唐韵上声）小～草～茅～尼～荒～

媕〔ān〕媕娿的媕。

鹌〔ān〕鹌鹑的鹌。

桉〔ān〕木名。柳～

班〔bān〕一～两～排～随～上～下～值～日～夜～同～脱～戏～鲁～大～末～全～轮～跟～马～炊事～

斑〔bān〕虎～玉～斓～竹～泪～血～汗～豹～苔～斑～窥一～两鬓～

般〔bān〕一～千～几～多～百～这～万～一般～
（另见波韵入声阴平）

搬〔bān〕搬家的搬。

瘢〔bān〕疮～刀～枪～

扳〔bān〕拨动。扭转。用力～

颁〔bān〕下～荣～奖状～

边〔biān〕左～右～旁～靠～双～镶～天～水～池～手～屋～田～路～里～外～云～日～桥～花～眼～前～后～篱～吟～湖～溪～鬓～守～戍～谁～无～半～这～十～夕阳～大江～白云～

鞭〔biān〕竹～马～玉～铁～扬～执～投～鸣～停～垂～着先～

编〔biān〕手～竹～韦～简～改～残～陈～汇～遗～芸～合～新～整～

砭〔biān〕针～攻～痛～深～

鳊〔biān〕鱼名。

蝙〔biān〕蝙蝠的蝙。

笾〔biān〕笾豆的笾。

餐〔cān〕三～午～晨～早～加～减～聚～素～忘～共～盘～可～佐～野～风～饱～快～共进～

参〔cān〕相～同～细～合～详～静中～（另见痕韵阴平 cēn、shēn）

骖〔cān〕征～停～解～驻～脱～

搀〔chān〕搀扶。搀杂。

穿〔chuān〕贯～说～揭眼～丝～线～衣～户望～针～磨～砚～弹～射～想～看～拆～日光～百步～蛱蝶～花径～一箭～燕子～

川〔chuān〕长～前～巨～山～大～四～平～百冰～辋～逝～济～晴～秦～满～防～常～桑麻～米粮～

撺〔cuān〕撺掇的撺。

蹿〔cuān〕向上跳。

汆〔cuān〕汆汤的汆。

镩〔cuān〕凿冰具。

单〔dān〕形～影～身～孤～衣～衾～传～报～挂～路～简～定～清～名～单～雁行～（另见阳平、去声）

担〔dān〕负～肩～力～荷～承～分～扁～（另见去声）

丹〔dān〕朱～唇～渥～流～牡～炼～金～仙～灵～霞～书～铅～燕～一寸

～枫叶～换骨～此心～

耽〔dān〕永～久～深～心～

眈〔dān〕眈～（垂视）

殚〔dān〕竭尽。力～心～财～智～疲～

聃〔dān〕老～彭～

湛〔dān〕喜乐。（另见去声）

郸〔dān〕邯～（地名）

箪〔dān〕饭箩。

瘅〔dān〕热症。火～（另见去声）

颠〔diān〕顶～扶～醉～楼～塔～华～米～马上春风～

巅〔diān〕山～翠微～万寻～

掂〔diān〕掂轻重的掂。

癫〔diān〕疯～痴～书～喜欲～

滇〔diān〕云南别称。（另见阳平）

端〔duān〕一～开～无～发～异～造～两～多～大～极～事～肇～弊～争～万～更～百～履～台～云～舌～笔～毫～品～耳目

帆〔fān〕一～片～千～布～锦～樯～烟～秋～云～风～海～征～轻～远～半～客～江～归～挂～飞

~孤~满~来~张~收~
扬~破浪~

番〔fān〕一~几~轮~更
~三~连~前~廿四~
(另见pān,波韵阳平)

翻〔fān〕云~波~推~掀
~风~乱~飞~翩~踏
~天~曲~调~闹~浪
翔~腾~覆又~趁风~

旛〔fān〕缤~(风吹旗貌)
连~(连续)

幡〔fān〕直挂之旗。彩~
画~珠~佛~风~悬
护花~

反〔fān〕反切的反。平~
(另见上声)

干〔gān〕干将的干。天~
江~师~长~无~阑
若~舞~何~相~锋莫
不可~

〔乾(另见阳平)〕舌~喉
~口~杯~血~汗~风
暴~中~枯~阴~白~彩
笔~葡萄~露未~淡墨~
(另见去声)

竿〔gān〕竹~钓~渔~投
~持~垂~上~揭~滑
~日三~百尺~

肝〔gān〕心~肺~马~猪
~披~平~

甘〔gān〕味~情~蔗~泉
~露~言~苦~肥~余
~回~同~分~心~不
醴~芳~苦亦~藜藿~

杆〔gān〕栏~(另见上声)

柑〔gān〕橘~香~蜜~黄
~广~霜~藏~双~金
~卖

玕〔gān〕美石。琅~明~
(竹)

泔〔gān〕米~

疳〔gān〕走马~

坩〔gān〕坩埚的坩。

尴〔gān〕〔尷〕尴尬的尴。

观〔guān〕主~客~大~壮
~奇~美~外~概~达
~雅~参~可~直~博
仰~旁~历~静~坐~游
~反~纵~乐~悲~改
细~聚~远~传~如是
袖手~坐井~人生~世界
~壁上~(另见去声)

关〔guān〕把~封~叩~闭
~抱~过~有~故~掩
~开~双~江~海~边
玄~乡~城~阳~机~牙
~出~津~重~难~当
无~相~关~玉门~山海
~汉时~名利~

冠〔guān〕衣~高~华~王
~桂~加~挂~弹~冲
~儒~女~峨~整~脱
南~布~黄~鸡~凤~皮
~兔~沐猴~虎而~ (另
见去声)

官　〔guān〕五～ 感～ 器～ 军～ ～法～宰～将～罢～为～ 好～赃～清～服～达～ 拜～高～文～武～九品～

棺　〔guān〕桐～ 凭～ 盖～ 抚～

倌　〔guān〕堂～ 牛～ 羊～

莞　〔guān〕青～ 蒲～ 苇～ 编～（另见上声 guǎn、wǎn）

纶　〔guān〕纶巾的纶。（另见痕韵阳平）

鳏　〔guān〕鳏寡的鳏。

瘝　〔guān〕病。疴～

酣　〔hān〕酒～ 半～ 微～ 沉～ 笔～ 兴～ 春～ 草木～ 雪意～ 战犹～

憨　〔hān〕娇～ 痴～ 狂～ 愚～ 儿女～

顸　〔hān〕颟～（糊涂）

蚶　〔hān〕螺～ 醉～

鼾　〔hān〕鼻息声。

欢　〔huān〕〔懽〕喜～ 联～ 合～ 交～ 承～ 言～ 尽～ 悲～ 狂～ 余～ 古～ 情～ 所～ 追～ 握手～ 万国～ 两相～ 平生～ 笑语～

貛　〔huān〕〔貆〕穴～ 狗～ 猪～ 狸～

讙　〔huān〕喧哗。

攌　〔huān〕又读。（见去声）

间　〔jiān〕中～ 民～ 时～ 空～ 万～ 两～ 人～ 世～ 田～ 日～ 早～ 夜～ 林～ 篱～ 山～ 乡～ 兵～ 行～ 其～ 此～ 花～ 腰～ 外～ 居～ 桑～ 云～ 凡～ 可否～ 瞬息～ 霄汉～ 有无～ 指顾～ 天地～ 伯仲～（另见去声）

兼　〔jiān〕并～ 相～ 吞～ 难～ 更～ 一身～ 四美～

尖　〔jiān〕针～ 指～ 眉～ 舌～ 笔～ 塔～ 眼～ 峰～ 刀～ 枪～ 笋～ 拔～ 打～ 毫～ 提～ 顶～ 虫声～ 暮寒～ 高精～

坚　〔jiān〕中～ 弥～ 甲～ 城～ 贞～ 披～ 攻～ 金石～ 意志～

肩　〔jiān〕一～ 两～ 比～ 并～ 仔～ 息～ 卸～ 胁～ 耸～ 齐～ 摩～ 鸢～ 豚～ 铁～

艰　〔jiān〕艰难的艰。时～ 投～ 履～ 济～ 危～ 天步～ 稼穑～

煎　〔jiān〕熬～ 烹～ 烦～ 茶～ 百虑～ 寒暑～ 膏火～ 急煎

奸　〔jiān〕姦巨～ 辨～ 破～ 防～ 内～ 藏～ 汉～ 除～ 锄～

缄　〔jiān〕〔椷〕封～ 书～ 三～ 秘～ 发～ 启～ 瑶～ 披～ 华～ 开～

笺　〔jiān〕〔牋〕花～ 锦～ 彩～ 信～ 云～ 红～ 素～ 寄～

~郑~鸾~薛涛~五色~
八行~

渐〔jiān〕东~滋~渐~
（麦秀貌）教化~（另见
去声）

监〔jiān〕监察，监狱的监。
（另见去声）

缣〔jiān〕细绢。织~湘~
吴~残~新~

湔〔jiān〕溅~（流水声）
（另见去声）

湔〔jiān〕洗。雪~濯~

鞬〔jiān〕盛弓矢器。锦~
腰~

鞯〔jiān〕鞍~锦~

犍〔jiān〕阉牛。

菺〔jiān〕兰草。蒲~秉~

殲〔jiān〕〔殲〕尽~殄~师
~敌~身~封豕~

菅〔jiān〕草名。草~榛~
编~

戋〔jiān〕〔戔〕戋~（细微）

笺〔jiān〕姓。彭~老~寿
~

蒹〔jiān〕蒹葭的蒹。

鹣〔jiān〕比翼鸟。鲽~鹣~

熸〔jiān〕灭。火~军~

鹃〔juān〕杜~春~啼~鸣
~泣~化~

捐〔juān〕弃~募~虚~共
~苛~纳~兔~岁月~

烦虑~秋扇~一身~

涓〔juān〕涓~（细流）

娟〔juān〕婵~娟~

悁〔juān〕忿~悲~悁~
（忧忿貌）

镌〔juān〕雕~磨~金石~
姓名~

蠲〔juān〕虫名。蠲除的蠲。

朘〔juān〕削~（剥削）

身〔juān〕身毒的身。（另
见痕韵阴平）

看〔kān〕看守的看。相~
探~静~羞~懒~共
久~频~贪~卧~坐~仔
细~不耐~雾中~另眼
一例~冷眼~带笑~不厌
~着意~几回~更好~
（参看去声）

堪〔kān〕不~哪~难~岂
~谁~何~真~可~

勘〔kān〕校~探~测~验
~察~踏~复~磨~
（去声同）

刊〔kān〕刀~书~雕~不
~期~特~月~报~周
~副~墨本~

龛〔kān〕佛~禅~香~石
~

戡〔kān〕平定。

宽〔kuān〕放~拓~心~
量~从~衣~天~江~
政~酒杯~水云~猛济~

眼界～宇宙～道路～百忧～

颟〔mān〕又读。(见阳平)

拈〔niān〕指～手～重～轻～

蔫〔niān〕花草干枯。(yān同)

攀〔pān〕仰～跻～高～追～难～逐～一枝～柳堪～不可～

潘〔pān〕姓。

番〔pān〕番禺的番。(另见fān,波韵阳平)

篇〔piān〕长～短～诗～连～千～新～中～遗～开～满～一～几～秋水～锦绣～三百～内外～

偏〔piān〕不～无～心～地～偏～日影～

翩〔piān〕疾飞。联～翩～

扁〔piān〕扁舟的扁。(另见上声)

千〔qiān〕三～百～八～十～万～大～几～盈～〔韆〕秋～

牵〔qiān〕手～拘～挽～引～羁～连～丝～事～风～情～意～锦缆～名利～梦魂～一线～

迁〔qiān〕三～变～播～乔～境～推～莺～南～重～思～史～左～懑～怒～岁月～陵谷～几回～

签〔qiān〕题～〔籤〕芸～书～神～牙～中～竹～标～符～抽～浮～甲乙～

谦〔qiān〕自～貌～和～守～谦～

铅〔qiān〕丹～怀～汞～烧～

阡〔qiān〕阡陌的阡。横～连～开～新～越～东城～麦盈～

愆〔qiān〕罪～前～赎～获～

褰〔qiān〕天～襄～破～雨露～

芊〔qiān〕绵～芊～(草盛)

嵌〔qiān〕又读。(见去声)

仟〔qiān〕"千"的大写。

扦〔qiān〕扦子的扦。

鵮〔qiān〕鸟啄物。

搴〔qiān〕揭起。拔取。

骞〔qiān〕高～腾～退～风云～(另见上声)

佥〔qiān〕皆。询谋～物议～

圈〔quān〕密～圆～一～铁～红～画～花～项～沿～加～绳～圈～(另见去声 juàn、quà)

悛〔quān〕悔改。不～

桊〔quān〕曲木盂。杯～

帣〔quān〕弩弓。张～空～

三〔sān〕二～再～两～重～
反～洗～瘟～月初～
益友～鼎足～三月～约法
～三尺～对影～（另见去
声）

叁〔sān〕"三"的大写。

毵〔sān〕毵～（细长貌）

山〔shān〕高～云～丘～冰
～火～江～河～东～南
～玉～碧～苍～名～韂～
溪～雪～鳌～铜～关～屏
～家～隔～青～好～孤～
牛～深～宝～童～空～寒
～远～他～鞍～下～登～
博～前～移～屋～坟～蚕
上～挟泰～井冈～大别～
三座～不周～六盘～山外
～力拔～

衫〔shān〕短～罗～衣～布
～汗～单～轻～青～舞
～花～春～征～客～衬～

删〔shān〕手～笔～可～刊
～繁文～几回～

芟〔shān〕勤～锄～刈～

杉〔shān〕长～松～高～云
～水～（参看麻韵阴平）

膻〔shān〕〔羴〕腥～气～羹
～蚁逐～

扇〔shān〕〔摏、煽〕扇惑的
扇。（另见去声）

跚〔shān〕蹒～（跛行貌）

姗〔shān〕姗～（缓行貌）

珊〔shān〕珊瑚的珊。阑～
（衰落）珊～（佩玉声）

苫〔shān〕草垫。用草遮
盖。（去声同）

舢〔shān〕舢板的舢。

潸〔shān〕潸～（泪流貌）

闩〔shuān〕门～

拴〔shuān〕缚系

栓〔shuān〕枪～消火～

酸〔suān〕味～醋～硫～梅
～悲～寒～鼻～辛～含
～心～穷～齿～
〔痠〕腰～臂～腿～

狻〔suān〕狻猊的狻。

贪〔tān〕去～心～书～

摊〔tān〕书～货～小～地
～饭～分～均～平～满
地～旧货～

滩〔tān〕沙～危～急～海
～芦～蓼～渔～盐～苏
～雁宿～

瘫〔tān〕风～

探〔tān〕探汤的探。（另见
去声）

坍〔tān〕岸～天～

怹〔tān〕"他"的敬称。

啴〔tān〕啴～（喘息。安舒）

天〔tiān〕江～海～春～秋
～青～苍～冰～光～霜
～参～滔～飞～聊～普～
周～弥～连～齐～兼～经～
好～成～当～问～谈～
登～回～呼～戴～雨～白
～遮～补～中～摩～冲～
薄～忧～乐～九～先～掀
～朝～胜～尧～倚～洞～
测～管～上～晴～云～半
～炎～喧～天～食为～别
有～夕阳～麦秋～黄梅
奈何～一线～换新～霜满
～别有～艳阳～

添〔tiān〕增～香～新～暗
～潮～凉～海屋～岁月
～白发～

湍〔tuān〕急流。风～激～
雪～鸣～飞～惊～回～

弯〔wān〕弓～腰～转～拐
～路～弯～月儿～

湾〔wān〕一～江～海～港
～深～台～芦荻～

蜿〔wān〕蜿蜒的蜿。蜿～

豌〔wān〕豌豆的豌。

剜〔wān〕刀挖。

先〔xiān〕祖～身～机～占
～争～在～承～必～德
～不～抢～优～原～当～
尽～率～开～首～领～后
～早～起～天下～着鞭～
捷足～一着～闻道～让人
～农事～

仙〔xiān〕〔僊〕天～神～酒
～诗～水～飞～游～升
～登～谪～八～群～列～
半～学～成～求～蓬岛～
地行～不羡～

鲜〔xiān〕新～鱼～时～色
～肥～烹～割～食～澄
～小～汤～红～芳～光～
击～碧～尝～绮罗～向日
～园蔬～露华～百花～
(另见上声)

纤〔xiān〕纤维的纤。腰～
眉～手～指～洪～廉～
(微雨貌)纤～水纹～(另
见去声)

掀〔xiān〕手～力～风～波
～

籼〔xiān〕〔秈〕早～白～霜
～洋～

躚〔xiān〕蹁～(旋行貌)蹁
～(舞貌)

掺〔xiān〕　掺～(手美貌)
(另见去声)

莶〔xiān〕豨～(草名)(另
见阳平)

铦〔xiān〕锋利。剑铓～宝
刀～

祆〔xiān〕拜火教神名。

氙〔xiān〕气体元素。

宣〔xuān〕言～化～传～敷
～不～万里～玉音～

喧〔xuān〕声～尘～涛～避
～蝉～车马～笑语～鼓
吹～田野～鸡犬～夜雨～

轩 [xuān] 高～小～前～东～戎～鱼～辑～临～开～轩～(自得貌)鹤乘～

萱 [xuān] 椿～(喻父母)茂～北堂～忘忧～

暄 [xuān] 日～负～晴～微～春～寒～

揎 [xuān] 捋袖出臂。

堧 [xuān] 〔壖〕又读。(见痕韵阴平)

烜 [xuān] 烜赫的烜。

谖 [xuān] 诈～弗～(不忘)

儇 [xuān] 慧黠。

翾 [xuān] 翾～(小飞)

烟 [yān] 〔煙〕淡～寒～苍～炊～云～风～烽～荒～炉～野～松～茶～孤～冲～冒～飞～生～夕～晚～暮～硝～瑞～紫～林～香～飘～晴～柳～双～万家～翠微～十洲～柳含～一溜～
〔茶〕卷～香～纸～抽～

淹 [yān] 水～沉～滞～稽～迟～久～岁月～道途～水半～

咽 [yān] 咽喉的咽。(另见去声,皆韵入声去,痕韵阴平)

胭 [yān] 胭脂的胭。

嫣 [yān] 巧笑貌。嫣红的嫣。

焉 [yān] 语助词。忽～问～

殷 [yān] 赤黑色。血～朱～(另见痕韵阴平、上声)

腌 [yān] 〔醃〕盐～韭新～(另见唐韵阴平)

燕 [yān] 幽～(另见去声)

奄 [yān] 奄～(息微)(另见上声)

阉 [yān] 天～宦～寺～权～

崦 [yān] 崦嵫的崦。

厌 [yān] 厌～(安)(另见去声)

蔫 [yān] 又读。(见niān)

阏 [yān] 阏氏的阏。(另见歌韵入声去)

湮 [yān] 又读。(见痕韵阴平)

鸳 [yuān] 文～

鸢 [yuān] 飞～鸣～纸～风～鱼～

渊 [yuān] 深～重～九～澄～天～临～虞～跃～沉～冰～坠～广～在～清～万丈～清冷～鱼跃～不测～学有～

冤 [yuān] 含～太～呼～申～诉～深～雪～辨～烦～沉～窦娥～

鹓 〔yuān〕鹓雏的鹓。飞~彩~鸣~

宛 〔yuān〕大~(西域国名)(另见上声)

蜎 〔yuān〕蜎~(蠕动)

睧 〔yuān〕眼睛枯陷。睧井,枯井。

嬛 〔yuān〕嬛~(柔美貌)(另见阳平)

簪 〔zān〕发~髻~金~玉~短~堕~横~发一~不胜~

糌 〔zān〕糌粑的糌。

占 〔zhān〕占卜的占。预~吉~星~(另见去声)

瞻 〔zhān〕高~观~遥~旁~仰~欣~喜~马首~天下~

毡 〔zhān〕毡帽的毡。毛~油~青~寒~炕~

沾 〔zhān〕润~唇~衣~雨~露~均~普~沾~

粘 〔zhān〕〔黏〕糊~霜~汗~落花~(另见阳平)

旃 〔zhān〕旌~拥~勉~尚慎~

邅 〔zhān〕屯~(进退两难)

饘 〔zhān〕厚粥。

觇 〔zhān〕窥视。

詹 〔zhān〕多言。姓。詹~

谵 〔zhān〕病中胡言。语~

鹯 〔zhān〕鹰~化~霜~苍~

鱣 〔zhān〕大鱼名。

专 〔zhuān〕〔耑〕自~心~情~精~红~业贵~农事~志虑~不敢~

砖 〔zhuān〕瓦~汉~秦~磨~砚~抛~运~砌~花~茶~烧~敲门~

鱄 〔zhuān〕鱼名。洞庭~

颛 〔zhuān〕谨慎。颛~(区区)

钻 〔zuān〕钻探、钻营的钻。攻~研~雕~仰~铁凿~(另见去声)

躜 〔zuān〕跳动。

平声·阳平

残 〔cán〕摧~雕~香~月棋~梦~鬓~声~凶碑~花~灯~酒~春~字冬~岁~丛~落红~夕阳~晓星~更漏~蜡炬~

蚕 〔cán〕养~浴~喂~课春~红~金~野~眠~桑~冰~柞~

惭 〔cán〕羞~不~心~怀~内~自~

蟾 〔chán〕蟾蜍。玉~(月)金~(锁)戏~钓~秋~灵~三足~刘海~

禅 〔chán〕参~坐~逃~谈~悟~野狐~上乘~口

头~(另见去声)

蝉 〔chán〕鸣~寒~秋~金~新~听~捕~雨后~一声~

缠 〔chán〕纠~牵~难~盘~丝~腰~利名~瓜蔓~事务~

谗 〔chán〕讥~忧~信~工~奸~进~巧言~

馋 〔chán〕口~清~手~眼~贪~

孱 〔chán〕孱弱的孱。老~羸~虚~(另见去声)

婵 〔chán〕婵娟的婵。

廛 〔chán〕一~市~肆~百~

潺 〔chán〕潺~(水声)

躔 〔chán〕行迹。星~斗~

镵 〔chán〕长~花~采药~白木~

巉 〔chán〕巉~断崖~

单 〔chán〕单于,匈奴君长。(另见阴平,去声)

槏 〔chán〕槏枪的槏。

瀍 〔chán〕水名。伊~

儃 〔chán〕儃佪的儃。

澶 〔chán〕澶渊的澶。

镵 〔chán〕凿。刀~

船 〔chuán〕汽~飞~摇~撑~划~兵~轮~行~

客~帆~邮~上~下~泊~漏~游~渔~楼~画~龙~渡~归~停~上水~罱泥~藕如~夜航~乌篷~采菱~春水~

传 〔chuán〕宣~相~邮~名~言~风~哄~流~家~祖~浪~谣~口~讹~秘~可~师~遗~心~盛~不虚~古今~到处~薪火~(另见去声)

椽 〔chuán〕屋~一~数~架~竹~笔如~出檐~

遄 〔chuán〕迅速。

攒 〔cuán〕攒聚的攒。竹~花~云~眉~峰~剑戟~麦芒~(另见上声)

凡 〔fán〕不~非~平~大~发~圣~尘~仙~

烦 〔fán〕心~忧~纷~尘~频~絮~腻~耐~麻~厌~多~事~薄书~不惮~

繁 〔fán〕事~物~浩~剧~桑麻~百花~

樊 〔fán〕樊篱、樊笼的樊。

蕃 〔fán〕草木~庶类~牛马~五谷~

藩 〔fán〕屏~篱~边~外~触~破~

蘩 〔fán〕白蒿。蘋~采~

矾 〔fán〕明~白~

墦〔fán〕坟。丘~乞~东郭~

燔〔fán〕焚烧。

含〔hán〕含胡的含。包~口~情~窗~山~泪~半~月色~

韩〔hán〕慕~识~报~追~

函〔hán〕书~信~来~致~瑶~琅~投~石~崤~枕~镜~

涵〔hán〕包~江~浑~虚~海~万象~秋影~

崡〔hán〕崡岈的崡

汗〔hán〕可~（西域国主称号）（另见去声）

邗〔hán〕邗沟的邗。

邯〔hán〕邯郸的邯。

榦〔hán〕井栏。

寒〔hán〕岁~春~风~霜~露~烟~郊~大~饥~贫~清~齿~天~广心~胆~盟~轻~严~沍~祁~嫩~峭~孤~耐~凌~冲~惊~号~消~生~噤~破~冒~防~剑光~六月~刺骨~高处不胜~夜雨~

还〔huán〕往~回~归~偿~珠~交~奉~璧~好~飞~不~无~人~时~鸟知~奏凯~去复~

环〔huán〕玉~翠~珠~珮~指~耳~连~循~转~弯~山~水~金~星~赤道~大刀~雀衔~月晕~

鬟〔huán〕鬓~垂~烟~风~云~螺~翠~丫~

寰〔huán〕九~人~尘~市~烟~区~

镮〔huán〕金属圈。铜~铁~钗~指~门~车~

桓〔huán〕盘~齐~桓~（武貌）

缳〔huán〕绳圈。投~绞~（去声同）

阛〔huán〕阛阓的阛。

嬛〔huán〕嫏~（藏书处）（另见阴平）

洹〔huán〕水名。

萑〔huán〕荻类。编~泽~

锾〔huán〕六两。赎罪钱。罚~

兰〔lán〕春~香~滋~佩~梦~芳~椒~芝~金~幽~木~玉~珠~蕙~九畹~花木~幼秋~臭如~紫罗~空谷~

栏〔lán〕回~雕~朱~玉~画~石~竹~碧~曲~小~药~凭~倚~牛~危~猪~井~亚字~

阑〔lán〕春~酒~更~兴~烛~玉~井~夜~岁

~歌~兴未~月色~灯火~

澜 [lán] 波~海~碧~翻~狂~回~安~文~晴~层~洪~汍~(泣貌)既倒

岚 [lán] 山~夕~晓~晴~翠~林~遥~云~烟~层~雾后~

蓝 [lán] 染~蔚~伽~精~天~翠~青出~水拖~(另见麻韵阴平)

篮 [lán] 竹~花~菜~药~鱼~提~摇~满~网~携~

拦 [lán] 遮~阻~隔~手~

斓 [lán] 斑~

褴 [lán] 褴褛的褴。

婪 [lán] 贪~

谰 [lán] 谰言的谰。

连 [lián] 接~干~结~牵~留~流~丝~钩~绵~山~天~云~珠~株~毗~黄~颠~相~桑柘~阡陌~好八~英雄~

镰 [lián] 腰~挥~磨~刈麦~月如~

廉 [lián] 清~养~守~伤~低~公~孝~价~

莲 [lián] 红~白~金~玉~青~池~睡~湖~采~爱~瑞~并蒂~十丈~

涟 [lián] 清~碧~漪~涟~(垂泪貌)

怜 [lián] 相~可~乞~爱~偏~自~哀~取~独~有谁~

联 [lián] 对~楹~珠~锦~蝉~星~关~春~长~喜~辔~好句~雁行~夜床~

帘 [lián] 画~风~竹~珠~翠~门~窗~锦~芦~湘~绣~疏~捲~垂~酒~冰~隔~掀~重~村店~鸟窥~

奁 [lián] 〔匳〕镜~妆~印~香~宝~粉~

濂 [lián] 水名。

鲢 [lián] 鱼名。

苓 [lián] 蔓草名。白~赤~乌~(去声同。另见阴平)

褳 [lián] 搭~

鬑 [lián] 鬑~(鬓发疏薄)

峦 [luán] 峰~冈~回~危~晴~层~翠~烟~青~重~崇~远~

鸾 [luán] 凤~彩~青~红~舞~鸣~骖~栖~

銮 [luán] 金~玉~鸣~和~(车铃)

脔 [luán] 块肉。一~禁~

栾〔luán〕檀～香～朱～(柚属)栾～(瘠貌)

圈〔luán〕团～

挛〔luán〕痉～拘～拳～牵～

孪〔luán〕双生。

蛮〔mán〕野～绵～菩萨～

漫〔mán〕旧读。云～渺～弥～漫～(参看去声)

瞒〔mán〕欺～隐～老～

鳗〔mán〕海～风～河～

鬘〔mán〕美发。华～垂～菩萨～

馒〔mán〕馒头的馒。

颟〔mán〕颟顸的颟。(阴平同)

谩〔mán〕欺骗。(另见去声)

蔓〔mán〕蔓青的蔓。(另见去声)

埋〔mán〕埋怨的埋。(另见开韵阳平)

棉〔mián〕木～皮～子～石～

绵〔mián〕〔緜〕缠～联～渺～丝～沉～吴～铺～芊～绵～瓜瓞～柳飞～岁月～

眠〔mián〕睡～冬～春～失～熟～醉～安～昼～蚕～催～长～三～欲～独～午～龙～不遑～枕戈～曲肱～

男〔nán〕童～成～丁～奇～宜～鲁～

难〔nán〕困～艰～大～碍～烦～两～知～畏～何～先～万～为～疑～更～色～二～才～不怕～知人～稼穑～蜀道～一字～勇退～(另见去声)

南〔nán〕指～二～朔～斗～东～西～中～周～海～江～天～岭～终～漠～图～汉～淮～荆～(另见麻韵阳平)

楠〔nán〕香～石～古～梗～

喃〔nán〕呢～喃～

蝻〔nán〕蝗～螟～

年〔nián〕今～明～新～旧～当～经～生～天～成～盛～同～齐～纪～过～贺～丰～华～少～高～青～丁～绮～中～暮～妙～长～频～连～比～历～全～万～迎～隔～来～流～穷～远～往～早～累～髫～凶～余～逢～大～延～忘～引～编～壮～何～开～芳～永～近～旧～年～大有～不计～万斯～太平～胜去～

粘〔nián〕〔黏〕胶～漆～泥～秫～饧～(另见阴平)

鲇〔nián〕鱼名。

盘 〔pán〕盘费、盘桓的盘。
果～茶～托～杯～冰～
春～金～玉～和～满～全
～通～地～营～磨～堆～
捧～轮～涅～棋～珠走～
水晶～承露～

蟠 〔pán〕龙～萦～山～根
～屈～

磐 〔pán〕安如～

蹒 〔pán〕蹒跚的蹒。

胖 〔pán〕舒坦。体～(另见
唐韵去声)

弁 〔pán〕小～(诗经篇名)
(另见去声)

磻 〔pán〕磻溪的磻。

便 〔pián〕便辟的便。腹便
～(肥貌)(另见去声)

楩 〔pián〕楩～

胼 〔pián〕胼胝的胼。

骈 〔pián〕并驾。骈偶的骈。

蹁 〔pián〕蹁跹的蹁。

钱 〔qián〕金～银～铜～纸
～本～利～荷～苔～榆
～挣～零～化～攒～工
现～献～价～青～双～不
论～一文～五铢～万选～

前 〔qián〕先～目～眼～面
～门～从～阶～窗～空
～支～跟～楼～台～村～
山～雨～车～瞻～膝～生
～军～马～花～堂～史～

腊～来～在～身～春～无
～超～当～直～更无～马
不～

潜 〔qián〕沉～渊～心～幽
～退～深～飞～龙～陶
～

乾 〔qián〕乾坤的乾。(另
见阴平"干")

虔 〔qián〕心～诚～郑～

钳 〔qián〕铁～钢～
〔箝〕钳口的钳。

掮 〔qián〕肩扛。

钤 〔qián〕盖印。印～

黔 〔qián〕贵州别称。突～
乌～

全 〔quán〕力～神～安～完
～保～大～万～十～健
～成～双～两～周～顾～
齐～瓦～求～曲～难～苟
～骨肉～智勇～

权 〔quán〕政～民～法～争
～掌～特～揽～专～擅
～弄～通～行～公～利～
强～主～弃～全～威～选
举～

泉 〔quán〕井～源～山～喷
～清～听～甘～贪～玉
～盗～廉～温～寒～黄
九～飞～涌～醴～第一～

拳 〔quán〕双～挥～抡～打
～老～握～拳～(恳挚)
奋空～石一～太极～

痊 〔quán〕病～幸～头风～

荃〔quán〕香～金～兰～
芳～蘅～

颧〔quán〕双～高～

蜷〔quán〕连～(长曲貌)

鬈〔quán〕发～美且～云
鬄～

踡〔quán〕踡跼的踡。

诠〔quán〕真～言～妙～秘
～评～

筌〔quán〕捕鱼具。忘～言
～意～蹄～(喻事之迹
象)

铨〔quán〕选官。曹～遴～

佺〔quán〕偓～(仙人名)

然〔rán〕惠～毅～果～荡
～巍～竆～悠～寂～超
～徒～悚～哑～偶～了～
井～嗒～油～沛～嗒～浩
～自～必～勃～宛～枉～
潸～怡～俨～公～翲～泫
～蔼～爽～天～欣～泰～
霍～索～益～谿～赫～坦
～趯～黯～萧～斐～冷～
陶～悄～慨～未～不～恍
～惘～岂其～飘飘～

髯〔rán〕须～髭～美～长
～苍～掀～龙～虬～

燃〔rán〕火～灯～宝炬～
花欲～

蚺〔rán〕蟒～花～

堧〔ruán〕水边地。河～
淮～

谈〔tán〕姓。笑～言
～清～麈～妄～游～聚～
玄～畅～高～深～常～闲
～空～漫～对～细～夜～
手～笔～街～攀～美～立
～剧～乡～密～奇～狂～
健～交～纵～促膝～

弹〔tán〕指～轻～纠～讥
～吹～评～五弦～绳墨
～(另见去声)

坛〔tán〕〔壇〕诗～天～将
～文～骚～戒～杏～石
～花～高～誓师～先农～
〔罎〕瓦～油～酒～

檀〔tán〕紫～香～沉～游
～伐～气如～

潭〔tán〕澄～寒～碧～玉
～龙～江～珠～桃花～

痰〔tán〕吐～化～

曇〔tán〕彩～云～优～(曇
花)

覃〔tán〕延长。葛～广～
功～荣～声教～(另见
痕韵阳平)

谭〔tán〕姓。

澹〔tán〕澹台,复姓。(另
见去声"淡")

醰〔tán〕味厚。醇～醰～

蟫〔tán〕又读。(见痕韵阳
平)

郯〔tán〕古国名。

田〔tián〕种～耕～大～秧
～平～水～园～力～耘

~归~梯~屯~农~井~
桑~墓~蓝~湖~砚~福
~心~瓜~盐~火~雨~
佣~煤~良~肥~分~稻
~薄~青~垦~锄~田~
负郭~试验~

甜 〔tián〕甘~口~蜜~蔗
~香~瓜~酸~黑睡
~蔗境~

填 〔tián〕补~粉~

钿 〔tián〕花~翠~金~珠
~（另见去声）

阗 〔tián〕喧~骈~于~阗
~

滇 〔tián〕滇~（兴盛貌）
（另见阴平）

恬 〔tián〕安~心~

畋 〔tián〕畋猎。

团 〔tuán〕兵~集~剧~花
~锦~粉~冰~蒲尖
~雪~疑~成~人~团~
共青
〔糰〕糕~粉~汤~喜
龙凤~

抟 〔tuán〕风~鹏~扶摇~
九霄~

湍 〔tuán〕湍~（露多貌）

完 〔wán〕工~神~苟~缮
~

丸 〔wán〕药~蜡~金~泥
~肉~弹~跳~转~弄
~走~一~小于~函谷~

顽 〔wán〕愚~冥~凶~驽
~痴~石~儿童~

纨 〔wán〕细绢。绮~罗~
素~轻~冰~齐~

玩 〔wán〕游~好~（另见
去声）

汍 〔wán〕汍澜的汍。

刓 〔wán〕削。印~剜~屡
齿~

贤 〔xián〕圣~先~高~前
~群~选~慕~时~举
~求~让~象~

闲 〔xián〕防~马~天~大
~闲~不逾~
〔閒〕安~空~宽~优~
投~清~幽~萧~等~余
~帮~游~稍~心~身~
有~偷~退~抽~拨~半
日~白云~不肯~

嫌 〔xián〕微~无~讨~前
~避~捐~猜~挟~憎
~瓜李~

弦 〔xián〕〔絃〕上~下~应
~弓~丝~管~抚~控
~单~三~佩~鸣~七~
琴~清~拂~无~改~续
~断~直如~

涎 〔xián〕口~垂~流~馋
~蜗蛟~龙~

衔 〔xián〕头~军~领~
〔啣〕口~鸟~马~窗~
远山~

娴 〔xián〕娴熟的娴。心~
丽~静~雅~词令

咸〔xián〕皆。阮～
　〔鹹〕味～海～甘～酸～
　苦～

鹇〔xián〕孤～飞～白～笼
　～

舷〔xián〕船～叩～

痫〔xián〕羊痫疯的痫。

蚿〔xián〕马陆。怜～夔～

旋〔xuán〕凯～盘～转～斡
　～回～周～螺～蚁～言
　～（另见去声）

悬〔xuán〕〔懸〕悬殊的悬。
　高～倒～虚～钟～灯～
　帆～日月～方寸～

玄〔xuán〕玄色的玄。太～
　深～参～悟～谈～钩～
　玄又～

璇〔xuán〕美玉。星名。

漩〔xuán〕水涡。（去声同）

言〔yán〕宣～人～立～慎
　～名～妄～流～空～谗
　～语～方～恒～荟～讳～
　法～好～绪～矢～至～讹
　～浮～危～扬～无～微～
　寓～万～片～雅～大～文
　～陈～巧～忠～甘～直～
　谰～戏～赠～花～闲～烦
　～前～格～箴～诺～禽～
　食～笑～七～敢～难～忘
　～誓～昌～放～断～失～
　预～无～间～有后～药石
　～天何～荒唐～

延〔yán〕迁～迟～绵～拖
　～顺～推～苟～俄～寿
　～稽～蔓～招～宛～

颜〔yán〕红～容～解～汗
　～赧～厚～强～抗～犯
　～衰～破～苍～无～奴～
　玉～驻～童～和～霁～欢
　～羞～朱～笑～惭～开心
　～

研〔yán〕精～钻～细～磨
　～攻～

炎〔yán〕消～上～余～发
　～趋～避～肝～炎～阑
　尾～

严〔yán〕〔嚴〕戒～解～尊
　～威～庄～清～精～从
　～森～端～谨～华～鼓角
　～军令～

檐〔yán〕〔簷〕屋～茅～帽
　～笠～风～画～危～层
　～重～虚～巡～飞～雀噪
　～

沿〔yán〕炕～洄～溯～循
　～边～习相～（另见去
　声）

筵〔yán〕宾～琼～绮～华
　～经～盛～开～初～几
　～张～

妍〔yán〕争～春～芳～态
　～鲜～清～娇～媸～景
　物～桃李～

盐〔yán〕煮～堆～调～撒
　～贩～精～吴～梅～鱼
　～（另见去声）

岩〔yán〕〔巖〕危～ 悬～ 层～仙～ 岑～ 苍～ 灵～ 云～巉～ 翠～ 火成～

阎〔yán〕阊～ 穷～

蜒〔yán〕蚰～ 蜿～ 蜒～(蠕行貌)

芫〔yán〕荒荽的荒。（另见yuán）

埏〔yán〕边际。八～垓～

缘〔yuán〕因～ 边～ 绝～ 有～无～ 良～ 善～ 投～ 化～血～ 夤～ 机～ 了～ 夙～尘～ 结～ 人～ 俗～ 前～ 随～攀～ 文字～ 山水～（另见去声）

援〔yuán〕救～ 声～ 支～ 后～外～ 手～ 攀～ 求～ 来～待～

园〔yuán〕公～ 花～ 小～ 家～庄～ 名～ 乐～ 灌～ 田～果～ 菜～ 淇～ 漆～ 梁～祇～ 兔～ 窥～ 陵～ 幼儿～金谷～ 颐和～

源〔yuán〕根～ 水～ 河～ 泉～渊～ 灵～ 穷～ 资～ 财～探～ 富～ 起～ 清～ 开～同～ 心～ 导～ 溯～ 发～ 来～思～ 利～ 求～ 逢～ 桃花～左右～

圆〔yuán〕方～ 团～ 浑～ 智～月～ 珠～ 镜～ 初～ 志～幅～ 正～ 未～ 滚～ 影～汤～ 重～ 梦～ 璧～ 缺～ 复～长～ 光～ 轻～ 匀～ 粉饵～
〔圆〕大～(天)

元〔yuán〕一～ 二～ 三～ 多～公～ 纪～ 单～ 金～ 乾～解～ 抡～ 坤～ 开～ 黎～还～ 上～ 元～ 出状

员〔yuán〕党～ 委～ 人～ 海～随～ 成～ 船～ 店～ 官～演～ 教～ 定～ 团～ 社～备～ 动～ 专～ 满～ 裁～ 幅～复～ 冗～ 营业～ 指战服务～

原〔yuán〕平～ 本～ 推～ 九～高～ 还～ 中～ 屈～ 草～丘～ 燎～ 川～ 复～ 五丈～乐游～

辕〔yuán〕轩～ 车～ 改～ 南～攀～ 推～ 行～

猿〔yuán〕古～ 人～ 啼～ 林～心～ 巫峡～ 长臂～

鼋〔yuán〕鳌～ 巨～ 浮～ 潜～

垣〔yuán〕墙～ 崇～ 短～ 粉～颓～ 堵～ 馆～

袁〔yuán〕姓。

沅〔yuán〕湘～ 澧～

橼〔yuán〕枸～ 香～

爰〔yuán〕于是。

嫄〔yuán〕姜～(后稷母)

湲〔yuán〕潺～(水流貌)

媛〔yuán〕婵～(牵引貌)(另见去声)

芫〔yuán〕芫花的芫。(另见yán)

鼋〔yuán〕鼋鼍的鼋。

咱〔zán〕我。我们。多～(另见麻韵阳平)

仄声·上声

俺〔ǎn〕我。

揞〔ǎn〕按覆。

板〔bǎn〕拍～铁～黑～砧～跳～木～桥～船～甲～石～腰～呆～死～薄～快～走～歌～古～舢～七巧～三合～
　　〔闆〕老～

版〔bǎn〕手～木～玉～书～出～绝～宋～原～雕～翻～重～笏～聚珍～

坂〔bǎn〕斜～平～莎～峭～长～陇～九折～

蝂〔bǎn〕蝜～(小虫名)

贬〔biǎn〕褒～迁～弹～

扁〔biǎn〕扁豆的扁。平～压～轧～(另见阴平)

匾〔biǎn〕门～上～

窆〔biǎn〕下葬。安～临～

褊〔biǎn〕褊狭的褊。

惨〔cǎn〕〔慘〕凄～悲～愁～风云～

产〔chǎn〕生～农～物～出～土～国～增～高～稳

～丰～超～盛～流～助～多～矿～资～难～特～财～水～脱～

铲〔chǎn〕〔剷〕刀～铁～饭～药～连根～

谄〔chǎn〕巧～谀～阿～

阐〔chǎn〕开～昭～

辗〔chǎn〕笑貌。

蒇〔chǎn〕完毕。

喘〔chuǎn〕气～残～娇～汗～吴牛～

舛〔chuǎn〕乖～讹～命途～

胆〔dǎn〕大～义～赤～斗～壮～丧～沥～心～肝～尝～放～悬～球～瓶～落～吓破～身～

掸〔dǎn〕〔撣〕拂除。鸡毛～(另见去声)

疸〔dǎn〕黄～

典〔diǎn〕经～乐～大～古～庆～词～字～荣～文～出～法～令～政～坟～内～盛～尧～祀～五～旧～当～重～数～

点〔diǎn〕标～圈～评～顶～弱～支～蹲～检～论～指～茶～糕～优～打～极～重～钟～更～查～特～雨～焦～沸～据～起～要～水～地～班～污～装～观～千～一～两～点～

胭脂～立足～出发～风景～

碘 〔diǎn〕化学元素。

短 〔duǎn〕长～浅～补～尺～衣～日～简～才～訾～梦～护～气～修～绠视～宵～纸～发～烛～节～截～短～

反 〔fǎn〕自～三～隅～造～违～相～肃～（另见阴平）

返 〔fǎn〕往～回～复～道～忘～

感 〔gǎn〕情～观～杂～美～灵～敏～快～心～有～多～衔～铭～哀～反～相～同～伤～交～百～正义～平生～登临～知己～

敢 〔gǎn〕勇～不～果～何～胆～岂～

杆 〔gǎn〕〔桿〕枪～木～旗～笔～杠～（另见阴平）

秆 〔gǎn〕〔稈〕禾～麦～稻～茎～稭～

赶 〔gǎn〕追～急～

橄 〔gǎn〕橄榄的橄。

澉 〔gǎn〕地名。

擀 〔gǎn〕擀面的擀。

管 〔guǎn〕竹～芦～彤～钢～弦～水～主～掌～搦～斑～翠～寸～握～保～拘～看～箫～葭～吹～获

～鞯～筠～窥豹～生花～

馆 〔guǎn〕饭～酒～茶～宾～旅～捐～公～花～授～菜～客～文史～博物～大使～

脘 〔guǎn〕胃～（wǎn同）

莞 〔guǎn〕东～（地名）（另见wǎn，阴平）

喊 〔hǎn〕呐～呼～叫～哭～大～高～狂～

罕 〔hǎn〕稀～见～纳～前世～

阚 〔hǎn〕虎声。阚～（勇猛貌）（另见去声）

缓 〔huǎn〕迟～疏～宽～展～舒～和～迂～缓～不容～衣带～马蹄～

浣 〔huǎn〕又读。（见去声）

睆 〔huǎn〕美好。睍～华～

简 〔jiǎn〕竹～邮～书～素～折～错～执～汗～断～就～青～残～汉～狂～脱～夷～精～清～蠹～

减 〔jiǎn〕〔減〕省～削～味～加～递～兴～缩～消～膳～色～裁～增～未～耗～末～删～顿～腰围～

俭 〔jiǎn〕节～克～勤～崇～省～清～岁～世～风～持家～

茧 〔jiǎn〕蚕～结～作～冰～玉～剥～雪～同功～

剪 [jiǎn] 金~ 玉~ 霜~ 诛~ ~删 裁~ 如~ 勿~ 刀~燕尾 ~并州 寒蔬~

检 [jiǎn] 点~ 查~ 不~ 搜~ ~先 通~

柬 [jiǎn] 信~ 书~ 小~ 折~ ~修 请~ 酬~ 红~

拣 [jiǎn] 挑~ 汰~ 细~ 选~

蹇 [jiǎn] 偃~ 跛~ 屯~ 艰~ ~蹇

謇 [jiǎn] 忠~ 刚~ ~謇

骞 [jiǎn] 劣马。策~ 驽~ (另见阴平)

碱 [jiǎn] 〔碱、鹻〕烧~ 石~

捡 [jiǎn] 拾取。

睑 [jiǎn] 眼皮。双~ 垂~

裥 [jiǎn] 裙褶。(去声同)

锏 [jiǎn] 古兵器名。双~ 铜~舞~ (另见去声)

鬋 [jiǎn] 垂鬓貌。曼~ 盛~

趼 [jiǎn] 手足生硬皮。重~老~手~

谫 [jiǎn] 谫陋的谫。

笕 [jiǎn] 引水竹管。山~ 通~ ~连云 ~分溜~

卷 [juǎn] 手~ 高~ 舒~ 半~ ~帘~ 浪~ 风~ 烟~ 纸~席~ 春~ 花~ 横~ 四~袖~ 云~ 雾~ 朔风~ 蕉叶~ (另见去声)

砍 [kǎn] 刀~ 剑~ 斧~ 相~

坎 [kǎn] 卦名。坑~ 穿~掘~ 井~ 穴~ 心~ 离~坎~ (鼓声)

侃 [kǎn] 陶~ 侃~ (刚直貌)

槛 [kǎn] 门~ (另见去声)

欿 [kǎn] 不满足。

款 [kuǎn] 〔欵〕条~ 存~ 巨~~公~ 现~ 退~ 忠~ 衷~ ~愚~ 悃~ 通~ 行~ 题~款

窾 [kuǎn] 中空。

览 [lǎn] 一~ 展~ 快~ 周~ ~观~ 阅~ 眺~ 省~ 游~ 博~ 遍~ 披~ 历~ 凭~综~ 详~ 便~ 浏~ 清~ 放~纵~

懒 [lǎn] 身~ 意~ 慵~ 疏~ ~娇~ 躲~ 偷~ 不~ 贪~

揽 [lǎn] 一~ 总~ 延~ 招~ ~包~ 承~ 兜~ 广~ 罾~

榄 [lǎn] 橄~

壈 [lǎn] 坎~ (困顿)

罱 [lǎn] 捕鱼具。捞河泥。冬~

脸 [liǎn] 粉~ 花~ 红~ 嘴~笑~ 厚~ 露~ 逞~ 匀~涩~ 翻~ 丢~ 鬼~ 绷~不要~ 酒晕~

卵〔luǎn〕鸟～蚕～孵～完
～累～吞～产～

娈〔luǎn〕美好。婉～

满〔mǎn〕圆～月～花～美
～水～河～酒～人～小
～饱～腹～脑～丰～持～
戒～扑～骄～充～不自
～月轮～客常～禾黍～风帆
～

免〔miǎn〕罢～脱～苟～避
～减～解～幸～不～未
～豁～龀～赦～难～

勉〔miǎn〕龟～劝～奋～
加～勤～强～慰～共～

冕〔miǎn〕冠～加～

腼〔miǎn〕〔靦(另见 tiǎn)〕
腼腆的腼。

沔〔miǎn〕水名。汉～

眄〔miǎn〕斜视。流～顾～

娩〔miǎn〕分～(另见 wǎn)

湎〔miǎn〕沉～(湎于酒)

缅〔miǎn〕远。

赧〔nǎn〕羞～愧～颜～赧
～

腩〔nǎn〕牛～

碾〔niǎn〕轧～磨～石～汽
～细～

捻〔niǎn〕〔撚〕搓转。纸～
药～轻～细～

辇〔niǎn〕凤～香～翠～玉
～

撵〔niǎn〕驱逐。追赶。

暖〔nuǎn〕春～冬～风～水
～日～花～衣～和～晴
～香～温～饱～轻～冷～
燠～暄～回～知～趁～送
～乍～心意～一室～

馃〔nuǎn〕馃寿的馃。

浅〔qiǎn〕深～智～水～学
～交～搁～才～清～肤
～草～粗～褊～学识～酒
杯～工夫～兴不～水清～

遣〔qiǎn〕排～派～发～驱
～消～调～差～一笑～
百忧～

谴〔qiǎn〕天～获～厚～诛
～

缱〔qiǎn〕缱绻的缱。

犬〔quǎn〕鸡～鹰～豚～黄
～警～小～邻～猎～吠
～丧家～寄书～

畎〔quǎn〕畦～塍～沟～

染〔rǎn〕传～点～渐～习
～感～印～濡～熏～沾
～不～渲～尘～

苒〔rǎn〕荏～(迁延)苒～
(草盛貌)

冉〔rǎn〕冉～(行貌)

软〔ruǎn〕〔輭〕力～心～柔
～香～细～酥～温～沙
～草～脸～嘴～服～轻～
红尘～莺声～香秔～

阮〔ruǎn〕姓。刘～二～贤～擘～笙～大小～

散〔sǎn〕丸～松～零～闲～懒～樗～游～骈～萧～冗～广陵～清凉～（另见去声）

伞〔sǎn〕布～纸～花～绣～火～雨～凉～跳～油纸～降落～

橵〔sǎn〕油～

糁〔sǎn〕粒～米～玉～

闪〔shǎn〕霍～电～躲～打～乱～失～一～灯～闪～金光～

陕〔shǎn〕地名。

睒〔shǎn〕闪烁。窥看。

坦〔tǎn〕平～舒～履～意～腹～夷～险～坦～东床～

毯〔tǎn〕毛～绣～锦～红～毡～绒～桌～地～花如～

袒〔tǎn〕肉～臂～裸～偏～左～

菼〔tǎn〕荻。葭～如～

忐〔tǎn〕忐忑的忐。

忝〔tiǎn〕谦词。愧～叨～谬～无～职～

殄〔tiǎn〕暴～诛～妖魔～

舔〔tiǎn〕舌～

腆〔tiǎn〕丰～不～（菲薄）〔觍〕腼～（惭貌）

靦〔tiǎn〕惭貌。（另见miǎn"腼"）

餂〔tiǎn〕诱取。言～利～

畽〔tuǎn〕田边空地。町～村～

晚〔wǎn〕早～夜～向～天～岁～春～秋～傍～生～恨～未～相见～芳菲～闻道～梅开～留客～枫林～

挽〔wǎn〕〔輓〕推～手～力～哀～

碗〔wǎn〕茶～金～瓷～海～捧～满～灯一～铁饭～搪瓷～

婉〔wǎn〕和～燕～贞～清～委～柔～

宛〔wǎn〕宛然的宛。宛～（屈曲）（另见阴平）

菀〔wǎn〕茂盛。

畹〔wǎn〕九～香～盈～滋兰～

皖〔wǎn〕安徽别称。

莞〔wǎn〕莞尔的莞。（另见guǎn、阴平）

娩〔wǎn〕婉～（和顺貌）（另见miǎn）

脘〔wǎn〕又读。（见guǎn）

显〔xiǎn〕明～光～浅～通～丕～尊～荣～清～声名～

鲜 [xiǎn] [尟] 少。世~能~知者~克终~（另见阴平）

险 [xiǎn] 危~阴~历~遇~冒~探~凶~出~守~行~履~走~脱~奸~夷~天~惊~设~地~攻~用~济~绝~峻~韵~艰~风波~羊肠~

薛 [xiǎn] 苔~苍~碧~砌~秋~

蚬 [xiǎn] 蛤~白~鲜~

跣 [xiǎn] 光脚。赤~徒~祖~

燹 [xiǎn] 兵~野~灾~烽~

洗 [xiǎn] [冼]姓。（另见齐韵上声）

筅 [xiǎn] 筅帚的筅。

铣 [xiǎn] 有光的金属。（另见齐韵上声）

选 [xuǎn] 民~人~推~精~拔~遴~普~改~初~候~拣~首~票~上~入~中~万~落~挑~当~登~膺~博~文~妙~殊~高~抢~天下~青钱~

癣 [xuǎn] 疥~疮~

眼 [yǎn] 洞~眉~只~巨~慧~打~睁~明~顺~开~眨~放~龙~着~耀~转~瞥~亲~针~即~挑~瞎~显~字~偻~满~冷~泉~反~心~蟹~板~钱~杏~诗~碧~翻~过~偷~法~青~白~望~肉~睡~醉~狗~老~朦胧~

掩 [yǎn] 遮~手~半~户~虚~云~竹~屏~垂杨~轻纱~

演 [yǎn] 会~表~讲~预~排~上~开~公~操~扮~导~主~

衍 [yǎn] 大~（五十）蔓~推~奥~繁~敷~文~笾~庆~流~曼~游~推~绵~

巘 [yǎn] 山峰。翠~秀~绝~苍~层~晴~

偃 [yǎn] 息~低~旗~戈~草~武~倾~风~

兖 [yǎn] 地名。青~齐~

晻 [yǎn] 晻~（日无光）

罨 [yǎn] 网取。冷~温~

魇 [yǎn] 梦~睡~惊~

奄 [yǎn] 奄忽的奄。（另见阴平）

鼹 [yǎn] 田鼠。饮河~

俨 [yǎn] 俨然，庄严貌。

厣 [yǎn] 厣廖的厣。

剡 [yǎn] 削。锋利。（另见去声）

琰 [yǎn] 玉有美色。

厣〔yǎn〕 螺~蟹~

黡〔yǎn〕 黑痣。

郾〔yǎn〕 地名。

渷〔yǎn〕 云雨貌。

远〔yuǎn〕 久~长~深~永~
~疏~旷~源~骛~遥
~道~虑~边~悠~荒~
旨~意~天~望~意~近
~高~辽~清~不在~天
样~平芜~(另见去声)

攒〔zǎn〕 积累。(另见阳平)

拶〔zǎn〕 拶指的拶。

趱〔zǎn〕 快走。急~紧~

展〔zhǎn〕 发~进~开~舒
~施~招~扩~披~翼
~画~眉~延~敷~花萼
~红旗~鹏图~

辗〔zhǎn〕 轮~

斩〔zhǎn〕 剑~监~如~问
~齐~利刃~连根~

盏〔zhǎn〕 玉~碗~酒~盘
~满~把~传~飞~灯
千~

崭〔zhǎn〕 崭新的崭。

飐〔zhǎn〕 因风颤动。旗~
浪~惊~乱~

搌〔zhǎn〕 揩抹。

转〔zhuǎn〕 旋~运~辗~
圆~斗~月~气~地~
珠~蓬~扭~流~婉~江

~路~九~回~好~周~
移~天~乾坤~辘轳~石
可~(另见去声)

啭〔zhuǎn〕 鸟鸣悦耳。莺
~百~清~歌喉~

纂〔zuǎn〕〔籫〕编~修~组
~类~手~(去声同)

缵〔zuǎn〕 继续。

仄声·去声

案〔àn〕 几~方~档~书~
玉~草~图~答~积~
举~结~破~文~公~旧
~香~诗~悬~堆~铁~
翻~据~疑~了~无头~
梁鸿~

岸〔àn〕 江~上~口~海~
断~沙~崖~野~隔~
~曲~高~断~涯~夹~
彼~拍~掠~傲~登~垂
杨~斜阳~

暗〔àn〕〔闇〕昏~幽~愚~
阴~黑~尘~灯~室~
柳~云~花~岭~弃~暗
~千山~

按〔àn〕 按摩的按。巡~推
~抑~考~复~红牙~

黯〔àn〕 黯然的黯。

犴〔àn〕 狴~(兽名。牢狱)

半〔bàn〕 一~多~事~天
~对~月~途~春~功
~夜~折~强~大~过~
参~居~阴晴~

办〔bàn〕〔辦〕包～主～开～创～置～试～惩～重～照～帮～赶～兴～买～立～好～代～

伴〔bàn〕相～同～陪～结～老～酒～作～失～逐～游～伙～舞～

瓣〔bàn〕花～瓜～莲～香～一～双～复～

扮〔bàn〕打～装～假～改～

拌〔bàn〕凉～杂～搅～

绊〔bàn〕牵～羁～根～萦～绝～脱～笼～拘～

爿〔bàn〕量词。一～

变〔biàn〕机～事～灾～政～色～渐～转～豹～巨～千～急～演～蜕～巧～流～情～观～天～谲～达～惊～万～不～应～量～质～突～改～权～叛～鱼龙～沧桑～风云～寒暑～习俗～

遍〔biàn〕一～几～千～万～

〔徧〕普～周～红～绿～开～问～行～寻～读～哨～（歌曲变调）

辨〔biàn〕审～分～立～明～细～剖～判～不～官商～五色～

辩〔biàn〕论～争～好～强～雄～狡～诡～九～思～申～分～答～坚白～纵

横～

便〔biàn〕利～轻～顺～方～多～两～随～请～乘～称～就～不～自～听～民～灵～简～粪～稳～风～邮～近～鸿雁～东风～（另见阳平）

辫〔biàn〕发～垂～长～结～

卞〔biàn〕卞急的卞。躁～刚～薛～

缏〔biàn〕麻～草帽～

抃〔biàn〕鼓掌。笑～舞～歌～庆～雷～

忭〔biàn〕欢～呼～快～雷～

汴〔biàn〕水名。古～清～河～

弁〔biàn〕皮～冠～簪～武～（另见阳平）

粲〔càn〕鲜明。锦～玉～星～霞～白～角枕～白石～

灿〔càn〕星～光～焕～灿～

璨〔càn〕璀～（玉光）璨～（光明貌）

掺〔càn〕鼓曲。渔阳～（另见阴平）

孱〔càn〕孱头，怯弱者。（另见阳平）

忏〔chàn〕忏悔的忏。经～

羼〔chàn〕羼杂。

颤 〔chàn〕颤动的颤。(另见zhàn)

划 〔chàn〕一～（一律）

串 〔chuàn〕一～ 连～ 珠～ 贯～ 香～ 客～ 反～ 亲～ 串～

钏 〔chuàn〕手～ 臂～ 玉～ 金～ 钗～ 环～

窜 〔cuàn〕逃～ 远～ 流～ 鼠～ ～走 ～奔 ～伏 ～改 ～点～

爨 〔cuàn〕炊～ 执～ 同～ 分～ ～春 ～厨 ～釜 ～晨 ～异 ～举～

篡 〔cuàn〕窃～ 谋～

旦 〔dàn〕一～ 复～ 待～ 昏～ ～彻 ～昧 ～元 ～平 ～旭 ～清 ～达 ～震 ～谷 ～戒 月～ （品评）花～旦～ （天天。恳切貌。）何时～

淡 〔dàn〕〔澹（另见阳平）〕味～ 色～ 烟～ 云～ 清～ 浅～ 暗～ 冷～ 恬～ 平～ 雅～ ～旷 ～幽 ～扯 浓～ 冲～ 惨～ 咸～ 交～ ～淡 秋容～ 情怀～ 波光～

诞 〔dàn〕诞生的诞。妄～ 虚～ 放～ 怪～ 夸～ 荒～ 寿～ 华～ 圣～

担 〔dàn〕花～ 柴～ 重～ 一～ 货郎～ 千斤～ （另见阴平）

弹 〔dàn〕子～ 炮～ 金～ 投～ ～挟 ～飞 ～发 ～流 ～导 ～炸 ～原子～ 糖衣～ （另见阳平）

蛋 〔dàn〕鸡～ 脸～ 喜～ 生～ 下～ 滚～ 坏～ 捣～ 彩～ 红～

惮 〔dàn〕忌～ 畏～ 敬～ 深～

萏 〔dàn〕菡～ （荷花）

但 〔dàn〕岂～ 不～

石 〔dàn〕十斗。（另见支韵入声阳平）

啖 〔dàn〕〔啗〕健～ 吞～ 饮～

瘅 〔dàn〕因劳致病。痛恨。（另见阴平）

氮 〔dàn〕化学元素。

店 〔diàn〕夜～ 商～ 旅～ 村～ ～客 ～书 小～ 酒～ 饭～ ～茅 ～百货～

电 〔diàn〕雷～ 闪～ 掣～ 水～ ～通 ～邮 ～流 ～走 ～飞 ～紫 ～驰 ～奔 ～震 ～触～ 无线～

垫 〔diàn〕草～ 座～ 代～ 暂～ ～昏～ （溺）

殿 〔diàn〕殿军的殿。宫～ 宝～ 佛～ 月～ 水～ 金～ 鲁～ ～前 ～长生～ 太和～

玷 〔diàn〕玉之缺点。微～ 无～ 瑕～ 白圭～

簟 〔diàn〕席。竹～ 湘～ 凉～ ～清 ～碧 冰～ 枕～ 水纹～

奠〔diàn〕祭~设~薄~安~清~野~

甸〔diàn〕郊~江~海~淮~禹~(九州)荒~芳~畿~

佃〔diàn〕耕~渔~租~

钿〔diàn〕螺~花~翠~金~珠~(另见阳平)

淀〔diàn〕(澱)水~海~白洋~淀粉的淀。沉~淤~埋~

癜〔diàn〕病名。白~紫~

坫〔diàn〕坛~崇~设~

靛〔diàn〕青~蓝~

惦〔diàn〕惦念的惦。

踮〔diàn〕用脚尖着地。

痁〔diàn〕疟疾。

阽〔diàn〕阽危的阽。

断〔duàn〕割~声~寸~截~斩~垄~判~立~果~打~论~诊~武~臆~中~遮~间~望~寡~明~决~续~凄~藕~目~肠~魂~烟~断~当机音信~

段〔duàn〕阶~片~成~半~地~身~手~分~款~(马行迟)锦绣~

锻〔duàn〕〔煅〕冶~火~锤~洪炉~

缎〔duàn〕花~锦~绸~

簖〔duàn〕蟹~虾~竹~溪~渔~

范〔fàn〕姓。模~示~规~仪~遗~典~师~就~受~令~轨~洪~文清~风~防~百工~万世~

犯〔fàn〕侵~罪~干~触~冒~囚~战~违~无~欺~难~误~主~要~凄凉~(词调名)

饭〔fàn〕吃~烧~开~喷~便~下~茶~留~午~菜~冷~强~淡~健麦~讨~裹~加餐~大锅~

泛〔fàn〕广~宽~浮~空~泛~

贩〔fàn〕商~负~摊~小~

畈〔fàn〕平田。

梵〔fàn〕与佛教有关的事物。

干〔gàn〕才~躯~树~枝~骨~强~修~直~巧~勤~蛮~硬~单~苦~精~能~桢~青云~(另见阴平)

赣〔gàn〕〔贛〕江西的简称。

旰〔gàn〕晚。日~宵~

骭〔gàn〕小腿。肋骨。

绀〔gàn〕天青色。

淦〔gàn〕水名。

惯〔guàn〕习～娇～久～不
～见～听～作客～

冠〔guàn〕冠军的冠。首
～功～勇～弱～海内～
（另见阴平）

观〔guàn〕道～寺～楼～仙
～京～亭～日～（另见
阴平）

罐〔guàn〕〔鑵〕瓦～汤～药
～瓶～

灌〔guàn〕浇～倒～绛～引
流～百川～醍醐～

贯〔guàn〕一～万～满～连
～钱～鱼～虹～条～淹
～旧～籍～十五～

盥〔guàn〕栉～沃～清～梳
～

掼〔guàn〕掷。

鹳〔guàn〕鹳～野～老～

卝〔guàn〕束发。童～笄～
两～总角～

汗〔hàn〕流～冷～颜～愧
～血～浩～漫～挥～
（另见阳平）

汉〔hàn〕天～江～河～星
～银～铁～醉～霄～两
～好～罗～云～老～硬
痴～懒～男子～门外～

旱〔hàn〕天～久～炎～防
～起～抗～干～水～七
年～

悍〔hàn〕勇～凶～强～精
～骄～骁～剽～

憾〔hàn〕无～遗～释～怀
～宿～

撼〔hàn〕摇～震～波～声
～风～蚍蜉～山易～

翰〔hàn〕文～羽～挥～染
～屏～书～词～柔～

捍〔hàn〕〔扞〕捍卫、捍
格的捍。

菡〔hàn〕菡萏的菡。

闬〔hàn〕里～间～

焊〔hàn〕〔銲〕铜～电～

瀚〔hàn〕瀚海的瀚。浩～
（广大貌）

颔〔hàn〕下巴。点头。燕
～虎～

暵〔hàn〕干燥。

睅〔hàn〕目突出。

唤〔huàn〕呼～叫～使～召
～鸠～声声～晨鸡～有
人～隔岸～齐声～渡头～

换〔huàn〕交～调～互～
物～改～替～轮～偷～
岁～变～更～骨～撤～转
～兑～时节～暗中～

焕〔huàn〕日～蔚～炳～绚
～耀～霞～文～昭～

患〔huàn〕边～忧～祸～后
～内～水～外～无～病
～隐～大～虑～共～防～
心腹～蚊蚋～

幻 〔huàn〕虚~ 梦~ 浮~ 诞~
~荒~ 多~ 境~ 变~ 奇~

宦 〔huàn〕官~ 薄~ 仕~ 名~
~巧~ 阉~

涣 〔huàn〕涣散。冰~泮~

豢 〔huàn〕豢养的豢。刍~
(牛羊等)

逭 〔huàn〕逃避。

擐 〔huàn〕穿。躬~甲胄~
(阴平同)

浣 〔huàn〕〔澣〕上~中~下~
~涤~(上声同)

缳 〔huàn〕又读。(见阳平)

奂 〔huàn〕美~轮~(高大
华美)

痪 〔huàn〕瘫~

漶 〔huàn〕漫~

见 〔jiàn〕可~ 先~ 想~ 主~
~意~ 鄙~ 高~ 私~ 梦~
~远~窥~ 看~ 己~ 短~
少~ 预~ 拙~ 遇~ 听~ 喜~
~军~ 创~ 偏~ 灼~ 引~
骤~ 求~ 俗~ 独~ 名~ 卓~
管~ 习~ 乍~ 会~ 成~
浅~ 再~ 交情~ 不经~ 一
孔~ 花里~ 寻常~ 不相
~

健 〔jiàn〕身~ 康~ 笔~ 强~
~稳~ 轻~ 矫~ 勇~ 保~
~刚~ 清~ 壮~ 雄~ 劲~
天行~ 筋骨~

件 〔jiàn〕条~ 文~ 事~ 证~
~信~ 物~ 零~ 配~ 机~
~计~件~

建 〔jiàn〕封~ 月~ 改~ 扩~
~初~ 营~ 创~ 新~ 福~

践 〔jiàn〕践踏的践。实~
履~ 蹂~ 作~

间 〔jiàn〕乘~ 一~ 有~ 反~
~离~ 少~ 无~ 相~ 青
红~(另见阴平)

剑 〔jiàn〕宝~ 学~ 舞~ 试~
~佩~ 带~ 解~ 挂~ 蒲~
~铸~ 求~ 匣~ 击~ 负~
按~ 拔~ 腹~ 砺~ 弹~ 双~
~长~ 故~ 三尺~ 横磨~
鸳鸯~ 倚天~ 上方~ 青萍
~

槛 〔jiàn〕 栏~ 横~ 朱~
虚~ 水~ 鱼~ 兽~ 折~
(另见上声)

涧 〔jiàn〕山~ 溪~ 石~ 曲~
~幽~ 寒~ 松~ 碧~

鉴 〔jiàn〕〔鑑〕水~ 冰~ 宝~
~藻~ 龟~ 风~ 可~ 明~
~赏~ 借~ 殷~ 印~ 古~
金~ 渊~ 品~ 千秋~ 以人
~

荐 〔jiàn〕举~ 推~ 引~ 首~
~登~ 芳~ 保~ 草~ 蒲~
~珍羞~ 蔬果~

饯 〔jiàn〕饯行的饯。饮~
祖~ 设~ 蜜~

舰 〔jiàn〕兵~ 战~ 海~ 旗~
~列~ 楼~ 巡洋~

箭〔jiàn〕弓～羽～令～毒～飞～冷～射～暗～火～响～如～

监〔jiàn〕总～太～宫～狗～国子～钦天～（另见阴平）

渐〔jiàn〕日～积～逐～杜～渐～（另见阴平）

谏〔jiàn〕劝～忠～直～讽～几～规～纳～力～尸～兵～犯颜～

贱〔jiàn〕卑～下～贫～贵～鄙～轻～低～鱼米～

溅〔jiàn〕血～四～飞～水花～（另见阴平）

毽〔jiàn〕毽子的毽。

键〔jiàn〕关～琴～扃～机～管～

腱〔jiàn〕附骨筋肉。

锏〔jiàn〕车轴铁。（另见上声）

裥〔jiàn〕又读。（见上声）

洊〔jiàn〕屡次。水旱～饥馑～

㡦〔jiàn〕正屋之倾斜。

僭〔jiàn〕越份。骄～妄～

倦〔juàn〕疲～力～困～神～厌～忘～不～飞～脚～昼～后～鸟～笔～

眷〔juàn〕〔睠〕家～亲～姻～深～垂～恩～宠～荷～天～殊～

绢〔juàn〕素～黄～绫～束～手～

卷〔juàn〕书～画～手～长～案～试～交～白～掩～展～课～诗～黄～披～残～不释～（另见上声）

圈〔juàn〕兽～羊～猪～（另见quàn，阴平）

罥〔juàn〕网～丝～萝～高～蒙～张～

鄄〔juàn〕地名。

隽〔juàn〕隽永的隽。（另见痕韵去声）

狷〔juàn〕狂～迁～轻～高～

睊〔juàn〕睊～（侧目貌）

看〔kàn〕看待的看。笑～饱～共～多～静～贪～好～可～难～惯～观～参～受～小～坐～遥～验～踏～细～爱～怕～重～相～羞～休～远～镜中～燃犀～白眼～懒得～另眼～一例～不耐～（参看阴平）

勘〔kàn〕又读。（见阴平）

瞰〔kàn〕下～俯～窥～鸟～鬼～

阚〔kàn〕姓。（另见上声）

烂〔làn〕腐～糜～灿～破～稀～溃～霉～朽～星辰～花枝～卿云～

滥〔làn〕泛～词～浮～淫～罥～冗～

缆 〔làn〕船~铁~棕~竹~锦~系~牵~解~结~

练 〔liàn〕白~素~匹~训~彩~组~老~操~熟~历~捣~谙~干~教~苦~江如~

炼 〔liàn〕〔鍊〕锻~火~烧~铸~提~磨~洗~冶~精~锤~熔~百~久~

恋 〔liàn〕依~爱~留~眷~迷~热~恋~

敛 〔liàn〕收~聚~赋~省~薄~虹~眉~云~气~厚~山容~

殓 〔liàn〕入~殡~装~大~

链 〔liàn〕金~银~拉~铁锁~

楝 〔liàn〕木名。

潋 〔liàn〕潋滟的潋。

苓 〔liàn〕又读。(见阳平。另见阴平)

乱 〔luàn〕治~错~散~混~忙~扰~捣~丧~离~历~撩~作~纷~变~素~凌~心~胡~兵~内~大~拨~动~霍~辙~靖~理~烦~风絮~蛙声~春灯~关睢~方寸~

漫 〔màn〕弥~汗~散~浩~烂~潆~云~水~溪~雾~烟~浪~漫~春水~花气~(参看阳平)

慢 〔màn〕快~迟~缓~且~怠~轻~骄~疏~傲~简~懒~声声~(曲调名)

幔 〔màn〕帷~绛~虚~牵~垂~风~布~彩~卷~佛~锦~云~

曼 〔màn〕靡~婉~延~柔~秀~歌声~

缦 〔màn〕缦~(云行貌)

谩 〔màn〕谩骂的谩。(另见阳平)

蔓 〔màn〕蔓延的蔓。瓜~藤~草~翠~引~滋~蔓~(另见阳平)

墁 〔màn〕圬~垩~粉~画~

面 〔miàn〕拂~南~江~画~里~外~方~表~四~地~当~一~两~八~门~情~全~出~局~世~镜~背~革~会~唾~谋~平~掩~识~便~场~迎~当~市~颜~书~体~脸~正~反~露~半~仰~素~铁~见~侧~劈~片~面~春风~庐山~开生~横断~
〔麪、麵〕麦~煮~切~药~磨~豆~揉~素~阳春~长寿~

眄 〔miàn〕眄眩的眄。(另见庚韵阳平)

偭〔miǎn〕违背。

难〔nàn〕危～灾～急～患～逃～苦～遇～蒙～排～落～救～殉～临～靖～避～多～问～刁～留～大～（另见阳平）

念〔niàn〕思～悬～想～遥～怀～挂～蓄～悼～长～一～万～观～纪～顾～息～概～存～信～系～断～念～苍生～倚门～

埝〔niàn〕坝～堤～防水～

廿〔niàn〕二十。

盼〔pàn〕顾～青～远～企～流～转～回～久～悬～美目～

畔〔pàn〕枕～屋～宅～田～林～村～山～江～河～炉～城～桥～天～井～让～沙汀～

叛〔pàn〕背～反～众～离～

判〔pàn〕批～公～审～宣～谈～裁～评～未～吉凶～

襻〔pàn〕衣～钮～鞋～

拚〔pàn〕拚命的拚。

泮〔pàn〕融解。冰～

片〔piàn〕一～千～断～药～竹～鸦～刀～风～铁～卡～瓦～木～纸～花～云～雪～冰～香～麦～锦～粉～照～影～片～

骗〔piàn〕欺～诈～撞～诱～蒙～哄～

欠〔qiàn〕欠伸的欠。负～悬～积～尾～呵～拖～赊～亏～

歉〔qiàn〕岁～谷～丰～荒～抱～道～

纤〔qiàn〕船～拉～挽～背～（另见阴平）

倩〔qiàn〕美好。盼～曼～巧笑～（另见庚韵去声）

蒨〔qiàn〕草盛。妍～冬～蒨～（鲜明貌）

嵌〔qiàn〕山深貌。镶～空～（阴平同）

茜〔qiàn〕草名。红色。

堑〔qiàn〕天～云～长～坑～池～

椠〔qiàn〕版片。铅～笔～刀～

茋〔qiàn〕绿～秋～菱～莲～溪～

劝〔quàn〕力～解～规～奖～进～激～讽～奉～酌～苦～申～百姓～

券〔quàn〕左～契～折～凭～铁～证～操～入场～

圈〔quàn〕城～（另见juàn，阴平）

绻〔quàn〕缱～情～

散〔sàn〕流～扩～人～四～离～雾～会～客～星

~云~拆~发~溃~疏~
消~解~聚~遣~分~失
~彩~云~鸟兽~棋局~
（另见上声）

三〔sàn〕三思、三复的三。
（另见阴平）

善〔shàn〕慈~完~亲~至
~好~行~向~从~兼
~劝~择~面~乐~独
尽~妥~改~不~冷然~
真美~

扇〔shàn〕葵~羽~蒲~罗
~电~风~团~折~纸
~秋~宝~宫~纨~挥~
题~桃花~芭蕉~　（另见
阴平）

膳〔shàn〕〔饍〕日~珍~加
~减~供~

赡〔shàn〕富裕。供给。才
~学~丰~详~华~

缮〔shàn〕修~葺~眷~

鳝〔shàn〕黄~鳅~

讪〔shàn〕谤~怨~嘲~讥
~讪（难为情）

禅〔shàn〕禅让的禅。封~
（另见阳平）

擅〔shàn〕专~独~名久~

蟮〔shàn〕蛐~（蚯蚓）

鄯〔shàn〕鄯善的鄯。

单〔shàn〕姓。（另见阴平、
阳平）

掸〔shàn〕掸族的掸。（另
见上声）

骟〔shàn〕马、牛割去睾丸
或卵巢。接树。

汕〔shàn〕地名。渔具。

疝〔shàn〕疝气的疝。

剡〔shàn〕地名。（另见上
声）

嬗〔shàn〕更替。递~

苫〔shàn〕又读。（见阴平）

涮〔shuàn〕冲~洗~

算〔suàn〕〔祘〕计~细~
打~清~珠~妙~神~
演~暗~不~筹~历~推
~书~盘~鹤~运~无~
合~上~布~心~预~鸡
兔~九章~操胜~

蒜〔suàn〕大~青~葱~

叹〔tàn〕〔歎〕长~浩~慨
~嗟~悲~咏~感~可
~堪~三~赞~惊~喟~
悼~怂~赏~兴~仰天~
望洋~废书~

探〔tàn〕试~侦~勘~测
~钻~刺~暗~坐~窥
~（另见阴平）

炭〔tàn〕木~煤~焦~薪
~兽~石~涂~吞~送
~山查~

碳〔tàn〕化学元素。

拚〔tiàn〕拨动。剔～横～饱～浓～

𦧈〔tiàn〕吐舌。蛇～

彖〔tuàn〕说卦之辞。易～爻～

玩〔wàn〕抚～珍～宝～古～奇～赏～把～游～展～披～清～服～耳目～(另见阳平)

万〔wàn〕千～巨～盈～亿～累～万～(另见波韵入声去)

腕〔wàn〕手～皓～扼～悬～运～断～

惋〔wàn〕叹～凄～愤～怅～悲～惊～

现〔xiàn〕表～出～发～隐～实～体～显～涌～肘～星～虹～呈～兑～兆～再～南极～流萤～

献〔xiàn〕贡～文～进～捐～

限〔xiàn〕界～期～年～局～有～无～下～常～何～门～极～大～一水～

羡〔xiàn〕心～健～欣～艳～丰～盈～临渊～

陷〔xiàn〕缺～失～沦～下～车～足～攻～构～崩～阱～诬～泥足～

线〔xiàn〕〔綫〕金～红～长～引～直～曲～针～电～垂～防～内～丝～毛～弱～铁～双～一～视～光～火～阵～前～战～点～眼～航～虚～画～界～路～添～柳～干～生命～回归～导火～散兵～地平～补给～

宪〔xiàn〕立～风～颁～

县〔xiàn〕省～亦～邻～郡～

馅〔xiàn〕菜～肉～糖～饼～

霰〔xiàn〕雪珠。霜～飞～冰～庭～

倪〔xiàn〕倪～(恐惧貌)

睍〔xiàn〕睍～

岘〔xiàn〕山名。

苋〔xiàn〕白～紫～马齿～

腺〔xiàn〕唾～乳～汗～泪～

炫〔xuàn〕光～电～榴火～〔衒〕矜～自～

泫〔xuàn〕泫然，下滴貌。

楦〔xuàn〕鞋～木～

渲〔xuàn〕渲染。淋～水～擦～墨～

眩〔xuàn〕目～晕～瞑～震～

旋〔xuàn〕旋风的旋。〔鏇〕酒～高速～(另见阳平)

漩〔xuàn〕又读。(见阳平)

绚 〔xuàn〕文采貌。锦~光
~藻~丹青~

眴 〔xuàn〕目动。(另见痕
韵去声)

艳 〔yàn〕〔豔〕美~红~香
~鲜~妖~争~斗~光
~花~娇~华~桃李~

厌 〔yàn〕嫌~讨~可~吃
~无~不~(另见阴平)

验 〔yàn〕经~试~考~效
~证~征~明~左~占
~实~化~灵~体~测~
检~应~

燕 〔yàn〕劳~春~海~紫
~白~飞~新~风~轻
~巢~雏~社~舞~梁~
语~秋~归~燕~呢喃
衔泥~幕上~(另见阴平)

雁 〔yàn〕宿~归~鱼~鸿
~寒~落~塞~征~孤
~北~旅~羔~朔~弋
秋~数行~衡阳~失群
云中~

砚 〔yàn〕石~铁~磨~掌
~捧~洗~月~端~呵
~笔~古~

谚 〔yàn〕俗~野~谣~里
~古~时~农~

彦 〔yàn〕俊~群~硕~邦
~时~名~

咽 〔yàn〕〔嚥〕吞~含~吐
~(另见阴平,皆韵入声
去,痕韵阴平)

宴 〔yàn〕宴安的宴。酒~
开~国~夜~盛~设~

赴~罢~公~

晏 〔yàn〕清~海~岁~日
~时~晏~(和)

焰 〔yàn〕〔燄〕火~烟~光
~气~烈~飞~吐~红
~腾~

堰 〔yàn〕堤~土~石~畦
~筑~都江~

谳 〔yàn〕刑~定~平~详
~论~

沿 〔yàn〕边。河~井~沟
~(另见阳平)

唁 〔yàn〕吊~慰~

鷃 〔yàn〕小鸟名。篱~鹏
~斥~(泽地之鷃)

赝 〔yàn〕真~伪~

滟 〔yàn〕潋~(水满貌)

餍 〔yàn〕吃饱。无~

酽 〔yàn〕茶~味~醦~

盐 〔yàn〕腌。昔昔~(曲
名)(另见阳平)

怨 〔yuàn〕抱~埋~任~搆
~嫌~报~修~结~积
~恩~劳~宿~匿~止~
远~宫~树~解~香妃~
睚眦~

院 〔yuàn〕庭~小~学~剧
~医~寺~书~僧~深
~竹~阆~画~经~道~
病~画~宫~宜春~梧桐
~翰林~美术~研究~科
学~

愿〔yuàn〕谨～乡～志～情～意～甘～遂～本～心～祝～素～宿～如～满～始～誓～自～请～宏～私～了～大～同～虚～许～苍生～违初～平生～

远〔yuàn〕避开。(另见上声)

苑〔yuàn〕文～艺～小～翰～官～说～池～吴～茂～上林～

媛〔yuàn〕才～名～贤～淑～(另见阳平)

掾〔yuàn〕旧称属官。曹～冷～州～

缘〔yuàn〕衣边镶条。(另见阳平)

赞〔zàn〕参～宣～翊～

赞〔讚〕称～夸～传～象～万人～

暂〔zàn〕不久。

錾〔zàn〕錾刻的錾。

战〔zhàn〕笔～争～征～交～作～论～百～力～苦～抗～激～连～速～挑～胆～寒～巷～混～备～决～迎～血～鏖～酣～善～合～蚁～野～转～搏～白～冷～空～休～恋～龙～阵地～游击～白刃～殊死～持久～

站〔zhàn〕站立。兵～车～靠～驿～医疗～运输～

占〔zhàn〕口～

占〔佔〕侵～霸～稳～强～独～久～(另见阴平)

绽〔zhàn〕破～衣～梅～红～香～苞～补～

栈〔zhàn〕货～客～堆～马～曲～危～云～石～恋～

湛〔zhàn〕清～精～深～澄～渊～湛～(深重貌) (另见阴平)

蘸〔zhàn〕沾水。笔～点～清波～燕尾～

颤〔zhàn〕颤栗的颤。惊～胆～冷～寒～打～(另见 chàn)

传〔zhuàn〕自～经～史～小～别～外～正～左～驿～乘～驰～(另见阳平)

转〔zhuàn〕车轮～沿圈～团团～(另见上声)

撰〔zhuàn〕修～编～杜～伪～

馔〔zhuàn〕饮～肴～美～盛～酒～

篆〔zhuàn〕大～小～秦～古～鸟～虫～香～蜗～

赚〔zhuàn〕获得。利～多～～(另见zuàn)

篡〔zhuàn〕〔篹〕又读。(见上声)

赚〔zuàn〕诳骗。计～受～～(另见zhuàn)

钻〔zuàn〕钻子的钻。金刚~十九~（另见阴平）

攥〔zuàn〕手握。

十 五 痕

平声·阴平

奔 〔bēn〕星～雷～车～夜～群～飞～竞～私～大江～峰峦～万马～（另见去声）

贲 〔bēn〕虎～孟～（另见阳平,齐韵去声）

锛 〔bēn〕削木横斧。

宾 〔bīn〕女～众～上～嘉～贵～来～礼～外～酬～娱～留～邀～延～东～座上～万国～

滨 〔bīn〕水～海～湖～池～渭～水石～率土～

濒 〔bīn〕又读。（见阳平）

槟 〔bīn〕槟榔的槟。（庚韵阴平同）

傧 〔bīn〕傧相的傧。

彬 〔bīn〕文质俱备。璘～彬～

缤 〔bīn〕缤纷的缤。

豳 〔bīn〕〔邠〕地名。居～去。

参 〔cēn〕参差的参。（另见 shēn,寒韵阴平）

嗔 〔chēn〕怨～贪～伴～生～自～若～笑～微～北风～

琛 〔chēn〕珍宝。国～海～龙～南～献～

抻 〔chēn〕〔捵〕拉长。

郴 〔chēn〕地名。

春 〔chūn〕开～赏～报～回～占～生～阳～芳～青～初～好～早～逢～三千～孟～仲～暮～长～新～当～迎～立～探～寻～怀～惜～买～游～争～打～送～残～富～熙～饯～宜～小～回～一枝～天下～两家～四时～江南～碧萝～一犁～不胜～总是～得意～草木～万象～瓮头～

椿 〔chūn〕灵～大～仙～香～松～

村 〔cūn〕〔邨〕农～江～山～花～邻～渔～乡～新～烟～雨～梅～前～远～孤～橘柚～黄叶～绿杨～三家～夕阳～苧萝～

皴 〔cūn〕皮裂。画法。冻～鳞～风～远山～苍苔～披麻～

踆 〔cūn〕踆～（跃行貌）

敦 〔dūn〕诚厚。民～情～凤～安～相～薄夫～（另见阳平"燉",微韵阴平、去

声)

吨 〔dūn〕 公~千~万~

蹲 〔dūn〕 蹲点的蹲。(另见阳平)

墩 〔dūn〕 土~烽~桥~沙~锦~泥~绣~玉~孤~争~谢公

燉 〔dūn〕 燉煌的燉,又读。(见阳平。另见 tūn,去声"炖")

惇 〔dūn〕 笃厚。信实。世风

啍 〔dūn〕 啍~(迟重貌)

镦 〔dūn〕 阉鸡。

恩 〔ēn〕 沐~开~感~谢~报~推~鸿~殊~深~母~旧~谌~承~私~骨肉~雨露~罔极~

分 〔fēn〕 春~秋~夜~划~鼎~区~瓜~评~中~平~满~工~计~差~均~二~三~十~万~支~惜~旁~泾渭~曙色~形影~鸿沟~(另见去声)

芬 〔fēn〕 众~清~余~凝~怀~流~争~郁~奇~扬~馥~兰麝~

纷 〔fēn〕 缤~纠~喧~交~解~尘~披~纷~五音~万绪~

氛 〔fēn〕 灵~气~江~祥~妖~烟~野~朝~夕~

吩 〔fēn〕 吩咐的吩。

雰 〔fēn〕 雾气。浓~薄~炎~暮~紫~

酚 〔fēn〕 苯~

棻 〔fēn〕 香木。

根 〔gēn〕 树~山~云~本~竹~扎~萍~病~盘~祸~连~耳~归~寻~六~石~篱~同~钝~深~生~结~挖~除~天地~稼穑~咬菜~

跟 〔gēn〕 脚~后~紧~

昏 〔hūn〕 黄~朝~云~晨~智~神~眼~日~尘~昏~断碑~

婚 〔hūn〕 新~成~订~求~通~离~结~

惛 〔hūn〕 心不明。瞀~智~

阍 〔hūn〕 九~(宫门)守~司~叩~

荤 〔hūn〕 茹~去~破~开~五~膻~ (另见xūn)

金 〔jīn〕 黄~资~合~淘~奖~挥~基~白~赤~烫~冶~镂~拾~捐~销~藏~断~点~五~千~精~郁~铄~浑~泥~南~兼~却~耀~贴~装~铸~万~多~百炼~柳绽~字字~助学~

今 〔jīn〕 自~古~厚~来~方~迄~知~酌~当

斤〔jīn〕斧～樵～操～论～掂～挥～运～千～半～斤～

巾〔jīn〕葛～纶～黄～角～罗～头～手～毛～沾～舞～扬～结～红领～

筋〔jīn〕钢～牛～鹿～面～蹄～柔～藏～露～凝～转～抽～

禁〔jīn〕不～难～（另见去声）

津〔jīn〕天～要～京～迷～关～孟～生～通～含～前～问～知～临～远～津～杨柳～

襟〔jīn〕衣～开～尘～胸～风～捉～倾～连～正～披～分～虚～整～题～罗～素～孤～沾～疏～

矜〔jīn〕骄～哀～自～堪～莫～矜～

衿〔jīn〕衣带。青～秋～

祲〔jīn〕旧谓不祥之气。海～岁～

军〔jūn〕红～陆～海～空～三～将～中～右～六～新～异～大～扩～裁～进～冠～殿～亚～麾～参～整～行～从～劳～终～随～扫千～娘子～生力～不成～

均〔jūn〕平～匀～用～灵～雨露～

君〔jūn〕东～湘～天～夫～郎～文～府～心～真～国～使～诸～不～少～此～药有～

钧〔jūn〕千～万～天～洪～执～运～陶～

困〔jūn〕仓～米～盘～盈～轮～辚～困～

皲〔jūn〕〔龟（另见微韵阴平，侯韵阴平）〕皮肤冻裂。手～

麇〔jūn〕〔麕〕獐。野～死～（另见阳平）

昆〔kūn〕弟～诸～玉～后～

〔崑〕昆仑的昆。

坤〔kūn〕乾～厚～履～转～

鹍〔kūn〕鹍鸡的鹍。

鲲〔kūn〕鹏～鲸～横海～北溟～

琨〔kūn〕美玉。瑶～琅～佩～刘～

髡〔kūn〕黥～钳～留～淳于～

裈〔kūn〕袴。犊鼻～

焜〔kūn〕焜燿，辉煌貌。

抡〔lūn〕胡～把刀～（另见阳平）

闷〔mēn〕受～声～（另见去声）

焖〔mēn〕又读。（见去声）

喷 〔pēn〕 鲸～水～瀑泉～
（另见去声 fèn、pèn）

拼 〔pīn〕 双～把命～

亲 〔qīn〕 双～父～母～嫡
～躬～慈～乡～严～六
～结～近～姻～省～探～
求～相～和～养～显～懿
～尊～娱～亲～平生～笑
语～鱼水～（另见庚韵去
声）

侵 〔qīn〕 欺～尘～寒～愁
～相～语～香～贫～雪
～岁月～

钦 〔qīn〕 仰～久～凤～可
～所～四海～

骎 〔qīn〕 骎～（马行速貌）

綅 〔qīn〕 粗线。朱～

锓 〔qīn〕 雕～镂～

逡 〔qūn〕 逡～

森 〔sēn〕 萧～清～肃～竹
～松～森～

身 〔shēn〕 腰～翻～奋～修
～出～抽～动～人～自
～亲～存～只～分～切～
投～卖～浑～替～束～藏
～洁～安～挺～化～伤～
栖～随～润～立～守～脱
～献～忘～致～侧～厕～
持～终～失～此～文～谨
～托～轻～及～百战～苦
吟～自在～百年～不顾～
不坏～（另见寒韵阴平）

深 〔shēn〕 忧～云～言～高
～春～秋～恩～情～艰
～精～思～水～幽～旨～
苔～村～檐～汲～夜～虑
～意～源～临～清～雪～
根～山～学海～意味～

伸 〔shēn〕 引～眉～志～延
～欠～屈～尺蠖～士气
～

申 〔shēn〕 甲～春～申～自
天～

参 〔shēn〕 商～扪～横～
〔葠〕人～千岁～（另见
cēn、寒韵阴平）

莘 〔shēn〕 莘～（众多貌）
（另见 xīn）

绅 〔shēn〕 书～垂～士～摺
～

呻 〔shēn〕 嚬～吟～寒～

娠 〔shēn〕 胎动。有～妊
万物～

侁 〔shēn〕 侁～（往来貌）

神 〔shēn〕 神荼（旧谓门
神）。（另见阳平）

砷 〔shēn〕 化学元素。

孙 〔sūn〕 子～儿～云～桐
～天～外～公～诸～抱
～弄～王～孟～文～耳～
（远代孙）课～兰～竹生～

飧 〔sūn〕 熟食。饔～素～
盘～壶～洁～奉～

狲 〔sūn〕 猢～猴～

荪〔sūn〕 兰~ 芳~ 溪~

挼〔sūn〕 扪~

吞〔tūn〕 吐~ 鲸~ 狼~ 气~ ~并 ~侵 潮~ 声~ 暗~ ~波 ~势欲~ 一口~ 慢吞~

暾〔tūn〕 日始出。朝~ 瑞~ ~晴 海~ 温~ 初~

燉〔tūn〕 温~ 风雷~（另见阳平、去声"炖"）

温〔wēn〕 寒~ 气~ 酒~ 降~ ~色 ~辞 香~ 体~ 常~ ~高 ~低 ~泉 ~炉 ~灯 余~ 保~ 和~ 温~ 席未~ 笑语~

瘟〔wēn〕 时~ 降~ 遭~ 牛~

辒〔wēn〕 辒辌的辒。

鳁〔wēn〕 沙丁鱼。

心〔xīn〕 红~ 交~ 谈~ 热~ ~忠 ~重 ~开 ~信 ~决 ~雄 ~虚 ~用 ~良 ~好 戒~ 尽~ 点~ 内~ 腹~ 身~ ~专 ~甘 ~操 ~冰 ~欢 婆~ 知~ 多~ 亏~ 二~ 平~ ~无 ~同 ~留 ~洗 ~担 放~ 小~ 轻~ 息~ 熏~ 回~ ~深 ~呕 ~安 ~赏 倾~ 祸~ ~诚 ~灰 ~师 ~惊 ~素 ~负 ~眉 ~掌 ~苦 ~丹 野~ 寒~ 寸~ 会~ 关~ 初~ ~称 ~细 ~死 ~散 ~粗 狠~ 恒~ 黑~ 核~ 恶~ 唯~疑 ~轴 ~居 ~经 ~匠 齐~ 虔~ 铭~ 费~ 耐~ 痛~ ~劳 ~童 ~宅 ~写 ~锦 公~ 琴~ 扪~ 机~ 江~ 铁石~ 岁寒~ 一条~

新〔xīn〕 更~ 争~ 迎~ 试~ ~重 ~赏 ~斗 ~革 ~履 ~自 ~簇 ~崭 ~刷 ~尝 一~ 布~ 图~ 抽~ 维~ 清~ ~时 ~秋 ~诗 ~翻 ~鼎 从~ 日日~ 曙色~ 物华~ 稻苗~ 柳色~

欣〔xīn〕 欢~ 怀~ 同~ 民~ ~欣

辛〔xīn〕 苦~ 艰~ 酸~ 茹~ ~含 ~苏 ~去 ~微 ~秘 ~姜桂

薪〔xīn〕 束~ 负~ 舆~ 采~ ~燃 ~卧 ~抱 ~积 樵~ ~传 ~炊 ~劳 ~徙 ~抽~

馨〔xīn〕 德~ ~芳 ~兰 ~桂 ~微 ~含 ~怀 ~遗 ~素 ~宁~（庚韵阴平同）

芯〔xīn〕 灯芯草。烛~（另见去声）

昕〔xīn〕 日将出。大~ 初~ ~霞

莘〔xīn〕细莘,植物名。（另见 shēn）

锌〔xīn〕 纯~ 白~ 氧化~

炘〔xīn〕 炘~ (光盛貌)

歆〔xīn〕 欣悦。

忻〔xīn〕 地名。

勋〔xūn〕〔勳〕功～元～策～
～受～高～垂～司～放
～

窨〔xūn〕以茉莉等花置茶
叶中使染其香。(另见去
声)

熏〔xūn〕〔薰、燻〕南～风
～兰～草～如～香～麝
～岚～昼～光～晴～余～
吐～衣～扬～百和～

醺〔xūn〕余～半～微～初
～醉醺～

埙〔xūn〕〔壎〕古乐器。吹
～鸣～篪～(寒韵阴平
同)

曛〔xūn〕日～暮～凉～林
～斜～薄～

纁〔xūn〕浅绛色。玄～深
～

荤〔xūn〕荤粥,古种族名。
(另见hūn)

阴〔yīn〕〔陰〕光～庭～天
～惜～分～寸～太～沉
～夕～晴～轻～昼～积～
午～山～淮～
〔荫(另见去声)〕花～树
～林～层～浓～绿～槐～
松～十亩～夹道～

音〔yīn〕声～赏～清～乡
～元～轻～回～八～好
～佳～土～商～知～德～
高～低～嗓～南～五～玉
～播～注～录～哀～梵
观～新～琴～嗣～吴～审
～足～蛮～余～大雅～金

玉～空谷～绕梁～

因〔yīn〕原～无～结～内
～外～起～前～凤～有
～何～远～近～未了～物
外～

姻〔yīn〕婚～连～六～宗
～缔～媾～

殷〔yīn〕庶～情～有～民
～孔～弥～殷～歌吹～
(另见上声,寒韵阴平)

茵〔yīn〕〔裀〕锦～文～芳
～花～绣～绿～素～草
如～

闉〔yīn〕城～重～层～

氤〔yīn〕氤氲的氤。

湮〔yīn〕郁～沉～埋～舒
～沦～年～代～迹～
(寒韵阴平同)

喑〔yīn〕〔瘖〕哑。聋～狂
～齐～万马～

慇〔yīn〕慇～(忧貌)

咽〔yīn〕咽～(有节奏的鼓
声)(另见皆韵入声去,
寒韵阴平、去声)

堙〔yīn〕土山。乘～广～

愔〔yīn〕愔～(安和貌)

氲〔yūn〕氤～(云气散布)

晕〔yūn〕昏倒。(另见去声)

真〔zhēn〕天～情～清～逼
～含～率～归～传～乱
～认～求～失～养～写～

似～果～当～本～守～返～舍～太～抱～自有～面目～记不～

珍〔zhēn〕席～八～宝～嘉～厨～山～殊～怀～市～袖～自～希世～

针〔zhēn〕〔鍼〕金～方～神～砭～芒～松～指～顶～秧～打～磨～穿～悬～拈～停～绣花～避雷～

砧〔zhēn〕霜～暮～秋～清～远～疏～稿～(夫)捣衣～

斟〔zhēn〕斟酌。满～浅～孤～共～轻～同～罍～独～对客～

贞〔zhēn〕忠～清～坚～艰～守～女～

侦〔zhēn〕侦探的侦。游～远～

桢〔zhēn〕基～国～万寻～

祯〔zhēn〕吉祥。休～嘉～国～

箴〔zhēn〕规～忠～自～良～文～心～师友～

臻〔zhēn〕到。来～日～休～云～重译～

甄〔zhēn〕陶～自～感～

榛〔zhēn〕荆～蓬～荒～秋～

振〔zhēn〕振～(仁厚貌。盛貌)(另见去声)

蓁〔zhēn〕蓁～(茂盛貌)

獉〔zhēn〕獉狉的獉。

溱〔zhēn〕水名。

谆〔zhūn〕谆～(诲人不倦貌)

肫〔zhūn〕鸡～鸭～肫～(恳挚)

屯〔zhūn〕卦名。艰难。(另见阳平)

迍〔zhūn〕迍邅的迍。艰～

窀〔zhūn〕窀穸的窀。

尊〔zūn〕德～齿～道～推～屈～自～至～居～极～位～养～独～北斗～(另见下条"樽")

樽〔zūn〕〔尊(另见上条)〕壶～彝～陶～清～金～把～倾～开～移～琴～

遵〔zūn〕依～咸～永～示～是～

平声·阳平

岑〔cén〕山～云～嵚～丹～层～远～

涔〔cén〕淳～淋～泪涔～

辰〔chén〕星～良～北～芳～寿～诞～时～吉～佳～花～浃～参～拱～不逢～

尘〔chén〕风～红～扬～拂～埃～沙～游～暗～车～纤～望～劫～洗～俗～出～边～承～绝～烟～音～

～芳～前～嚣～秋～轻
微～征～飞～成～十丈～
步后～不染～

晨 [chén] 清～萧～向～司
～风～宵～临～霜～莺
～侵～

沉 [chén] 沈(另见上声)
珠～日～月～浮～陆
升～消～深～昏～低～鱼
～阴～响～湮～西～沉
锦鳞～

陈 [chén] 横～直～敷～铺
～杂～条～毕～粗～荐
～朱～

臣 [chén] 功～乱～虎～忠
～老～庸～重～陪～大
～谋～从～近～谏～贤
佞～名～社稷～

橙 [chén] 橙皮,陈皮。(另
见庚韵阳平)

忱 [chén] 热～谢～微～忠
～恌

宸 [chén] 深奥的房屋。紫
～

蔯 [chén] 茵～

唇 [chún] 〔脣〕口～窗～
焦～朱～反～点～入～
樱～

纯 [chún] 忠～思～精～真
～单～温～清～

莼 [chún] 菰～吴～湖～江
～思～

淳 [chún] 化～忠～深～清
～风俗～

醇 [chún] 和厚。化～饮～
酌～旨酒～

鹑 [chún] 鹌～飞～野～
奔～衣百～

漘 [chún] 水边。湖～江～

存 [cún] 兼～生～图～长～
～苟～惠～并～过～库
～两～温～思～永～残～
犹～独～储～典型～松菊
～吾舌～

蹲 [cún] 蹲～(舞貌)(另见
阴平)

焚 [fén] 火～香～膏～自
～手～俱～玉石～

坟 [fén] 典～三～丘～先
～孤～荒～秋～上～新
～(另见去声)

汾 [fén] 水名。河～临～

贲 [fén] 大。(另见阴平,
齐韵去声)

蕡 [fén] 多果实。

濆 [fén] 水边高地。淮～
水～江～幽～

棼 [fén] 丝～

枌 [fén] 白榆。

哏 [gén] 逗～捧～抓～

痕 [hén] 墨～水～苔～秋
～屐～爪～啼～烧～泪
～残～蹄～烟～眉～香
血～伤～酒～月～斧凿～
远山～

魂 [hún] 鬼~游~精~灵
~梦~忠~芳~迷~英
~离~神~孤~归~惊
诗~心~返~销~断~招
~冤~花~月夜~万古~

馄 [hún] 馄饨的馄。

浑 [hún] 浑身、浑话的浑。
气~雄~酒~浑~带雨
~(另见去声)

邻 [lín] 东~比~善~近~
乡~四~孟~结~有~
睦~旧~芳~

临 [lín] 光~照~日~月~
登~兵~惠~摹~贲~
亲~暂~乍~喜气~ (另
见去声)

林 [lín] 森~山~树~桑~
寒~书~禅~故~竹~
士~词~长~深~高~霜
~园~梅~茂~云~儒
桃~艺~疏~平~杏~造
~成~烟~花满~锦绣
得失~快活~翰墨~

麟 [lín] 麒~祥~凤~龟~
获~骑~石~

鳞 [lín] 鱼~龙~霜~逆
~修~介~跃~潜~

霖 [lín] 作~秋~阴~苦
~梅~甘~

燐 [lín] 鬼~青~寒~烟
~野~化~

遴 [lín] 慎选。

嶙 [lín] 嶙峋的嶙。

辚 [lín] 车辚~

磷 [lín] 磷~ (水激 石声)
(另见去声)

瞵 [lín] 视貌。鹰~

潾 [lín] 潾~(水清貌)

琳 [lín] 美玉。球~华~瑶
~琼~

淋 [lín] 水~雨~露~积~
湿淋~(另见去声)

伦 [lún] 人~天~大~彝
~等~冠~轶~五~绝
~无~殊~莫与~

论 [lún] 论语的论。仔细
~曲中~(参看去声)

轮 [lún] 车~美~朱~日
~月~火~渔~蹄~年
~飞~齿~渡~海~法~
椎~斫~扶~征~半~转
~值~头~汽~三~一~
金~风~双~

沦 [lún] 漪~浑~湮~隐
~沉~清~渊~

纶 [lún] 丝~钓~经~纷
~投~垂~缍~曳~修
~(另见寒韵阴平)

仑 [lún] 〔崙〕昆~

囵 [lún] 囫~

抡 [lún] 选~(另见阴平)

门 [mén] 家~千~海~龙
~玉~鸿~吴~出~窍
~入~关~过~调~上~
寒~冷~将~金~云~国

~里~蓟~蓬~柴~墙~
拱~衡~部~夷~应~
杜~登~扫~叩~同~
闸~当~满~专~洞~
王~侯~斗~朱~踵~
衡~盈~不二~三过~
方便~众妙~天安~

们〔mén〕人~我~英
雄~同志~

扪〔mén〕手~醉~高
~可~

民〔mín〕农~居~万~
黎~庶~烝~人~生~
公~先~义~平~渔~牧
~士~市~亲~天~全~
兆~安~乡~殖~移~保
~恤~新~爱~忧~游~
齐~裕~太平~听于~

缗〔mín〕千~丝~算
垂~

珉〔mín〕似玉之石。青
~贱~坚~琳~

岷〔mín〕山名。蜀~
西~

旻〔mín〕天。高~苍~
上~霜~清~穹~秋~

您〔nín〕"你"的敬称。

盆〔pén〕火~玉~铜~
瓦~泥~花~面~倾
覆~鼓~戴~翻~临~
牢~金~塑料~

溢〔pín〕水名。

贫〔pín〕食~清~岁~
学~橐~素~乐~安~

守~赤~恤~周~未全
~不忧~一字~

频〔pín〕频~去来~笑
语~

苹〔pín〕绿~水~溪~
风~藻~采~白~(另
见康韵阳平)

颦〔pín〕〔嚬〕娇~柳~
轻~效~工~含~

濒〔pín〕濒危的濒。江
~海~(阴平同)

嫔〔pín〕妃~

勤〔qín〕辛~克~忧~
殷~精~笃~恪~劬~
公~倦~白首~手脚~
四体~夙夜~

芹〔qín〕甘~香~水~
野~蒿~药~美~曹
雪~

秦〔qín〕三~先~大~
避~暴~过~逃~嬴~
剧~不帝~

琴〔qín〕瑶~钢~提~
口~月~胡~风~幽~
弹~抱~横~鼓~鸣~
无弦~

禽〔qín〕飞~鸣~珍~
家~时~彩~笼~池~
浴~园~良~

擒〔qín〕七~纵~手~
就~生~亲~计~

衾〔qīn〕同~布~衣~
锦~鸳~寒~孤~单~
重~枕~抱~

噙〔qín〕口含。

蠄〔qín〕蠄首的蠄。

檎〔qín〕树名。林～

覃〔qín〕姓。(另见寒韵阳平)

群〔qún〕〔羣〕羊～乐～合～离～空～出～随～不～同～恋～失～超～鸡～成～冠～轶～

裙〔qún〕练～罗～长～红～曳～围～石榴～

麏〔qún〕〔麕〕麏集的麏。(另见阴平)

人〔rén〕工～主～党～爱～夫～文～丈～私～个～他～何～榜～亲～情～生～金～石～动～来～狂～行～调～兼～好～谁～尤～旁～前～后～妄～误～艺～圣～至～高～大～敌～通～神～同～恩～达～硕～能～完～黑～伟～吉～仁～骚～玉～美～佳～劳～冰～巨～可～端～野～仙～异～丽～路～树～成～新～宜～惊～作～故～诗～伊～贤～哲～畸～畴～璧～真～人～意中～太平～负心～浣纱～拾穗～非常～

仁〔rén〕怀～同～得～依～归～里～当～成～果～杏～虾～苡～不～

任〔rén〕治～肩～井臼～思难～(另见去声)

壬〔rén〕孔～有～金～

纴〔rén〕〔紝〕织～结～

妊〔rén〕〔姙〕妊娠的妊。

神〔shén〕精～留～出～安～费～淘～瘟～天～海～花～洛～针～心～形～丰～养～会～凝～传～存～劳～伤～搜～钱～妙入～验如～不求～(另见阴平)

什〔shén〕〔甚(另见去声)〕为～做～说～(另见支韵入声阳平)

屯〔tún〕云～边～野～分～土～细柳～(另见阴平)

囤〔tún〕囤积的囤。(另见去声)

饨〔tún〕馄～

豚〔tún〕小猪。鸡～河～归～放～蒸～孤～

臀〔tún〕腰～

燉〔tún〕〔敦(另见阴平,微韵阴平、去声)〕燉煌的燉。(阴平dūn同。另见阴平tūn,去声"炖")

芚〔tún〕木始生貌。浑～愚～

忳〔tún〕忳～(忧阿貌)

鲀〔tún〕河豚鱼。

文〔wén〕天～人～虎～龙～斯～温～古～论～艺～具～散～韵～雄～篆～虚～水～修～成～属～至～分～唐～韩～博～阙～空～舞～短～深～繁～浮～语～移～缀～同～奇～遗～摛～鸿～石鼓～送穷～小品～(另见去声)

闻〔wén〕新～见～朝～耳～旧～与～寡～博～习～风～侧～传～奇～(另见去声)

蚊〔wén〕飞～虻～秋～蝇～辟～聚～灭～

纹〔wén〕花～罗～水～波～皱～冰～斑～帘～指～蜗～

雯〔wén〕云彩。素～晴～

阌〔wén〕阌乡，地名。

寻〔xín〕乞求。(另见 xún)

焊〔xún〕汤煮。温～炮～烹～

旬〔xún〕上～中～下～来～初～兼～盈～经～侵～七～由～(里数之名)

寻〔xún〕寻常的寻。千～万～追～探～远～访～侵～重～搜～何处～(另见 xín)

洵〔xún〕诚然。远。

荀〔xún〕姓。

徇〔xún〕徇私的徇。(另见去声)

询〔xún〕咨～博～垂～征～探～刍荛～

循〔xún〕因～拊～徼～遵～周～缘～循～万叶～

巡〔xún〕逡～分～亲～从～三～

驯〔xún〕马～调～扰～和～鸟雀～

峋〔xún〕嶙～(山峦重深貌)

郇〔xún〕姓。

恂〔xún〕恂～(信实貌)

浔〔xún〕水边。水名。

挦〔xún〕取。拔毛。

鲟〔xún〕鱼名。鲸～横江～

紃〔xún〕细带。组～屦～

吟〔yín〕龙～猿～啸～凤～醉～行～长～短～沉～苦～呻～蛩～微～朗～白头～梁父～

银〔yín〕金～水～纹～白～烂～铺～雪花～

垠〔yín〕边。九～无～八～地～四～

淫〔yín〕诲～书～浸～声～荒～雨～淫～

听〔yín〕听然，笑貌。(另见庚韵阴平、去声)

霪〔yín〕久雨。霖～阴～

夤〔yín〕夤缘、夤夜的夤。

鄞〔yín〕地名。

狺〔yín〕狺～(犬吠声)

龈〔yín〕牙根肉。

䛟〔yín〕䛟～(争辩貌)

鱏〔yíu〕鱏鱼。(寒韵阳平同)

崟〔yín〕高貌。岩～岑～崎～嵚～

囂〔yín〕顽～

闇〔yín〕闇～(和悦而净)

寅〔yín〕建～同～惟～上～庚～斗指～

云〔yún〕人～云～何足～〔雲〕景～卿～庆～密～浮～战～白～青～乌～彩～慈～愁～彤～层～孤～片～闲～风～火～夏～水～稻～凌～行～披～停～穿～步～入～搏～残～秋～烟～暮～断～湿～冻～扫～松～出岫～垂天～

纭〔yún〕纷～纭～

耘〔yún〕耕～锄～释～植杖～

芸〔yún〕芳～古～秋～书～香～芸～
〔蕓〕芸薹,油菜。

匀〔yún〕停～均～香～轻～圆～草色～雨水～

筠〔yún〕竹。松～丛～霜～风～疏～文～庭～

昀〔yún〕昀～(垦辟貌)

煴〔yún〕火无焰。

篔〔yún〕篔筜的篔。

仄声·上声

本〔běn〕基～蓝～根～木～草～张～真～拓～书～抄～善～古～别～标～底～～赝～粉～务～副～治～敦～反～忘～赔～够～国～邦～固～孤～本～天下～兰亭～

畚〔běn〕盛土器。千～荷～

苯〔běn〕有机化合物。

凛〔bǐn〕又读。(见庚韵上声)

碜〔chěn〕牙～寒～

蠢〔chǔn〕愚～顽～蠢～

忖〔cǔn〕思～

盹〔dǔn〕打～

趸〔dǔn〕趸船、趸卖的趸。

粉〔fěn〕米～面～奶～铅～金～红～蝶～脂～花～香～扑～施～窨～傅～涂～匀～磨～银～藕～凉～线～薄～嶅～竹～肥田～

滚〔gǔn〕水～翻～打～滚～波浪～

衮〔gǔn〕绣～华～衮

鲧〔gǔn〕大鱼。夏禹父名。殠～

绲〔gǔn〕绲边。镶～

辊〔gǔn〕快速旋转。毂～雷～皮～

混〔gǔn〕混～(流貌)(另见 hǔn，去声)

狠〔hěn〕凶～傲～斗～心～对敌～石壁～

混〔hǔn〕含～(另见 gǔn、去声)

谨〔jǐn〕勤～恪～恭～拘～弥～愿～廉～严～

锦〔jǐn〕衣～美～织～宫～昼～濯～尺～什～蜀古～云～文～吴～鸳鸯花如～天孙～八段～

紧〔jǐn〕要～严～抓～吃～加～赶～紧～雨～雪时间～北风～不打

卺〔jǐn〕合～(旧称结婚)

堇〔jǐn〕葵～苦～荼～

仅〔jǐn〕不～仅～

瑾〔jǐn〕瑶～怀～美～周公～

槿〔jǐn〕木～朝～紫～桑～

尽 jǐn 尽管的尽。(另见去声)

殣〔jǐn〕道～行～殍～•

馑〔jǐn〕饥～凶～歉～兵～菜～

觐〔jìn〕朝～入～趋～来～

垦〔kěn〕开～田～锄～围～

恳〔kěn〕勤～诚～忠～恳～

肯〔kěn〕首～谁～中～不～惠然～

啃〔kěn〕硬～蚂蚁～

阃〔kǔn〕闺～

梱〔kǔn〕门中竖木为限。

捆〔kǔn〕〔细〕绳～稻～

悃〔kǔn〕诚～愚～积～

壸〔kǔn〕宫～中～慈～

凛〔lǐn〕清～风～冰～凄～凛～秋霜～

廪〔lǐn〕仓～米～高～农～公～发～焚～

懔〔lǐn〕敬畏。祗～惨～毛～发～

檩〔lǐn〕屋上横木。

敏〔mǐn〕聪～灵～颖～捷～不～锐～精～明～清～警～

皿〔mǐn〕器～(庚韵上声同)

抿〔mǐn〕刷括鬓发。合唇。

泯〔mǐn〕尽。未～音～迹～泯～

悯〔mǐn〕慈～忧～恻～哀～怜～

闵〔mǐn〕覯～忧～隐～矜～颜～闵～

闽〔mǐn〕福建的简称。

鳘〔mǐn〕鱼名。

黾〔mǐn〕〔黽〕蛙类。黾勉的黾。

渑〔mǐn〕水名。（另见庚韵阳平）

品〔pǐn〕产～食～用～人～果～上～妙～奖～神～成～作～小～诗～物～商～精～佳～极～仙～珍～逸～名～细～祭～异～绝～俊～新～流～常～～礼～纪念～战利～

寝〔qǐn〕就～安～昼～忘～废～晏～露～议～兵～和衣～

忍〔rěn〕容～坚～隐～甘～相～安～残～百～小不～

稔〔rěn〕丰～五～（五年）登～秋～岁～素～

荏〔rěn〕葵～桂～苏～内～

审〔shěn〕精～覆～研～明～听～详～公～编～会～

哂〔shěn〕微笑。讥嘲。自～鼻～

沈〔shěn〕姓。

沈〔瀋〕沈阳的沈。墨～（墨汁）（另见阳平"沉"）

谂〔shěn〕思念。潜藏。

婶〔shěn〕婶～

沇〔shěn〕水动貌。惊～沇～鱼不～

矧〔shěn〕况。亦。

楯〔shǔn〕栏～危～轩～疏～

吮〔shǔn〕口吸。

损〔sǔn〕亏～减～何～无～日～折～增～伤～清～益～谦～满招～

笋〔sǔn〕〔筍〕竹～石～玉～蔬～樱～芦～冰～春～牙～冬～抽～玉版～

榫〔sǔn〕接～合～卯～

氽〔tǔn〕油～水上～

稳〔wěn〕安～平～深～步～栖～马～船～把～站～牛背～

吻〔wěn〕唇～口～虎～齿～快～接～

刎〔wěn〕自～

呡〔wěn〕合口～

伈〔xǐn〕伈～（恐惧貌）

饮〔yǐn〕燕～欢～牛～茗～小～痛～酣～纵～杯～豪～一瓢～凿井～（另

见去声)

引〔yǐn〕牵～汲～导～指～挽～援～招～吸～勾～旁～博～索～荐～歌～远～筌篌～

隐〔yǐn〕息～高～市～渔～偕～豹～民～索～恻～隐～(另见去声)

蚓〔yǐn〕蚯～春～寒～断～结～草间～

瘾〔yǐn〕酒～烟～过～上～

尹〔yǐn〕治理者。庶～师～令～关～伊～百～

殷〔yǐn〕震动。雷～殷～(另见阴平,寒韵阴平)

谳〔yǐn〕暗话。谜语。

櫽〔yǐn〕櫽栝的櫽。

允〔yǔn〕应～俯～明～平～依～公～惬～

陨〔yǔn〕星～涕～霜～石～沉～朱实～

殒〔yǔn〕死。凋～心～

怎〔zěn〕怎么的怎。

枕〔zhěn〕长～角～车～就～琴～衾～竹～鸳～山～伏～高～石～瓷～曲肱～游仙～绣花～(另见去声)

诊〔zhěn〕门～听～求～善～急～国手～

疹〔zhěn〕瘢～风～热～抱～积～麻～

轸〔zhěn〕前～来～琴～纡～接～

鬒〔zhěn〕发乌黑。云～

稹〔zhěn〕元～

眕〔zhěn〕忍貌。慽能～

袗〔zhěn〕单衣。

缜〔zhěn〕细致。范～

紾〔zhěn〕转变。扭捩。错～缪～万～

畛〔zhěn〕封～畦～接～区～交～

准〔zhǔn〕批～核～不～[準]隆～平～标～水～瞄～绳～常～定～

隼〔zhǔn〕飞～鹰～秋～雕～鹗～

撙〔zǔn〕节约。

仄声·去声

笨〔bèn〕愚～呆～粗～蠢～

奔〔bèn〕投～直～(另见阴平)

坌〔bèn〕尘～

鬓〔bìn〕双～两～蝉～云～鹤～鸦～青～华～抿～蓬～繁霜～

殡〔bìn〕出～

摈〔bìn〕弃。逐。

膑〔bìn〕古代去膝盖之刑。

称 [chèn] 称心的称。相～
对～匀～不～（另见庚
韵阴平、去声）

趁 [chèn] 远～相～追～好
～寻～赶～风雷～

衬 [chèn] 映～叶～天～霞
～背～帮～陪～

槻 [chèn]棺。舆～扶～抚
～攀～旅～灵～

谶 [chèn]图～经～符～语
～诗～

龀 [chèn]自乳齿变为成人
齿。童～韶～毁～

疢 [chèn]病。疾～

寸 [cùn] 方～径～累～尺
～得～积～盈～成～兼
～分～寸～

顿 [dùn] 停～劳～安～委
～疲～挫～困～整～
（另见姑韵入声阳平）

盾 [dùn] 矛～戈～甲～犀
～拥～

钝 [dùn] 利～迟～鲁～驽
～愚～顽～锋～

遁 [dùn] 隐～肥～宵～远
～潜～飞～水～夜～

沌 [dùn] 浑～沌～

炖 [dùn]〔燉（另见阴平
dūn、tūn，阳平）〕隔汤煮
物。

囤 [dùn] 仓～谷～粮～草
～（另见阳平）

摁 [èn] 手按。

奋 [fèn] 自～雷～兴～振
～齐～霆～感～士气
～

愤 [fèn] 发～孤～感～怀
～怨～义～公～悲～忧
～气～幽～痛～愤～

分 [fèn]〔份〕成～身～部
～情～天～月～年～水
～本～职～缘～名～充～
双～安～随～过～股～
（另见阴平）

忿 [fèn] 恚～怒～

喷 [fèn]嚏～（另见 pèn、阴
平）

粪 [fèn] 牛～马～鼠～鸽
～圬～土～拾～上～挑
～

偾 [fèn] 僵仆。车～马～
身～倾～

坟 [fèn] 土膏肥。黑～地
～（另见阳平）

亘 [gèn]〔亙〕通连。云～
虹～上～绵～弥～遐～
横～远～翠微～

茛 [gèn] 药草。毛～

艮 [gèn] 卦名。

棍 [gùn] 木～土～冰～光
～拐～恶～讼～

恨 [hèn] 愤～可～雪～怨
～遗～愁～结～悔～憎
～春～自～怀～抱～仇～
饮～恚～别～销～余～幽
～旧～苦～痛～含～写～

恨~心头~

混 [hùn] 元~含~鬼~蒙~阴~阳~车书~ (另见上声gǔn, hǔn)

浑 [hùn] 浑沌的浑。浑~(大貌)(另见阳平)

慁 [hùn] 忧患。扰乱。

溷 [hùn] 浊~藩~除~猪~溷~

诨 [hùn] 戏弄之言。优打~

鲧 [hùn] 鱼名。草~

进 [jìn] 德~前~上~日~行~长~挺~寸~猛~冒~改~引~先~精~诱~新~后~急~奖~推~促~渐~跃~

尽 [jìn] 食~脱~兴~详~义~意~才~香~花~语~日~岁~腊~穷~梦~矢~漏~灯~春~路~山~无~曲~消~看不~心力~夕阳~飞鸟~(另见上声)

近 [jìn] 邻~接~靠~亲~晚~新~逼~习~远~左~附~迫~相~就~日~切~关山~好事~

禁 [jìn] 邦~宫~门~大~法~酒~犯~软~不~夜~关~严~解~拘~(另见阴平)

噤 [jìn] 不作声。寒~林鸦~

劲 [jìn] 巧~后~吃~干~有~使~起~费~松~对~差~卖~猛~长道~加把~长松~(另见庚韵去声)

烬 [jìn] 灰~余~香~烛~断~坠~短~

赆 [jìn] 赠别财物。馈~

晋 [jìn] 〔晉〕三~秦~魏~孟~(猛进)

浸 [jìn] 沉~巨~秋~潦~积~

墐 [jìn] 涂。埋。

靳 [jìn] 吝惜。戏辱。姓。小~嗤~嘲~

芨 [jìn] 忠~诚~

搢 [jìn] 〔縉〕搢绅的搢。

妗 [jìn] 舅母。妗子,妻兄弟之妻。

俊 [jùn] 英~雄~贤~豪~才~(zùn同)

菌 [jùn] 病~细~芝~朝~松~毒~红茶~

郡 [jùn] 州~蜀~雄~古~江海~

峻 [jùn] 雄~清~孤~山~严~高~险~风~骨~寒力~

浚 [jùn] 〔濬〕深。疏~开~

骏 [jùn] 八~良~龙~神~奇~瘦~千里~老犹~

竣〔jùn〕 事～完～功～告～

隽〔jùn〕隽拔的隽。(另见寒韵去声)

畯〔jùn〕 田～(古掌田官)农～寒～

睃〔jùn〕 视。

餕〔jùn〕 食余之物。受～分～壶～

捃〔jùn〕 捃摭的捃。

鵕〔jùn〕 狡兔。

鵔〔jùn〕鵔鸡,锦鸡。

掯〔kèn〕 压迫。留难、勒～

困〔kùn〕 穷～心～春～人～贫～病～济～愁～饥～疲～兽～围～排～振～〔睏〕睡。

吝〔lìn〕 鄙～悭～贪～悔～不～

赁〔lìn〕 租～负～佣～沽～借～(rèn同)

临〔lìn〕〔临〕因丧众哭。吊～奔～哀～(另见阳平)

躏〔lìn〕 蹂～

蔺〔lìn〕 编席之草。姓。蒯～菅～廉～

磷〔lìn〕 磨不～(另见阳平)

淋〔lìn〕过滤。(另见阳平)

论〔lùn〕 谈～议～评～言～辩～政～妙～讨～争～抗～舆～重～休～放～确～定～推～概～绪～谬～结～空～泛～高～持～立～说～理～公～无～细～共～宁～并～勿～唯物～齐物～莫轻～平心～(参看阳平)

闷〔mèn〕 烦～无～愁～纳～苦～解～遣～郁～意～饱～破～忧～闷～(另见阴平)

懑〔mèn〕 烦闷。愤～

焖〔mèn〕 盖锅用微火煮。(阴平同)

嫩〔nèn〕 芽～柔～细～纤～粉～绿～花～脸～春～娇～薄～鲜～山蔬～鹅黄～(下条同)

嫰〔nùn〕 又读。(见上条)

喷〔pèn〕香喷～(另见 fèn、阴平)

聘〔pìn〕 礼～延～待～敦～征～应～朝～报～(庚韵去声同)

牝〔pìn〕 牡～虚～(空谷)

沁〔qìn〕 渗入。凉～尘～露～碧～

揿〔qìn〕 手按。

认〔rèn〕〔認〕承～细～公～否～辨～追～确～招～错～

任〔rèn〕 信～大～主～担～胜～自～听～身～连

~两~兼~受~亲~久~
远~宠~荷~责~重~放
~肩~独~专~分~为己
~(另见阳平)

刃 [rèn] 锋~白~寸~迎
~霜~手~蹈~游~血
~利~雪~

纫 [rèn] 缝~针~蒲~补
~幽兰~

仞 [rèn] 九~千~万~累
~

葚 [rèn] 〔椹〕桑~紫~新
~醉~(shèn同)

饪 [rèn] 〔餁〕烹~

恁 [rèn] 如此。那。

轫 [rèn] 阻车之木。发~

韧 [rèn] 强~蔓~茧~柔
~坚~

衽 [rèn] 〔袵〕敛~振~床
~束~

牣 [rèn] 充~盈~鱼~

赁 [rèn] 又读。(见lìn)

润 [rùn] 土~滑~沾~浸
~础~德~膏~柔~玉
~利~滋~丰~温~红
莹~云~清~肥~潮~身
~屋~

闰 [rùn] 岁~成~立~计

慎 [shèn] 谨~恪~审~恭
~戒~清~谦~不~失
~

甚 [shèn] 太~已~乐~
巧~粗豪~(另见阳平
"什")

肾 [shèn] 腰子。

渗 [shèn] 血~淋~下~

蜃 [shèn] 蛤类总称。蜃楼
的蜃。

葚 [shèn] 又读。(见 rèn)

顺 [shùn] 柔~百~大~随
~通~和~孝~耳~理
~效~婉~从~归~依~
风~天下~辞令~

舜 [shùn] 大~虞~尧~禹

瞬 [shùn] 一~转~接~清
~不逾~

眴 [shùn] 以目示意。(另
见寒韵去声)

蕣 [shùn] 木槿。白~松~
朝~

逊 [sùn] 又读。(见xùn)

巽 [sùn] 又读。(见xùn)

噀 [sùn] 又读。(见xùn)

褪 [tùn] 衣~花~粉~香
~墨~微~残红~

问 [wèn] 学~审~考~质
~通~询~慰~责~借
~疑~答~不~顾~追~
采~下~天~笑~垂~自
~访~致~存~诘~休~
请~探~莫~每事~停车
~

文〔wèn〕文过,掩饰过错。(另见阳平)

紊〔wèn〕乱。不~目~尘~繁~朱紫~

闻〔wèn〕名誉。令~仁~声~谀~(另见阳平)

汶〔wèn〕水名。

揾〔wèn〕按;没;揩拭。

璺〔wèn〕破痕。微~瑕~冻~

信〔xìn〕相~自~迷~忠~诚~大~深~通~威~喜~听~电~书~家~轻~引~音~风~春~花~征~背~亲~守~笃~结~取~符~霜~平安~潮有~慰问~不失~然诺~

衅〔xìn〕血~妖~罪~余~寻~挑~搆~

芯〔xìn〕芯子,蛇舌。(另见阴平)

囟〔xìn〕〔顖〕囟门,顶门。

训〔xùn〕教~祖~古~典~遗~箴~

迅〔xùn〕奋~轻~激~敏~振~箭~机~鲁~风~雷~

汛〔xùn〕潮~大~秋~

讯〔xùn〕问~执~参~审~鞫~考~音~芳~通~

逊〔xùn〕谦~恭~和~辞~不~远~(sùn 同)

徇〔xùn〕对众宣示。顺~周~木铎~(另见阳平)

殉〔xùn〕以身~

蕈〔xùn〕香~地~

巽〔xùn〕卦名。谦~刚~(sùn 同)

噀〔xùn〕下~龙~喷~(sùn 同)

印〔yìn〕金~手~指~排~烙~刊~影~脚~掌~刷~夺~官~解~汉~佩~红~心相~

荫〔yìn〕桑~柳~交~垂~凉~〔廕〕祖~慈~庇~余~(另见阴平"阴")

隐〔yìn〕隐几,凭几。(另见上声)

饮〔yìn〕使喝。牧~强~(另见上声)

窨〔yìn〕地室。久藏。(另见阴平)

胤〔yìn〕后代相承。

憖〔yìn〕伤。姑且。不~

运〔yùn〕幸~海~水~陆~船~命~应~转~红~车~通~漕~时~文~营~装~起~世~厄~自然~

韵〔yùn〕〔韵〕音~新~风~远~高~次~押~余

～诗～逸～协～步～琴～
茶～流～泉～谐～集～气
～神～清～和～险～蚕～
笛～松～金石～

孕〔yùn〕怀～胎～腹～含
～妊～结～身～避～

晕〔yùn〕日～月～眉～酒
～霞～墨～脸～晴～波
～土～薛～头～环～五色
～灯生～(另见阴平)

愠〔yùn〕含怒。恨。喜～
不～

酝〔yùn〕家～芳～嘉～春
～初～美～三年～

蕴〔yùn〕底～气～情～幽
～才～内～精～发～余
～

熨〔yùn〕火～铁～烙～平
～(另见微韵去声,鱼韵
入声去)

缊〔yùn〕枲麻。衣～袍～
敝～

韫〔yùn〕藏。玉～椟～

恽〔yùn〕姓。

郓〔yùn〕地名。

谮〔zèn〕谗谄。构～巧～
行～诬～浸润～

镇〔zhèn〕乡～坐～抚～市
～重～城～雄～威～天
下～朱仙～

振〔zhèn〕玉～威～兵～自
～再～气～声～名～不
～蛰虫～(另见阴平)

震〔zhèn〕雷～地～威～名
～声～怒～远～惊～防
～金鼓～

阵〔zhèn〕战～营～行～云
～列～上～雁～棋～诗
～合～作～破～布～对～
鸦～蚁～八～陷～突～临
～出～笔～背水～堂堂～
长蛇～

鸩〔zhèn〕〔酖〕毒鸟名。毒
酒。饮～引～怀～仰～

圳〔zhèn〕深圳,地名。

枕〔zhèn〕以物为枕。(另
见上声)

朕〔zhèn〕我。皇帝自称。

赈〔zhèn〕施～赡～存～矜
～

揕〔zhèn〕刺击。

俊〔zùn〕又读。(见 jùn)

十 六 唐

平声·阴平

肮 〔āng〕〔骯（另见上声）〕
肮脏的肮。

腌 〔āng〕腌臜的腌。（麻韵
阴平同。另见寒韵阴平）

邦 〔bāng〕友～邻～盟～兴
～大～丧～乡～联～家
～安～万～新～父母～兄
弟～唇齿～乌托～

帮 〔bāng〕相～大～结～同
～船～鞋～白菜～

梆 〔bāng〕更～街～寒～敲
～

浜 〔bāng〕河～小～草～方
～水～池～

傍 〔bāng〕傍晚的傍。（另
见去声）

苍 〔cāng〕郁～上～青～穹
～彼～苍～鬓毛～

仓 〔cāng〕社～开～太～清
～盈～千～粮～义～谷
满～

舱 〔cāng〕船～房～满～空
～

伧 〔cāng〕粗俗。彼～荒～
（另见庚韵阳平）

沧 〔cāng〕沧海的沧。澜～
沧～（寒貌）

鸧 〔cāng〕鸧鹒的鸧。

昌 〔chāng〕永～世～炽～
其～国～大～

娼 〔chāng〕娼妓。

猖 〔chāng〕猖獗的猖。披
～

菖 〔chāng〕石～蒲～夏日
～

鲳 〔chāng〕鱼名。

伥 〔chāng〕虎～作～伥～
（无见貌）

阊 〔chāng〕阊阖的阊。金～
窗 〔chuāng〕纱～纸～隔
～晴～楼～天～同～绿～
晓～芸～映～船～开～启
～透～疏～北～书～当～
推～琉璃～～短篷～

创 〔chuāng〕刀～重～金～
受～（另见去声）

疮 〔chuāng〕湿～生～恶～
毒～补～

摐 〔chuāng〕撞。

当 〔dāng〕担～充～何～莫
～相～承～理～难～应
～郎～丁～敢～独～身～
家～瓦～
〔噹〕叮～当～（另见去
声）

铛 〔dāng〕铃～锒～铛～
（另见庚韵阴平）

珰〔dāng〕耳珠。明～玉～琅～珥～垂～

裆〔dāng〕裤～裲～(背心)

筜〔dāng〕筼～(竹名)

方〔fāng〕东～大～前～后～孔～万～地～对～四～双～远～遐～殊～八～知～通～朔～土～上～多～无～比～药～单～秘～职～端～义～肘后～济时～却老～天一～在何～

芳〔fāng〕芬～众～孤～流～群～含～寻～春～兰～贻～晚～漱～蕙～百世～

妨〔fāng〕不～何～(另见阳平)

坊〔fāng〕街～染～茶～作～酒～槽～牌～书～

肪〔fāng〕又读。(见阳平)

枋〔fāng〕苏～(木名)

冈〔gāng〕岗(另见上声)山～高～平～昆～云井～崇～千仞～景阳～

纲〔gāng〕提～总～纪～党～政～大～花石～

钢〔gāng〕精～炼～带～纯～合金～百炼～不锈～

刚〔gāng〕气～志～金～坚～刚～柔制～

釭〔gāng〕灯。银～夜～兰～寒～残～(东韵阴平同)

缸〔gāng〕水～瓦～酒～米～茶～染～开～荷花～白玉～

扛〔gāng〕抬。笔力～鼎可～(另见阳平)

杠〔gāng〕旗竿。独木桥～(另见去声)

肛〔gāng〕肛门。

亢〔gāng〕喉咙。(另见去声)

罡〔gāng〕罡风的罡。天～(北斗星)

光〔guāng〕日～月～天～亮～阳～风～山～韶～春～秋～电～波～霞～灯～烛～花～流～晴～辉～余～水～银～萤～磨～葆～宠～寒～国～浮～时～辰～年～夜～容～目～泪～耳～透～叨～谦～飞～耿～韬～和～观～争～重～荣～感～折～闪～借～沾～丝～精～溜～寸～增～月光～一扫～

胱〔guāng〕膀～

洸〔guāng〕洸～(果毅貌)

桄〔guāng〕桄榔的桄。(另见去声)

夯〔hāng〕木～石～打～砸～

荒〔huāng〕大～投～洪～就～包～开～垦～饥～救～逃～遐～落～田～年～

慌〔huāng〕～灾～八～荒～破天～着～闷得～恐～惊～心～

肓〔huāng〕膏～

江〔jiāng〕渡～秋～长～大～上～下～荒～澄～沧～春～清～寒～湘～翻～浮～横～曲～夹～涉～珠～拦～锦～九～临～汨罗～鸭绿～富春～

疆〔jiāng〕边～封～出～旧～辟～寿无～守吾～

僵〔jiāng〕〔殭〕蚕～冻～闹～事～手足～寒欲～

将〔jiāng〕输～扶～行～恐～干～（另见去声）

浆〔jiāng〕壶～豆～蔗～酒～桂～水～泥～纸～椒～卖～灌～琼～

螀〔jiāng〕蝉属。寒～鸣～蜻～

姜〔jiāng〕姬～孟～〔薑〕生～芥～桂～紫～老～不撤～

缰〔jiāng〕〔韁〕马～游～脱～丝～飞～控～名～

豇〔jiāng〕豇豆的豇。

茳〔jiāng〕茳蓠的茳。

矼〔jiāng〕石桥。

康〔kāng〕靖～安～小～永～保～健～体～福～寿而～

糠〔kāng〕糟～秕～扬～簸～耷～吃～

慷〔kāng〕〔忼〕慨而～

筐〔kuāng〕提～箩～满～顷～菜～鱼～竹～盈～

匡〔kuāng〕匡正、匡襄的匡。

劻〔kuāng〕劻勷的劻。

恇〔kuāng〕恇～（畏怯）

啷〔lāng〕哴～

滂〔pāng〕水涌。范～溯～滂～（阳平同）

乓〔pāng〕乒～

膀〔pāng〕浮胀。奶～（另见阳平、上声）

腔〔qiāng〕口～胸～京～腹～昆～秦～唱～花新～搭～帮～

枪〔qiāng〕〔鎗〕手～火～猎～刀～旗～金～神机～标～长～花～乱～红缨～（另见庚韵阴平）

跄〔qiāng〕〔蹡〕趋～跄～（舞貌）（另见去声）

锵〔qiāng〕铿～锵～

羌〔qiāng〕氐～

蜣〔qiāng〕蜣螂的蜣。

呛〔qiāng〕饮急气逆。咳～（另见去声）

抢〔qiāng〕抢风、抢地的抢。（另见上声）

镪〔qiāng〕具有强腐蚀性的浓酸液。(另见上声)

斨〔qiāng〕斧~

戕〔qiāng〕又读。(见阳平)

戗〔qiāng〕逆。迎头。决裂。(另见去声)

嚷〔rāng〕嚷~(另见上声)

桑〔sāng〕翳~柔~耕~枯~采~蚕~农~苞~沧~陌上~

丧〔sāng〕吊~奔~报~号~心~(另见去声)

商〔shāng〕参~清~情金~宫~磋~通~茶相~会~协~经~客~工~好共~仔细~

裳〔shāng〕衣~(另见阳平)

伤〔shāng〕损~忧~哀~毁~悲~无~中~悼自~惋~杀~神~感~扶~受~负~心~创~重轻~误~鳞~

殇〔shāng〕天~折~彭国~早~

觞〔shāng〕霞~流~壶~称~奉~飞~滥~浮行~传~羽~金~举~盈~

墒〔shāng〕田土湿度。验~抢~保~

汤〔shāng〕水声。汤~(流貌)(另见tāng)

霜〔shuāng〕晨~繁~严飞~履~冰~风~寒秋~经~星~下~傲~凝~清~蔗~凌~糖~柿砒~盐~两鬓~板桥~满船~月如~

双〔shuāng〕成~叠~无~双~白璧~

孀〔shuāng〕孤~

鹴〔shuāng〕鹔~(水鸟名)

骦〔shuāng〕骕~(马名)

艭〔shuāng〕船。吴~木兰~

泷〔shuāng〕泷冈,山名。(另见东韵阳平)

汤〔tāng〕商~羹~香茶~药~兰~米~探换~扬~沸~金~续命~(另见shāng)

蹚〔tāng〕蹚水、蹚地的蹚铲~

镗〔tāng〕镗~(鼓声)

铴〔tāng〕铴锣,小锣

汪〔wāng〕汪洋的汪。汪~

尪〔wāng〕纤~懦~瘠~

乡〔xiāng〕他~家~仙睡~醉~江~异~下~故~外~梦~回~思~老~离~水~爱~城~鱼米~黑甜~

香〔xiāng〕天～心～含～花～馨～暗～飘～酒～饭～稻～芳～生～喷～五～幽～豆～异～清～楚晚～凝～芸～众～睡～瑞～浓～添～余～妙～沉～丁～盘～吃～麝～松～藕花～郁金～菜根～桂枝～

相〔xiāng〕交～互～争～端～（另见去声）

箱〔xiāng〕仓～千～书～戏～青～车～百宝～

厢〔xiāng〕〔廂〕城～西～关～车～包～

湘〔xiāng〕湖～潇～荆～衡～清～

襄〔xiāng〕匡～赞～荆～七～

镶〔xiāng〕玉～金～

骧〔xiāng〕腾～高～奋～龙～马首～

芗〔xiāng〕〔薌〕熏～芳～

缃〔xiāng〕浅黄帛。缣～缥～

舡〔xiāng〕船。

秧〔yāng〕稻～插～栽～莳～分～新～瓜～菜～树～鱼～

央〔yāng〕央求。中～未～

鸯〔yāng〕鸳～

泱〔yāng〕泱～（深广）

殃〔yāng〕祸～遭～灾～池鱼～

鞅〔yāng〕马颈带。绊～羁～商～尘～解～（上声同）

脏〔zāng〕〔臟(另见上声)〕肮～（另见去声）

臜〔zāng〕腌～（麻韵阴平同）

赃〔zāng〕贪～分～追～退～贼～栽～

臧〔zāng〕善。臧否的臧。谋～不～

张〔zhāng〕扩～更～开～紧～纸～主～铺～声～伸～嚣～恢～慌～鸱～乖～弛～诪～（欺）目～赤帜～纸一～

章〔zhāng〕云～篇～词～典～勋～乐～文～平～周～宪～领～奖～印～九～千～徽～报～断～图～急就～

彰〔zhāng〕表～昭～弥～益～彰～

璋〔zhāng〕圭～弄～

樟〔zhāng〕香～

獐〔zhāng〕兽名。

嫜〔zhāng〕姑～

漳〔zhāng〕水名。临～

庄〔zhuāng〕庄严的庄。村～农～康～端～义～渔～山～老～百花～

装〔zhuāng〕行～春～束～
衣～服～轻～西～治～
办～武～戎～军～红～时
～中～嫁～童～促～包～
伪～盛～古～安～化～卸
～

妆〔zhuāng〕华～理～红～
淡～新～靓～催～严～
宫～晓～时～俭梳

桩〔zhuāng〕石～打～桥～
木～船～桩～梅花～

平声·阳平

昂〔áng〕高～轩～价～激
～低～气昂～

藏〔cáng〕窝～闭～冬～包
～收～贮～躲～蕴～储
～冷～潜～豹～秘～珍
～行～退～隐～埋～昂～捉
～迷～良弓～（另见去声）

长〔cháng〕短～用～专～
寸～见～心～漫～悠～
冗～日～鞭～截～舒～延
～久～所～扬～深～绵～
顾～取～特～天～夜～波
～柳～线～引兴～意味～
（另见上声、去声）

肠〔cháng〕羊～刚～盲～
饥～愁～柔～衷～心～
诗～牵～热～酒～别～回
～断～冰雪～铁石～

常〔cháng〕时～通～往～
故～平～反～经～无～非
照～如～失～日～寻～非

～家～伦～异～正～常～
以为～

偿〔cháng〕赔～补～清～
归～无～折～报～取～
抵～如愿～

尝〔cháng〕品～共～亲～
饱～备～未～何～次第
～

裳〔cháng〕霓～云～锦～
罗～荷～黄～（另见阴
平）

徜〔cháng〕徜徉的徜。

嫦〔cháng〕嫦娥的嫦。

场〔cháng〕农～排～演兵
～打一～（另见上声）

苌〔cháng〕苌楚的苌。

床〔chuáng〕〔牀〕车～苗～
胡～刨～扶～起～择～
绳～捶～卧～绣～匡～温
～空～牙～藤～连～河～
笔～墨～东～临～琴～槽
～上下～书满～

撞〔chuáng〕又读。（见去
声）

幢〔chuáng〕幡～经～石～
佛～

噇〔chuáng〕大吃大喝。

防〔fáng〕堤～海～布～撤
～冬～关～消～谨～礼
～国～预～提～接～边～
设～驻～冷不～

妨〔fàng〕无～（另见阴平）

房〔fáng〕莲～心～山～药～花～蜂～平～楼～文～营～书～新～暖～乳禅～阿～僧～蜗～库～工～厂～厨～洞～瓦～草～椒～炊事～

肪〔fáng〕脂～（阴平同）

鲂〔fáng〕鳊鱼。

行〔háng〕排～雁～班～银～戎～周～鸳～数～八～在～内～外～本～同～成～行～兄弟～丈人～（另见去声,庚韵阳平、去声）

航〔háng〕夜～领～通～归～一苇～万里～

杭〔háng〕苏～

吭〔háng〕咽喉。引～弄～扼～（另见庚韵阴平）

颃〔háng〕颉～（上下不定）

绗〔háng〕粗缝。

黄〔huáng〕麦～蟹～韭～玄～雌～青～羲～藤～皮～昏～菊～金～铅～雄～歧～（医家）蜡～杏～苏～苍～乘～（神马）橙～流～（绢）鹅～姚～（品种牡丹）～蝴蝶～菜花～

煌〔huáng〕辉～燉～煌～

皇〔huáng〕三～东～张～仓～娲～堂～羲～娥～发～皇～

凰〔huáng〕凤～鸾～求～孤～

蝗〔huáng〕旱～捕～流～除～

簧〔huáng〕笙～丝～锁～双～弹～鼓～莺～巧如～新炙～

篁〔huáng〕幽～疏～风～翠～烟～修～丛～新～

潢〔huáng〕装～银～（天河）

徨〔huáng〕彷～

惶〔huáng〕惭～凄～惊～恓～惶～

璜〔huáng〕珩～佩～

蟥〔huáng〕蚂～

磺〔huáng〕硫～

遑〔huáng〕不～遑～

锽〔huáng〕球～（乐器）锽～（钟鼓音）

隍〔huáng〕城～濠～池～

鳇〔huáng〕海～鲟～

湟〔huáng〕水名。河～

艎〔huáng〕大船。艅～飞～

喤〔huáng〕喤～（儿啼声）

扛〔káng〕肩～独～（另见阴平）

狂〔kuáng〕楚～酒～疏～轻～佯～诗～颠～清～

疯~猖~喜欤~少年~

诳〔kuáng〕欺~

郎〔láng〕檀~中~刘~夜~女~牛~江~玉~货~儿~三~新~萧~少年~著作~

狼〔láng〕虎~黄~饿~贪~豺~野~两~天~(星)中山~

廊〔láng〕画~厢~游~走~长~绕~月~轩~回~曲~

嫏〔láng〕嫏嬛的嫏。

琅〔láng〕琅嬛的琅。珐~

螂〔láng〕螳~蜋~蟑~

榔〔láng〕榔头的榔。槟~桃~鸣~(捕鱼)

琅〔láng〕美玉。琳~琅~(书声)

浪〔láng〕沧~博~浪~(流貌)(另见去声)

阆〔làng〕又读。(见上声)

跟〔láng〕又读。(见 liáng。另见去声)

稂〔láng〕害苗草。莠~

粮〔liáng〕食~干~口~定~余~公~稻~米~钱~送~粗~细~杂~原~糇~糗~断~绝~裹~宿舂~禹余~

良〔liáng〕贤~元~循~优~忠~善~辰~改~驯~

天~温~明~任~茂~股肱~

量〔liáng〕商~料~打~测~丈~评~考~斗~裁~思~玉尺~放眼~(另见去声)

梁〔liáng〕膏~稻~高~黄~红~俭岁~

凉〔liáng〕〔涼〕炎~凄~悲~伊~秋~风~乘~嫩~簟~微~阴~冰~荫着~荒~清~苍~纳~晚~新~初~迎~雨送~北窗~麦风~(另见去声)

梁〔liáng〕桥~山~鼻~雍~石~脊~鱼~齐~浮~河~津~跳~强~舆~〔樑〕栋~悬~画~雕~绕~屋~柏~上~空~旧~燕子~

踉〔liáng〕跳~(láng同,另见去声)

辌〔liáng〕辒~(丧车)

莨〔liáng〕薯~

忙〔máng〕匆~蚕~农~帮~急~赶~连~事~慌~奔~忙~春耕~打麦~生产~游鱼~

盲〔máng〕聋~文~扫~心~色~

芒〔máng〕光~麦~草~毫~尖~勾~(旧谓春神)插天~

〔铓〕锋~剑~针~

茫〔máng〕混～渺～苍～
微～茫～

䩄〔máng〕流～(另见庚韵
阳平)

哤〔máng〕言杂。纷～喧～

邙〔máng〕北～(山名)

硭〔máng〕硭硝的硭。

囊〔náng〕贪～空～行～皮
～智～锦～书～悭～探
～窝～诗～笔～奚～佩～
青～锥处～无底～

娘〔niáng〕爹～爷～亲～
姑～大～新～吴～萧～
船～红～纺织～老大～

酿〔niáng〕酒～(另见去
声)

旁〔páng〕身～偏～道～路
～岩～从～一～两～

厖〔páng〕多毛犬。惊～村
～吠～守户～

庞〔páng〕庞大、庞杂的庞。
面～眉～骏～丰～敦～
(风俗厚)

彷〔páng〕〔徬〕彷徨、彷徉
的彷。(另见上声"仿")

磅〔páng〕磅礴的磅。(另
见去声)

滂〔páng〕又读。(见阴平)

螃〔páng〕螃蟹的螃。

膀〔páng〕膀胱的膀。(另
见阴平、上声)

雱〔páng〕雨雪盛貌。

强〔qiáng〕康～坚～身～
顽～豪～刚～力～富～
自～国～要～争～加～逞
～倔～恃～千丈～(另见
上声、去声)

墙〔qiáng〕花～院～萧～
隔～粉～堵～面～负～
女～城～山～垣～骑～阛
～扶～画～夹～雕～门～
一～堵～花出～

樯〔qiáng〕船樯。帆～云
～海～风～

戕〔qiáng〕戕贼的戕。自
～(阴平同)

嫱〔qiáng〕王～毛～

蔷〔qiáng〕蔷薇的蔷。

攘〔ráng〕攘夺、攘除的
攘。(另见上声)

瓤〔ráng〕瓜～桃～丹～雪
～秫秸～

勷〔ráng〕劻～(急迫貌)

禳〔ráng〕祈～祓～

穰〔ráng〕丰～岁～穰～

瀼〔ráng〕瀼～(露浓)(另
见去声)

堂〔táng〕哄～学～食～满
～厅～升～画～佛～弄
～公～庙～天～草～讲～
店～礼～嫡～高～灵～亮
～会～萱～令～祠～客～
垂～明～北～虚～华～佛
～堂～怀仁～

膛〔táng〕枪～胸～上～开～炮～炉～

塘〔táng〕池～钱～寒～横～陂～莲～荷～罂～柳～菱～方～野～养鱼～捍海～

糖〔táng〕蔗～饧～红～砂～饴～冰～软～酥～蜜～白～豆酥～

唐〔táng〕隋～虞～高～荒～盛～中～颓～晚～陶～李～南～初～

棠〔táng〕甘～沙～野～海～

螗〔táng〕螳螂的螳。

螗〔táng〕蝉属。蜩～（喧杂）

搪〔táng〕搪塞、搪饥的搪。

饧〔táng〕又读。（见庚韵阳平）

溏〔táng〕不凝结。

糛〔táng〕紫～

王〔wáng〕帝～大～霸～梵～龙～国～素～花～蜂～麑～三～海～天～二～蚁～（另见去声）

亡〔wáng〕兴～存～逃～荒～流～灭～消～沦～唇～救～人～衰～阵～悼～死～偕～

忘〔wáng〕相～不～淡～健～遗～无～坐～善～（去声同）

详〔xiáng〕周～安～申～推～端～审～精～参～

祥〔xiáng〕不～发～吉～永～呈～慈～嘉～致～

翔〔xiáng〕回～高～上～飞～双～滑～翱～鸾凤～

降〔xiáng〕受～招～投～乞～诈～望风～（另见去声）

庠〔xiáng〕古代学校。

阳〔yáng〕青～向～亢～太～秋～斜～阴～骄～残～洛～端～朝～艳～初～山～河～炎～夕～重～遮～渭～高～昭～三～昌～

扬〔yáng〕发～宣～显～表～揄～颂～抑～悠～名～清～播～昂～高～鹰～飘～飞～赞～张～眉～声～远～簸～激～扬～意气～

杨〔yáng〕垂～疏～绿～黄～白～枯～穿～长～夹岸～

羊〔yáng〕山～亡～攘～商～绵～犬～羔～牵～牧～羚～羝～黄～牛～替罪～

洋〔yáng〕汪～望～东～华～土～海～外～西～南～大～银～茫～洋～太平～

徉〔yáng〕徜～仿～

佯〔yáng〕装~

旸〔yáng〕晴。雨~

疡〔yáng〕〔瘍〕溃~

烊〔yáng〕熔化。销~热~

仄声·上声

榜〔bǎng〕标~题~发~放~出~金~红~英雄~光荣~龙虎~(另见去声)

绑〔bǎng〕捆~反~

膀〔bǎng〕翅~臂~肩~(另见阴平、阳平)

场〔chǎng〕立~磁~会~市~商~考~屠~工~广~菜~球~疆~战~操~剧~出~入~逢~开~收~散~在~登~上~下~牧~渔~盐~火~当日~夜~暗~冷~退~捧~(另见阳平)

厂〔chǎng〕工~纱~建~下~钢~煤~纺织~(另见寒韵阴平"庵")

敞〔chǎng〕高~清~虚~轩~疏~宏~开~宽~

氅〔chǎng〕大~鹤~羽~

昶〔chǎng〕日长。舒畅。

惝〔chǎng〕又读。(见 tǎng)

闯〔chuǎng〕李~直~瞎~往里~江湖~

党〔dǎng〕爱~吾~整~建~同~朋~政~乡~入~共产~

挡〔dǎng〕遮~拦~抵~阻~(另见去声)

谠〔dǎng〕说论的说。

仿〔fǎng〕〔彷(另见阳平)〕仿佛的仿。〔倣〕模~影~临~相~

访〔fǎng〕寻~探~拜~博~过~察~造~采~私~雪夜~

纺〔fǎng〕罗~杭~绩~混~棉~夜~

舫〔fǎng〕画~灯~游~湖~彩~青雀~

昉〔fǎng〕起始。

港〔gǎng〕海~曲~河~渔~支~商~领~军~获~柳~香~

岗〔gǎng〕门~布~站~(另见阴平"冈")

广〔guǎng〕地~两~宽~识~闽~湖~推~心~深~李~吴~河~拓~闻见~海天~交游~

犷〔guǎng〕粗~

谎〔huǎng〕说~扯~撒~欺~

晃〔huǎng〕一~炫~明晃~(另见去声)

幌〔huǎng〕帷~书~虚~

恍 〔huǎng〕〔恍〕惝~（失意貌）

滉 〔huǎng〕 滉漾的滉。

讲 〔jiǎng〕 谈~研~演~开~主~串~

奖 〔jiǎng〕 评~得~推~夸~褒~受~头~过~嘉~百花~

桨 〔jiǎng〕 兰~荡~划~双~画~

蒋 〔jiǎng〕 姓。

耩 〔jiǎng〕 用耧播种。

肮 〔kǎng〕 肮脏的肮。（另见阴平"肮"）

朗 〔lǎng〕 爽~健~硬~晴~疏~月~明~秀~开~清~天~旷~心胸~长空~

阆 〔lǎng〕 阆苑，阆风的阆。（阳平同）

两 〔liǎng〕 斤~铢~两~

魉 〔liǎng〕 魍~

俩 〔liǎng〕 伎~（另见麻韵上声）

裲 〔liǎng〕 裲裆的裲。

莽 〔mǎng〕 草~林~卤~粗~伏~苍~榛~丛~宿~积~莽~

蟒 〔mǎng〕 赤~绣~毒~修~白~

漭 〔mǎng〕 泱~渺~漭

攮 〔nǎng〕 推。刀刺。

曩 〔nǎng〕 昔。

耪 〔pǎng〕 用锄翻地。

膀 〔pǎng〕 吹牛。

抢 〔qiǎng〕 强~（另见阴平）

强 〔qiǎng〕 勉~相~牵~（另见阳平、去声）

襁 〔qiǎng〕 襁褓的襁。

镪 〔qiǎng〕 钱。藏~楮~（另见阴平）

壤 〔rǎng〕 沙~接~瘠~沃~击~土~天~泉~朽~僻~穿~蚁~

嚷 〔rǎng〕 喧~噪~叫~乱~急~高声~（另见阴平）

攘 〔rǎng〕 扰~攘~（另见阳平）

嗓 〔sǎng〕 吊~亮~倒~

搡 〔sǎng〕 用力推。

颡 〔sǎng〕 额。稽~隆~广~泚~

磉 〔sǎng〕 础~石~基~柱~

赏 〔shǎng〕 欣~奖~厚~心~爱~玩~叹~鉴~共~称~清~真~珍~自~重~悬~刑~上~幽受~

上〔shǎng〕上声的上。（另见去声）

垧〔shǎng〕地亩单位。

晌〔shǎng〕片时。晌午的晌。一～半～歇～

爽〔shuǎng〕豪～清～凉～直～高～灵～明～不～飒～竞～气～英～神～森～昧～精神～

帑〔tǎng〕国～公～银～

傥〔tǎng〕倜～（不羁）

倘〔tǎng〕倘或的倘。

躺〔tǎng〕平卧。

淌〔tǎng〕水下流。

惝〔tǎng〕惝恍的惝。（chǎng同）

往〔wǎng〕来～神～既～已～勇～交～何～向～忆～过～独～长～往～驱车～瓜时～

枉〔wǎng〕冤～矫～邪～诬～直～措～驾～

网〔wǎng〕鱼～结～罗～火～晒～撒～拉～尘～世～蛛～法～漏～脱～天～文～触～张～三面～名利～

罔〔wǎng〕诬～欺～

辋〔wǎng〕辋川的辋。

魍〔wǎng〕魍魉的魍。

惘〔wǎng〕失意。怅～迷～惘～

想〔xiǎng〕理～寄～心～感～暗～料～幻～妄～空～结～联～设～意～敢～追～猜～悬～假～推～怀～休～思～梦～驰～凝～遐～涉～冥～积～奇～莫～静～注～狂～遥～非非～

享〔xiǎng〕〔飨〕坐～长～安～分～宴～配～

响〔xiǎng〕声～余～交～影～音～虫～嗣～风～清～逸～夕～绝～遗～山～（极响）泉～洪钟～应如～春雷～机声～

饷〔xiǎng〕馈～军～粮～解～月～发～

鲞〔xiǎng〕鱼～鳗～

养〔yǎng〕学～息～厮～修～饲～畜～培～颐～生～给～抚～奉～疗～赡～扶～教～鞠～休～调～营～滋～驯～将～涵～素～长～蒙～供～蒙～（另见去声）

仰〔yǎng〕俯～钦～企～信～景～瞻～敬～宗～素～山斗～

痒〔yǎng〕痛～爬～搔～技～心～背～脚底～

氧〔yǎng〕化学元素。

鞅〔yǎng〕又读。(见阴平)

脏〔zǎng〕肮~(亢直貌)(另见阴平"脏")

驵〔zǎng〕大~(牙行)

掌〔zhǎng〕手~巴~反~指~运~鞚~熊~抵~拍~拊~执~鼓~覆~巨~孤~职~合~巨灵~仙人~平如~

长〔zhǎng〕生~尊~兄~少~助~消~滋~增~成~学~师~首~部~雄~年~家~挟~桑麻~马齿~(另见阳平、去声)

涨〔zhǎng〕潮~增~怒~高~水~初~沙~雨后~(另见去声)

仉〔zhǎng〕姓。

奘〔zhuǎng〕腰~臂膊~(另见去声)

仄声·去声

盎〔àng〕盆~瓦~盎~(盛满貌)

傍〔bàng〕依~倚~偎~(另见阴平)

谤〔bàng〕诽~俵~毁~诽~息~止~讪~受~遭~

蚌〔bàng〕蛤~珠~河~老~鹬~(另见庚韵去声)

棒〔bàng〕棍~拐~冰~指挥~

磅〔bàng〕衡名。过~(另见阳平)

镑〔bàng〕英~

榜〔bàng〕榜笞的榜。龙~吴~(另见上声)

蒡〔bàng〕牛~

唱〔chàng〕歌~渔~绝~清~樵~演~合~独~齐~说~高~酬~弹~雄鸡~拍手~

畅〔chàng〕和~酣~流~条~欢~充~通~明~舒~晓~心情~

倡〔chàng〕提~首~独~

怅〔chàng〕悲~怨~惆~怅~

鬯〔chàng〕祭祀用酒。

创〔chuàng〕始~独~开~草~惩~新~手~首~(另见阴平)

怆〔chuàng〕悲~凄~愀~感~

当〔dàng〕的~适~允~便~顺~妥~恰~快~稳~得~质~典~上~了~至~过~屏~(另见阴平)

荡〔dàng〕浩~放~游~飘~浪~流~淡~板~骀~动~闯~荡~芦花~

〔盪〕涤~摇~动~震~扫~晃~

宕〔dàng〕雁~延~跌~拖~疏~

档〔dàng〕归～卷～木～横～

挡〔dàng〕摒～（另见上声）

砀〔dàng〕山名。萧～芒～

放〔fàng〕开～鸣～解～安～奔～释～存～收～宽～停～豪～齐～争～下～发～流～怒～牧～旷～天～花～

杠〔gàng〕〔慎〕抬～铁～双～竹～（另见阴平）

戆〔gàng〕又读。（见zhuàng）

逛〔guàng〕闲～游～

桄〔guàng〕织机横木。木～线～（另见阴平）

沆〔hàng〕沆瀣的沆。莽～（大水）

行〔hàng〕行～（刚健貌）（另见阳平，庚韵阳平、去声）

桁〔hàng〕衣架。（另见庚韵阳平）

晃〔huàng〕摇～闪～眩～荡～（另见上声）

将〔jiàng〕大～虎～闯～飞～斩～名～福～健～儒～骁～败～拜～宿～部～老～猛～将～常胜～（另见阴平）

降〔jiàng〕下～递～升～霜～光～从空～（另见阳平）

匠〔jiàng〕工～宗～大～巨～巧～机～意～木～画～皮～

酱〔jiàng〕豆～甜～果～肉～面～玫瑰～芝麻～

绛〔jiàng〕浅～紫～汾～晋～

强〔jiàng〕倔～木～（另见阳平、上声）

虹〔jiàng〕单用时又读。（见东韵阳平）

糨〔jiàng〕〔糡〕糨糊的糨。

抗〔kàng〕抵～对～反～违～顽～

炕〔kàng〕木～砖～暖～火～炙～熏～

亢〔kàng〕高～刚～骄～不～（另见阴平）

伉〔kàng〕伉俪的伉。

犷〔kàng〕狼～（笨重）

矿〔kuàng〕开～采～探～煤～铁～金～油～

况〔kuàng〕何～近～情～现～景～境～盛～比～意～状～自～

旷〔kuàng〕空～怨～放～心～野～天～胸襟～岁月～

纩〔kuàng〕絮。挟～纤～

框〔kuàng〕门～方～画～木～

眶〔kuàng〕眼～

贶〔kuàng〕馈～惠～厚～嘉～珍～报～

圹〔kuàng〕生～穿～墓～寿～垄走～

邝〔kuàng〕姓。

浪〔làng〕波～海～麦～放～声～破～鼓～细～孟～流～骇～谑～柳～巨～逐～大风～十级～万里～（另见阳平）

亮〔liàng〕明～月～敞～光～天～豁～漂～眼～清～洪～响～透～雪～忠～诸葛～

量〔liàng〕度～器～酒～数～气～容～胆～重～海～雅～质～分～产～食尽～较～胆～大～打～估～力～无～放～定～自裁～宽宏～（另见阳平）

谅〔liàng〕直～宽～恕～见～宥～原～友～曲～体～

辆〔liàng〕车～百～

唡〔liàng〕嚓～

凉〔liàng〕〔凉〕使凉。（另见阳平）

晾〔liàng〕晒～吹～

踉〔liàng〕跟跄的跟。（另见阳平）

齉〔nàng〕鼻子～

酿〔niàng〕酝～家～酒～春～佳～新～村～屠苏

～醅醲～（另见阳平）

胖〔pàng〕肥～发～体～浮～（另见寒韵阳平）

呛〔qiàng〕刺激呼吸。够～（另见阴平）

跄〔qiàng〕〔蹡〕跟～（另见阴平）

戗〔qiàng〕支撑。戗金的戗。（另见阴平）

炝〔qiàng〕一种烹饪法。

让〔ràng〕谦～推～辞～责～廉～礼～退～诮～转～相～揖～禅～逊～

瀼〔ràng〕水名。爰～（另见阳平）

丧〔sàng〕沦～颓～懊～气～得～沮～胆～雕～魂～（另见阴平）

上〔shàng〕溪～陌～路～井～陇～塞～向～楼中～早～掌～马～心～瞻～顶～奉～天～赶～山枕～纸～川～江～太～月～北～道～座～海～上～青云～嚣尘～河梁～牛背～（另见上声）

尚〔shàng〕尚且的尚。俗～时～习～崇～高～风～和～嘉～所～

趟〔tàng〕一～两～这～

烫〔tàng〕烫金、烫酒的烫。滚～

望〔wàng〕名～盼～展～威～瞻～企～巴～资～

声～民～仰～欲～怨～希
～失～众～硕～绝～渴
～怅～瞭～悬～朔～人
～相～观～想～看～过
～探～时～四～觎～德
～远～雅～眺～奢～愿
～清～郡～守～厚～望
～丰年～翘首～回头～

忘〔wàng〕　语音。(见阳平)

妄〔wàng〕　狂～庸～无～谬～虚～诞～妖～愚～

旺〔wàng〕　兴～气～盛～业～神～畅～六畜～

王〔wàng〕　王天下的王。(另见阳平)

相〔xiàng〕　相声的相。照～皮～貌～长～天～宅～真～宰～辅～色～罗刹～寿者～(另见阴平)

向〔xiàng〕〔嚮〕趋～动～去～面～归～志～转～风～指～偏～方～相～意～奔～倾～一～东南～葵藿～

巷〔xiàng〕　里～空～坊～街～穷～柳～深～小～曲～填～

象〔xiàng〕　印～现～对～迹～蜡～狮～想～气～真～星～景～意～抽～形～驯～万～吞～龙～表～

像〔xiàng〕　人～偶～肖～塑～雕～图～画～石～铜～造～四不～

项〔xiàng〕　八～刘～用～说～颈～款～强～事～

橡〔xiàng〕　橡胶的橡。栗～拾～

养〔yàng〕　奉～供～犬马～(另见上声)

快〔yàng〕　怅～郁～悒～快～

恙〔yàng〕　无～微～清～抱～

样〔yàng〕　式～原～眉～榜～依～别～多～同～异～花～时～好～一～两～图～照～字～走～变～官～巧～像～模～这～怎～放～打～校～样～翻新～

漾〔yàng〕　荡～滉～溶～摇～波～

奘〔zàng〕　玄～(唐僧)(另见上声)

脏〔zàng〕　五～肾～心～肝～内～(另见阴平上声)

藏〔zàng〕　经～库～秘～三～宝～西～道～(另见阳平)

葬〔zàng〕　薄～火～埋～稿～厚～附～殡～下～国～安～殉～送～

丈〔zhàng〕　老～岳～寻～方～姑～盈～清～函～万～

仗〔zhàng〕　仰～倚～兵～仪～开～打～败～胜～对～

杖〔zhàng〕拐～手～扶～禅～藜～竹～拄～掸面～

帐〔zhàng〕床～屏～帏～罗～幔～军～升～斗～鸳～甲～虎～绛～祖～青纱～

〔账〕记～清～细～旧～要～进～上～结～算～转～烂～抵～欠～赖～倒认～还～流水～

障〔zhàng〕保～屏～故～蔽～步～堤～锦～翳～亭～

幛〔zhàng〕绸～喜～素～

瘴〔zhàng〕炎～毒～海～蒸～

嶂〔zhàng〕列～岚～烟～青～屏～叠～

涨〔zhàng〕高～泡～热～烟尘～(另见上声)

胀〔zhàng〕臌～肿～膨～

长〔zhàng〕长物的长。(另见阳平、上声)

壮〔zhuàng〕少～气～志～健～精～茁～强～胆～体～悲～雄～丁～山河老益～

状〔zhuàng〕形～现～告～诉～摹～供～情～图～奖～万～行～无～异～风云～新月～

撞〔zhuàng〕杵～相～莽～顶～直～冲～晨钟～(阳平同)

戆〔zhuàng〕愚直。(gàng同)

僮〔zhuàng〕僮族的僮。(另见东韵阳平)

十 七 庚

平声·阴平

崩〔bēng〕分～土～山～天～岸～石～堤～霹雳～

绷〔bēng〕〔繃〕绣～香～床～倒～紧～（另见上声）

伻〔bēng〕使者。

兵〔bīng〕征～练～民～募～招～用～出～天～甲～逃～麈～交～加～点～伞～水～士～工～屯～弭～尖～新～当～阅～砺～曳～罢～刀～哨～重～骄～败～救～精～伏～短～起～调～分～奇～谈～休～按～疑～老～进～论～发～观～神～足～草木～轻骑～

冰〔bīng〕溜～结～寒～履～冻～春～饮～语～坚～薄～释～凝～藏～伐～凿～语～块～冷于～冷冰～

并〔bīng〕并州。（另见去声）

槟〔bīng〕又读。（见痕韵阴平）

屏〔bīng〕屏营的屏。（另见阳平、上声）

栟〔bīng〕栟榈的栟。

噌〔cēng〕斥责。（另见chēng）

称〔chēng〕自～通～交～见～著～盛～美～名～尊～羡～号～声～谦～简～众 口～天 下～ 不 足～（另见去声）

撑〔chēng〕力～支～独～苦～硬～手～小舟～

瞠〔chēng〕瞠目的瞠。

琤〔chēng〕玉声。琮～琤～

铛〔chēng〕温器。茶～药～酒～鼎～炉～（另见唐韵阴平）

赪〔chēng〕赤色。颜～童～鱼尾～断霞～

枪〔chēng〕欃～（彗星）（另见唐韵阴平）

蛏〔chēng〕蛏～螺～鲜～

柽〔chēng〕柽柳。

噌〔chēng〕噌吰的噌。（另见cēng）

登〔dēng〕同～先～摩～丰～名～年～岁～三～攀～秋～捷足～红榜～新谷～

灯〔dēng〕风～电～渔～书～路～宫～船～桥～塔

~春～上～点～幻～烧～
明～油～花～纱～红～放
～寒～龙～挑～掌～张～
看～收～观～壁～探照～
上元～走马～霓虹～万盏
～

噔〔dēng〕象声词。咯～

簦〔dēng〕有柄笠。担～

丁〔dīng〕人～丙～白～添
～零～成～一～园～兵
～壮～庖～东～孤～单～
不识～（另见 zhēng）

钉〔dīng〕竹～铜～环～铆
～眼中～螺丝～（另见
去声）

叮〔dīng〕叮当、叮嘱的叮。

仃〔dīng〕伶～（孤独貌）

盯〔dīng〕注视。

疔〔dīng〕疔疮。

靪〔dīng〕补～

玎〔dīng〕玉声。玲～

风〔fēng〕民～国～春～东
～朔～北～高～悲～香
～南～凯～熏～光～蕙
惠～古～家～清～微～松
～回～临～吟～荷～西
金～秋～台～口～暖～凉
～天～好～英～雄～作～
移～和～威～当～从～顶
～热～顺～逆～歪～狂
暴～凌～屏～探～捕～放

～整～起～刮～旋～迎～
土～头～通～闻～上～下
～追～接～呼～乘长～
帆～烈士～稻花～两袖～
压西～草木～打头～耳边
～（另见去声）

丰〔fēng〕国～民～年～物
～祈～歌～永～厚～阜
～羽毛～五谷～

峯〔fēng〕〔峰〕危～山～顶
～数～层～群～碧～孤
～奇～云～主～驼～险
远～乱～诸～眉～第一
飞来～最高～日观～

蜂〔fēng〕蜜～胡～黄～马
～游～狂～工～养～群
～采花～细腰～一窝～

封〔fēng〕冰～雪～尘～华
～信～缄～弥～开～启
～素～东～密～自～白云
～烟雨～书几～

枫〔fēng〕丹～霜～林～秋
～江～

锋〔fēng〕交～前～机～冲
～针～霜～笔～争～藏
～中～悬～摧～敛～词
谈～急先～百炼～

烽〔fēng〕宵～传～边～息
～狼～

疯〔fēng〕发～撒～装～酒
～

酆〔fēng〕周都邑名。姓。

葑〔fēng〕芜菁。采～（另
见去声）

沣〔fēng〕水名。

耕〔gēng〕笔～烟～火～力～躬～深～春～催～耦～牛～中～机～舌～晨刀～归～助～代～

庚〔gēng〕年～长～同～呼～斗指～岁在～

更〔gēng〕定～初～三～五～敲～断～残～迭～变～纷～岁月～(参看 jīng。另见去声)

羹〔gēng〕调～菜～藜～甜～鱼～和～分～沸～太～尊一杯～闭门～桂花～

粳〔gēng〕〔秔〕又读。(见 jīng)

鶊〔gēng〕鸧～春～

赓〔gēng〕继续。重～新～

绠〔gēng〕粗绳。

亨〔hēng〕元～咸～泰～丰～时～

哼〔hēng〕哼～

膨〔hēng〕膨～(胀大貌)

精〔jīng〕黄～取～养～殚～糖～专～研～求～励～繁～酒～金～妖～白骨～害人～

惊〔jīng〕震～心～压～吃～虚～不～担～受～鱼～猿～四座～鬼神～暗自～梦魂～

京〔jīng〕北～南～东～进～燕～神～玉～上～两～莫与～

经〔jīng〕取～念～传～五～诗～圣～佛～水～正～神～东～茶～引～自～曾～惯～天～守～芭～不～通～山海～十三～三字～

睛〔jīng〕眼～双～圆～点～猫～定～不转～

旌〔jīng〕旆～霓～心～帘～铭～

晶〔jīng〕水～茶～墨～结～亮晶～

鲸〔jīng〕海～长～巨～石～钓～射～骑～(阳平同)

兢〔jīng〕兢～(小心貌)

荆〔jīng〕紫～披～负～识～榛～柴～班～拙～

茎〔jīng〕根～金～菱～芝～几～块～鳞～

菁〔jīng〕芜～蔓～菁～

泾〔jīng〕水名。

更〔jīng〕定～初～三～五～敲～断～残～(参看 gēng。另见去声)

粳〔jīng〕〔秔〕新～香～白～霜～徐～长腰～玉粒～(gēng同)

鶄〔jīng〕鸡～

坑〔kēng〕陷～土～火～泥～粪～雪～沟～满～万丈～长平～

铿〔kēng〕阴～铿～

硁〔kēng〕硁～（坚硬貌）

吭〔kēng〕吭声的吭。（另见唐韵阳平）

拎〔līng〕手提。

蒙〔mēng〕〔矇（另见阳平）〕欺骗。乱猜。（另见阳平、上声）

烹〔pēng〕鼎～煎～割～小鲜～走狗～活火～

砰〔pēng〕砰

澎〔pēng〕澎湃的澎。（另见阳平）

怦〔pēng〕怦～（心动貌）

抨〔pēng〕抨击的抨。

乒〔pīng〕乒乓的乒。

俜〔pīng〕伶～（单孑貌）

娉〔pīng〕娉婷的娉。

青〔qīng〕丹～淡～山～苔～草～眼～踏～看～冬～天～石～沥～年～常汗～靛～杀～垂～梅～遥～松～青～竹叶～天地～四时～数峰～一抹～杨柳～

清〔qīng〕河～水～泉～冰～太～晏～廓～心～血～骨～气～神～撇～风～肃～浊～澄～凄～看～划～秋～华～冷清～

轻〔qīng〕重～减～看～见～身～言～羽～云～絮～风～舟～烟～气～年～驾～柳絮～得失～鸿毛～马蹄～

卿〔qīng〕公～上～九～荆～客～卿～

蜻〔qīng〕蜻蜓的蜻。

倾〔qīng〕心～杯～壶～左～右～巢～天～权～扶～葵～山可～肝胆～日西～

鲭〔qīng〕青鱼。（另见zhēng）

氢〔qīng〕化学元素。

顷〔qīng〕又读。（见上声）

圊〔qīng〕厕所。

扔〔rēng〕抛掷。

僧〔sēng〕老～尼～野～高～山～唐～人定～行脚～

鬙〔sēng〕鬅～（发乱貌）

生〔shēng〕人～民～平～苍～先～后～医～死～师～书～学～小～辍～半～写～天～怎～长～发～花～晚～产～寄～卫～众～丛～好～偏～营～更～贪～怒～厚～虚～偷～畜

～回～逃～舍～催～夹～
降～诞～孳～轻～新～再
～初～陌～此～双～一～
门～群～风～潮～浮～养
～诸～生～春水～髀肉～
待怎～活生～

声〔shēng〕风～雨～雷～
涛～车～钟～书～秋～
吞～呼～鸟～虫～歌～笑
～欢～正～郑～新～先～
高～和～回～铃～掌～名
～失～相～放～应～无～
寄～飞～希～齐～双～尾
～泉～笛～机～水～琴～
蛙～同～弦歌～金石～卖
花～爆竹～锣鼓～鸡犬～
打麦～汽笛～不吭～

升〔shēng〕斗～盈～
〔昇〕上～高～擢～递～
提～日～月～初～东～飞
～晚霞～热度～

胜〔shēng〕不～力难～（另
见去声）

牲〔shēng〕牲畜的牲。牺
～

笙〔shēng〕竽～吹～玉～
匏～芦～凤～瓶～

甥〔shēng〕外～馆～舅～
诸～

狌〔shēng〕〔鼪〕黄鼠狼。
鼯～狸～飞～

腾〔tēng〕热腾～慢腾～
（另见阳平）

鼟〔tēng〕鼟～（鼓声）

听〔tīng〕偷～旁～收～怕
～好～喜～视～中～倾
～静～闲～卧～忍～姑妄
～洗耳～侧耳～隔树～
（另见去声，痕韵阳平）

厅〔tīng〕餐～花～客～大
～

汀〔tīng〕水边。沙～芦～
蓼～烟～雪～渔～鸥～

翁〔wēng〕老～渔～邻～
塞～村～诗～盲～田舍
～主人～白头～不倒～

嗡〔wēng〕嗡～

星〔xīng〕恒～行～卫～彗
～零～明～福～三～五
～寿～披～众～陨～列～
救～残～红～晓～晨～双
～吉～火～天～疏～繁～
星～牵牛～织女～老人～
满天～南极～

兴〔xīng〕振～新～勃～大
～代～迭～时～凤～中
～云～复～废～（另见去
声）

腥〔xīng〕鱼～荤～膻～水
～血～海～风～

馨〔xīng〕又读。（见痕韵
阴平）

醒〔xīng〕又读。（见上声）

猩〔xīng〕猩～

惺〔xīng〕惺忪的惺。惺～
（警觉。明慧）

应〔yīng〕料~未~（另见去声）

英〔yīng〕群~含~秋~落~红~云~蓍~精~舜~英~蒲公~

莺〔yīng〕黄~金~啼~流~新~春~娇~迁~闻~藏~雏~群~夜~早~乳~莺~百啭~出谷~

鹰〔yīng〕苍~秋~臂~雄~饥~角~老~放~鱼~脱鞲~猫头~

婴〔yīng〕娇~女~啼~戏~育~

嘤〔yīng〕鸟鸣。嘤~

鹦〔yīng〕绿~架上~能言~

缨〔yīng〕冠~簪~马~珠~绝~请~濯~

樱〔yīng〕朱~红~珠~春~山~

撄〔yīng〕触。扰。来~相~莫敢~世网~

膺〔yīng〕服~荣~拊~填~

瑛〔yīng〕玉光。玉~琼~瑶~凝~

罂〔yīng〕小口瓶。青~瓦~

璎〔yīng〕璎珞的璎。

增〔zēng〕加~倍~递~虚~月~日~方~大~寿~价~气益~产量~马齿~岁月~

憎〔zēng〕可~生~取~受~嫌~怨~

罾〔zēng〕鱼~下~投~挂~溪~扳~

曾〔zēng〕高~孙~（另见阳平）

缯〔zēng〕缯素的缯。金~丝~绛~锦~（另见去声）

矰〔zēng〕系矢以射。飞~弋~缴~

正〔zhēng〕春~新~元~夏~（另见去声）

争〔zhēng〕斗~纷~战~相~交~力~论~竞~抗~不~息~蚁~虎~无~蜗角~鹬蚌~口舌~分秒~

征〔zhēng〕出~从~远~南~宵~万里~新长~〔徵（另见支韵上声）〕象~特~寿~开~科~休~明~无~不足~

筝〔zhēng〕风~银~凤~瑶~调~弹~鸣~琴~

钲〔zhēng〕锣。铜~鸣~金~悬~箫~

睁〔zhēng〕眼睁~

峥〔zhēng〕峥嵘的峥。

蒸〔zhēng〕气~云~霞~暑~郁~炎~熏~蒸花气~

铮〔zhēng〕铮锬的铮。铮~（刚正貌）

挣〔zhēng〕挣扎的挣。(另见去声)

狰〔zhēng〕狰狞的狰。

怔〔zhēng〕怔忡、怔忪的怔。(另见去声 zhèng)

丁〔zēng〕丁~(伐木声)(另见 dīng)

烝〔zhēng〕烝民的烝。

症〔zhēng〕症结的症。(另见去声)

诤〔zhēng〕谏~面~廷~慈~

鲭〔zhēng〕鱼肉什脍。(另见qīng)

平声·阳平

甭〔béng〕不用。

曾〔céng〕几~何~未~不~记~旧~(另见阴平)

层〔céng〕三~基~里~夹~地~上~下~云~浪千~密层~最高~

嶒〔céng〕峻~(高貌)

成〔chéng〕赞~事~功~收~作~完~守~玉~年~晚~集~造~落~老~垂~大~责~养~观~长~生~形~速~告~未~无~难~诗~一~目~倚马~羽翼~七步~血凝~志竟~八九~

城〔chéng〕长~边~古~都~京~山~金~愁~

干~层~成~书~倾~坚~江~满~春~半~孤~小~连~凤~赤~石头~不夜~

诚〔chéng〕忠~精~赤~志~悃~至~虔~专~真~开~推~输~投~竭~立~丹~款~

承〔chéng〕应~担~继~奉~趋~启~师~禀~仰~顺~轴~

程〔chéng〕工~课~历~路~过~启~教~行~途~登~日~前~进~云~章~规~鹏~计~旅~归~水~邮~万里~

盛〔chéng〕粢~碗~满~(另见去声)

乘〔chéng〕乘法、乘车的乘。自~相~隙可~(另见去声)

澄〔chéng〕澄清的澄。波~海~潭~月~心~镜~玉宇~(另见去声)

橙〔chéng〕香~甜~酸~金~黄~朱~柑~霜破~新~(另见痕韵阳平)

呈〔chéng〕进~上~敬~万象~

惩〔chéng〕薄~重~可~严~劝~心~

丞〔chéng〕古副职官。右~县~

酲〔chéng〕病酒。解~宿~微~余~

塍〔chéng〕田～沟～满～新～稻～

伧〔chéng〕寒～（另见唐韵阴平）

裎〔chéng〕裸～

棖〔chéng〕棖触的棖。

宬〔chéng〕皇史～

逢〔féng〕相～重～偶～忽～初～乍～遭～难～躬～欣～恭～一笑～萍水喜相～千载～月下～

缝〔féng〕裁～针～弥～可～密密～（另见去声）

冯〔féng〕姓。

恒〔héng〕〔恆〕有～无～永～月～

横〔héng〕纵～连～山～剑～云～舟～笛～斗柄～大江～宝刀～（另见去声）

衡〔héng〕权～钧～持～秉～均～文～平～盱～抗～嵩～玉～争～望～度量～

蘅〔héng〕杜～（香草）

桁〔héng〕屋上横木。（另见唐韵去声）

珩〔héng〕佩玉。

姮〔héng〕姮娥的姮。

崚〔léng〕崚嶒的崚。

楞〔léng〕〔棱、稜〕威～锋～横～觚～石～窗～目有～

薐〔léng〕菠～

龄〔líng〕年～工～蛉～百～高～修～妙～延～芳～弱～衰～遐～超～松～鹤～

零〔líng〕雕～畸～雨～露～涕～飘～挂～丁～等于～望秋～草木～孤零～

灵〔líng〕心～性～生～通～机～魂～英～幽～空～威～精～移～神～乞～无～

菱〔líng〕青～红～湖～采～霜～秋～茭～浮根～

绫〔líng〕白～红～彩～锦～文～束～

陵〔líng〕山～丘～皇～冈～巴～武～茂～广～金～禹～黄～凭～灞～杜少十三～

凌〔líng〕冰～寒～结～〔淩〕欺～侵～势～

聆〔líng〕听。

令〔líng〕使～令～（缨环声）（另见上声、去声）

铃〔líng〕系～解～警～哑～金～铜～电～风～门～闻～摇～檐～雨淋～护花～

伶〔líng〕伶仃、伶俐的伶。优～名～刘～

櫺〔líng〕窗～画～虚～疏～

苓〔líng〕伏～松～参～

蛉〔líng〕蜻～螟～

玲〔líng〕玲珑的玲。

鲮〔líng〕鲮鲤的鲮。

泠〔líng〕清～西～泠～

舲〔líng〕小船。风～扬～　虚～渔～

羚〔líng〕挂角～

鸰〔líng〕鹡～

翎〔líng〕鸟～羽～鹤～翠～　～梳～孔雀～双眼～

囹〔líng〕囹圄的囹。

瓴〔líng〕瓦沟。碧～建～　陶～

醽〔líng〕醽醁的醽。

萌〔méng〕萌芽的萌。方～　未～潜～草木～春意～

盟〔méng〕结～要～鸥～　联～同～守～寒～新～　背～城下～

蒙〔méng〕昏～愚～童～　发～启～承～多～沂～　（另见阴平、上声）

濛〔méng〕空～鸿～冥～　濛～烟雨～

〔矇（另见阴平）〕睁眼瞎。瞢～　昏～发～（另见阴平上声）

檬〔méng〕柠～

朦〔méng〕朦胧的朦。

氓〔méng〕愚～蚩蚩～（另见唐韵阳平）

幪〔méng〕帡～（覆庇）

艨〔méng〕艨艟的艨。

懵〔méng〕懵然的懵。（另见上声）

虻〔méng〕牛～麦～

甍〔méng〕栋。雕～朱～　飞～画～连～

名〔míng〕盛～扬～出～　姓～声～笔～题～策～　沽～挂～隐～诗～传～驰～　～闻～成～浮～著～芳～　逃～盗～慕～埋～恶～擅　～臭～留～虚～荣～清～　英～威～无～匿～才～文　～功～令～乳～大～小～　美～齐～呼～莫～求～早　知～鼎鼎～浪得～后世～　不计～千秋～

明〔míng〕天～月～眼～神　～光～文～聪～英～开　～晦～鲜～发～表～说～　照～失～难～黎～辨～微　～启～休～通～平～花～　清～分～高～昌～阐～透　～显～声～精～晴～澄～　虚～明～照眼～百花～晚　霞～分外～察察～

铭〔míng〕碑～墓～勒～盘　～钟～鼎～心～座右～

鸣〔míng〕鸟～虫～鸡～　牛～马～蛙～蝉～耳～

肠～雷～轰～争～共～悲
～齐～钟～嘤～不平～瓦
釜～促织～

冥 〔míng〕 冥顽，冥想的
冥。晦～幽～窈～玄～
苍～青～冥～

螟 〔míng〕 螟蛉的螟。秋
～飞～蝗～扑～

暝 〔míng〕 夜晚。宵～烟
～山～村～柳～海天～
日欲～（去声同）

瞑 〔míng〕 瞑目的瞑。瞑
～（视不审貌）（上声同。
另见寒韵去声）

溟 〔míng〕 南～东～沧～
溟～（小雨貌）

洺 〔míng〕 水名。

蓂 〔míng〕 蓂荚。尧～祥
～

能 〔néng〕 才～贤～多～异
～有～称～可～不～无
～性～效～低～万～难～
技～本～全～功～热～逼
～原子～力未～

柠 〔níng〕 柠檬的柠。

凝 〔níng〕 寒～冰～霜～烟
～香～神～坚～销～脂
～血～目～

宁 〔níng〕 安～康～永～清
～归～咸～心～不～清
～国家～四时～万方～
（另见去声）

咛 〔níng〕 叮～

拧 〔níng〕 拧手巾的拧。（另
见上声、去声）

狞 〔níng〕 狰～

朋 〔péng〕 友～良～高～亲
～宾～无～百～旧～

蓬 〔péng〕 秋～飞～飘～转
～蒿～莲～断～惊～头
～蓬～麻中～

篷 〔péng〕 船～芦～卷～张
～孤～疏～乌～钓～低
～帐～敞～扯～挂～雨打
～风满～

棚 〔péng〕 天～凉～顶～花
～茶～豆～瓜～搭～彩
～松～窝～

鹏 〔péng〕 大～搏～溟～云
～鲲～

彭 〔péng〕 姓。老～（长寿
者）殇～

膨 〔péng〕 膨胀、膨脝的膨。

澎 〔péng〕 澎湖。（另见阴
平）

硼 〔péng〕 非金属元素。

蟛 〔péng〕 蟛蜞的蟛。

髼 〔péng〕 髼鬙的髼。

芃 〔péng〕 芃～（草木盛貌）

莑 〔péng〕 又读。（见上声）

平 〔píng〕 和～太～承～升
～公～均～不～天～安
～水～波～清～气～生～
持～潮～地～治～心～荡

～天下～

萍 〔píng〕浮～飘～青～白～聚～秋～水上～

屏 〔píng〕画～锦～绣～素～竹～围～列～插～云～石～琉璃～孔雀～山作～(另见阴平、上声)

评 〔píng〕公～批～定～品～细～史～诗～文～书～讥～千古～月旦～

凭 〔píng〕依～有～无～闲～足～听～难～任～曲栏～

瓶 〔píng〕花～酒～汲～水～玉～瓷～暖～瓦～铜～净～胆～银～宝～口如～热水～

枰 〔píng〕棋～楸～石～残～对～

坪 〔píng〕草～花～瓜～养马～

姘 〔píng〕姘饙 的姘。

苹 〔píng〕苹果的苹。(另见痕韵阳平)

軿 〔píng〕帷车。云～弯～

洴 〔píng〕洴澼的洴。

情 〔qíng〕留～陈～承～苦～世～恩～实～细～知～感～热～表～民～同～交～尽～心～性～事～神～才～人～衷～爱～多～盛～激～道～忘～痴～矫～薄～私～慰～钟～深～

柔～真～隆～领～容～谅～有～无～幽～常～温～行～诗～物～闲～七～风～移～含～无限～故园～骨肉～

晴 〔qíng〕放～天～阴～雪～嫩～新～乍～扫～响～晚～望～弄～祈～快～喜～日日～雨初～万里～

擎 〔qíng〕举～高～众～引～只手～一柱～

檠 〔qíng〕灯～书～孤～寒～短～

鲸 〔qíng〕又读。(见阴平)

勍 〔qíng〕勍敌,强敌。

黥 〔qíng〕古代墨刑。面～印～

仍 〔réng〕因～相～频～云～(后代)簿书～

绳 〔shéng〕丝～麻～玉～彩～赤～长～结～搓～纤～走～缰～缆～准～跳～绳～

渑 〔shéng〕淄～酒如～(另见痕韵上声)

藤 〔téng〕〔籐〕蟠～葛～攀～紫～青～黄～枯～长～悬～牵～

疼 〔téng〕头～心～生～不怕～

誊 〔téng〕缮～抄～传～代～照样～

腾 〔téng〕腾挪。龙～云～上～烟～飞～骁～翻～

折～升～蒸～欢～奔～沸～图～海日～风雷～喜气～声誉～(另见阴平)

縢〔téng〕约束。行～(绑腿)金～

滕〔téng〕姓。

廷〔tíng〕宫～内～外～小朝～

庭〔tíng〕家～门～大～盈～边～中～黄～法～天～闲～趋～洞～院～鲤～空～径～宫～春满～(另见去声)

亭〔tíng〕旗～兰～长～邮～新～短～驿～茅～凉～草～水～平～十～三～亭～冷泉～湖心～喜雨～醉翁～

停〔tíng〕车～雨～暂～不～久～少～消～居～调～云～

霆〔tíng〕雷～惊～怒～风～

蜓〔tíng〕蜻～

婷〔tíng〕娉～婷～(皆美好貌)

渟〔tíng〕水止。渊～

莛〔tíng〕草茎。

行〔xíng〕推～施～运～上～下～平～横～爬～同～随～并～步～旅～蛇～流～启～远～履～力～饯～送～通～进～飞～经～难～偕～航～风～游～夜～早～一～歌～山～五～徐～晓～倒～徒～独～舟～行～踏月～琵琶～万里～(另见去声，唐韵阳平、去声)

形〔xíng〕地～畸～菱～圆～长～象～托～成～有～无～未～情～面～相～图～队～忘～造～雏～原～潜～显～吠～影随～

刑〔xíng〕上～苦～极～严～徒～非～怀～慎～判～罪～肉～缓～

型〔xíng〕典～模～重～新～类～仪～定～流线～

硎〔xíng〕磨刀石。新发～

饧〔xíng〕饴～蔗～麦～寒食～胶牙～(唐韵阳平同)

邢〔xíng〕姓。

陉〔xíng〕山隘。井～

荥〔xíng〕地名。(yíng 同)

迎〔yíng〕欢～逢～相～送～出～郊～恭～失～笑～壶浆～倒屣～扫径～父老～

盈〔yíng〕满～充～取～丰～骄～轻～持～戒～虚～盈～万户～

营〔yíng〕经～兵～阵～宿～国～连～合～屏～安～钻～蝇～野～露～营～

细柳～夏令～大本～

萤 [yíng] 飞～流～乱～扑～
～囊～夜～秋～

蝇 [yíng] 苍～青～飞～痴～
～灭～捕～

楹 [yíng] 丹～华～轩～檐～
～松～前～两～

莹 [yíng] 坟～新～荒～先～
～

萦 [yíng] 心～梦～愁～牵～
～柳絮～名利～苦相～

瀛 [yíng] 海。东～沧～寰～
～登～蓬～谈～

赢 [yíng] 输～计～奇～丰～
～斗棋～

莹 [yíng] 玉～珠～光～晶～
～

荧 [yíng] 荧惑的荧光～青～
～荧～

荣 [yíng] 又读。(见 xíng)

潆 [yíng] 潆～(水流声)

籯 [yíng] 竹桶。篋～箱～
满～

嬴 [yíng] 姓。秦～侯～

仄声·上声

绷 [běng] [綳] 绷脸的绷。
(另见阴平)

菶 [běng] 葑～菶～(皆盛
貌) (阳平同)

炳 [bǐng] 明。彪～焕～炳
～

饼 [bǐng] 大～麦～蒸～烙
～烧～豆～月～糕～橘
～薄～汤～铁～画～龙团
～油酥～芝麻～

丙 [bǐng] 鱼～(鱼尾)付～
(焚)甲乙～

柄 [bǐng] 话～斗～国～政
～权～把～笑～兵～文
～授～操～长镵～ (去声
同)

秉 [bǐng] 操持。素～

屏 [bǐng] 屏除的屏。(另
见阴平、阳平)

禀 [bǐng] 异～天～资～容
～承～夙～回～ (痕韵
上声同)

逞 [chěng] 逞强的逞。得
～未～不～一～

骋 [chěng] 驰～游～腾～
骥足～

等 [děng] 头～高～初～上
～减～同～躐～平～殊
～何～公～空～立～相～
优～特～超～坐～等～

戥 [děng] 戥子，小秤。

顶 [dǐng] 头～山～屋～极
～帽～尖～透～鹤～灭
～摩～绝～灌～松～登～
玉皇～

鼎 [dǐng] 定～问～扛～钟
～举～古～铸～九～列～
～铭～夏～名鼎～

酊 [dǐng] 酩～(大醉)

讽〔fěng〕吟～讥～隐～托
～微～嘲～（去声同）

唪〔fěng〕唪经的唪。

梗〔gěng〕梗概的梗。顽～
作～桃～路～道～横～
断～萍～

埂〔gěng〕土～田～

耿〔gěng〕耿介的耿。耿～
（明貌）

鲠〔gěng〕〔骾〕清～忠～刚
～强～骨～

绠〔gěng〕汲～短～修～

哽〔gěng〕悲～

景〔jǐng〕风～情～光～江
～场～雪～盆～好～晚
清～背～应～布～触～山
～芳～桑榆～西洋～四时
～

警〔jǐng〕火～宵～军～边
～闻～告～报～传～机
～示～诗句～

井〔jǐng〕万～水～枯～古
～金～甃～矿～藻～市
～天～落～凿～坐～汲～
油～橘～弃～土～龙～盐
～幺～井～自流～

颈〔jǐng〕鹅～缩～引～延
～交～刎～系～鹤～

憬〔jǐng〕觉悟。憧～

阱〔jǐng〕陷～兽～猎～坑
～

到〔jǐng〕自～

冷〔lěng〕露～香～寒～齿
～天～风～冰～月～水
～泉～字～生～春～心～
灰～清～烟波～

领〔lǐng〕首～衣～统～率
～占～管～本～要～将
～纲～心～引～

岭〔lǐng〕山～峻～南～秦
～五～牯～梅花～分水
～

令〔lǐng〕纸一～（另见阳
平、去声）

蒙〔měng〕蒙古。（另见阴
平、阳平）

懵〔měng〕懵懂的懵。（另
见阳平）

猛〔měng〕勇～威～刚～
势～力～凶～虎～宽济
～

蜢〔měng〕蚱～

艋〔měng〕舴～（小舟）

锰〔měng〕金属元素。

蠓〔měng〕蠛～

茗〔mǐng〕香～春～新～
佳～煮～品～

酩〔mǐng〕酩酊的酩。

皿〔mǐng〕又读。（见痕韵
上声）

瞑〔mǐng〕又读。（见阳
平。另见寒韵去声）

拧 〔nǐng〕拧螺丝的拧。(另见阳平、去声)

捧 〔pěng〕捧场的捧。一~双手~

请 〔qǐng〕声~迎~聘~延~恳~启~固~有~邀~三~不敢~

顷 〔qǐng〕万~俄~居~食~少~有~弹指~

庼 〔qǐng〕小厅堂。(阴平同)

苘 〔qǐng〕苘麻的苘。

省 〔shěng〕分~行~外~俭~节~工夫~(另见xǐng)

眚 〔shěng〕错误。目生~。

挺 〔tǐng〕秀~笔~劲~天~英~清~硬~枪一~直挺~

艇 〔tǐng〕小~舰~汽~烟~鱼~钓~游~潜水~

梃 〔tǐng〕棍棒。制~白~

町 〔tǐng〕田界。畦~

铤 〔tǐng〕疾走貌。

翁 〔wěng〕茂盛貌。

滃 〔wěng〕水涌貌。云起貌。

醒 〔xǐng〕酒~睡~觉~初~独~清~梦~提~半~惊~唤~长~眠未~(阴平同)

省 〔xǐng〕反~自~三~猛~退~内~深~记~(另见shěng)

擤 〔xǐng〕擤鼻涕的擤。

影 〔yǐng〕倒~吠~疏~摄~形~留~日~月~云~电~竹~花~捉~顾~帆~对~心~塔~岚~剑~阴~投~背~小~人~帘~灯~烛~踪~剪~泡~花弄~惊鸿~秋千~

颖 〔yǐng〕新~聪~秀~发~脱~锋~毛~(笔)囊中~

瘿 〔yǐng〕瘤。树~颈~松~

颍 〔yǐng〕水名。汝~淮~

郢 〔yǐng〕古地名。

整 〔zhěng〕调~零~完~严~修~重~齐~平整~

拯 〔zhěng〕拯救的拯。包~

仄声·去声

甏 〔bèng〕酒~缸~瓦~

迸 〔bèng〕珠~石~泉~泪~飞~

泵 〔bèng〕水~风~

蹦 〔bèng〕蹦~

蚌 〔bèng〕蚌埠的蚌。(另见唐韵去声)

病〔bìng〕疾~生~受~抱~扶~托~去~养~卧~治~探~时~利~弊~问~通~同~语~心~重~老~多~膏肓~软骨~传染~

并〔bìng〕〔並〕相~肩~力~二难~势莫~〔併〕一~兼~吞~合~归~(另见阴平)

柄〔bìng〕又读。(见上声)

摒〔bìng〕摒挡的摒。

蹭〔cèng〕磨擦。蹬。

称〔chèng〕相~不~报~对~匀~(痕韵去声同。另见阴平)

秤〔chèng〕磅~司~过~掌~

蹬〔dèng〕蹭~(失势貌)

磴〔dèng〕山路。石~岩~盘~松~云~

镫〔dèng〕鞍~金~

邓〔dèng〕〔鄧〕姓。

瞪〔dèng〕直视。

凳〔dèng〕杌~木~长~板~

澄〔dèng〕让水澄清。(另见阳平)

定〔dìng〕决~固~坚~底~平~安~稳~断~肯~否~心~法~规~协约~立~确~咬~莫~指~

~必~注~镇~内~鉴~检~论~一~人~惊魂~

订〔dìng〕预~考~拟~修~改~校~编~签~

锭〔dìng〕金~银~墨~纱~

钉〔dìng〕装~针~(另见阴平)

碇〔dìng〕〔椗〕下~启~

饤〔dìng〕饾~(陈设果盘。文词堆砌)

奉〔fèng〕侍~信~遵~崇~供~敬~甘旨~

凤〔fèng〕丹~彩~双~鸾~龙~幺~鸣~钗头~

缝〔fèng〕石~墙~裂~破~书~裤~无~(另见阳平)

俸〔fèng〕薪~月~学~

讽〔fèng〕又读。(见上声)

风〔fèng〕风吹。(另见阴平)

葑〔fèng〕菰根。湖~积~万顷~(另见阴平)

更〔gèng〕更加的更。(另见阴平 gēng、jīng)

横〔hèng〕蛮~强~骄~凶~专~(另见阳平)

敬〔jìng〕恭~尊~致~起~可~钦~孝~失~回~乡里~

劲〔jìng〕坚~强~刚~瘦~遒~秀~苍~清~

草～骨～风雷～笔锋～
（另见痕韵去声）

竞 〔jìng〕物～争～奔～纷
～

净 〔jìng〕〔淨〕清～洁～洗
～扫～秋～江～干～云
～水～光～眼～白～匀～
素～纯～风烟～玉宇～

静 〔jìng〕安～平～动～宁
～沉～寂～清～冷～幽
～僻～恬～肃～镇～夜
好～闹中～万籁～风波
天河～

境 〔jìng〕四～家～仙～胜
～佳～接～梦～画～蔗
～边～越～顺～逆～压
幻～人～拓～环～心～险
～妙～意～晚～清凉～无
止～

镜 〔jìng〕对～明～窥～破
～金～铜～宝～冰～妆
～月～秦～借～揽～悬～
心如～照妖～

竟 〔jìng〕毕～究～终～穷
～岁～

径 〔jìng〕〔逕〕捷～口～直
～半～途～山～石～花
～行～门～田～路～扫～
樵～曲～香～三～蹊～终
南～羊肠～

胫 〔jìng〕膝～叩～鹤～凫
～雪没～

靖 〔jìng〕平～宁～绥～烽
～烟～

痉 〔jìng〕痉挛的痉。

清 〔jìng〕凉。温～夏～

獍 〔jìng〕枭～

靓 〔jìng〕靓妆的靓。

愣 〔lèng〕发～呆～

令 〔lìng〕命～号～功～通
～军～司～明～下～律
～法～政～禁～条～辞
口～节～月～时～春～秋
～三～密～勒～陶～即～
纵～行～酒～逐客～（另
见阳平、上声）

另 〔lìng〕另外的另。

梦 〔mèng〕睡～幻～魂～
入～噩～迷～同～说～
好～惊～大～如～午～宵
～若～残～梦～黄粱～蝴
蝶～南柯～

孟 〔mèng〕孔～荀～论～
优～季～（伯仲）

命 〔mìng〕革～效～听～
救～用～宿～拚～报～
知～方～传～覆～生～性
～成～人～逃～受～寿～
使～亡～抗～要～乞～送
～殒～奉～奔～绝～狗～
致～偿～饶～任～自～面
～舍～维他～

暝 〔mìng〕又读。（见阳平）

佞 〔nìng〕奸～巧～远～忠
～不～

宁〔nìng〕宁可的宁。姓。（另见阳平）

泞〔nìng〕泥～

拧〔nìng〕倔强。（另见阳平、上声）

碰〔pèng〕相～磕～

聘〔pìng〕又读。（见痕韵去声）

庆〔qìng〕喜～有～荣～国～家～吉～同～余～大～重～永～丰年～额手～

罄〔qìng〕瓶～粮～告～

磬〔qìng〕玉～石～钟～笙～浮～清～悬～

謦〔qìng〕低声。

倩〔qìng〕请求。女婿。（另见寒韵去声）

亲〔qìng〕亲家的亲。（另见痕韵阴平）

綮〔qìng〕肯～（关键）

胜〔shèng〕决～得～全～常～争～战～获～优～制～乘～形～春～好～取～名～百～人～方～（彩结）（另见阴平）

盛〔shèng〕茂～兴～隆～丰～繁～贵～强～业～气～旺～昌～鼎～花木～（另见阳平）

圣〔shèng〕至～大～神～草～诗～酒～希～孙大～

乘〔shèng〕车～千～万～上～史～家～大～（另见阳平）

剩〔shèng〕〔賸〕下～余～

嵊〔shèng〕地名。

听〔tìng〕听凭的听。（另见阴平，痕韵阳平）

庭〔tìng〕径～（不同）（另见阳平）

瓮〔wèng〕〔罋〕酒～菜～春～抱～开～入～铁～

齆〔wèng〕鼻塞。

蕹〔wèng〕蕹菜。

兴〔xìng〕秋～余～高～比～有～乘～佳～游～清～酒～诗～遣～豪～逸～败～尽～扫～助～即～吟～幽～雅～烟波～（另见阴平）

幸〔xìng〕天～大～不～欣～亲～私～万～庆～恩～宠～佞～荣～〔倖〕侥～薄～

行〔xìng〕德～品～卓～百～景～操～高～砥～洁～（另见阳平，唐韵阳平、去声）

性〔xìng〕党～悟～本～人～物～韧～情～秉～成～硬～血～个～异～惯～见～灵～天～心～女～理～感～弹～水～惰～特～烈～两～爽～索～火～记～养～兽～气～耐～任～

姓〔xìng〕百～万～同～名～尊～问～

杏〔xìng〕文～银～红～青～

荇〔xìng〕水～藻～菱～苹～翠～参差～

悻〔xìng〕悻～（患恨貌）

婞〔xìng〕婞直的婞。

映〔yìng〕反～照～月～雪～水～远～掩～辉～交～放～珠～霞～花～上～

应〔yìng〕答～感～响～内～呼～和～适～反～供～相～照～酬～接～报～因～山谷～心手～（另见阴平）

硬〔yìng〕坚～强～过～瘦～生～死～挺～嘴～僵～硬碰～骨头～

媵〔yìng〕伴送。妾～

赠〔zèng〕投～馈～持～分～绨袍～宝刀～

甑〔zèng〕堕～釜～尘生～

缯〔zèng〕捆扎～（另见阴平）

正〔zhèng〕方～中～平～夏～清～真～反～立～端～纯～斧～修～严～周～守～持～转～务～归～廉～笔～身～秉～指～就～纠～公～更～改～匡～矫～校～（另见阴平）

政〔zhèng〕善～行～从～苛～执～国～专～听～施～秉～德～民～简～市～郡～财～农～军～

证〔zhèng〕凭～见～引～考～保～旁～论～足～人～物～左～实～铁～作～印～

症〔zhèng〕急～险～临～对～虚～绝～膏肓～（另见阴平）

挣〔zhèng〕挣钱的挣。（另见阴平）

郑〔zhèng〕姓。

帧〔zhèng〕装～

怔〔zhèng〕怔～（发愣貌）（另见阴平zhēng）

十 八 东

平声·阴平

充〔chōng〕扩～德～气～内～冒～补～填～王～体～仓廪～学力～

冲〔chōng〕谦～虚～渊～剑气～怒冲～
〔衝〕折～要～缓～横～俯～四～猛～当其～怒发～（另见去声）

忡〔chōng〕征～(心病)忡～(心忧貌)

舂〔chōng〕机～村～寒夜～高～(戌时)冬～鸣～野碓～急杵～

憧〔chōng〕愚～憧～(不定貌)

聪〔cōng〕耳～师旷～

匆〔cōng〕〔怱〕匆～

璁〔cōng〕青～花～玉～

葱〔cōng〕〔蔥〕水～春～青～香～大～郁～葱～

囱〔cōng〕烟～

从〔cōng〕从容的从。（另见阳平、去声）

枞〔cōng〕木名。

鏦〔cōng〕铮～(金属声)

东〔dōng〕大～亚～街～南～海～河～近～宾～江～城～桥～山～辽～关～巴～向～丁～正～篱～自～天～任西～百川～水长～西复～日升～小楼～店主～

冬〔dōng〕秋～三～孟初～仲～季～立～开～来～隆～寒～穷～残～涉～丁～御～严～
〔鼕〕响冬～

咚〔dōng〕咕～咚～

蝀〔dōng〕蝃～(虹)

工〔gōng〕勤～罢～乐～歌～怠～技～考～百作～手～放～动～农～天～求～化～神～良～巧～女～完～兴～加～施～同～分～画～鬼～上～精惠～开～窝～冶～针～最～句未～土木～点染～

功〔gōng〕建～苦～岁～用～庆～居～奇～成～武～元～喜～歌～边～邀战～丰～事～肤～殊～奏～矜～立～图～论～表让～收～归～报～争～全～夸～汗马～第一～不世～赫赫～不伐～造化～

公 〔gōng〕天～办～要～王～家～周～寓～生～愚～狙～急～大～秉～至～从～在～害～不～因～奉～三～雷～姜太～十八～无是～

攻 〔gōng〕强～力～环～近～急～火～进～反～夹～专～交～围～猛～鸣鼓～

弓 〔gōng〕彤～角～雕～良～一～强～画～桃～弯～弹～引～檀～杯～惊～月半～两石～

恭 〔gōng〕肃～谦～恪～足～

躬 〔gōng〕我～反～鞠～持～抚～卑～此～

宫 〔gōng〕九～皇～故～东～后～泮～吴～汉～离～梵～守～月～三～白～挂～广寒～水晶～阿房～未央～文化～

供 〔gōng〕提～菽水～（另见去声）

觥 〔gōng〕酒杯。飞～置～奉～觥～巨～觥～（刚直貌）

肱 〔gōng〕股～曲～枕～三折～

蚣 〔gōng〕蜈～

红 〔gōng〕女～（另见阳平）

釭 〔gōng〕又读。（见唐韵阴平）

龚 〔gōng〕姓。

轰 〔hōng〕雷～炮～砰～

烘 〔hōng〕烘托的烘。熏～冬～晴～火云～暖烘～

哄 〔hōng〕哄堂的哄。闹哄～（另见上声、去声）

訇 〔hōng〕阿～

吽 〔hōng〕佛咒用字。

扃 〔jiōng〕启～柴～扣～玉～户～长～

坰 〔jiōng〕郊～林～秋～

空 〔kōng〕天～架～太～晴～领～星～悬～虚～碧～高～长～航～落～上～当～防～书～凿～望～司～横～摩～排～腾～凭～凌～盘～半～囊～真～行～远～蔽～秋～浮～眼界～凡马～月流～孙悟～（另见去声）

崆 〔kōng〕崆峒的崆。

倥 〔kōng〕倥侗的倥。（另见上声）

箜 〔kōng〕箜篌的箜。

穹 〔qiōng〕苍～隆～层～（阳平同）

芎 〔qiōng〕又读。（见 xiōng）

松 〔sōng〕茂～乔～长～孤～古～赤～老～青～苍～贞～云～虬～奇～种～劲～百尺～后雕～岁寒～

不老～
〔鬆〕轻～稀～蓬～放～肉～鬓云～

淞〔sōng〕吴～

菘〔sōng〕蔬类。寒～早～春～秋～

嵩〔sōng〕〔崧〕山名。

娀〔sōng〕有～（古国名）

通〔tōng〕神～流～普～穷～私～精～交～打～圆～旁～变～灵～会～沟～旁～开～相～疏～四～串～贯～清～隶～融～亨～博～想～远～兼～互～潜～道路～往来～梦魂～意未～千里～两岸～曲曲～红通～

恫〔tōng〕恫瘝的恫。（另见去声）

兄〔xiōng〕弟～难～父～家～从～师～仁～女～阿～令～乃～老～白发～孔方～

胸〔xiōng〕心～打～汤～填～罗～

汹〔xiōng〕〔洶〕汹涌的汹。汹～（惊扰貌）

凶〔xiōng〕吉～岁～
〔兇〕穷～行～逞～元～帮～

匈〔xiōng〕匈奴的匈。

芎〔xiōng〕川～（qióng同）

拥〔yōng〕坐～雪～夹～蜂～簇～山～花～（上声同）

庸〔yōng〕凡～平～中～附～登～无～何～居～庸～（阳平同）

壅〔yōng〕培～川～路～塞～蔽～决～

臃〔yōng〕臃肿的臃。（上声同）

佣〔yōng〕雇～书～酒家～（另见去声）

雍〔yōng〕时～辟～梁～雍～

慵〔yōng〕疏～放～步～春～兴～

饔〔yōng〕饔飧的饔。

墉〔yōng〕城。墙。

痈〔yōng〕痈疽的痈。

噰〔yōng〕噰～（音相和貌）

邕〔yōng〕地名。蔡～

鄘〔yōng〕古国名。邶～

中〔zhōng〕天～空～日～目～雨～此～意～局～慧～留～域～当～方～枕～适～暗～山～折～镜～其～郎～禁～月～胸～掌～梦～集～执～正～居～热～忙～个～楼～匣～途～囊～宇～闲～舟～方寸～日方～缥缈～有无～（另见去声）

忠〔zhōng〕公～精～效～竭～尽～孤～愚～表～老黄～寸心～

终〔zhōng〕图～无～慎～令～善～始～岁～永～曲～老有～

衷〔zhōng〕和～寸～由～折～深～苦～诱～愚～私～隐～初～

钟〔zhōng〕〔鐘〕时～金～霜～撞～敲～疏～远～暮～歌～清～梵～洪～晨～～警～丧～黄～饭后～何处～夜半～自鸣～
〔鍾〕千～万～釜～龙～酒～玉～灵秀～情所～

盅〔zhōng〕酒～茶～

螽〔zhōng〕蝗类。

忪〔zhōng〕惺～（动摇不定貌）怔～（心神不安貌）

宗〔zōng〕朝～同～亢～大～卷～祖～正～开～词～文～南～北～禅～一～儒～列～华～百世～

踪〔zōng〕〔蹤〕行～希～失～追～无～前～遗～敌～萍～绝～影～去来～

棕〔zōng〕海～寒～碧～编～

纵〔zōng〕纵横的纵。合～约～（另见去声）

鬃〔zōng〕马～猪～红～风～

平声·阳平

重〔chóng〕双～几～九～千～万～檐～重～玉楼～关山～花影～（另见去声）

崇〔chóng〕推～尊～功～石～岱岳～

虫〔chóng〕草～沙～飞～蛰～候～蠹～鸣～夏～昆～毛～甲～蝗～吟～寒～秋～雕～害～鸡～百足～可怜～害人～

种〔chóng〕姓。（另见上声，去声）

从〔cóng〕〔從〕服～听～风～无～顺～依～信～盲～景～曲～朋～相～过～自～胁～适～云～（另见阴平，去声）

丛〔cóng〕芳～幽～蚕～刀～深～寒～烟～林～碧～草～谈～论～人～满～桂～竹～百花～金碧～荆棘～

淙〔cóng〕淙～（水声）

红〔hóng〕朱～春～花～心～面～灯～烛～褪～鲜～通～眼～粉～桃～暖～嫣～冷～小～软～残～落～猩～挂～绽～晕～嫩～口～乱～新～浴日～一点～照眼～浅深～夕阳～满堂～月月～东方～血花～

老来～状元～(另见阴平)

虹〔hóng〕长～霓～白～
彩～垂～贯日～气如～
(参看唐韵去声)

鸿〔hóng〕塞～哀～冥～归
～飞～来～宾～断～便
～惊～孤～鳞～渚～霜～
秋～

宏〔hóng〕〔弘〕恢～宽～
用～气～德声～器量～

洪〔hóng〕山～溢～奔～排
～分～蓄～庞～(广大)

闳〔hóng〕里门。闳～高～

讧〔hóng〕内～兵～

泓〔hóng〕一～澄～渟～渊
～

纮〔hóng〕朱～八～

吰〔hóng〕噌～(大声)

蕻〔hóng〕雪里～(去声同)

黉〔hóng〕古称学校。

荭〔hóng〕水草。

隆〔lóng〕化～比～兴～业
～道～功～优～丰～穹
～隆～声望～

龙〔lóng〕蛟～云～虬～登
～飞～潜～合～降～毒
～乘～鱼～蟠～卧～蛰
跃～烛～伏～扰～画～犹
～雕～从～八～拏～攀～
玉～群～神～苍～屠～游
～缭～ 马如～人中～

聋〔lóng〕耳～半～痴～瘖
～装～振～

笼〔lóng〕樊～熏～牢～灯
～烟～烛～开～鹅～鸡
～筼～碧纱～(另见上声)

栊〔lóng〕帘～房～

珑〔lóng〕玲～

窿〔lóng〕穹～窿～

茏〔lóng〕蒙～葱～(青盛
貌)

拢〔lóng〕琵琶指法。轻～
(另见上声)

砻〔lóng〕磨～

昽〔lóng〕曈～(将明貌)

胧〔lóng〕朦～

咙〔lóng〕喉～

癃〔lóng〕疲～

泷〔lóng〕泷～(水声)(另
见唐韵阴平)

农〔nóng〕老～工～贫～富
～神～务～花～劝～力
～归～重～学～山～茶～
下中

浓〔nóng〕烟～露～霜～酒
～翠～兴～情～睡～香
～肥～绿荫～春意～墨未
～泼黛～

侬〔nóng〕吴～阿～负～个
～忆～

哝〔nóng〕咕～唧～哝～

秾 〔nóng〕茂盛貌。繁～纤～桃李～

恼 〔nóng〕又读。(见豪韵阳平)

脓 〔nóng〕化～溃～

穷 〔qióng〕困～固～贫～术～守～途～～送～难～赈～词～救～图～计～无～心～力～山～水～技～未～思不～

蛩 〔qióng〕鸣～夜～砌～寒～暗～秋～吟～

琼 〔qióng〕瑶～紫～碎～碧～报～

筇 〔qióng〕竹名。杖～瘦～曳～扶～

邛 〔qióng〕地名。临～

茕 〔qióng〕茕独的茕。茕～(忧貌)

穹 〔qióng〕又读。(见阴平)

藭 〔qióng〕芎～

跫 〔qióng〕跫～(足音)

荣 〔róng〕光～枯～春～向～繁～尊～增～虚～显～敷～宠～殊～南～百花～一枝～

容 〔róng〕改～敛～愁～内～阵～宽～包～收～从～整～笑～姿～有～动～雍～纵～军～形～优～玉～先～音～秋～遗～冶～花～涵～仪～无所～

戎 〔róng〕兵～元～兴～从～和～

绒 〔róng〕红～石～丝～〔毧〕驼～呢～

蓉 〔róng〕芙～

融 〔róng〕通～圆～浑～交～雪～祝～金～融～(和乐貌)瑞气～

溶 〔róng〕消～溶～(水大貌)

茸 〔róng〕鹿～紫～红～参～蒙～阘～(驽劣)草～细草～鬡毛～(另见上声)

熔 〔róng〕〔镕〕陶～冶～铸～范～

嵘 〔róng〕峥～

榕 〔róng〕木名。

同 〔tóng〕混～大～会～雷～一～心～共～不～如～苟～异～合～相～偕～从～毕～陪～随～协～趣～和～金～处处～车书～将毋～万国～〔衕〕胡～

童 〔tóng〕神～狡～成～儿～顽～牧～头～琴～童～(高貌)颜犹～五尺～

铜 〔tóng〕青～紫～黄～古～铸～废～博山～

桐 〔tóng〕梧～疏～孤～油～修～苍～爨～丝～焦～百尺～蜀山～凤栖～

瞳〔tóng〕双～重～转～明～

僮〔tóng〕僮仆的僮。（另见唐韵去声）

曈〔tóng〕曈昽的曈。

潼〔tóng〕临～

艟〔tóng〕艨～（巨舰）

峒〔tóng〕崆～

侗〔tóng〕倥～（蒙昧）

筒〔tóng〕又读。（见上声）

洞〔tóng〕洪～（地名）（另见去声）

彤〔tóng〕赤色。

橦〔tóng〕木名。

茼〔tóng〕茼蒿的茼。

佟〔tóng〕姓。

仝〔tóng〕卢～

雄〔xióng〕英～心～称～争～雌～奸～枭～才～七～词～群～鬼～豪～万夫～气象～

熊〔xióng〕白～丸～梦～狗～熊～（火盛貌）

喁〔yóng〕噞～（鱼口出水）喁～（众人仰慕归向）（另见鱼韵阳平）

颙〔yóng〕颙～（温和貌）

鳙〔yóng〕鱼名。

庸〔yóng〕又读。（见阴平）

仄声·上声

宠〔chǒng〕爱～承～光～固～受～恃～失～希～优～荷～恩～

董〔dǒng〕骨～古～南～（良史）校～监～

懂〔dǒng〕装～半～不～懵～（不明了）

拱〔gǒng〕木～垂～高～环～端～打～桥～众星～

巩〔gǒng〕巩固的巩。曾～

汞〔gǒng〕水银。铅～丹～升～

栱〔gǒng〕斗～

哄〔hǒng〕哄骗。（另见阴平、去声）

唝〔hǒng〕罗～（曲）

窘〔jiǒng〕穷～势～困～寒～枯～

迥〔jiǒng〕远。地～秋～路～清～虚～高～江湖～

炯〔jiǒng〕炯～（明）

孔〔kǒng〕姬～毛～凿～穿～圆～方～针～一～七～百～心～鼻～面～瞳～钱～眼～藕～

恐〔kǒng〕惊～心～忧～震～无～惶～犹～或～大～惴～

倥〔kǒng〕倥偬的倥。(另见阴平)

垄〔lǒng〕〔垅〕垄断的垄。丘~高~麦~宽~荒~瓜~瓦~

拢〔lǒng〕拉~归~聚~合~靠~梳~(另见阳平)

陇〔lǒng〕甘肃别名。关~秦~得~

笼〔lǒng〕笼统的笼。箱~(另见阳平)

冗〔rǒng〕〔宂〕闲~滥~阘~拔~

毰〔rǒng〕细密的毛。鹅~鸭~

茸〔rǒng〕推致。(另见阳平)

耸〔sǒng〕高~山~肩~浮图~凌秋~

悚〔sǒng〕惧。震~惭~惶~~悚~
〔竦〕毛发~

怂〔sǒng〕怂恿的怂。

统〔tǒng〕一~正~垂~分~传~总~体~系~血~政~笼~统~

筒〔tǒng〕竹~诗~钓~书~蜜~邮~笔~电~听~唧~万花~(阳平同)

桶〔tǒng〕木~漆~水~饭~吊~蜂辞~

捅〔tǒng〕戳穿。

勇〔yǒng〕奋~大~神~养~义~智~骁~英~好~逞~贾余~兼人~匹夫~义~

永〔yǒng〕日~江~隽~昼~宵~昧~悠~更漏~

咏〔yǒng〕〔詠〕歌~吟~新~题~啸~讽~高~沧浪~

泳〔yǒng〕游~潜~翔~涵~蛙~仰~

踊〔yǒng〕腾~惊~蛇~鱼~三~

涌〔yǒng〕〔湧〕泉~汹~潮~海~月~喷~云~坌~腾~波涛~诗思~

蛹〔yǒng〕蚕~蜂~

俑〔yǒng〕木~唐~陶~始~作~兵马~

甬〔yǒng〕甬道的甬。沪杭~

恿〔yǒng〕怂~(暗中鼓动)

臃〔yǒng〕又读。(见阴平)

拥〔yǒng〕又读。(见阴平)

种〔zhǒng〕品~人~黄~白~有~蚕~菜~播~下~选~留~浸~配~绝~传~良~嘉~谬~万多~变~龙~种~本无~(另见阳平、去声)

肿〔zhǒng〕臃~黄~红~背~虚~水~浮~疣~马背~

踵〔zhǒng〕放~曳~继~顶~接~举~不旋~息

以~

冢〔zhǒng〕〔塚〕坟墓。荒~新~疑~孤~青~发~衣冠~

总〔zǒng〕提~聚~抓~共~汇~拢~归~

傯〔zǒng〕〔傯〕倥~（迫促貌）

仄声　去声

冲〔chòng〕〔衝〕嗓门~气味~（另见阴平）

铳〔chòng〕放~

动〔dòng〕劳~活~鼓~举~感~流~行~波~开~跳~走~轰~萌~悚~群~心~调~运~煽~出~蠢~摇~挪~移~转~激~颤~搏~振~妄~震~发~牵~惊~响~打~挑~掀~地~策~冲~推~骚~游~变~蠕~倾~生~风~机~雷~色~自~主~反~被~暴~浮~电~不~山岳~歌声~

栋〔dòng〕梁~高~画~连~层~充~

冻〔dòng〕解~忍~冰~地~上~霜~结~呵~鱼~凿~耐~果子~

洞〔dòng〕山~石~空~桥~漏~涵~岩~风~泉~窑~狗~水帘~桃源~（另见阳平）

恫〔dòng〕恫吓的恫。（另见阴平）

共〔gòng〕公~总~统~通~天下~与民~灯火~忧患~山山~

供〔gòng〕上~招~口~清~斋~春盘~鸡黍~（另见阴平）

贡〔gòng〕赋~进~人~禹~子~

哄〔hòng〕〔閧〕起~（另见阴平、上声）

蕻〔hòng〕又读。（见阳平）

空〔kòng〕屡~缺~亏~凿~填~补~闲~抽~偷~抓~（另见阴平）

控〔kòng〕受~失~遥~

鞚〔kòng〕马勒。引~揽~纵~飞~青丝~

弄〔lòng〕〔衖〕里~（另见nòng）

哢〔lòng〕鸟叫。莺~晴清~春~争~因风~

弄〔nòng〕戏~作~玩~卖~愚~簸~捉~摄~耍~舞~拨~嘲~糊~巧~长笛~江南~（另见lòng）

送〔sòng〕迎~远~目~递~传~分~欢~护~奉~赠~运~拜~播~遣~输~投~放~断~葬~纵~馈~好风~扁舟~

颂〔sòng〕歌~称~献~吟~周~善~祝~升平~

椒花～风雅～甘棠～

诵〔sòng〕朗～弦～成～背～记～讲～讽～吟～朝夕～

宋〔sòng〕唐～屈～杞～

讼〔sòng〕诉～听～自～聚～争～健～

痛〔tòng〕疼～心～腹～头～苦～沉～隐～忍～悼～悲～惨～哀～阵～思止～怀沙～

恸〔tòng〕悲～号～大～感～

夐〔xiòng〕营求。远。

用〔yòng〕器～利～财～效～妙～信～日～食～零～费～使～通～适～节～受～足～得～运～录～应～作～没～有～调～急～采～自～实～享～任～顶～常～正～征～公～中～专～挪～御～活～进～启～起～两～选～引～擢～搬～套～留～为世～难为～

佣〔yòng〕佣金的佣。(另见阴平)

中〔zhòng〕切～言～微～射～亿～考～连～命～

百～看～高～巧～一发～(另见阴平)

众〔zhòng〕群～民～合～公～大～听～观～出～动～惑～聚～纠～得～乌合～吾从～

重〔zhòng〕郑～珍～器～贵～保～看～自～负～起～慎～轻～尊～增～注～持～稳～推～偏～沉～严～庄～隆～作～浓～引～比～吃～加～借～敬～繁～辐～着～侧～言～任～体～积～荷～泰山～千斤～(另见阳平)

种〔zhòng〕耕～栽～播～分～移～快～赶～抢～芒～莳～钽耘～及时～(另见阳平、上声)

仲〔zhòng〕伯～昆～翁～(石人)管～

纵〔zòng〕操～天～放～侈～宽～骄～恣～擒～豪～民气～游目～(另见阴平)

从〔zòng〕主～宾～仆～侍～(另见阴平、阳平)

棕〔zōng〕裹～肉～端午～青箬～

综〔zòng〕错～博～万几～

佩文詩韻

上平聲

【一東】東同銅桐筒童僮瞳筩中衷忠蟲沖終戎崇嵩菘弓躬宫融雄熊穹窮馮風楓豐充隆空公功工攻蒙濛籠聾櫳瓏洪紅鴻虹叢翁蔥聰驄朦通蓬篷烘潼朦朧蕻怱嵤峒罿蝥狨灃癃幪夢瀜肛蓯緵鞏檾涷瞳鮦衶仲崧彤茙鄷鼟釭幪雺篝㺄洪恫曚總从椶逢蝀侗峒爐幢牻爞㷏窿悾曚朦矛懵哤曈衕龐蕻叢蔌燹燿艨朣衚羴威種詞峂种蛊馫颿衆漴羢戥扰芎颿豐汎忡珫薱靇悾悾肛刁冡弉幪幪蠓癑衶澒腒憁稯輷緵搜檃辭牽荤堫蚴蟓礲酮絨渱

【二冬】冬農宗鍾鐘龍舂松衝容蓉庸封胸雍濃重從逢縫蹤茸峰蜂鋒烽蛩筇慵恭供琮悰淙儂檂龍凶墉鏞傭淙鏦醲穠葑邛共幢廊顒喁邕壅臃饔縱襱樅賨膿淞凇忪伀慫衝璂葑匈兜洶訩甂艟雝廱丰犞繡縱釜霿憹霳蚣瀧舂蹱驕鰫劖轞獞潼遜戲輗輟榕韃碹驡跫恟濃穜蹱桻魧邞笻蔠彤褣眹橦膧

【三江】江杠矼缸扛厐龙哤眱窻摐縱邦釭降瀧雙艭摐龐逄腔撞幢椿淙洚樁茳娖眈蠢腔峴窗瑽淙矼駹蚣垱梆瓨鏹瓁蠪稯跫悾醉桩矼

【四支】支枝移為垂吹陂碑奇宜儀皮兒離施知馳池規危夷師姿遲龜眉悲之芝時詩萁旗辭詞期祠基疑姬絲司葵醫帷

思滋持隨癡維卮廯蝸麈墀彌慈遺肌脂
雌披嬉尸狸炊湄籬兹差疲茨卑辥觭鼗
睡騎曠歧岐誰斯私窺皴熙欺疵賞笞羈
彝髭頤資廗飢衰錐姨楣夔祇涯伊耆追
緇箕椎羆恩篪釐裘匙斯脾坻嶷洽驪嬌
颸屍蓁怡尼漪纍匜犧飴而鵬推麛璃祁
綏迻咿巇魝稀羲羸肢騏嘗獅奇嗤鮔吝
曁其其其醨萊睢睢漓蠡噫雖頄笛輴禰
邳錡脈綏鰭柂迤蛇脾淇蜴屖祭娸淄麗
鼇濔飾纚葺厮氏痍檳娭壝盉薩韉脽斬
彫豵貔比椑譆蟣貽祺葹嘻搞鸍瓷鵜鈹
羅琦骶泇禧嵯庳廆耆髻梔斲踦螭戲錘
蚳畸雖羑劓禩槒脢樨埤跐鈺磋睡杉岬
鉀咺郎踠瘃釃鼇校离楣謔貤眎孀劈佳
齎簃鐺俹雛蛟攲郇蛾鉹秄仔鷿諿寅郖
菲鰭麒槌芷委鍉鴟秤蟣頯靡軝剞楳禊
搞錐崎嵫齝秖隋稟胗貅邦齠蜺鳴瘱蜻
媒妓禪楲舼枇橌蕭霹魔旎被觜麂錤緦
屜移趍鵜鴠麘桐懷隺靁牷顜杬秥狐忯
泜茝莊濱胰恄黟檓瓶恞陝峴槐鄃濔逶
狻蘢颽蕈腳荎其菲圮瓾覘璒汧展倭廙
鑛皴低樴犧悕劃稗宧趣嵯采賀襌籬堆
詖玭剝橙觭荷毅楮兹彭賷視觶黎犂濰
蘮鄘禩

【五　微】微薇暉輝徽揮翬韋圍幃闈違霏
菲妃騑緋飛非屝肥腓威祈斦幾機幾譏
磯饑璣饑稀希晞衣依沂巍歸襌誹淝痱

歇豨澂微楎饔駓屏蜮葳厮鏠刉機噭鸰
譩澄犨酰斐頋碕坼禨睎魆

【六魚】魚漁初書舒居裾車渠葉余予譽
輿餘胥狙鉏疏蔬梳虛嘘徐豬閭廬驢諸
除儲如墟萐琚膞輿與畬疽苴樗攄於狳
茹蒩且沮祛祛蚧竿櫚臚稰砠淤滁胅胠
妤帤篨雎誵蘧腒鑢鷗鶏椐紓柛躇椮趄
璩駕滁屠茶礎薖練猷耡碟醵据琲齟螗
墟唹驢琚摴蝑雓篨㝩鴛櫧鋀咶魖翼鋙
疌駼㦝咀葷葇湑藺衙涂徐泑諸慮

【七虞】虞愚娛隅餬無蕪巫于盂臚衢儒
濡孺須鬚株誅蛛殊銖瑜榆諛愉腴區驅
軀朱珠趎扶符梟雛敷夫膚紆輸樞廚俱
駒模謨蒲胡湖瑚乎壺狐弧孤辜姑瓠菰
徒途塗荼圖屠奴呼吾梧吳租盧鱸鑪蘆
蘇酥烏汙枯髗都鋪禺嵎誣竽雩呼肝瞿
劬胸絇鞠貙繻需軀玧俞逾窬覦揄萸臾
歈渝幅襄鏤婁夫苻莩孚桴郛俘村趺銖
迂姝跗拘毹摹酺蒲醐糊鰤鸛醋鵠沽呱
蚅菟驉䇞膴憮䶄筊駑逋艫壚徂孚瀘櫨
餔晡玗繻踃鷦蛺諏姁扶玞禂跔毋軱尿
痞郡旅痡毋杅邘訏芙幡喁蚼顒轤轤釪
旰㝮句戲醹邾洙稌湡瘉蝓關㥮膔秭汻
皋皶枹隃膜嫫䑩菊狐菰榑虖鈇菹惡剜
鷳㶑躍埳柭荂斠壖芋姁㳨喔騟㜪咮趀
皷甀㿀闍喻喻鑪鲴枸樞鸕鴮蝄鍋臑獳
趺揄泑箭侏齬葫憨鵂鮮憮鴣濮襦罦忤
翮䶏瓿懊鈝舻瓽颴稴嫋秩迃陓捄鐸瓠
鮬盦玙箎疴鮛廦扝於誧怤鲋惢鸕檽帤
楔稴棐柎

【八　齐】齐蛴脐黎犁藜黧鑫璨鬻妻萋凄
悽堤柢鞮低氐骶碑稀题提荑踶嚱餐霓
郗鹝蜍绨骒珶鲯褆鶗媞鷈缇泥折篦鎞
陛鸡稽笄枅兮笑秕睽睼侯傒骙傒騠鹥
磬堅鷖倪齯霓猊鲵軿鹾西栖犀嘶嘶撕
梯犛桿胜甀批蹄齋齊挤怩迷麑泥臡豽
圭闺袿窐邽睽奎刲携畦觿螇炷藜骊鹂
褷凄楴睇鶗帿卟紧儿税蜕楷虒剔睽联
觿镰鄌霓轊筬鏲牺

【九　佳】佳街鞋牌柴叙靫差厓涯阶偕谐
骸排乖怀淮豺侪埋霾斋娲蜗娃哇皆荄
喈齰揩睽蛙湝飑楷痎楼槐緒徍鲑箄廬
绢騧閩罍哇揌俳巤箠莘

【十　灰】灰恢魁隈同徊槐枚梅媒煤瑰雷
罍隤催摧堆陪杯醅鬼推开哀埃臺苔侅
才材财裁来莱栽哉灾猜胎台顒孩厓咴
毳惈洄莓禖穰崔裴培坏駓垓陔駭俫恢
毢蹬鳃俀焞萑欯荄峠郲詼煨緶脢庢鎚
頠肧桅唉鲐哀荄缞祁颏能椳茴酶膤肧
煨儢蕾晐佅咳秖鰓偎灌隗捼哈擡磓獃
鮠咳

【十一真】真因茵辛新薪晨辰臣人仁神
亲申伸绅身宾滨邻鳞麟珍瞋尘陈春津
秦频蘋顰银垠筠巾囷民珉缗贫淳醇
菴純脣伦綸輪淪匀旬巡馴钧均臻榛姻
闉宸寅嫔鈞旻彬鹑皴遵循振甄禋岷谆
椿询恂峋滑莘堙屯駰呻鄰磷辚璘瀕閨
罠箟閩幽逡踆皴畇优欼填闉狺泯敭态
洵溱駪詵桭涇儐驎燐黈荀郇镎迍輪竣
纫莘輴礥侲帪駾籈誾麇娠砷璡蓁纫蹯

齗鄞緡麕囷箘鶤珣掄蜦窀橁僎鶉嶟袀
姺甡墐穫眕潾嶙瞵獜眴斌臏毨氤挳
【十二文】文聞紋蟁雲氛分紛芬焚墳羣
裙君軍勤斤筋勳薰曛熏醺纁葷耘云芸
棼汾濆枌雰氳員欣芹殷沄昕饙緼翂熅
幩蕡賁焄炘紜鄖縜豶妘獖鼖肦饙宭臐
獯麇皸㤋殷磤慇濦㥯穫懃慬廑瘽堇垠
齦狺鄞闉齗閺雯豩蒕衯蝹鳼溳貧澐橒
魵豮轒鼢靳
【十三元】元原源黿園猿轅垣煩繁蕃樊
翻旛暄萱喧冤言軒藩魂渾褌溫孫門尊
罇存蹲敦墩暾屯豚村盆奔論坤昏婚閽
痕根恩吞騵沅嫄湲媛援膰蹯燔爰薠蘩
袢礬幡墦繙轓番璠反諼貆啍焞塤鶱鴛
宛掀鞬昆琨鵾鯤緼捫蓀飧惇芚賁崙髡
惛磻跟垠鼉潘輐管掔榬犍騫殙鶤驐弴
掄軘楥薀㖧鞎緷甗犍靬杬豲芫蚖棞邧
阮袁洹鶢鐇笲腝晅咺眢衏鵷怨蜿樠麡
沄溷崑瑥轀璊虋墫嶟繜燉蜳飩臀庉湓
棔䑳噴拫純
【十四寒】寒韓翰丹殫單安鞌難餐灘壇
檀彈殘干肝竿乾闌欄瀾蘭看刊丸桓紈
端湍酸團摶攢官觀冠鸞鑾欒巒歡寬盤
蟠漫鞍汗鄲歎攤姍珊玕奸貆刓剜漙慱
棺驩讙鑽磐鞶瘢鏝鬘謾瞞潘嘽跚豲剬
胖弁豻簞癉攔㦨完瓛岏莞貛髖般磻拌
撣驙萑雚汍芄綄巑欑穳敦倌繁曼饅鰻
痑襌忓饘讕貒峘洹狻眢涫灤羉樠漫
【十五刪】刪潸關癏彎灣闤還環鐶鬟鍰
寰圜班斑頒般蠻顏姦菅攀頑豻山鰥閑

蘭艱閑閒嫻鷳慳屏潺殷編斕湲綸販慪
撋唌轏緺跧扳瞤鬢狦鬖瘑顐黚汕澴軒
患獴觻賢

下 平 聲

【一先】先前千阡箋韉天堅肩賢弦絃煙
燕蓮憐田塡鈿年顛嶺牽姸研眠淵涓鋼
邅邊編玄縣泉遷仙鮮錢煎然延筵甀蝛
鱣羶禪蟬纏廛躔連聯連篇偏便縣全宣
鑴穿川椽鳶鉛捐旋娟船涎鞭銓筌專甄
圓員乾虔愆鶱權拳椽傳焉騼芊濺舷咽
零駢闐骿鵑綖埏館甎遄挺梴綖嗚遷嗣
扁平樏牷腂儇翾媛璉沿還悁胻編詮痊
佺悛荃籑邅卷顴豢攣夸棬煇荃狷幵籛
純衹蛶嬋仟湔枡蚿欼佃硏蹎騂滇汧肶
蟓蕭譞蜒潺屛嬋僤梗瑄蠉懁駢暔捐蜁
淀瑢篿顴箐跧湲捷賽寋蔫嫣琁砡裕鵑
歇蕻阡綆骿彌秱廯脡鄜筵騽澶單弇褰
駤絟竣鍵郻篨嬋泇韓楄娟絹鑫籼鬋邅
鷳屝揎埏璇濚猭鍵蹥鞰棉鏈櫋鮸

【二蕭】蕭簫挑貂刁凋彫雕迢條髟跳蜩
苕調梟澆聊遼寥撩僬寮堯嶢幺宵消霄
綃銷超朝朝潮囂樵譙驕嬌焦蕉椒燋饒
橈蟯燒遙傜姚搖謠輎瑤韶昭招颮標杓
鑣瓢苗描貓要腰邀鷐喬橋橋妖夭漂飄
翹翛逃桃佻儆脊鵝潆嶢曉哨蔫枵熇獢
穚謄嘵嬈飆鰾慆陶佋標熛麃儦穮漅夒
嗖弨趬橇劭瀟招鰺驍燢獠嘹料樛簝膮
痟硝蛸魈鼂猷鑣鷂鷯綃摽窯珧銚鵁猇
蘇楡剽髟臕摽篻蟯嶠轇彫攻蕎彌胉偺
憿敫鑣𧧺嘹荄劦迢睪怊燋簥憔爐籥啁

貂貗剽緢紗鏖簝繅翢儦

【三肴】肴巢交郊茅嘲鈔包膠爻苞梢鮫
庖匏坳敲胞抛鮫崤鐃骹炮髇筲哮敠捎
蟯麃荍消尻蛸弰泡烋姚碙怓旓跑墝聱
筊咬嘲敉咆聱鞘巢潦詨顤勦樔謅輣麀
茅篙嘈佼抓鴞姣樔嘈謬㧺硇颾㩭訬筲
鄡胮颮鷯柏簝鄗洨庨筲尤俏㧓勹颭抒
顤邑嘐巢鞄爻鞻浮摎秴膠娟颰嘮

【四豪】豪毫操傮髦刀萄猱褒桃糟漕旄
袍撓蒿濤皋號陶螯翱薹敖曹羧遭餻篙
羔高嘈搔毛艘滔騷韜繅膏牢膠逃槽濠
駣綯勞笯艚魝洮懊叨綯㨢陶颾璈氂犛
劋蟧裯切饕驁藜熬臊栲檮裪匋槮㛫髿
蟒翱綯尻薔鐰瞀䶃挑樔嚣騰撈鞠嘮蓩
蛐嶆嫽糪㕔㮯耗謟㿺騊颾救猱嵢潘蠔
鼇

【五歌】歌多羅河戈阿和波科柯陀娥蛾
鵝蘿荷何過磨螺禾窠哥娑駝佗沱鼉䶀
佗那苛訶珂軻痾莎㛮梭婆摩魔訛贏鞾
坡頗瑳抄紽酡鼉迤瘥莪俄哦扡儺阿旛
麼䔍渦窩茄迦伽痾磋傞跎瘥詑番娑蒱
蹉搓駃驒醝緺巇四覶嶓蝌捼駉眳灑䋻
輠蝸踒籮鍋倭奣囉髿堝廞嵯罽硪栁娃
簁蛇鑼堝喝莱

【六麻】麻花霞家樝華沙車牙蛇瓜斜邪
芽嘉瑕紗鴉遮叉葩奢楂琶葩賖涯誇巴
加耶嗟琶笳差蟆蛙薛鰕挐豭葭琶茄撾
樋呀罝闍柳啞姢爬杷蝸騧爺芭霩窊䶊
緺珈騧衺枒枒驊䋻娃哇窪霞洼奓丫苴
艖汙駕笯髿遮葩䒷鉈耙夸娑痕些䏽鎈

椏权榿箬狮婍岈鍁虵溰袞秅苓哆砝廜
㕞槨蒋篩斠荐巇咤砑斫痕忔葷夛嗦軜
笆樺琊�) 瓥厰嗣刬嘏迎挪鍜吾娪廬䃔羗
鎈膡剅摩廬鷝笔穪巇梔泺㷒瘷顊瓬鈔
瓯窒鋥磗袓廊余鈀籴哖

【七陽】陽楊揚香郷光昌堂章張王房芳
長塘妝常涼霜藏場央決鴦秧嫱狼脒方
漿觴梁娘莊黄倉皇裳肪殃襄驤相湘緗
箱廂創忘芒望嘗償鱨橋槍坊囊郎唐狂
强腸康岡蒼匡荒遑行妨棠翔戕航颺倡
倀羌慶姜傿薑繮橿疆萇糧穰將檣桑剛
祥詳洋暘祥伴粱量羊傷湯魴樟彰漳鼚
璋猖鏘商防筐煌艎篁隍鳳徨蝗惶璜椰
廊涙篖禧滄綱亢吭潢鋼喪穅育賛忙茫
傍汪臧琅螂當璫庠裳昂鶩郭障儣瘍鏘
湯鏜洭碭桁杭頏邙臟胖湟滂榔溏碭牂
驪篁禳攘瑒鶬覺瓤枋螗搶胀螳眼牂
眶煬錫糧菖鐺洸闛蛒璋蹡勤纕彭霙蔣
斨亡狭葤堈嫜鯧彊瓌薔喤瑒敭醸悵鑲
鬤汸邡鈁嫙觴湢搪蕡艽磄歔趞餭膖汒
桺儅砑搶彷駺肪艠劻腳眸甌盂羻綵悢
蠰荘魴鉠榶儻瑭鋃稂籬肮輣霙雺磅膀
牓

【八庚】庚更羹杭沆盲橫艍彭棚亨鎗英
瑛烹平評枰京驚荆明盟鳴榮塋兵兄卿
生甥笙牲榮擎鯨黥迎行衡耕萌甿蝗絍
宏閎莖罌鐺鸎櫻泓橙爭箏清情晴精睛
菁旌晶盈楹瀛蠃䘏營嬰纓貞成盛城誠
呈程酲聲征正鉦輕名令并傾紫鍚瓊鸍
麕盇霙鎗喤邡軿搒撐瞠槍赬霙傖崢莘

夔根猩鼪劶玒衡桁鏗硜硻翃嶸丁嚶鸚
備鬐鏳琤砰瑚怀弸轟訇鉤瞪蜻鶄鸁
坐瓔槙攖禛頩程鼪偵郕珵程鱘頃悍媛
騂榜洺觲栟鸂謩譆獮抨紆趙振睢娛鑌
飈薆蠑酱潛螯嶒坏泙鸆褮祕泫吆夆婭
蕭

【九青】青經涇形刑邢硎鈃型陘娙亭庭
廷霆莛蜓渟桯停丁寧釘玎仃馨星腥鯹
醒悍箮傳婷靈橝蠕醽齡鈴荂伶泠雺玲
船翎鴒瓴囹聆聽廳汀冥溟莫螟銘瓶屏
絣萍熒螢縈扃坰駉葶䴙町軤鄝瓃桯瞑
暝娛淩絅伶銒綎蜓筵囏靻桯㑂

【十蒸】蒸烝承丞懲澂陵凌綾菱冰膺鷹
應膺蠅繩澠乘脀昇升勝興繒憑仍兢矜
徵凝承倗登簦登燈憎醫嵋增曾憎罾嬒
棓脣曾嶒能棱朋鵬堋弘靭肱甍騰滕藤
滕恆絣脅橙懀綾崚矮韄凭馮恛鼈陾芳
鰧郕騬倠嗜磳甑瞢纐凿掤軨疉脨臕癥
挆鼟篜洚殑炗䗲溯誰騾扔扔揹庱砅傰
萷弦膡麣溯

【十一尤】尤郵優憂流斿旒罶榴騮劉由
油游猷悠攸牛修脩羞秋楸周州洲舟鵃
鶈柔幬疇犨惆邱抽廖湫遒收鳩不搜騶
愁休囚輈求裘毬仇浮謀牟眸伴矛侯猴
喉謳漚鷗甌樓婁貐偷頭投鉤溝韛幽蚪
彪尤訧䮓麀颮綢召嗄鏐逎颼瀏鷗瘤鱗
鞣鶩蟉槱猶蕕輶揫犎酋虋鬷嚢掞踩採
捄蒐颾叟毿廋溲鄹搊篘梂梁麻咻泅紬
裯幬僚啁球述綠籙觩俅賕蜉桴掌㒸蚴
蜉鍪篌餱鍭歐腰樓擻褹觓摳揄輶褎圖

髏螻璆兜句妯惆敂瞜褠篝抔呦緱鬏嘔
媮繆諏繇蘆睺僂枹樛艛剾曉鯫掫吺駒
艛鹵琈烰粰簍蔞鄹噍鶔鴀紑鵂摎脙馗
鞻蟉髟槮緧抗蘨冘蚰卣庮啾謉鍒鞣䐓
腬湅傌調鵃椒謅鍮兜怮鼆瀌湭賫脩匿
緅骰勠鰽鮋俯頄艽茱郰貗

【十二侵】侵尋潯林霖臨鍼箴斟沈碪深
淫心琴禽擒欽衾吟今襟金音陰岑簪駸
鐔蕁琳琛椹諶忱壬任紝霪蟫愔黔嶔崟
歆禁喑瘖森參蔘涔篸芩灊燖淋郴鬵妊
檎紟鱏霃霠槮綅祲綝湛

【十三覃】覃潭譚驔曇參驂南枏男諳庵
含涵函嵐蠶篸探貪眈耽湛龕堪戡弇談
惔甘三酣監柑慙聃坩藍錟擔唅郯谽妉
泔邯醃鬫蜬儋盦鬖蚶憨餡毿鐔鄲淦痰
痰甝燅嵁甔藫鵮渰闇菴頷傪鋡慘篋諵
酖甛峆礛倓澹拑鐕嗿醓甜壜餤橝窞蟫
𧼈趯媕醰

【十四鹽】鹽檐廉簾嫌嚴占髯謙匳纖籤
瞻蟾炎添兼縑霑尖潛閻鐮幨黏淹箝甜
恬拈銛暹詹襜漸殲黔鈐懕猒蒹鮎餂蔪
痁燅忺阽鶼磏覘帘沾僉斂縿憸噡苫杴
𢎏蚺㢘湉撏佔蠊薕𥢷詀鬑聸鍼柟崦閹
醃熸瀸灊蕁鰜噞枮譫砭

【十五咸】咸鹹函緘嵒讒銜巖帆衫杉監
凡饞巉鑱芟喃嵌摻瑊劖碞諴儳欃攙鬖
颿椷礹詀黬蝛鵮髟縿獑杴巖巗

上　聲

【一董】董動孔總籠澒汞桶蠓空摠滃琫
傯懵蓊攏稯唪洞挏矇幪懞玤憁菶琫懂

硐埫毇埠伺嗊獀

【二腫】腫種踵寵曨壟擁壅冗茸氄重冢
奉捧嬃勇涌踊甬俑遶蛹恐焻拱珙栱菶
鞏竦悚竦洶詾潼茟供溶嵸恟駷銅氄軵
軵

【三講】講港棒蚌項舿玤倦耩忼粨

【四紙】紙只咫諟是軹枳砥抵氏靡彼毀
燬委詭傀髓灑絭妓掎綺觜此泚藥豸徙
徙屣葰蹕爾邐弭瀰婢庳侈弛豕紫捶箠
揣企旨指視美訾否否兒几姊匕比妣軌
水蠡齬唯止市恀嶶喜已紀跪技螳迆酏
徥鄙酇簋晷甌兂予梓矢菌洧鮪雉死履
壘誄掙癸沚趾茝時以已芣似耔氾妃已
祀史使駛耳珥駬里理裏李俚鯉兒起苣
杞屺跂士仕柹俟涘汜始崎庤齒矣擬薿
恥祉滓第肺骩塏耆犧錡藠薳玭鷹壐還
醷纚鞞秒芉哆姼啙錫庀趾穎秕机汜嶋
櫑圮痞庤傁坻趆郎庋羲薳陁旎址阯悝
娌㕧佹壝匦剞踦秄仳雌鞭譒秭秭倚被
底痏歸緷棠你仔

【五尾】尾鬼葦屣螳卉虺幾韑偉匯朏
煒狶顗韡斐誹菲悱棐蟣椻豈芑匽暐匪
瑋蜚蟣颵蜚譆晞蚿

【六語】語圉圄禦齬敔呂侶旅筥紵苧抒
宁杼佇苧與予渚煮汝苧暑鼠黍杵處貯
褚楮醑糈諝湑女敉許拒距炬怚庾鉅秬
筥所楚礎阻俎沮舉莒筥敘序緒鱮興嶼
墅藇衙啎稆袩籹柷慮螽瘲著稌巨岠岠
詎錤滁艞艫岨趄苴欅疧柜篓溆紵去歔

【七麌】麌雨羽禹宇舞父府鼓皷虎古股

殺賈蠱土吐圃譜庚戶樹墼煦谿琥怙嶁
螜肝仵恘驨棪苴簍洫謢努弤罟肚嫵滬
齲柯魁脬郇膂郖嘑瞴蘆鏰輔組乳弩補
魯櫓觽覷竪窩鹵數簿姥普拊侮五�per斧
聚午伍韛縷部杜矩武脯苦取撫浦主杜
隖祖堵愈祜扈雇虜父甫輔莆瓬腑俯憮
簠膴怙詁鹽牯瞽酤怒俁瑀祦煦瞗窶楮
稌湑詡栩窳炷拄剖鵡岵溥莟賭瘉簸傴
僂糞莽�274

【八薺】薺禮體米啓醴陛洗邸底詆抵牴
抵坻弟悌娣遞涕濟齏澧欚鱧泚綮稽臍
棨髀禰徯媞鮷齍眯茤濔醍緹

【九蟹】蟹解解駭買灑楷獬鷹澥駭嬭鍇
躧騃擺罷枴矮蕒絭

【十賄】賄悔改朵彩綵海在皋宰蓷載倭
鎧愷待怠殆倍猥磈鬼嵬磈蕾瘣傀磥
櫑錞腿骸怤綵槧莛紿詒懟蓓甬纇駼欸
琲啑麂浼罪頋匯鮸癐灛璀每磈亥乃

【十一軫】軫敏允引尹盡忍準隼筍盾楯
閔憫泯菌箘螾軔絼畛疹畛朕侈診哂腎
脤朕牝辴賑窘蜃陙僢惷緊狁簨繽袗
踳純偆賮慜朕稇吮朕稹囷黽麟

【十二吻】吻粉蘊憤隱謹近惲忿槿菫坋
弅墳棼听齔刎扻蟎蚡殷

【十三阮】阮遠本晚苑返反阪損飯偃堰
袞逭穩蹇憺巘楗捷婉菀蜿蜿腕宛踠琬
閫梱壼緜悃捆輓緄鱒尊撙很懇璽蜉圈
盾刓綣鄢混沌罷鼲蝘屯抏嗋婉烜咺焜
焜鰥

【十四旱】旱煖管琯滿短管盥緩盌款嬾

緻卵散伴誑罕澣璜断笱侃算疃纘嘆蜑
但鄧佈膻脘坦祖亶稈欵柀悍蕊纂槀蹇
瘖惷徽灛

【十五潸】潸眼覸版瑹產限睅撰棧綰臠
羬懑漣嶘醆羏剗屝嘸僝睆柬揀莞儞蛺
販鈑憪輚峺

【十六銑】銑善遣淺典轉衍犬選晃輦免
展繭辯辨篆勉蔅卷顯踐餞眄喘蘚頓巚
蜎謇演峴棧姅蒡扁臠譾闡充變跣腆鮮
戩鉉吮辡件筧褳悛嬿硯撚泫埻蟬墡單
猷褊艑璉蜓殄靦甗蜆虇僆緬洏洒跰
鍵報臃獮禰黽巘輾蜚鞬蛹珚覞晛現劢
恟洗齴嶠戩獎兗癬狷煇鄡譏錢趁埁僤
鞰毴箖儁豻揃㹠縺涊㧸嵫嶍譾撰靪璞
鞭論匾諓宴姃碾僗典

【十七篠】篠小表鳥了曉少擾繞邆嬈紹
杪秒沼眇矯蓼瞟皎瞭礿朓篠杳眘窈䚇
嬝懆褭梟皛潦窱挑掉湫肇旐旐誂姚懍
摽眑鰾醥篻渺緲訬藐淼佻祒蟜撟嬌譑
驕蹻磦標嶚殀漭驃悄愀釽繚僚麃照夭
佻爒趙兆

【十八巧】巧飽卯昴狡爪鮑撓攪絞拗茆
佼妁鵁炒獤泖媌鉸笅狪珓

【十九晧】晧寶藻早棗老好道稻造腦惱
島倒禂搗抱討考燥埽嫂槁澔獠保葆堡
袌鴇槀草皞昊浩顥縞郜懆潦繰璪早禳
繰駣蟊澡罋灝栲蓏媼奥蝹夭杲昌縞燎
轑芥橾恅芺莜菲栲碯套璪舫媚潹燠

【二十哿】哿火笴舸瑳鄲哆柂拕沱我硪
娜儺荷可坷軻左果裹蜾朶鎖瑣墮埵惰

妥坐座裸赢蒜玻簸颇叵祸黟輠颡砢㸌
鬵瘴簪堁那卵駥㱎婿媠㘒脞㞓�㖞㙈
�524樏㖱㙫娸羛閸揣隋

【二十一 馬】馬下者野雅瓦寡祉寫瀉夏
冶也鮓把買假捨赭㪍廈皴檳惹若踩姐
哆啞她且瘢鈴撍㱓�閚啁魏櫢髞㖟謥
㠯㠯�002丯灑

【二十二 養】養痒鞅快決像象㩧仰朗獎
槳儆㒮鳌枉迋穎彊穰沆㷊盎簜惘碥眆
放仿頭䨥兩緉裕讜儻襃杖響掌黨想榻
爽廣享丈仗幌晃莽汻緦穊紡蔣攘盎蛹
羹坱櫳㵄髒蒼虤長上網簜壤濱賞往倣
罔輞蜥㲲阬䅟㵄朓阬刺䍧饟駚碌魁眊
搶悅慌鲜廠懷擴㲲礨嚳礨旗阬曠臁椰蒡
㟎

【二十三 梗】梗影景井嶺領境礜請屏餅
承騁逞潁穎頃整靜省省幸眚頸郢猛炳
癭杏丙那打㹩粳秉鯁耿璟憬苀獷倂皿
㖞㪅靚礦艋蜢鼅䕶柄鬲䆴㒓䫏瘡礜冷靖
橄猜悍睛珵

【二十四 迥】迥炯茗挺梃艇鋌町頸醒㵝
酊娯奵脡䅽鉶褧娗殊洗庪珽到莛竝等
鼎頂泂詗婶徎脛肯潁㵝㩗淬酩

【二十五 有】有酒首手口母後柳友婦斗
狗久負厚叟走守綏右否醜受腩偶耦阜
九后咎藪吼肘垢畝舅紐藕朽臼肘韭剖
誘牡缶酉扣歐筍瓶黝䪨蹂取鈕狃掊蕎
蕎丑苟糗某玖拇紂糾嗾卤浚酋棁腠㰒
枸壒忸瀏邱赳蚪緎懰菲培瀞殼甄醜撒
㺄㥚卸䜌䓷㩅娃㺓血貟鞋綹㽂卣鵑㵄

籅䠢鴅趣陡枓羑輈楺鯫琇玽螋壽毆

【二十六寢】寢飲錦品枕審甚廩衽飪稔稟葚沈凜懍噤瀋諗淰腍痒踸瞫朕荏恁寑訦澿唫鋟嬸顉頗

【二十七感】感覽擥欖膽澹憺噉坎慘憯敢頷闇禫窨黮萏歜糂撼毯炎紞蔪礷䞶唵槮菡莟黕喊揜黲䃭澉頷顉轗輡糝眈建盬嗿醰髧昝轗顑䘳顑橄䦘鏨嵌𦃊欿顑

【二十八琰】琰𧮰斂儉險檢臉染掩點簟貶冉苒陜諂奄漸玷忝崦剡瀲颭芡閃㴸嗛歉慊溓隒广獫黶檿魘儼居襝澰

【二十九豏】豏檻範減艦犯湛斬黯范帆𪋻摻闞喊鋑淰圅㺌㺔嵁轞笵濫蘫黤歉𢛳瀺巉

去　聲

【一送】送夢鳳洞眾甕弄貢凍痛棟仲中糉諷慟鞚空控哢湩閧恫贛賵幪䳉霿哄㹨瞢傯詷絧湏衷涷緵㚇匲淞蕻陙

【二宋】宋重用頌誦統縱訟種綜俸共供從縫葑壅雍封𩃼惷恐瘲

【三絳】絳降巷惷撞虹洚閧𨏥憧幢艟贊觀漴胮䉶淙㦴

【四寘】寘置事地意志治思淚吏賜字義利器位戲至次累偽寺瑞智記異致備肆翠騎使試類棄餌媚鼻易轡墜醉議翅避笥幟粹侍誼帥廁寄睡忌貳萃穗帔𠈰嗣吹遂恣四驥季刺駟柶泗識痣誌痱魅邃燧隧穟襚璲檖繸踤頪諡牸植熾織飼食積忮被芰懿悸覬冀暨懻惎洎穊旣媿匱

鑽饋簀蕢疌比庇畀痹奰諀恎閟泌祕鷙
贄摯雉蕺顗瀆稗遟埴祟戠珥衈咡刵示
伺嗜自眥膍置荏痢莉緻輊譬篲篲肄眙
憳俶懟縊甀屓餒剿嗇饐企罷勩耗髀焘
賁糒膩施鄩遺跂槌簸柲邲輴楲屄齌儾
哆記湙蜇詒值柴栻髮齣蓑焱澌垝惎軑
髻硾腄噬蚑寘璣掎矮瀡眣芑槥襀諢絏
蜼蚝䟡臬廙肄垐憙其异誶屜錘伏嚊施
庳摯眭鷔憒司誃軶泉陂塈甀二瘞衈嗌
幾近始術裏欶躃惡德蒔杝簹䑏

【五　未】未昧氣貴費沸尉畏慰蔚魏緯胃
渭彙謂諱卉毅溉既襪暨炊旡餩衣餽氣
燹覬憒觖怎欨墍概皽誹帣霼怫犙洓曹
閺扉騑跳裴翡尉帽絹廢气蘱

【六　御】御處去慮譽署據馭曙助絮著豫
煮箸恕與遽疏庶詛預倨茹語踞鋸狙沮
勮泝漵飫淤蕷胠醵除鐻瘀覷柍鑢咶瘀
怚念羃麰如鷽櫖悇梀鐻麈狀女詎欿楚
嘘屔伃

【七　遇】遇路潞輅賂璐露鷺樹度渡賦布
步固痼錮素具數怒務霧鶩鶩附兔故顧
雇句墓暮慕募注註澍駐炷胙祚阼裕誤
悟寤晤住戍庫護護澅屨訴蠹妒懼趣娶
鑄絝胯傅付諭嫗芋捕哺汙忤屑措錯醋
祔耐仆賻赴酺惡互孺怖照寓�酤瓠輸
吐鋪譄泝屚喥塑跗歝捂簵呴瞿驅卟薣
辦銔罘姁婺桓顱屬作嫭酳雨霫穋坿秏
鍍汩傫圃屖䁈駙魼足柿苦餔蚹蒟昩妒
擭

【八　霽】霽制計勢世麗歲衛濟第藝惠慧

幣桂潪際厲涕契奬燉帝敤敬髻銳屄裔
秋繫祭隸閉逝綴黳製瞀砌細稅壻例誓
笙蕙偈詣礪勵瘁嗌繼胇諦系叡毳劑曳
幕睇憩彗睨坲繐轡蕢彘穧柢涉梐逮褅
芮摰係猭薊祭妻擠嘗禊弟塘嘒邀鈌迖
鷙璲蹕橀哋窺栔題砅螞彘潊熠瞖禰睥
笙籥膌曀螫黿枘筮遞邐偈揱鰯糒癘變
醊齊棣說毘噎離荔汭泥蛻贅儷揭悅唳
廱泄薑娣澁嚌劇薜灄轊黌懠杝稧噎濘
捩蠣羿茝謎輭塢杕憓蜺欐㡓襀痢綟箅
啜壒綌鯤甀悗睟涖蜧嘒湖嬯誓濟觱屩
捙泿怏切跐躓螻医纛熟毷槥剞

【九泰】泰會帶外蓋大旆瀨賴穎禁害最
貝霈譮沛艾兌匄奈㮤繪檜膾澮獪會儈
禬旆鄶襘瘖薈磕壒太忲汰汱鈌軑癩糲
霈蛻帨濊翽嘶酹憒狠茷祋賴偈餲妮眛

【十卦】卦挂懈廨臨賣畫瘥派債恠壞誡
戒界介芥械薤拜快邁話敗稗曬噫瘵屆
疥玠溠湃瞶懘鍛殺夬噲喭蠆喝懈祭齘
骱寠轡牿餉繲絓粹眦齘羿价哨獪懘齣
佳勘繢嘖唄欶憲

【十一隊】隊內塞愛輩佩代退載碎態背
背稜荣對廢痗晦昧碨戴貸配妹喙潰黛
賚吠逮聚岱帴肺漑耒慨憯慨塊憒乂
忲碓賽刈耐悖曖倅晬淬敦憒闠鎧磑纇
焙在再欸孛郫瑂痗茷藏柿霈憝礧醅變
灌菱鼗鎎眛倈裁襶睞鼒磧倳朵簑回顚
焠哉塁誖北祓緯鼒劾瑇誶脢柝悔癈瘵
齝眛肭攂

【十二震】震信印進潤陣鎮塡刃順慎鬢

晉駿閏峻贐振儁舜吝悋燼訊胤仞軔殯
儐迅瞬櫬儭諄藎憖殣饉藺濬徇殉賑覲
畯餕擯敐瑨璡酳僅牣認遴賮襯晙鬊瑾
趁齔䋈䑞䡅韌訒侲汛轥磷躪撛驎浚墐
䏜縉搢娠䡇引濜瞵麐袗診蜃瑱疢親𦢊
揗

【十三問】問聞運暈韻訓糞奮忿醖郡分
紊汶僨慍焮靳近斤抆絻鄆餫員緼璺拚
攈韗隱薀坋𠉸

【十四願】願論怨恨萬飯獻健寸困頓遜
建憲勸蔓券鈍悶遯嫩販愿澗遠巽潠曼
噴艮敦坌恩綣𨛦褪睕楦堰圈

【十五翰】翰岸漢難斷斷亂歎幹觀散畔
旦算玩爛貫半桊按炭汗贊讚漫冠灌爨
竄幔粲燦璨換煥喚悍扞彈憚段看判叛
腕渙奐絆惋䆘偄鑽縵鍛旰閈瀚釬骭犴
胖暵讕駻蒜鑵爟瓘酇㵅喭衎冸泮逭祼
漶墁彖腶鴠罕斡盰矸謾瀾碫垾攢䅬攤
侃燿騂惌館灘晏盥

【十六諫】諫雁患澗間宦晏慢辦盼豢鷃
棧慣𨼆輚串轘莧綻幻訕丱綰骭縵嫚謾
汕疝瓣亂擐篹鏟槵𢙄暥覵襉虥蝬犴柵
𨐋粯扮襻

【十七霰】霰殿殿面縣變箭戰扇煽膳傳
傳見見硯選院練鍊䜴燕宴弮賤電饌鳶
絹彥掾甸便眷麪線倦羨堰奠徧戀囀眩
釧蒨倩卞汴弁抃忭嚥片禪譴絢諺緣顫
擅援媛瑗佃鈿淀澱繕鄯狷罥睊煎旋漩
塡唁穿竁茜甗濺楝揀纏牽先剸衒袨炫
眴善繾遣研嬿猭韅瞑汧填敁𡥦洊栫蜆

睍 賵 趼 妝 狿 澁 變 鄤 昇 莚 倪 譔 鬴 眪 譾 衍
楣 輾 轉 綺 頯 倜 睨 健 餕

【十八 嘯】嘯 笑 照 廟 敫 妙 詔 召 劭 邵 要 曜
耀 燿 調 鈞 弔 叫 眧 燎 嶠 少 徼 眺 陗 誚 料 肖
尿 剽 掉 誚 鷂 鷯 翟 敫 輎 窔 胅 僬 燒 療 爾 嘘
漂 醮 銚 驃 蔦 爝 趬 魟 慓 繞 摽 嬈 覞 儌 搖 篠
蔓 鷯 顟 敫 訆 哨 約 儦 簲 嘹 勳 翂 燿 臕 嫖 摰
璙 䄌 俵 趒

【十九 效】效 教 皃 校 校 孝 㩭 鬧 淖 豹 皰 儤
爆 皋 踔 趠 拗 窖 酵 㱁 嚆 秋 稍 樂 傚 較 鈔 磽 炮
敲 恔 𢍰 磃 攉 覺 珓 敫 靮 窌 膠

【二十 號】號 帽 報 導 盜 操 譟 臊 竈 奧 隩 告
誥 暴 好 到 蹈 勞 傲 秏 眊 耄 躁 澇 漕 造 冒 悼
纛 燾 倒 驁 珨 娼 翿 縞 㦥 澳 懆 謬 㬠 菢 虠
膏 犒 郜 耗 鏊 耗 堁 禱 墺 灂 旄 燠 鰍 靠 栖 𥅴

【二十一 箇】箇 个 賀 佐 作 邏 坷 軻 馱 大 餓
奈 那 些 過 和 挫 課 堁 唾 播 簸 剉 坐 磨 愞 稞
座 坐 破 臥 貨 磋 涴 左 娑 銼 惰 媠 𤎩 譒 㦬

【二十二 禡】禡 駕 夜 下 謝 榭 罷 夏 眼 霸 灞
嫁 赦 借 藉 炙 庶 假 化 舍 價 射 射 罵 稼 架 詐
亞 婭 髆 跨 斝 侘 怕 訝 咤 嚇 稏 檺 迓 蜡 胯 杷
柘 華 妊 卸 貰 䏶 瀉 醝 杷 砑 靶 乍 樺 杷 壩

【二十三 漾】漾 上 望 相 將 狀 帳 浪 唱 讓 曠
壯 放 向 向 伏 暢 量 葬 匠 障 謗 徜 漲 餉 樣 藏
魴 訪 眖 養 醬 㠉 抗 當 釀 亢 況 臟 瘴 王 纊 醠
諒 亮 妄 愴 刱 喪 悵 兩 壙 宕 㤪 忘 傍 磅 恙 吭
煬 颺 張 圓 脹 行 廣 恨 湯 炕 鞅 長 創 誆 桁 緉
兼 賜 閌 鄉 頏 醠 禐 掠 妨 搒 旺 迋 珦 蕩 潢 防
快 償 鑒 盎 仰 瀁 釀 擋 儻

【二十四 敬】敬 命 正 令 政 性 鏡 盛 行 聖 詠

姓慶映病柄鄭勁競淨竟孟迸聘畀諍泳
請倩榮硬凊靚棐屟獍恓更橫嶒榜迎娉
夐輕併傲評邶証詗偵并遖盟

【二十五徑】徑定聽勝磬應乘脧贈侯稱
罄鄧甗脛瑩證孕與經灛衛醒廷錠庭頲
矴飣釘艵瞑澄灻膡剩凭凝嶝鐙瞪橙磴
墱凳蹬懜堋互

【二十六宥】宥候堠就授售壽秀繡宿奏
富獸鬭漏陋守狩晝寇茂懋舊胄冑宙袖
褏岫柚覆復救廄臭齅幼佑祐右侑囿豆
脰竇逗澊霤廇匫構遘媾靚靽購透瘦
潄瘶呪鏤貿鷲走副狖詬糅酎宄湊謬繆
籀疚灸鷇畜槱雊縠樞餗瞀瞀首皴綯戊
句亥鼬傃瞀眛睇踩姆聟漚婑廖腠族又
鷲餾鷂轇适寇伏箙雌標收狃嗾鍑猶缷
癟後油罘仆糅后伷厚扣琇繻醐榱愁穀
酘擩壖鏉吼愗糅綬簹讀詊懤梇恒輻颮
糅輶睐箟鄮綝苡謏僂

【二十七沁】沁飲禁任陰譖浸祲譖鴆枕
衽賃臨滲暗揕簪紝闖傑鳹妊喼紟吟霖
深廕甚僣頷吟沈

【二十八勘】勘暗濫啗擔憾纜瞰玲憺紺
闞三暫莟甔砏灡參澹淡憨瞰鏨淦揝檻
艦駴

【二十九豔】豔劍念驗瞻壂店占斂厭灩
爓瀲墊欠槧苂僭釅坫韂幨砭饜噞獫殮
瞼苦玷掞醶痁暗鹽沾鹺兼唅闟穚畲阽
脅薟筏麮趁籚豃魪塹綻耆俺潛蟾爓閹
零貼臉魘悷忝掞嫠橌噦壏慊

【三十陷】陷鑑監汎梵帆儳賺儳蘸誾餡

闞讒鑱劍欠淹站

入　聲

【一屋】屋木竹目服福祿穀熟谷肉族鹿
腹菊陸軸逐牧伏宿讀犢瀆牘櫝黷讟轂
復粥肅育六縮哭幅斛戮僕畜蓄叔淑菽
獨卜馥沐速祝麓鏃蹙築穆睦啄覆鶩麴
禿縠扑蛐鬻燠澳輻瀑漉蔌惡洑鵩竺筑
簇蔟暴掬箙濮鞠鞫匊郁矗複簏蓿塾樸
蹴煜謖碌娽琭盝踘醭鸀毓舳柚蝠楅昱
菔轆朒慉踧樕稑夙蹜蝮彧餗柷匐潚觫
鱐霂[illegible]僇殰俶摵繆輹艫螰麗蓼倏熇鵴
瓄澓槲蹢㲉剭莤遂囿楝奧蓄毣[illegible][illegible]稪
纀苜[illegible][illegible]儵噈槭茯涑[illegible]睩磚髑誎虙栿
瘯偪鵚副勠孰摝[illegible]縠

【二沃】沃俗玉足曲粟燭屬錄籙辱獄綠
毒局欲束鵠蜀促觸續督贖篤浴酷縟矚
躅褥旭蓐慾頊梏幞纛蠋歜[illegible]溽斸瘃葍
跼挶[illegible]勗醁淥逯騄嚳牿襮鄏鵒狢告鋈
熇僕

【三覺】覺角桷捔嶨珏較榷搉嶽樂鸑浞
灂汋鷟捉穱穛斮娖朔數矟箾欶斲卓諑
涿噣倬琢[illegible]椓剝趵爆駁駮邈眘皃眊雹
撲[illegible]懪鰒[illegible][illegible]皰曝縠璞樸墣颮殼確慤
埆㲉㱿硞鋜濁擢鵫鐲櫂鸐濯幄齷喔偓
楃蒴握渥搦踔戳晫逴犖學鷽豹[illegible][illegible]

【四質】質日筆出室實疾術一乙壹吉秩
密率律逸佚失桼漆栗畢恤卹蜜橘溢瑟
膝匹述慄黜蹕弼七叱卒蝨悉謐朮軼詰
帙戌佶鳦櫛暱窒必姪蛭泌鎰秫苾蟀嫉
喞[illegible]遹鷸筆肸隲佾怵繂珌鑕帥韠崒潏

磧聿姑抹駏郅桎屖鋞颭挃眶耴冼�繑
踤苗秩翠佖桎燁樺駊檟�膚鵨羀蛞鞋
耡秛哐㮚汨蓍驕霸璕獝餀尼聖㭏蒺鞸
颮潭拮歁抌喋謀

【五物】物佛拂屈鬱乞掘訖吃被敝敉綷
弗茀髯祓詘崛勿熨獄厥刷㑮仡鈗迄汔
佛魃刜不屹�芴吻褊覣莞㴹咈坲嗽倔
汰尉蔚

【六月】月骨髪闋越謁沒伐罰卒竭窟芴
鈇歇發突忽讖勃厥鶻攦筏厥蕨掘闟訥
歾粵悖兀碣卒猝橜槀羯汨宰咄惚崪渤
凸蔮蠍滑刖軏刷萃腯孛紱浡暍矻漏鷹
核麳餑壈歇蕥揎壓柮棁稡捎蚏蛥撅鱖
狘闋詭杌硨扤矹吒楬楠㷀敦誖崛汨喝
泏堀胐梓扢抇狘猲榾肺魃捗曰堨許轍
崫

【七曷】曷達達末闊活活鉢脫奪褐割沫
拔葛闥渴撥豁括耴抹袜遏撻枺薩掇喝
跋魃獺撮怛闥刺辥栝笞鈸潑輵軷茇頦
椚越斡剌㟄抒靸鴰鶡毼暍鱍嘬袜轕薹
迖掇搽澾秡㵞薱敯猲瀎恬葀犮牽篧鷃
泧眜芐堨呾咄鰲妭餲汏糲妲

【八黠】黠札拔猾鶡八察殺剎軋牽刖蚅
菝䛷劼刮髻鰏佾蛣聉嚌蚋朒鴰黤蔡戞
秸嘠扴磍扎捱猰蒩汃椴疙圿魝苜砎圇
醛楬鶡瞎獺刮窆鏺鷝鷎帕妠揭帓昕刷
鍛頡滑

【九屑】屑節雪絕列烈結穴說血舌潔別
鈌裂熱決鐵滅折折拙切悅轍訣泄咽噎
傑徹別哲鼈設齧劣砎掣讘玦戛竊纈齛

綴閲埒訐餮瞥擊茢蛚臬闑鴂媟昳駃囓
鍥耋抉挈洌捩楔蹩褻[illegible]襭絰衊蠛嵲隉
揑篞醊茁竭契躃觿鐍讞[illegible]瘚齕𥌮涅頡
擷撤跌蔑浙鷩瀎竊烕趹瞲篾蕝揲澈蛭
揭垤孑孽凸閉莂閲蠥鈌齛辥紲槷瀎泬
渫偈啜爇楬蛪軼蜆桀苶[illegible]輟爇晢迭歠
呐咥蠮惙姪列颲辥掇吷䁯剟準梲拮蛣
批橇絜觖
【十藥】藥薄惡略作樂落閣鶴爵弱約腳
雀幕洛壑索郭博錯躍若縛酌託削鐸灼
鑿卻絡鵲度諾蕚槖漠鑰著著虐掠穫泊
搏籥崿鍔藿嚼杓勺簿酪謔廓綽霍爍鑊
莫籜鑠繳諤鄂亳恪箔攫涸汋礿鸑瘧爚
钁鶚龠礿郝髆屩駱膜粕鏌飥霩遌妁礴
鄚濼絡襮躒拓蠖鎛鰐格昨柝酢臛醵擭
蹻斫摸蘁貉臒珞愕怍鞹柞堊簀笮玃膊
鑮臄斮糳噱摸爝簎蒻魄捉烙濼雘葯堮
焯擢鄗謞嗃矍熇厝鼉咢澤嫋碏矍硌各
散猎嬳瞙昔曤蹃芍婼躩爆咢踖蹼碧沰
禚蠚靃殻擽䙏劅戄岝鮥鄀燋迮逴濯鸐
奭彍欂貜嚼鯌魠蠌
【十一陌】陌石客白澤伯迹宅席策碧籍
格役帛戟璧驛麥額柏魄積脈夕液冊尺
隙逆畫百闢赤易革脊獲翮屐適幘劇戹
磧隔益柵窄核鬩舄擲責坼惜僻癖辟擗
掖腋釋舶拍索擇磔軛摘射襗懌斥奕弈
郤迫疫譯昔瘠赫炙謫虢腊簀碩蹟奭螫
藉翟蠖嗌麦碧祏亦鬲擗踖貘虩舶骼隻
鯽珀齸借膈嘖搤躑埸蜴幗摑蹐嫿嚍摵
嶧斁綌廗貊擘檗蹠擿馘阸汐塉礪刺澅

撇啞柞撼薛喑霡酢咋嚇卻蹩刺百莫潟
鬐稄瓴嗝瞡蠟繹齝耤厝霸霹

【十二錫】錫壁曆歷樒擊績勣笛敵滴鏑
檄激寂翟覿逖糴析皙溺覓摘狄荻冪鷁
戚鍼感滌的菂喫甓霹瀝靂歷瀝瘠鑼惕
裼踢剔緆礫櫟轢鬁鬲汩耆適嫡商鞝鬩
鬩焱鸝蹢迪睨酈跡菥浙蜥頤籊甹遭覓
鷈澼趯徼蠆偑毄怒塓臭殛鷇駒楠艦

【十三職】職國德食蝕色力翼墨極息直
得北黑側飾賊刻則塞式弒域殖植鞃飭
棘惑默織匿億臆憶特勒仂歷昃仄稷識
逼克剋蟈唧卽拭弋陟測冒翊抑惻仂洫
肋巫殛戈湜緎械減罭燠崱恆膩前驚闖
嶷燩繶棘妌洫踣熄寔稸嗇埴菔匐弒芅
惟黓瀷朚埴腜惡轓鯽櫻戀檥仂劾膩湢
榅妭餩鼉蠼䰡氿鯰奭欆幅袱杙幅副仂
或蟛愎酳翊俋拭望城稄蠹薏鶣鴄珘瀒

【十四緝】緝輯戢立集邑急入泣溼習給
十拾什襲及級踂粒揖汁笈蟄笠執熠汲
吸唈孰葺褶溓茾伋笈翕歙滌裛浥熠褶
揖潗霅觡恇卄挹塌罦苙鈒戢暬潗霅

【十五合】合合塔答納榻閤雜臘蠟匝闔
蛤衲沓榼鴿踏颯搨拉遝搭輵溚盍欱盇
轞唈靸鈒馺皀嚃閤謵軜溘苔嗑騳蹋始
溚鞈醓帀黔嗑磕

【十六葉】葉帖貼牒接獵妾蝶疊篋涉囁
捷頰楫攝躡諜堞協俠莢曄厭愜氍㘬睫
浹笈儑慴蹀挾鋏屧喋籱燮褶鑷靨㯑鰈
葉燁燁聾摺裛謵箧貼欱雪檔麚袶厴帖
躞鰈擋睫輒緁襆萐謵捻矱荼慄鑷氍祫

壖䏬塌紬聶敢䶃纙鹸梜楼萎獇僿湌皲
霙蛺鸍

【十七治】洽狹峽硤法甲粊鄴匰壓鴨乏
怯劫蝴脅憯捕鎁歃膌押狎袷衱帢嫛掐
粜嚏夾筴恰肸呷腑蓮箑枏郟鴹霅霋扱
喋劍搰跆鮑嗋歙鮐欱喃圖怏枼鉀翰

部首检字表

    说明： 1.部首的编排一律以繁体字 为 准，暂不另立简体字部首。一般简体字，分别归入适当部类，如"兰"入"八"部，"灭"入"火"部，这些字也可在难检字表中检寻；其原是部首的简体字而无适当部类可归的，则排在该一繁体字的原部里，如"鸟"入"鳥"部，"车"入"車"部。2.难检字已作为部首的，难检字表中一律不收。3.单字后附有页码，有两个读音的，即注两个页码，余类推。

部　首　表

一画		八	7	卜	10	女	16
一	4	冂	8	卩（卪）	10	子	18
丨	4	冖	8			宀	18
丶	4	冫	8	厂	10	寸	18
丿	4	几	8	厶	10	小	19
乙	4	凵	8	又	10	尢（尣	
亅	4	刀（刂）	8	**三画**		尣）	19
二画				口	10	尸	19
二	4	力	9	囗	14	屮	19
亠	5	勹	9	土	14	山	19
人（亻）	5	匕	9	士	16	巛	20
		匚	9	夂	16	工	20
儿	7	匸	9	夕	16	己	20
入	7	十	10	大	16	巾	20

2

检字表

倩	211	偶	152	僬	160	克	37
	274	偿	244	僦	154	兕	58
修	145	偎	202	僭	209	兔	125
倖	274	偓	27	像	255	尧	202
值	61	偓	91	僝	188	党	249
倡	252	偾	233	僧	260	兜	144
倾	260	**十画**		**十三画**		兢	259
俶	130	傧	217	僻	86	**入部**	
倕	92	储	114	僵	241		
俺	197	傍	239	儇	186	入	132
倚	74		252	憿	157	内	99
倭	19	傅	122	**十四画**		全	192
	16	傀	90	**以上**		**八部**	
九画			95	〔儒〕	116		
傲	132	傺	2	儡	95	八	10
偪	81	〔傑〕	43	**儿部**		六	131
偏	183	做	176				155
偭	211	**十一画**		儿	63	公	277
傢	145	傻	148		69	兮	66
停	268	僄	160	兀	133	兰	189
假	6	〔僊〕	185	元	196	兴	261
	8	僁	56	允	232		274
偕	39	傻	7	兄	278	共	284
	40	僡	284	光	240	关	180
偈	77	催	89	先	185	兵	257
健	208	僦	172	兒	278	单	179
偌	20	**十二画**		兆	177		188
做	20	僰	22	充	276		212
偬	284	僮	256	尧	167	典	197
傥	251		282	免	200	具	139
偲	51	僚	164	兑	97	其	65

剂	77	劳	68	劲	234		153
剃	79	剿	169		272	勿	133
刺	5	〔剗〕	197	**六至九画**		匀	229
	13	〔劃〕	11	勋	241	包	158
剋	37	劚	45	劾	33	匆	276
前	192	〔劄〕	12	效	176	匈	278
削	42	劈	81	势	56	甸	116
	161		84	勃	22	匌	127
剑	208	剹	80	勉	200	匏	165
剐	6	劙	188	勋	222		
		劘	17	勇	283	**匕部**	
剉	19	劖	129	勌	267	匕	72
八至十画		**力部**		勒	37	化	8
剧	142				91	北	24
剥	20	力	85	勘	182		94
	158	办	204		209	匙	53
剖	152	劝	211	勖	142		54
剜	22	功	276	勘	80		
剔	81	加	2	**十至**		**匚部**	
剞	65	务	125	**十七画**		匜	10
剡	202	劢	109	募	124	匦	72
	212	劣	46	勚	131	匡	241
剜	185	动	284	勤	226	匠	253
副	122	努	119	勰	45	匣	12
剪	199	劳	164	勋	222	甌	94
割	32		174	勷	247	匪	94
〔割〕	12	劫	43	**勹部**		匮	99
剩	274	劬	136	勺	27	匵	190
十一至		助	125		166	**匸部**	
廿一画		劭	176	勾	144	区	134
剽	175	励	77				

	145	卜	22	厄	36	叉	1
匹	84		129	厉	77		6
医	67	卞	204	压	10	反	180
匾	197	卡	6	厌	186		198
匮	86		7		214	及	83
十部		占	187	厍	32	双	242
			215	屋	59	友	153
十	60	卢	115	〔厓〕	5	发	10
千	183	卣	153				13
廿	211	卦	8	厕	35	取	138
升	261	**卩部**		厘	68	受	155
卅	13			厚	154	叔	128
午	120	卯	170	厝	19	叛	211
半	203	卮	52	原	196	叙	140
冊	86	印	237	厥	44	叟	152
卉	98	危	91	厦	9	叠	43
协	45	卵	200	厨	114	**口部**	
华	4	即	83	厩	154		
	8	却	47	厮	51	口	151
毕	84	卲	176	靥	203	叭	1
协	45	卷	199	**厶部**		叵	18
卑	89		209			叨	159
卓	23	卸	41	去	140		161
卒	129	卹	142	县	213	叼	159
丧	242	脆	133	参	179	叮	258
	254	卿	260		217	台	104
南	5	**厂部**			220	叻	85
	191			叁	184	另	273
博	22	厂	249	巉	235	句	139
卜部		历	85	**又部**		古	118
		厅	261	又	156	可	31

	37	向	255	告	131	咱	3
叩	154	吁	135		173	呸	91
号	164		141	呈	263	咆	165
	173	吒	9	吼	151	命	273
叫	174	吃	60	含	189	咐	122
叶	45		83	吭	245	咄	22
	48	吆	162		260	咚	276
只	55	吏	77	呟	280	呶	165
	60	吗	2	君	219	呢	30
叽	65		6	启	73		68
召	176	**四画**		吸	81	咕	112
	177	吧	1	吵	168	呱	1
叱	61	呗	107	吹	89		111
史	54	员	196		97	咖	2
司	51	否	73	呒	231	呵	1
右	156		150	吱	52		15
叹	212	吨	29	呃	36		29
三画		吠	97	呆	102	和	20
名	265	呖	85		103		30
问	236	呓	80	吽	277		32
吊	173	吩	218	呕	135	哈	102
吐	120	呛	241		145	呼	112
	125		254		152	咎	154
同	281	听	228	呀	3	咀	137
各	36		261	吟	228	呫	135
合	33		274	吴	117	呷	12
	35	吞	221	吾	117	咋	34
后	154	呐	13	吻	231	咙	280
吉	83	吨	218	呜	113	周	146
吓	14	吝	235	**五画**		咒	156
	36	呂	137	黾	231	呻	220

妍 195

五画

妹 99
姆 119
妬 122
妮 69
姑 111
姐 40
姊 55
妻 65
79
妾 47
姓 275
妯 129
150
始 54
姗 184
姒 58
委 91
96

六画

姥 119
170
娄 148
姽 94
姱 2
姮 264
娅 9
姣 160
娈 200
娇 160
姦 181
姜 241
姪 61
姹 7
姝 112
姙 227
姿 52
娀 278
姨 71
姚 167
姻 222
娃 5
威 91
娆 166

七画

娉 260
娣 76
娘 247
娴 194
娜 17
18
娌 73
姬 64
娟 182
娠 220
娑 16
娥 30
娓 96
娩 200
201
娱 136

八画

娬 120
婢 75
婶 231
婵 188
婆 17
婗 69
婪 190
婚 218
婳 13
娶 138
婞 275
娼 239
婴 262
婀 29
娿 29
婉 201

九画

媒 93
媚 99
媢 175
婷 268
婿 140
媟 48
媕 178
婺 125
媧 3
媛 196
215
媪 168

十画

媿 78
嫋 170
嫏 246
媾 154
嫉 83
嫔 226
嫁 8
媳 84
嫒 106
嫌 194
媸 50
嫂 171
媵 275
嫄 196
嫫 17

十一画

嫖 160
165
嫡 82
嫩 235
嫕 80
嫘 92
嫠 68
嫜 243
嫦 244
嫣 186
嫱 247

十二画

嬉 66
嬃 135

忡	276		102	恃	57	悉	81
忤	120	总	284	恕	124	悚	283
忧	241	怡	71	恁	236	悒	88
五画		快	255	恣	52	悠	146
怖	121	怨	214		59	悟	125
怕	9	**六画**		恺	106	悦	49
怦	260	恆	264	恊	285	惠	283
怫	22	恬	194	恩	218	**八画**	
	127	恼	170	恙	255	悟	218
怛	11	恫	278	恶	35	悲	89
息	107		284		36	悱	94
怂	184	恻	35		113	悼	173
怩	69	恋	210		125	恬	206
怒	124	恭	277	恧	142	惇	218
怜	190	恪	37	**七画**		惊	259
怪	108	恳	230	悖	96	惝	249
怿	87	恓	241	悌	79		251
怼	97	恐	282	您	226	惕	86
怙	123	恨	233	悃	230	恕	86
怳	250	恒	264	悍	207	惚	126
急	83	恢	90	悔	94	惑	24
怯	47	恚	98	悬	195	惠	98
性	274	恍	250	患	207	悸	77
怔	263	恽	238	悄	182	惬	47
	275	恝	12	悭	183	惎	77
怵	130	恰	13	悯	231	惧	139
怎	232	恓	67	侬	165	悽	65
作	28	息	81		281	情	267
怱	276	恤	142	悄	161	惜	83
思	51	虑	140		171	悴	275
	57	恂	228	悛	183	惆	147

既	77	旨	55	星	261	暑	94
方部		早	171	昭	163	晶	259
		旷	253	昶	249	景	270
方	240	旰	206	春	217	晴	267
於	113	旱	207	晚	280	晰	82
	136	时	53	是	57	暂	215
施	50	旸	249	昨	24	智	59
	71	**四画**		映	275	晬	101
	80	旻	226	昼	156	腌	202
斾	100	明	265	**六至七画**		暖	200
旁	247	昉	249	晃	249	暌	92
旒	165	昆	219		253	喝	36
旅	137	昏	218	晉	234	暇	5
旂	69	昔	83	晋	234		9
游	187	昕	221	晁	163	暄	186
旎	73	昌	239	晒	109	暑	120
旌	259	畅	252	晌	251	暗	203
旋	195	昇	261	晖	90	**十至**	
	213	昃	38	晏	214	**十二画**	
族	129	昂	244	晕	222	暮	123
旆	148	易	80	晓	171	暝	266
旗	69		87	晡	111		273
旖	74	旺	255	晦	98	暧	106
		昊	173	晞	66	〔暐〕	49
日部		**五画**		晢	35	暴	132
日	61	显	201	晨	224		172
旦	205	昧	99	晤	125	曜	86
旯	5	昴	170	晚	201	暾	207
旮	1	映	43	**八至九画**		曇	193
旭	142		88	普	119	曒	221
旬	228	昵	86	晾	254	瞳	282

沛	100	泉	192	浒	267	洵	278
泡	160	泄	48	洛	266	流	147
	175		80	浆	241	洁	43
泮	211	泫	213	泆	127	洲	146
沫	26	治	58	洞	282	洙	114
泖	170	沼	172		284	洳	116
泯	231	沾	187	测	35		124
法	13	泸	116	浓	280	洒	7
沸	97	泷	242	浒	119	洏	63
	127		280	冽	46	洱	63
泛	206	注	125	洛	25	洟	71
泰	110	沭	132	洮	240	洋	248
沱	17	泗	58	浇	160	泠	113
泥	68	泝	124	活	23	洼	3
	78	油	150	洄	92	洧	96
泐	37	沿	195	洪	280	济	72
泪	99		214	洎	77		76
渗	78	决	243	洚	209	洮	166
泠	265	泳	283	津	219	洹	189
泔	180	泼	21	洗	74	浏	148
沽	111	泽	34		202	**七画**	
	123	泾	259	洽	12	浯	117
河	30	泻	41		13	浡	22
泓	280	泌	75	浍	109	涩	38
浅	200		86	浑	225	湦	47
沮	134	泚	54		234	浴	142
	137	荥	268	洩	48	浜	239
	140		269		80	浦	119
泣	86	**六画**		浟	167	浼	95
泺	25	浊	23	洫	142	浮	114
泗	149	派	109	洵	228	涛	161

	166	渗	236	渐	182	湃	109
涕	79	淝	92		209	湄	93
涂	116	涪	115	涿	21	溃	99
浪	246	淡	205	淳	224	溅	182
	254	淀	206	深	220		209
海	106	淘	166	淑	128	渺	170
浩	173	渔	136	涟	190	湎	200
浣	198	淌	251	渎	127	渡	122
	208	添	185	涮	212	淳	268
浃	10	淖	175	淄	52	湾	185
	11	淰	231	淬	97	湍	185
浸	234	涞	104	淙	279	湟	47
涓	182	淚	99	淞	278	渴	35
涧	208	淋	225	涯	5	湖	115
润	236		235	液	41	湫	144
浚	234	凉	246		87		169
消	161		254	淯	167	湔	182
涎	194	凌	264		167	减	198
浙	38	淦	207	淹	186	湊	153
泚	23	涸	33	淫	228	渫	48
涉	38	涵	189	淤	135	湘	243
涔	223	混	230	渚	121	渲	213
浃	58		234	涴	20	渣	4
涑	133	淮	104	渌	131	湛	179
浥	87	净	273	**九画**			215
涌	283	凄	65	滞	59	游	150
浮	174	淇	70	港	249	湮	186
涣	208	清	260	渠	135		222
八画		渍	59	渫	140	渝	203
涨	252	渊	186	渤	22	湟	245
	256	淅	82	湢	85	涡	15

破	20	碛	86	〔确〕	47	祉	55
砲	175	碜	229	礫	35	祔	67
砰	260	碾	64	磁	53	**五至七画**	
砝	11	硼	266	礤	15	祕	75
砥	72	碉	159	礤	250		86
础	117	碘	198	**十一至**		祓	127
砢	18	碇	272	**十六画**		祜	123
砠	134	碓	97	磨	17	祛	135
砟	7	碌	131		20	祗	52
砧	223	碎	100	磬	274	祝	133
砷	220	碍	106	礦	245	神	220
砸	12	赋	120	礌	192		227
砾	85	碗	201	礆	272	祖	121
六至七画		碚	96	磷	225	祚	20
硇	165	碰	272		235	祠	53
硎	268	**九画**		礁	160	祟	100
硖	12	碧	84	礴	136	祘	212
硃	113	碟	43	礙	106	票	175
硅	90	碡	127	蓧	12	祥	248
硕	27	碳	212	礴	22	祯	223
	60	碣	44	**示部**		祭	77
硗	161	碱	199	示	57	祷	169
硫	148	碴	4	礼	73	祲	219
硭	247		7	社	32	祸	20
确	47	**十画**		祁	70	**八至**	
硝	162	磅	247	祀	58	**十七画**	
硬	275		252	祈	70	禅	187
硷	199	磐	192	祇	55		212
八画		碾	200		70	禄	131
碰	274	磊	95			禁	219
碑	89	磕	32	祆	185		234

〔脣〕224　腰162　臁118　**臼部**
脺18　腴136　膻184
脸199　膊22　臊161　臼154
八画　膀241　　176　臾136
　　247　臆87　舁137
脾69　　249　膺262　舀171
腓92　腿95　臃278　舂276
腐118　臀137　　283　舃87
腑118　膈33　**十五至**　舅154
腆201　膏159　**十六画**
腊13　　173　〔臓〕13　**舌部**
　84　膜17　臜3
腔241　　23　　243　舌34
腌1　膝124　**臣部**　舍31
　186　膑232　　　32
　239　**十一至**　臣224　舐57
腋41　**十二画**　卧20　舒112
　87　　　臧243　舔201
腕213　膘158　**自部**　舖124
九至十画　膛248　　　舚213
膧81　自59
腷85　膗104　臬47　**舛部**
腘200　膨266　臭153
腹130　膩78　　156　舛197
腩200　膪107　臬159　舜236
膈16　膳212　　　舞120
腱209　**十三至**　**至部**
腺213　**十四画**　　　**舟部**
腥261　　　至59　舟146
膝153　臂75　致58　舠159
腮102　　96　臻223　舡243
腭36　臀227　　　舣74
　　　　　　舢184

逐	129	遗	71	邢	189	郁	142
逞	269		101	邛	281	郇	115
逦	73	**十至**		邝	254	郎	246
逝	57	**十二画**		邕	278	郝	36
造	177	遏	14	邦	239		169
速	132	逴	14	邠	217	郡	234
八画		遛	155	那	9	郢	271
逮	76	遘	154		17	**八至九画**	
	107	遣	200		20	鄆	179
逵	92	遥	167		39	部	121
逍	208	遮	30		40	郫	69
週	146	遭	162	邪	268	郯	193
逴	24	遨	163	邯	217	郭	21
逸	87	遴	225	**五至七画**		郴	217
逶	91	選	20	邬	113	聊	147
逻	16	遵	223	邶	97	郿	93
九画		**十三画**		邱	93	都	111
逼	81	**以上**		邸	72		209
遍	204	避	75	邯	189	鄂	36
道	172	遽	139	邱	145	鄄	203
遁	233	邀	41	邵	176	**十一至**	
逭	245	邅	187	邹	147	**十八画**	
遒	149	邈	162	邻	225	鄌	72
逯	5	邋	170	邮	150	鄘	111
遄	188	邃	100	邽	90	鄞	229
遂	100	〔邇〕	12	郊	159	鄜	278
遏	36	**邑部**		郓	238	鄯	17
〔遊〕	150	邑	87	郐	109	鄱	212
逾	136	邓	272	郁	228	鄴	49
遇	140	邝	247	郑	275	酆	258

竈	196
鼇	163
鼈	42
鼂	17

鼎部

鼎	269
鼐	109

鼓部

鼓	118
鼖	276
鼗	166
鼙	69
鼕	261

鼠部

鼠	120
鼢	261
鼩	156
鼯	117
鼹	66
鼷	202

鼻部

鼻	82
鼾	181
齁	144
齅	274
齉	254

齊部

齐	69
	77
齑	64

齒部

齿	54
齒	
齔	233
齕	34
齗	229
齠	167
齡	264
齟	137
齣	126
齜	52
齧	47

齦	229
齪	24
齬	139
齮	74
齲	138
齷	27

龍部

龙	280
龛	182
龚	277

龜部

龟	90
	145

难检字表

二画			141		206	专	187
丁	258	个	31	亏	91	亢	240
	263	丫	3	**四画**			253
七	81	丸	194	不	130	仄	38
乂	80	久	151	丏	108	允	232
乃	105	么	2	丑	150	元	196
	106		17	中	278	内	99
乜	39		30		285	公	277
九	151	义	79	丰	258	六	131
了	30	乞	84	书	112		155
	170		86	丹	179	兮	66
刁	159	也	40	之	52	冈	240
儿	63	亍	130	乌	113	冗	283
几	64	于	136	冈	240	凤	272
	72	亡	248	仓	239	凶	278
三画		兀	133	无	17	分	218
万	26	习	83		117		233
	213	凡	188	历	85	切	42
丈	255	千	183	办	204		47
三	184	孑	44	双	242	化	8
	212	孓	55	为	93	匹	84
上	251	川	179		101	升	261
	254	已	74	予	136	午	120
下	9	巳	58	云	229	卅	13
丌	65	乡	242	互	123	卞	204
卫	100	才	103	五	120	厄	36
与	138	干	180	井	270	及	83

友	153	丘	145			13	布	121